KB162846

킵 더 라인

VOL. 1

킵 더 라인

VOL. 1

초판 1쇄 인쇄일 | 2020년 8월 20일
초판 1쇄 발행일 | 2020년 8월 27일

지은이 | 칠밤
펴낸이 | 박성면
펴낸곳 | (주)동아

출판등록 | 제406-2007-000071호
주소 | 경기도 파주시 문발로 115, 세종출판벤처타운 201-A호
전화 | (031)8071-5201
팩스 | (031)8071-5204
E-mail | bear6370@hanmail.net

정가 | 13,000원

ISBN 979-11-5641-168-0 (04810)
        979-11-5641-167-3 (set)

VOL. 1

KEEP THE LINE

킵더라인
KEEP THE LINE

칠밤 장편소설

CHIC NOVEL

목 차

1. 운액 부조화

'나 어디 잠깐 가.'

'어디?'

'그냥. 다녀올게.'

어린 두 사람이 파랗게 물드는 하늘 아래서 등을 졌다. 잠깐만 혼자 놀고 있어. 그렇게 한 번 더 말을 건넨 아이는 빠르게 달렸다. 꼭 도망치는 것 같기도 했고 정말 급한 것 같기도 했다. 숨이 가빠질 때까지 달리다가 뒤를 돌았을 때 남겨진 아이가 보이지 않자 그제야 걸음을 멈추고 숨을 고른다. 땀이 등을 한가득 적셨다.

"아."

또 다른 사람의 꿈. 주기적으로 출몰하는 꿈들 중 하나였다. 잠에서 깬 희온은 더 이상 자는 것을 포기하고 일어나 머리맡에

놓인 물로 목을 축였다. 들러붙어 있던 식도는 물에 젖어 시원해
졌지만 목덜미가 끈적거리는 기분은 아직 불쾌했다.

최근엔 아무 짓도 하지 않았음에도 다른 이의 꿈을 꾸는 빈도가
점점 잦아진다. 수면 유도제라도 먹을까 싶었지만 더 자고 싶은
마음은 생기지 않아서 그냥 그대로 자리를 털고 일어났다.

똑똑.

노크 소리에 확인한 시계는 새벽 다섯 시. 희온은 냉장고 문을
열고 잘 익은 토마토를 한 입 크게 물며 현관문을 열었다.

"캡틴, 교대 마쳤습니다."

"일부러 들렀지, 너."

원래 이 시간에 잘 안 주무시지 않습니까. 주근깨 가득한 앳된
얼굴의 오웬이 웃으며 경례했다.

"나랑 산책이라도 갈래?"

"그럼 자러 갑니다. 수고하십쇼."

자신의 자랑스러운 캡틴과 함께 있는 건 좋지만 그가 말하는 산책
은 진짜 산책이 아니라 거의 체력 훈련과 맞먹는다는 것을 알고 있는
오웬은 난감한 얼굴로 현관을 빠르게 떴다. 하여튼 같은 지역에 득실
거리며 사는 동료들은 이래저래 불편하기만 하다.

희온은 아랫입술을 깨문 채 들으라는 듯 철컹거리며 잠금장치를
전부 걸어 두고 다시 소파에 풀썩 앉았다. 평생 호화롭고 행복하게
살고 싶다는 건 희온의 소박한 꿈이었는데, 운 나쁜 그 날은 동이
틀 때부터 이상이 바스러지고 있었다.

아니지, 오늘 오전엔 간만에 약속도 있는데 좋게 생각해야지.
좋게 생각하자. 나쁜 생각은 하지 말자.

"아. 그냥 다 죽이고 나도 죽고 싶다."

긍정적으로 지내겠다 다짐한 지 반나절도 지나지 않은 대낮, 희온은 하늘을 원망했다. 벌어진 이 상황이 지긋지긋했다. 그러나 한탄을 오래 할 신세도 못되어서 레그 홀스터에 꽂힌 권총을 빼 들고 골목을 달렸다.

조용히 살고 싶다. 제발 조용히 살게 나 좀 놔뒀으면 좋겠다.

목 뒤를 스치는 바람을 느끼면서 희온이 곧장 골목 구석으로 숨어들었다. 숨기가 무섭게 자신의 뒤를 쫓는 무리의 기척이 잦아들었다. 제발 집에 가라. 한쪽 옆구리에 끼워 둔 팝콘통을 고쳐 쥔 희온이 인기척을 살피기 위해 벽에서 머리를 뗐을 때였다.

탕! 탕!

"깜짝이야!"

너희가 왜 거기서 나와? 뒤를 쫓고 있는 줄 알았던 무리들이 반대쪽에서 뛰어나오며 총을 쏘아 댄다. 희온이 고개를 숙이면서 머뭇거림 없이 방아쇠를 당겼다. 탕, 탕, 탕. 총성 끝에 나자빠진 시체를 눈으로 센 그가 세워진 차바퀴 쪽으로 몸을 숨겼다.

아직 셋 더 남았지. 희온이 탄식했다. 아침은 좀 찝찝했지만 오전엔 기분 좋은 섹스를 마쳤으니 집에 가서 저녁 내내 싸구려 영화를 보다 잠들고 싶었을 뿐인데. 운명을 저주하는 동안 차 반대편에서 들리는 기척에 희온이 트럭 아래로 몸을 낮춰 총을 겨눴다.

탕!

종아리를 맞고 나자빠진 남자의 뒤통수에 한 발 더 쏜 희온이 좁은 건물 사이로 몸을 숨기고 다시 장전했다. 남자 둘이 양쪽에서 포위망을 좁혀 오고 있는 게 반대편 건물 쇠틀에 반사되어 보인다.

희온은 정말로 귀찮은 얼굴을 했다. 전역 지원서 낸다. 진짜 낸다. 건물 틈의 한 발자국 안쪽에 숨어 한숨을 내쉰 희온은 품에 끌어안은 팝콘통을 아쉬운 듯 내려 보다가 말을 뱉었다.

"혹시…… 팝콘 좋아하세요?"

나는 좋아하는데. 희온이 옆구리에 소중히 끼우고 있던 팝콘통이 순식간에 허공을 날았다. 탕! 탕! 갑자기 튀어나온 무언가에 놀란 사내들이 쏜 총알에 의해 팝콘통이 터진다. 하얀 팝콘이 정신없이 흩날리는 찰나 건물 사이에서 빠져나온 희온이 손쉽게 양옆의 사내 둘을 쓰러뜨렸다.

"아……."

그저 시선을 빼앗을 게 필요했을 뿐인데. 바닥에 형편없이 흩어진 팝콘들을 안타깝게 보던 희온은 골목 끝에서 느껴지는 여유로운 기척을 눈치채고 불퉁한 목소리를 했다.

"제발 이런 짓 좀 안 하면 안 돼?"

"높으신 분들은 원래 의심이 많잖아."

그거 나 납득하라고 하는 말입니까? 희온이 발로 찬 쓰레기통이 삑 소리를 내며 벽에 처박힌다. 그런 희온을 질린 얼굴로 본 남자는 그의 오래된 친구이자 상관인 쉐드였다. 친구가 먼저였고 상관이 이후여서, 희온은 사적인 공간에서는 그와 편하게 대화했다. 그러니 쉐드라고 그의 마음을 모르는 게 아니었다.

희온이 정부 일을 한 지도 오래됐는데 여전히 윗선에서는 그의 능력을 끊임없이 시험했고 의심했으며 시도 때도 없이 그에게 충성심을 강요했다. 처음에야 그러려니 응했던 희온도 점점 그 빈도가 잦아지고, 실제 상황과 테스트가 헷갈릴 지경이 되자

학을 뗄 수밖에 없었다.

"가자."

쉐드와 함께 자리를 뜬 희온의 뒤로 골목길에 즐비한 시체들이 순식간에 홀로그램으로 바뀌어 흔적 없이 사라졌다. 벽에는 '바시트록스의 멸망을 위해!'라는 선전 벽보만 위태롭게 붙어 있을 뿐이었다. 희온이 피곤한 눈을 비비며 한숨을 내쉬었다.

"나 오늘 쉬는 날이란 말이야."

"나도 몰라. 네가 더 잘 알겠지. 나 몰래 윗사람들하고 연락하잖아, 너."

쉐드와 희온이 주거 1구역 근처로 들어서자 근처를 지나가던 사내들이 거수경례를 했다. 보는 둥 마는 둥 눈에 띄는 것만 받아 주며 숙소까지 걸어온 희온은 주머니에 손을 찔러 넣은 채 쉐드를 마주했다.

"나도 사적인 시간 좀 가집시다."

"말은 전해 볼게. 간다."

쉐드가 흔들던 손으로 장난스럽게 경례하며 근처 자신의 집으로 향했다. 희온은 골목 끝을 바라보다가 건물 1층 자판기에서 불량 식품 버튼을 여러 번 눌렀다. 팝콘 없이 보는 영화는 영 심심할 테지만 휴일 오후까지 총질만 하다가 끝낼 순 없다. 늘어지게 누워 있기라도 해야 했다. 그러나 어느새 희온의 주변으로 옹기종기 모인 팀원들이 한마디씩 던졌다.

"캡틴, 그런 거 자꾸 드시면 턱 나갑니다."

"네 턱부터 나가 볼래요?"

"캡틴, 제 에너지 음료 나눠 드실래요?"

"됐어. 너나 드십쇼."

"어? 캡틴, 어디 다녀오십니까?"

"제발…… 신경 꺼…….."

자판기에 코인을 넣을 때마다 불러 대는 팀원들 목소리에 결국 가까이 있는 하사의 이마를 쭉 밀어낸 희온이 후두둑 쏟아지는 과자들을 끌어모아 들었다.

희온은 특수작전 사령부 예하 소속팀 '락테아'의 캡틴이었다. 그들은 이 나라 '하프록스' 내 소도시 하얀 숲에서 주둔하는 특전단이었다. 정예 요원인 만큼 게릴라로 팀원들을 차출해 가며 그곳에 머물고 있었으니 대부분의 부대원들에게 이곳은 마음의 고향이나 다름없었다. 희온만 빼고.

"들어 드릴까요?"

"아니."

'훈련을 하도 지독하게 하다 보니 다 정신이 반쯤 나간 거야.'라는 소리를 희온에게 심심찮게 듣는 팀원들은 평소에도 그에게 말 거는 것을 즐겼다. 캡틴이 해 주는 말대꾸를 세어 목돈을 주고받는 내기를 하다 걸린 것만 벌써 일곱 번이었다. 그러나 말은 냉랭하게 해도 이런 일로 그들에게 불이익을 준 적 없는 희온의 성격도 그런 장난이 반복되는 데 한몫했다.

"문 열어 드릴게요."

"아니, 좀 비키세요."

지금 희온의 앞에서 계속 기웃거리는 건 새벽부터 집 문을 두들겼던 오웬 하사였다.

"에이, 열게 해 주세요."

"나는 팔 없어?"

"네. 과자 봉지에 가려서 안 보입니다."

오웬은 그저 희온에게 관심을 받고 싶을 뿐이었지만 희온은 오웬에게 관심과 사랑을 줄 마음이 전혀 없었다. 오웬을 비롯한 락테아의 팀원들 전부가 희온을 좋아하는 데는 더 많은 이유가 있었다.

우선 희온은 이런 대화에서의 반응이 아주 재미있으며, 실력 좋은 특전사인 동시에 모든 팀원을 세세히 살피는 훌륭한 캡틴인 데다 허상을 좇지 않고 현실적이기까지 했다.

사실 그가 충성하는 건 신이나 국가가 아니라 돈과 금품이라는 걸 모르는 팀원들은 없었다. 명예를 높이 사는 부대와는 어울리지 않는 것이었으나 그는 그것을 고집했다. 팀 특성상 짧게 자르지 않아 차분히 내려앉은 까만 머리와 대조되는 하얀 피부 또한 팀원들이 좋아하는 희온의 성격과 잘 어울렸다.

쾅!

일부러 문을 세게 닫은 희온은 담배와 과자를 한쪽으로 밀어 놓고 트랜스퍼에 쌓인 메시지부터 확인했다. 흔히들 본부라고 부르는 특수작전 사령부에서 종종 직접 명령을 내리곤 했지만 메시지 함이 빈 걸 보니 아마 오늘은 없는 모양이었다.

그럼 우리 예쁜이들 구경 좀 할까?

희온이 방으로 들어가 옷장 문을 열었다. 옷장 속에 가득한 옷을 몇 번 헤집더니 벽에 음침하게 숨겨진 나무판자를 뜯어낸다. 그 속엔 돈뭉치가 제법 쌓여 있었다.

잘 묶여 있는 것들을 사랑스럽다는 듯 바라본 그가 그대로 바닥에 앉아 과자 봉지를 찢었다. 돈 구경을 좀 하다가 영화를 틀

생각이었다. 희온이 사랑스러운 새끼들을 세어 보며 과자 하나를 입에 밀어 넣었을 때였다.

드르륵.

트랜스퍼가 울었다. 직업상 해킹당하기 쉬운 것들을 가질 수 없는 희온의 기계는 현존하는 것 중 가장 구린 메시지 트랜스퍼였다. 흑백의 화면에서 픽셀이 깜빡거리며 메시지를 띄운다. 방금 막 도착한 메시지는 두 개였다.

[너.]
[튀었다 이거지.]

그러나 그 메시지를 상큼하게 무시한 희온은 돈을 다 센 다음 다시 나무판자를 끼워 두고 옷장 문을 닫았다. 그사이에 또 메시지를 보내 놓은 남자는 종종 자신에게 부티콜을 보내는, 오늘 오전에도 만났던 상대였다. 문제는.

[다음에 쑤실 땐 묶어 놓을 줄 알아요.]

유독 이 남자하고의 상성이 너무 잘 맞는다는 것에 있었다. 한번 자면 자신이 울며불며 그만 싸고 싶다고 애원할 때야 끝나기 때문에 그 여운이 길면 이틀은 가곤 했다.

하얀 숲에 사는 것 같지 않은 이 남자는 아주 가끔씩 근처에 올 때마다 연락을 해 왔다. 그 텀을 생각해 보면 짧게 하고 혼자 튄 오늘 오전의 섹스가 아쉽긴 했어도 자신의 입장에서는 깔끔하고 좋은 마무리였다. 그의 메시지를 또다시 무시했으나 이 절륜한 놈은 섹스 밖에서도 꽤 집요했다.

드르륵.

[대답.]

그제야 희온이 메시지를 전송했다.

[그래…… 나도 내 마음대로 하는데 너도 네 마음대로 살아야지. 힘내세요.]

쉽게 잘라 내도 되는 상대임에도 이만큼 친절하게 답장해 준 이유는 어디 가서 두 번 다시 못 만날 자신의 취향이었기 때문이었다. 살랑이는 바람에도 흩날릴 것 같은 밝은 금발에 커다란 키, 또렷하고 깊은 눈매에 탄탄한 몸, 사냥개처럼 물고 늘어지는 섹스 타입, 더불어 절륜한 삶과는 어울리지 않는 그 흔한 이름까지.

만약 조금만 더 여유 있는 삶이었더라면 이 남자를 상대로 격한 섹스 놀음에라도 빠졌을 게 분명했다. 달래는 듯한 메시지를 보낸 희온이 트랜스퍼를 내려놓았다. 이제 소파에 누워 완벽한 휴일 저녁을 즐길 시간이었다.

토마토 수프를 끓여 와 숟가락으로 푹푹 떠먹으면서 희온은 어제부터 벼르던 영화를 보는 중이었다. 저렴하게 제작된 공포 영화에서 튀어나오는 유령들이 시시하기 짝이 없어서 희온은 수프가 튄 숟가락을 물어 빨면서 유령 분장을 감상하는 중이었다.

야, 진짜 거길 들어가냐. 주인공이 스스로 암흑으로 걸어 들어가는 꼴을 보면서 그가 혀를 찼다. 죽으러 가네, 죽으러 가.

똑똑.

"물 보급입니다."

희온이 리모컨으로 영화를 일시 중지 해 두고 현관으로 향했다. 계획도시인 거주 지역을 제외한 하얀 숲은 조금만 벗어나도 사방이 키 높은 하얀 나무들로 막혀 있었고, 그만큼 주기적인 물 공급이 중요했다. 희온은 휴일까지 물을 들고 온 팀원에게 위로라도 해 주기 위해 문을 열었다.

"캡틴에게 물과 같은 존재인 제가 배급됐습니다."

"응, 반납."

열었던 문을 얼른 다시 닫았지만 절반도 닫히지 못하고 큰 손에 문짝이 붙들렸다. 커다란 놈이 몸을 숙여 가며 집 안으로 들어오려고 하기에 희온이 팔을 들어 그 쇄골을 밀어 댔다.

문전박대당하는 중인 페트로프는 얼마 전 작전 파견 나갔던 팀원이자 락테아의 부중대장이었다. 사실 워낙 서로 볼꼴 못 볼 꼴 다 보여 주며 살다 보니 이제는 동네 동생이나 다름없었지만.

허우적거리는 놈을 좁아진 문틈 밖으로 밀어내려다 포기한 희온이 뒤를 돌았다. 무식하게 힘만 세서.

"빨리 왔네."

"세 달 만이라는 걸 잊은 거 아니고요?"

선물도 사 오는데. 손에 든 봉투를 살랑살랑 흔드는 페트로프는 지난번 이 지역에서 벗어났을 때보다 피부가 새까맣게 타 있었다. 작전 나간 곳이 섬이라더니 뜨거운 햇빛을 어지간히 쬔 모양이었다.

봉투를 낚아채 안으로 물러서자 페트로프가 문을 활짝 열고 두 걸음 더 가까이 다가선다.

"캡틴, 있잖아요."

"안 됩니다."

나 아직 아무 말도 안 했는데. 알아, 숨도 쉬지 말라는 뜻이야. 희온은 그가 무슨 말을 할지 얼핏 예상하고 있었다. 세 달 동안 길게 이어진 작전은 아마도 그를 정신적으로 괴롭혔을 게 분명했고, 페트로프는 이곳에서 유일하게 희온의 능력에 대해 알고 있는 남자였다.

"싫으면······ 조르진 않겠지만, 그래도 한 번 생각은 해 봐 달라는 거죠. 어?"

안 가? 봉투 안 내용물을 확인한 희온이 그것을 테이블 위에 두며 다시금 페트로프를 내쫓았다.

"간다, 지금 가요."

힘차게 들어섰던 게 무색할 정도로 쉽게 체념해 돌아서는 그의 덩치는 못 본 사이 살이 빠져 근육만 남고 죄 말라 있었으며 목덜미에는 넓은 반창고가 들러붙어 있었다. 붕대가 오래 감겨 있었는지 그 반창고 부근만 살이 덜 타 하얬다.

희온은 닫힌 문의 잠금장치를 다시 걸어 잠그고 거실로 돌아왔지만 영화는 더 이상 보고 싶지 않았다. 먹다 남은 수프 그릇을 싱크대에 던지듯 내려놓고 방금 페트로프가 가져온 봉투를 열었다.

그 안에는 납작한 복숭아와 새빨간 토마토가 가득 들어 있었다. 냉장고 안에 넣기 위해 봉투를 뒤적이던 그는 그 안에 이질적인 재질의 것이 한 가지 더 들어있다는 것을 깨닫는다. 희온은 그것을 묵묵히 들여다보다 짧은 한숨과 함께 냉장고 문을 닫고 욕실 안으로 들어섰다. 샤워를 해 둘 생각에서였다.

* * *

희뿌연 안개는 온몸을 적실 것처럼 습했다. 멀리서 폭격음과 총성이 끊임없이 이어지는 그곳에는 이미 죽음이 만연해 있었다. 코를 찌르는 시취 때문에 숨을 쉬기 힘들어서 희온은 담배 하나를 물어 불을 붙여 두고 모래를 끊임없이 밟아 나갔다.

당장 이 근처에는 시체가 없었지만 아마도 이것은 주인이 기억하는 환후일 것이었다. 당장 한 치 앞을 보기가 어려울 정도였지만 가만히 멈춰 있을 수는 없어서 붉은 모래언덕 너머 총성을 향해 더 가까이 걸었다.

희온은 다 피운 담배를 버리고 텁텁한 향이 남은 입안으로 습한 공기를 크게 들이마셨다. 그렇게 얼마를 더 걸어가서야 보인 언덕 아래 막사 안으로 들어가 익숙한 모양의 캐리어를 잡아 열었다. 그 안에 든 총을 꺼내 조립한 다음 막사를 벗어나는 몸짓은 군더더기 없이 간결해서 꼭 기계적인 움직임 같아 보이기도 했다.

안개가 가득한 건 이곳뿐인지 모래언덕 너머 해변은 햇빛이 쏟아지고 있었다. 다만, 새까만 연기가 아래 표면을 징그럽게 덮었을 뿐. 희온이 언덕 맨 위에 도착하자마자 발로 바닥을 몇 번 문질러 자리를 만들었다. 바닥이 제법 평평해지자 곧바로 엎드려 총을 길게 밖으로 뻗고 스코프에 눈을 가져다 댔다.

상대의 작전을 방해하는 것이 임무라는 것 같았는데 지금은 거의 난장판이 따로 없었다. 희온은 해변가의 페트로프와 얼굴을 알아볼 수 없는 팀원을 확인했다.

탕탕탕탕. 반대편에서 연사로 발사되는 총알들에 페트로프 발치의 모래가 틱틱거린다. 그것들은 매섭게 페트로프의 뒤를 쫓았다.

탕!

역시나 얼마 가지 못하고 그중 한 발이 그의 바로 근처에 있던 사내를 맞춘다. 그는 곧장 뒤로 쓰러졌다. 그 과정에서 다쳤는지 뒷목이 온통 붉게 물든 페트로프가 이를 악물고 전우의 발목을 잡아 커다란 바위 뒤쪽으로 당겼다. 그러나 아무 미동도 없는 남자는 이미 죽음의 그림자에 잠긴 것 같아 보였다.

이제 그 해변에서 같은 전투복을 입은 사람 중 살아남은 이는 페트로프가 유일했다. 스코프 렌즈를 통해 상황을 빠짐없이 보던 희온이 총을 반듯하게 고쳐 쥐면서 적들이 있는 방향으로 총구를 틀었다.

사실 희온은 저격용보다는 돌격용 소총이 편했다. 저격총은 너무 크고 예민해서 이동도 불편할 뿐만 아니라 거리감에 약한 희온이 다루기에는 초점 조준에 시간이 꽤 필요했다. 설상가상으로 지금 든 총은 구식이라 직접 거리 가늠까지 해야 하는 것 같았다.

……400미터?

멀리 보이는 적의 머리를 조준한 희온이 총을 살짝 위로 들었다. 멀다. 숨을 잠시 멈췄다.

탕!

"안 맞네."

막 페트로프 쪽으로 가까이 붙던 남자의 헬멧 위로 총알이 스쳤다. 큰 반동에 희온의 한쪽 어깨가 살짝 뒤로 밀렸지만 희온은 단번에 자세를 바르게 하며 한 번 더 장전했다. 이번에는 총구가 미세하게 아래로 내려온다.

탕! 어디서 쏘는지 몰라 허우적거리는 남자의 목젖에 총알이 관통했다.

탕! 탕!

좋아. 희온은 몇 남지 않은 적들을 차례로 조준해 쐈다. 갑자기 자신들을 향해 날아오는 총알에 남자들은 빠르게 몸을 숨겼으므로 단번에 전부 죽일 수는 없었지만 어차피 지리한 전투로 적군 아군 할 것 없이 체력과 인원이 거의 바닥 난 상태였다. 뒤로 후퇴해 멀어지는 적에게 다시 총을 갈겨 봐도 거리가 너무 멀어 총알은 형편없이 그 근처에 떨어진다. 진짜 구리다.

희온은 우선 근처에 누군가 더 있는지 확인한 다음 몸을 일으켰다. 터벅거리며 언덕을 내려가는 동안 붉은 모래가 희온의 발에 감겨 온다. 순식간에 조용해진 주변이 평온을 흉내 냈으나, 능선을 따라 내려온 해변가는 지옥이 따로 없었다. 죽음이라는 동등한 판결 아래 적군과 아군은 구분 없이 뒤엉켜 널브러져 있었고 탄피들은 자갈처럼 군화에 밟혀 튀었다.

"정, 지, 정지. 용무 및 암구호를 밝히지 않으면 발사한다."

페트로프가 있었던 곳으로 내려와도 그가 보이지 않는다 싶었더니 붉은 바위 뒤에서 까만 총구가 튀어나왔다. 이게 진짜.

"쒀. 그럼 나야 좋지."

"……캡틴?"

희온을 알아보자마자 총을 내리고 허겁지겁 다가오는 페트로프에게선 착각처럼 짙은 피 냄새가 풍겨 왔다. 그의 상태를 보아하니 담배가 필요할 것 같아 주머니에서 끄집어내는 동안 페트로프는 코앞까지 다가와 있었다.

하얀 숲에 있어야 하는 캡틴의 등장을 의심하듯 눈동자를 떨어대던 페트로프는 금방 눈 아래를 붉혔고, 희온에게 이곳에 온 이유를 묻는 대신 굵은 눈물을 떨어뜨리기 시작했다. 투명하게 맺힌 눈물은 얼굴에 튄 핏물과 함께 탁하게 아래로 떨어졌다.

"전부 죽었어요. 나만, 살았어요."

"알아요. 물어."

희온이 담배 두 대를 한꺼번에 빨아 불을 붙여 그중 하나를 페트로프의 젖은 입술에 물렸다. 근처에서 검붉게 만들어진 피 웅덩이는 모래 사이로 스며들어 더 넓어지지 않았고, 그마저도 밀려오는 파도에 빠르게 희석되어 갔다. 희온은 그들의 얼굴을 조금도 알아볼 수 없었지만 페트로프의 눈에는 뚜렷할 게 분명했다.

희온은 필터를 빨면서 방금 막 페트로프가 튀어나온 바위에 걸터앉았다. 비린 냄새와 시취가 이번에도 매캐한 담배 냄새에 흐려진다.

"……어떻게 여기까지, 오셨습니까."

페트로프는 담배를 손가락 사이에 끼워 두고 힘없이 어깨를 떨어뜨린 채 서럽게 오열하기 시작했다. 그는 이곳에 숨이 붙어 살아남은 것이 혼자가 아니라는 것만으로 위로받고 있었다.

고마워, 고맙습니다. 재차 그렇게 인사하며 우는 남자를 지켜보던 희온이 조용히 바위 뒤로 걸음을 옮겼다.

"콜록."

희온이 기침을 터뜨리며 침대에서 몸을 벌떡 일으켰다. 머리가 통째로 터져 날아가는 것 같은 거짓 두통이 순식간에 몰려온다. 끔찍한 이명에 머리를 감싸 쥔 희온은 허리를 숙여 이불에 얼굴을 묻었다. 이내 거친 숨소리가 그 위로 연신 쏟아져 내린다.

온몸이 식은땀에 젖어 끈적거렸지만 더 이상 죽음의 냄새는 나지 않았다. 뇌를 울리는 통증도 지금의 것이 아니다. 그러나 껍데기만 남아 피를 뿜는 시체들은 환시가 아니었다. 내도록 손에 쥐고 있던 물건을 집어 던지듯 내려놓고 침대에서 벗어난 희온이 창문을 열었다.

밤에도 항상 불을 켜 놓고 있는 방 안과는 달리 밖은 아직 한밤중이었으나 그는 더 이상 잠을 잘 수 없는 스스로를 알고 있었다. 왜 오늘은 휴일이 아니지? 투덜거린 희온이 물을 마시며 머릿속에 남은 꿈의 잔해를 털어 냈다. 다른 이의 기억을 꾸고 나서 기분이 유쾌했던 적은 단 한 번도 없었다.

[당분간 여기 있을 거니까 연락하세요.]

[씹지 말고.]

밤사이 트랜스퍼에는 섹스광의 쿨 하지 못한 메시지가 몇 개 도착해 있었다. 씹지 말라는 마지막 메시지에도 고민 없이 기계를 내려놓았다. 그래도 그 덕분에 어제 오전의 섹스가 떠오르자 기분이 나아지는 것을 느낀 희온은 치우지 않고 내버려 둔 집을 정리하기 시작했다.

"좋은 아침, 캡틴."

"좋은 아침."

"네. 캡틴은 피곤해 보이시네요."

"모두 다 같이 진흙탕에서 구를 생각에 설레서요."

해가 뜬 아침, 줄을 맞춰 서서 오전 훈련 준비에 매진하고 있는 팀원들을 훑어본 희온은 그 옆에 서서 스트레칭을 시작했다.

락테아는 일반적인 군부대는 물론이고 다른 특전단과도 성격이 완전히 달랐다. 락테아는 특수작전 사령부 아래 놓인 육해공군 특전사들과는 달리 완전히 따로 분리된 직할 부대로, 주적 교란이나 주요 인사 사살 등 드러나지 않는 검은 작전들을 맡은 특수 임무 부대였다.

이 넓은 땅에서 가장 위대했으며 또한 존재감이 흐린 부대이기도 했다. 존재 자체도 비밀이었다가 몇 년 전 수면 위에 드러난 이후 하프록스 사람들은 특수부대라는 단어를 락테아라고 명사화 해 불렀다.

아무도 모르게 적진 깊숙이 침투해야 하는 임무의 특성상 그들은 대부분 사복을 입었다. 부내 마크 역시 가지고 있지 않았다. 일반 부대와는 훈련 방법, 과정도 완전히 달랐다. 쓰러져 가는 공터 같은 곳이 그들의 훈련장이었으며 그 안에서는 실제의 것과 외관은 물론 타격감, 반동, 소리까지 완벽히 일치하는 훈련용 총을 주로 사용했다. 실제 총도 번갈아 가며 사용하긴 했지만 어차피 그건 선택사항이었다.

그들이 진심으로 누군가에게 상해를 입히고 싶은 거라면 손에 쥐는 모든 것이 무기일 수 있었다. 물론, 그렇다고 해서 락테아 팀원이 매사 그렇게 험악한 사람들이라는 건 아니었다.

'또 락테아 놈들이야?'라는 말은 최근 스탠드업 코미디에서 쓰여 유명해진 대사였다. 일단 작전에 투입되면 평범한 일반인처럼 녹아 들어가야 하는 특성상 그들은 딱딱한 군대 말투를 쓰지도, 매사에 경례를 하지도 않았다.

당연히 장발이나 머리 염색, 수염을 기르는 것도 허용되었다. 작전이 잠시 잦아들었던 한때 지루함에 미쳐 가던 팀원들은 수염을 무지개 색으로 물들이며 놀기도 했다. 그런 자유로움은 높으신 분들에게 눈엣가시였지만 팀원 중 그 누구도 신경 쓰는 사람은 없었다.

매사 조용하고 깔끔하게 일을 처리하는 것에 비해 사적인 곳에서는 다들 그렇게 엉망진창일 수가 없었다. 마치 짜고 친 것처럼 여기저기서 사고를 치고 다녔고, 양치기 개처럼 왁자지껄하게 뛰어다녔다.

언젠가 이 주둔지에 길 잃은 일반인이 들어온 적이 있었는데, 그는 이곳이 반쯤 미친 알코올 중독자들의 집합지라고 생각하고 신문사에 투고한 뒤 서둘러 도망간 적도 있었다. 물론 정말 신문에 나오지는 않았지만 어쨌든 윗사람들에게 꼬투리를 잡힌 일들 중 하나였다.

그런 그들이 오늘 유독 조용한 건 아마도 어제 돌아온 페트로프의 소문을 모두 들었기 때문일 것이다. 아무리 유쾌하게 훈련하며 살고 있다고 한들 그들은 군인이었다. 무슨 작전을 하고 어떤 훈련을 하든 결국 살아남아 가족들과 행복하게 살고 싶어 하는 군인.

이번 게릴라 작전단 중 락테아에서 차출된 요원은 페트로프 하나였지만 다른 곳에서 삼삼오오 모인 이들 중 살아남은 이 역시 페트로프뿐이었다.

"이 습하지 않은 공기가 얼마나 그리웠는지."

그러나 소문의 주인공은 생각보다 개운해 보였다. 그래, 너는 잘 잤겠지. 페트로프가 오랜만에 보는 전우들과 쾌활하게 인사하는 동안 희온은 하품을 했다. 낮잠이 간절했기 때문에 오늘 밤은 불쾌하더라도 약의 힘을 빌려야겠다고 생각하면서 계획된 훈련을 소화하기 시작했다.

"캡틴."

잠시 쉬는 시간, 페트로프가 희온의 옆으로 다가왔다. 하얀 숲의 주변은 말 그대로 하얗기만 한 풍경으로 이루어져 있었다. 가끔씩 입는 그들의 전투복이 전부 흰색인 이유이기도 했다.

뾰족한 나뭇잎도, 나무 기둥이나 바닥의 흙도 하얗거나 색이 없어서 그 지역은 별칭 그대로 하얀 숲이라는 이름의 소도시로 개발되었다. 먹을 것도, 짐승들도 찾아보기 힘든 곳은 워낙 고요해 그 별명이 특히 더 잘 어울리기도 했다.

"고마워요. 진심입니다."

"감사 표현은 지폐로 해."

커다란 나무의 응달에 앉아 목을 축이는 중인 희온은 평소와 같았다. 그러나 페트로프는 그가 간밤에 자신의 꿈에 나온 것이 우연이 아니라는 걸 알고 있었다. 그의 능력을 안 것은 우연한 사건 때문이었지만, 돌아오는 내내 트라우마에 시달렸던 페트로프는 어제 이곳에 도착하자마자 그를 찾을 수밖에 없었다.

물론 바뀐 것은 아무것도 없다. 결론적으로 그는 이전의 작전에서 혼자 살아 돌아왔고 그곳에 희온이 없었다는 것이 사실이며 그가 나타나 적을 쏘고 혼자 남은 자신을 위로한 것은 단지 꿈으로 치환된 기억의 환각화라는 것 또한 페트로프는 알고 있다. 그럼에도 불구하고 그 강렬한 꿈이 주는 위로에 페트로프는 정서적인 안정감을 되찾아 가고 있었다.

"두 번은 없어. 네가 내 정체를 아는 레귤러니까 협박 한 번 당했다 생각하고 해 준 거야."

"레귤러요?"

"너 같은 일반인."

아. 하고 고개를 끄덕인 페트로프가 커다란 어깨를 접고 희온에게 딱 붙어 징그러운 애교라도 부리듯 어깨에 뺨을 문질러 댔다.

"알아요. 그래서 더 감사한 거죠."

"비켜……. 더워."

"캡틴 품에 안기고 싶은 날씬데……."

철컥.

"갑니다!"

장난삼아 안기듯 굴었더니 곧장 총을 장전하는 캡틴의 박력에 얼른 도망치는 페트로프를 보며 희온이 희미하게 웃었다. 동시에 주머니 속 트랜스퍼가 짧게 울어 주머니를 뒤적였다.

[노아.]

자신이 알려 준 가짜 이름으로 부르는 구질구질한 이 파트너는 아무래도 최근에 실직을 한 모양이었다. 휴일에 만나 섹스를 하고 나면 곧장 일주일이고 보름이고 연락이 안 됐던 주제에 이번엔 정말 끈질기게 연락하는 중이었으니까.

당분간 이곳에 머물 거라는 말이 거짓은 아닌 모양이었지만 어차피 이곳은 일반 시민들이 사는 곳과는 꽤 떨어져 있었다. 만날 확률은 제로에 가깝다. 그래도 이쯤이면 답장을 해 줄 때도 된 것 같아서 희온은 기계를 제대로 잡았다.

[그래, 너의 노아는 지금 일하는 중이야. 방해하지 마.]
[당신이 내 노아였어요?]

아차. 1분도 안 되어 돌아온 답장에 희온이 곤란한 얼굴을 했다. 맥락을 읽지 못하는 이 또라이는 무시하자 싶을 때 빠르게 한 번 더 진동이 울린다.

[내가 마음에 들지 않았다면 그냥 말로 하는 게 좋을 겁니다. 어제 쑤셔 댈 땐 좋다고 엉덩이를……]

"……"

미친놈. 메시지를 다 읽지도 않고 기계를 주머니에 밀어 넣은 희온이 손목을 돌려 시간을 확인하곤 박수를 두 번 쳤다. 밥 먹을 시간이다. 희온은 전우들 무리에 섞여 굶주린 배를 쓰다듬으며 식당으로 향했다.

"나 테이커 검사해 보려고."

"네가?"

희온이 빵 두 개 사이의 고기 패티를 빼고 토마토 세 개를 착실하게 쌓은 다음 입에 밀어 넣었다. 큼지막한 입 모양이 난 토마토 샌드위치를 씹던 그에게 테이블 너머에서 하는 대화가 재차 들려왔다.

"지금 말고 고향으로 돌아가면. 나 좀 가능성 있어 보여."

"눈치도 더럽게 없으면서 테이커는 무슨. 그건 타고나야 된댔어."

희온은 표정 변화 없이 입에 가득 찬 것을 삼켰다. '테이커'는 누군가의 기억을 공유받을 수 있는 이들을 부르는 단어였다. 모두의 기억을 볼 수 있는 것은 아니고 유독 기가 강하거나 끔찍한 기억을 가진 사람들이 그것을 나누겠다고 집중했을 때 해당 기억의 아주 일부분을 볼 수 있는 정도였다.

그들은 주로 말하기 힘든 트라우마를 가진 이를 위로하고 치유했다. 물론 짧은 근무 시간에 비해 떼돈을 벌었기 때문에 최근 불안정한 사회에서 많은 이들이 선망하는 직업이었으며, 모든 것이 비밀인 기억 공유자에 대한 정보 중 유일하게 일반 사람들이 알고 있는 것이기도 했다.

"우리 희온이 많이 먹어."

근처에 앉으며 친한 척하는 쉐드의 얼굴을 보는 둥 마는 둥 하며 희온은 다시 샌드위치를 입에 털어 넣고 손을 탁탁 털었다.

"오후 훈련 끝나면 뭐 해, 간만에 술 한잔할래?"

"아니. 나 엄청 바쁠걸요."

단호하게 거절한 희온은 식사 자리를 정리하고 먼저 일어섰다. 아직

배를 덜 채운 쉐드가 희온을 따라 일어나기 위해 허겁지겁 먹는 것을 보고도 태연하게 자리를 뜬 그는 피곤한 눈두덩이를 손바닥으로 꾹 누르며 가장 그늘이 큰 나무 아래에 자리 잡고 드러누웠다.

누워서 바라보는 하늘은 선명했다. 구름 한 점 없는 푸름은 더없이 평온해서 정말 아무 꿈도 없이 잠을 잘 수 있을 것만 같았다. 물론 그건 사치겠지만. 잘 수 없다면 잠시 쉬기라도 할 생각으로 팔을 머리 뒤로 넘겨 베고 눈을 감았다.

'이렇게 비가 갑자기 내릴 때, 세상이라는 책이 한 장씩 뒤로 넘어가는 것 같아.'

'책 읽는 거 좋아해?'

'응, 좋아해.'

다정한 두 사람의 대화는 어둠 속에서 들려왔다. 함께 맡아지는 건 습기가 가득한 비 냄새였다. 희온은 이만한 비를 본 적이 없었다. 하얀 숲은 워낙 건조해 비가 오지 않는 곳이었으며 이전에 살던 곳에서도 이렇게 하늘이 다 가려질 정도의 비는 내리지 않았다.

그럼에도 희온은 지금 맡는 것이 비 냄새라는 것을 의심할 수 없었다. 누군가의 꿈속이었다.

"……캡틴."

분명 눈만 감고 조금 쉴 생각이었는데 그사이 짧은 잠에 빠진 모양이었다. 오늘은 좀 운이 좋은 편이네. 희온이 감았던 눈을 뜨자 아직 뿌연 시야 가까이에 페트로프의 얼굴이 다가와 있었다. 깜짝이야. 희온은 눈썹을 찡그리며 얼굴을 뒤로 뺐다.

"뭐 하냐."

"훈, 큼! 훈련, 시간이 다 돼서요."

페트로프가 말을 더듬으며 한쪽에 내려 둔 헬멧을 쥐고 적당한 거리를 두어 앉았다. 훈련 시간이 다 됐다던 그의 말과는 달리 확인한 숫자는 아직 계획된 시간과 멀기만 했다. 그에겐 들리지 않을 만큼 작은 한숨을 내쉰 희온이 앞머리를 아무렇게나 헝클어 넘기며 피로를 쫓았다.

페트로프는 상관의 옆모습을 바라보다가 상의 주머니에서 담배를 꺼내 그에게 건넸다. 별다른 말 없이 담배를 가져가 불을 붙이는 그는 틀림없이 아름다운 얼굴을 하고 있었다.

이곳의 사람들 중 누구도 저렇게 시릴 정도로 검은 머리카락은 가지고 있지 않았다. 그 머리카락은 하얀 숲과 대조되었으므로 동료들은 훈련 때마다 캡틴에게 얼른 헬멧부터 쓰라며 우스갯소리를 해 댔다. 그러나 그가 듣기에 그건 단순히 희온의 머리카락이 눈에 띄어서 하는 소리만은 아니었다.

까만 머리카락과 단정한 눈썹 아래, 얇았다가 끝으로 갈수록 조금 벌어지는 쌍꺼풀은 한쪽 눈이 더 짙은 것 같은데 이상하리만치 대칭이 완벽히 맞아떨어졌다. 코뼈는 단정하게 위로 솟아 코끝이 올라 있었고 그 아래 입술은 꽤 도톰한 편이었다.

게다가 웃을 때나 무언가를 고민하느라 얼굴에 힘이 들어갈 때면 한쪽 뺨의 중앙에 볼우물이 패어 들어갔다. 이렇게 보나 저렇게 보나 분명 눈에 띄는 미인. 그러나 페트로프는 희온을 단순히 미인으로만 치부할 수 없었다. 희온은 말 그대로 호감형이었다.

워낙 주변 사람들의 관심을 한눈에 받는 위치다 보니 종종 툴툴거리기는 해도 주변의 변화에 민감했고 또 적당히 자상했다.

커다란 상처를 몇 개씩 달고 우락부락한 근육을 자랑하는 팀원들에 비하면 그는 확실히 다른 모습을 하고 있었고 언제나 피곤해 보였다. 그러나 눈가에 피로를 달고 한숨을 뱉는 그 얼굴을 페트로프는 좋아했다.

당사자가 들으면 총으로 쏠까 봐 말은 할 수 없었지만 특히 무기를 들었을 때의 그는 더없이 예민해 보였으므로 페트로프는 훈련하던 그를 떠올리며 밤새 몇 번이고 스스로를 달랜 적도 있었다. 페트로프의 시선을 아는지 모르는지 희온은 그쪽으로 고개를 들지 않았다.

드르륵.

[곧 봐요.]

곧 보긴 뭘 봐. 다음 휴일에는 꼼짝없이 잠이나 자야 될 것 같은데. 트랜스퍼를 확인한 희온은 자신의 옆에서 느껴지는 시선을 모른 척하기 위해 무시해도 될 메시지에 답장을 보냈다.

[누가 나를 노려볼 때 가장 좋은 대처 방법이 뭐라고 생각해?]

드르륵.
답장의 텀은 짧았다.

[눈알을 뽑으세요.]

됐다. 뭘 바래. 희온이 어이없는 웃음을 짓는 동안 진동은 한 번 더 울렸다. 이번엔 섹스광이 아닌 윗선에서 온 연락이었다. 그 내용과 시간을 빠르게 파악한 희온이 트랜스퍼 기계를 주머니에 밀어 넣고 몸을 일으켰다.

"본부 일. 오후 훈련 먼저 들어가."

끝까지 따라붙는 페트로프 시선을 무시하고 집으로 향한 희온은 문 앞에 서서 입고 있던 겉옷을 벗어 던졌다. 더위를 식히며 익숙하게 주변을 둘러본 그가 허름한 화분을 들어 올렸다. 그 아래 놓여 있던 흰 봉투 안에는 돈다발과 만년필 한 자루가 들어 있었다. 작전 시간은 이미 10분이 경과되어 있었다.

"어디 내 집 살 돈을 마련하러 가 볼까."

담배를 성의 없이 끈 희온은 집 안으로 들어가 잠긴 현관문을 확인했다. 닫힌 커튼도 전부 살핀 뒤에야 서랍에서 약을 한 알 꺼내 삼키며 소파에 드러누웠다. 희온의 손에는 만년필이 들려 있었다. 그 만년필이 손에서 빠지지 않도록 양손을 겹쳐 배 위에 올려 둔 채 눈을 감았다.

"오랜만이네요."

환각처럼 끝이 어물거리는 꿈속에서 희온은 꿈의 주인을 향해 다정하게 말했다. 희온은 주로 꿈 주인의 연인이었다. 그것이 무언가를 캐내기 가장 쉬웠기 때문이기도 하고 비교적 재밌고 다양하게 접근하기 편하기 때문이기도 했다.

희온은 특수작전 사령부 예하 소속팀 락테아의 캡틴이면서, 동시에 국가에서 숨겨 둔 기억 공유자였다. 희온은 기억 공유자 중에서도 상위의 '맨더'였다. 기억의 일부 조각만 가져오는 '테이커'에 비해 맨더는 원하는 누구의 꿈이라도 들어가 그의 꿈과 기억을 볼 수 있었다. 희온이 끊임없이 본부의 견제를 받는 이유이기도 했다. 그는 누구의 꿈에라도 들어가, 어떤 사람이라도 될 수 있었다.

이 나라, 하프록스의 땅끝에서는 아직도 가끔씩 전쟁이 발발했다. 하프록스만큼이나 넓은 영토를 가지고 있는 바로 옆 나라, 바시트록스와의 관계 때문이었다. 물론 잠시 총성이 멈출 때도 있었지만 그건 나라의 이익을 두고 한자리한다는 사람들이 머리싸움을 해 댔을 때에 한했다. 한때는 친바시트록스 정권이 들어와 모든 전쟁이 일시적으로 멈춘 적도 있었다. 애석하게도 길게 이어지진 않았지만.

역사상으로 보자면 하프록스는 바시트록스에서 떨어져 나온 국가였다. 땅 위의 모든 것을 지배하는 나라라고 불리던 바시트록스는 여러 나라를 침략하며 크기를 키워 왔고 그 절대적인 정치적, 경제적 권력은 꽤 오래 이어져 왔다. 그러다 언젠가 바시트록스에서 일어난 폭동이 전쟁으로 커지면서 대륙 절반이 뚝 떨어져 나가는데, 그것이 하프록스였다.

'바시트록스'의 절반, '하프록스'. 그렇게 별개의 나라로 선언된 뒤 백 년을 이어 온 역사가 있었다. 무역 관계나 정치적인 이슈를 앞세워 화해를 시도하기도 했지만 그것은 잠시의 시늉일 뿐이었고, 대다수의 날엔 지금처럼 주적으로서 끊임없는 전쟁이 이어졌다.

그러다 하프록스에서 기억 공유자 '테이커'를 발견한 게 불과 십여 년 전 일이었다. 사람들은 누군가의 기억을 생생하게 영상으로 전달받을 수 있다는 것에 두려워하면서도 열광했지만 정부는 그것으로 멈추지 않았다.

테이커들이 기억을 받을 수 있는 전제는 그것의 주인이 뚜렷하고 강한 기억을 가지고 있을 때에 한했고, 그것으로는 실세 이익을 끌어내기가 어려웠다. 그래서 테이커의 능력을 가진 자들을 훈련시켜 원하는 기억을 모두 가져올 수 있는 자로 키워 내려고 했으나 이것은 쉬운 일이 아니었다.

그중 떨어져 나간 사람들이 태반이었고 개중에는 강도 높은 훈련을 버티지 못해 자살한 이도 있었다. 그럼에도 정부에서는 끊임없이 테이커의 능력 발현과 발전 가능성에 대해 연구해 나갔고, 마침내 누군가의 꿈에 마음껏 드나들 수 있는 맨더를 만들어 냈다.

희온을 포함한 맨더는 전부 숨겨진 카드로 키워졌다. 기억 일부만 가져올 수 있는 테이커와는 달리 꿈으로 직접 들어가는 형태인 맨더의 영향력은 상당했다. 그들은 타겟이 자는 시간에 맞춰 타겟이 소유한 물건을 쥐고 잠들기만 하면 타겟의 꿈으로 들어갈 수 있었고, 꿈 안에서 그들과 친밀한 관계를 위장해 필요한 기억과 정보를 골라 빼냈다. 국가에서 원하는 더없이 완벽한 산업스파이의 형상이었다.

"피곤해 보여요. 최근에 곤란한 일이라도 있었나 봅니다."

희온은 언제나처럼 다정하게 말하며 못생기기 짝이 없는 초면의 남자에게 기꺼이 연인을 모방했다. 이건 돈다발이다. 사람이 아니라 돈다발이야. 희온의 얼굴이 훨씬 더 상냥해졌다.

맨더에 관한 기록

맨더는 타겟의 물건을 쥐고 수면 시간을 동일하게 맞추면 그들의 꿈속으로 들어갈 수 있다.

* * *

희온은 감은 눈꺼풀 위에 뜨거운 물수건을 얹고 있었다. 최근 들어 짧은 텀으로 두 번이나 타인의 꿈에 들어갔다 나온 건 체력적, 정신적으로 부담이 커서 반나절 내내 소파에 누워 꼼짝도 하지 않는 중이었다.

맨더가 타겟의 꿈으로 들어가면 타겟과의 대화를 통해 기억을 불러올 수 있다. 타겟의 시선에서 보기만 하거나 혹은 맨더가 직접 개입을 할 수 있는데, 보통 트라우마 치료는 후자로 이루어졌다.

끔찍했던 기억에 맨더가 직접 들어와 실제와 다른 결과를 냄으로써 사람들은 완벽하게 위로받았다. 연구원들은, 타겟의 뇌에서 환시를 만들어 내면서 맨더와 엉키는 바로 그 순간부터 타겟의 평온함과 안도가 시작된다고 말했다.

사실 희온이 대단한 인물을 다뤄 본 건 아니었다. 정작 중요 인사의 꿈에 드나들어 스파이 일을 하는 건 자신보다 더 경력이 많은 맨더가 한다고 했다. 희온은 고작해야 하프록스 대륙 내의 정치적 분란이나 국가가 개입할 만한 기업 간의 세력 싸움, 혹은 돈 많은 재력가들의 트라우마 치료를 도왔다.

여기서 재력가들에게 받는 의뢰 금액은 땅값이 가장 비싼 도시에 집 세 채는 살 수 있을 정도였다. 하지만 맨더의 존재 자체가 극비라서 재력가라 해도 정권 실세의 최측근 정도는 되어야 가능했다. 국가는 그 돈을 모아 군대 형성에 힘을 쏟는 모양이었다.

덕분에 희온은 특전단의 캡틴이지만 중요한 작전 파견에는 차출된 적이 없었다. 가끔씩 게릴라 작전을 맡기는 척 본부에서 연락이 와 며칠씩 나갔다 돌아오긴 했지만 그건 그저 위장일 뿐이었다. 보통은 근처의 마을로 가서 맨더 업무를 하는 게 전부였다.

딱히 그것이 불만인 건 아니었다. 희온은 호화롭고 평화로운 것을 좋는 사람이었으므로 나라에서 주는 돈을 모으면서 이 잔잔한 땅에서 유유자적 캡틴 일이나 하는 것이 적성에 맞았다.

그나마 오늘은 두 시간이라도 꿈 없는 잠을 잘 수 있어서 최악의 컨디션은 면한 희온이 물수건을 잡아 내리고 트랜스퍼를 들며 부엌으로 향했다.

[노아.]
[그분 눈알은 뽑았어요?]

그동안 도착해 있는 메시지에 희온이 헛웃으며 물을 한 컵 가득 따라 삼켰다. 그러나 답장 대신 하품을 크게 한 희온은 기계를 내려놓으며 현관문을 열고 나가 한쪽에 놓인 암체어에 풀썩 주저앉았다.

이제 막 훈련이 끝났는지 해가 지는 숲속에서 터벅터벅 걸어오는 이들이 보였다. 자신도 여태 일을 한 건데 꼭 노는 것처럼 보일까 봐 괜히 허리를 반듯하게 펴 앉은 채 복숭아를 우물우물 씹었다. 땀을 닦던 팀원 한 명이 희온을 발견하고 다가왔다.

"캡틴, 일 끝나셨습니까? 아까 지역대장님이 찾으시던데요."

"소령님이?"

"어, 내가."

따로 운동을 했는지 땀을 한 바가지 흘린 것 같은 쉐드가 큰 보폭으로 다가오는 중이었다. 보는 사람이 다 찝찝해져서 희온이 은근슬쩍 몸을 의자로 조금 더 붙였다. 그 움직임을 모를 리 없는 쉐드가 코웃음을 치더니 문득 눈을 빛내며 다가와 희온을 힘껏 끌어안는다.

"아, 야! 좀, 쉐드."

"자 어때. 달콤한 남자의 냄새."

에이씨. 땀에 푹 젖은 쉐드의 머리카락이 티셔츠에 비벼졌다. 기겁하며 몸부림친 희온이 팔꿈치를 휘둘러 그를 뿌리쳤지만 쉐드는 꼼짝도 하지 않고 힘으로 눌러 그를 끌어안고 있었다. 결국 희온이 힘껏 발을 들어 그의 군화 위를 짓밟고 나서야 엄살 피우며 떨어진 쉐드가 원망스러운 얼굴을 했다.

"거기 부러졌었던 발인데."

"난 방금 막 씻었어."

"어쩐지 비누 냄새 나더라."

"용건이나 말해."

그거 좀 끌어안았다고 티셔츠를 당겨 냄새 맡기 바쁜 친구를 어지간하다는 얼굴로 본 쉐드가 주변을 살피더니 목소리를 낮췄다.

"우리 빠른 시일 내로 합동 훈련 들어갈 거야."

"갑자기 왜요?"

그야 나도 모르지. 대단하신 분들 말씀인데 내가 어떻게 알아. 쉐드가 어깨를 으쓱이며 말을 이었다.

"보통 아닌 놈들이라는데? 너도 알지? 검은 평원. 내 정보는 그게 끝이야."

"쉐드."

진지한 얼굴을 한 희온을 따라 쉐드도 진지해진다.

"얼굴이 약간 그렇게 생겼으면 쓸모라도 있어야 돼."

"……."

순식간에 모욕당한 쉐드가 죽이겠다고 덤벼들자 희온이 웃으며 빠르게 몸을 숙여 그의 팔 아래로 벗어났다. 현관문이 정 없이 닫히고, 철컥, 철컥. 잠금쇠 여러 개가 순식간에 잠긴다.

"저, 저, 저."

열 뻗친 쉐드를 문밖에 두고 집 안으로 들어온 희온이 옷을 훌렁훌렁 벗어 던지고 침대에 풀썩 누웠다. 낮잠을 한 번 잔 이상 밤에는 잠들 수 없다는 걸 알면서도 이불 속으로 들어가 냉기가 파고든 시트 위에서 몸을 몇 번 움직여 비볐다.

드르륵.

[눈알 뽑았냐니까.]
[못했으면 도와줘요?]

도와주긴 뭘 도와줘, 눈알 뽑힌 사람을 제대로 본 적도 없을 거면서. 최근 들어 꾸준히 연락해 대는 상대의 연락처를 삭제할까 진지하게 생각한 희온은 마치 짐승의 것처럼 커다란 그의 성기를 떠올리며 겨우겨우 기계를 엎어 두었다.

일반인 상대로 진지해지면 안 되지. 희온은 자비를 베풀기로 하면서 배 위에 깍지 낀 양손을 얌전히 얹고 눈을 감았다. 물론 그런다고 잠을 잘 수 있는 건 아니었지만 그래도 이렇게 쉬는 게 수면과 가장 비슷했다.

* * *

"이건 좀 심한데?"

그 뒤로 며칠간 고작해야 하루 한두 시간씩 자는 게 전부였던 희온이 피로에 젖은 얼굴을 찌푸렸다. 불면이 심했다 한들 이렇게 며칠 연속으로 잠을 못 자는 일은 드물었다.

심해도 이건 너무 심하잖아. 눈두덩이를 손가락 끝으로 꾹 누르다가 두 팔을 위로 쭉 뻗어 스트레칭하고 몸을 좌우로 당겨 근육을 늘려 가며 하품을 크게 했다. 아무래도 진짜 도움을 빌릴 때가 온 모양이었다. 우드둑 작은 소리가 나는 목을 이리저리 빙글거리며 돌린 희온이 한쪽 나무에 묶여 있는 커다란 개 앞에 섰다.

짝짝짝.

몸을 숙여 앉아 박수 세 번을 쳤지만 그 개는 콧방귀를 뀌는 성의도 보이지 않는다. 너 원래 나 좋아하잖아. 오늘따라 왜 이러지? 그저 눈을 꿈뻑거리며 보고 있기에 얼굴을 구긴 희온이 본격적으로 박수를 여러 번 치며 몸을 이리저리 기울여 댔다.

그러나 그 개는 심드렁한 얼굴로 두 앞발을 모아 그 위에 턱을 올린 채 희온을 보고 있을 뿐이었다. 희온은 이번에야말로 머리가 양쪽으로 홱홱 기울 정도로 움직임을 크게 하며 개의 시선을 끌기 위해 애썼다.

"개를 앞에 두고 재롱은 왜 네가 떨어?"

언제 가까이 왔는지 웃으며 보고 있는 쉐드의 목소리에 최대한 자연스럽게 개의 옆에 자리 잡고 앉은 희온이 개의 머리를 슥슥 쓸었다. 아무래도 목줄 때문인 것 같아 목에 감겨 있던 버클을 풀어 주자 역시 그것이 이유였던 듯 팍스는 당장 회온의 품에 달려와 꼬리를 신명 나게 돌렸다.

"얘 이름 내가 지었어."

"알아, 너만 보면 좋아 죽잖아. 근데 개 이름이 팍스가 뭐냐?"

"왜? 뭐 어때서."

커다란 선글라스를 쓴 회온이 개 옆에 아무렇게나 벌렁 눕자 팍스가 회온의 배 위에 얼굴을 대고 엎드렸다. 너도 목줄 없는 게 좋지? 그 털북숭이 머리를 아무렇게나 손으로 빗어 헝클였을 때였다.

삐익, 삐익, 삐익

[코드명 -37. 반복한다. 코드명 -37.]

아, 사람 쉬는 걸 조금도 못 보는 더러운 세상. 내 집 마련의 꿈과 돈 보고 참지. 회온이 몸을 벌떡 일으켜 선글라스를 주머니에 밀어 넣었다. 빠르게 조끼를 입고 총을 챙긴 그는 두꺼운 헤드셋 레일이 달린 헬멧을 쓰며 주파수를 맞췄다.

"오피뉴, 위치로."

－확인.

－확인.

돌격조 코드 네임 끝에 차례로 들리는 대답을 들으며 회온은 고글에 뜬 위치로 내달렸다.

흙먼지가 날리고 있는 건물의 한쪽은 폭발의 잔해로 완전히 무너져 내려 있었다. 콘크리트 절반을 그대로 깎아내린 것 같은 건물 3층 끝에 선 희온이 수신호를 보내자 돌격조 팀원 다섯이 일사불란하게 각자의 위치로 가서 자리를 잡았다.

그 맨 앞에 선 희온이 주먹을 쥐어 들자, 바로 뒤에 서 있던 팀원들이 숨을 죽인 채 총을 쥐어 겨냥했다. 그들이 바라보는 앞 코너 바닥 끝에 그림자가 일렁인다. 희온이 바짝 세운 검지를 앞으로 가볍게 까딱인다.

탕! 탕!

먼저 코너를 돈 희온이 방아쇠를 당겼다. 총알이 사내 둘의 머리에 정확히 꽂혀 들어가는 동안 시선은 다른 공간을 훑는다. 하나, 둘⋯⋯. 뭔 가짜를 열댓 명이나 보냈어?

둘을 먼저 쏜 희온이 반대쪽 기둥 뒤로 몸을 숙인 뒤 아직 같은 자리에 있는 팀원에게 시야 속 인원의 위치를 수신호로 알렸다. 코너 옆 둘, 계단 위 둘, 기둥 뒤 하나. 총알이 그가 있는 기둥으로 쏟아지는 동안 내용을 전달했으니 다음 할 일은 곧장 직진이었다.

"오웬 잘 챙겨."

─아 캡틴, 내가 무슨 짐입니까?

돌격조 신입이면 거의 짐이지. 주파수가 맞춰진 헤드셋을 통해 들려온 오웬의 엄살에 희온이 웃었다. 가자, 얼른 다 죽이고 밥 먹게. 몸을 틀자마자 방아쇠를 당겨 코너에서 고개만 내밀던 남자의 목을 쐈다.

탕, 탕. 이어진 돌격으로 정신없이 들리는 타격음이 길다. 계단까지 내달린 희온이 이제 막 위층으로 올라가던 남자의 꼬리뼈를 조준해 머뭇거림 없이 방아쇠를 당겼다.

탕! 큰 반동을 버티느라 마른 팔의 근육이 바짝 섰다 사라진다. 미안, 거기가 눈에 보여서. 아무렇게나 웃은 희온이 쓰러진 사내의 미간에 대고 머뭇거림 없이 총을 쐈을 때였다.

철컥.

"총 버리세요."

희온의 뒤통수에 총구가 와 닿았다.

톡톡.

재촉하듯 헬멧을 두들기고 내려온 그 쇳덩어리는 금방이라도 머리를 터뜨릴 듯 희온의 목덜미에 부벼졌다. 희온은 상대가 평범한 홀로그램이 아니라는 것을 단번에 알아챘다.

뭐야, 이거 가상훈련 아니었어? 어깨가 딱딱하게 굳었다.

-캡틴!

귀에서 팀원들이 부르는 소리가 들렸지만 희온은 대답할 수 없었다. 그저 뒤에서 겨눈 총구가 밀어 대는 대로 벽에 머리를 처박을 뿐이었다. 자신의 등 뒤에 선 남자는 희온을 벽에 밀어붙인 채 몸을 바짝 붙여 무기를 찾는 듯 더듬어 댔다.

"당신이 가져간 총이 다야. 더 없어."

이미 소총을 빼앗긴 희온이 양손을 펼쳐 들었지만 남자의 손을 멈출 기세 없이 희온의 몸을 더듬어 댔다. 당황한 희온의 몸이 굳은 사이 그 넓은 손바닥이 이번에는 엉덩이를 스치더니 허리를 감아 앞으로 파고들며 사타구니를 꽉 쥐어 붙든다.

뭐, 야? 거침없는 희롱에 희온이 말을 잃고 입을 벌렸다.

"있네요, 여기."

경악하며 몸을 단번에 돌린 희온의 앞에서 금발에 새하얀 얼굴을 뽐내며 한껏 웃고 있는 이 남자는,

"……헤이븐?"

여태 자신에게 꾸준히 메시지를 보내오던, 바로 그 섹스광이었다.

"너, 뭐 하는, 여기 일반인, 아니."

일반인 출입 금지 구역인 것을 말하고 싶었지만 그는 너무 보란 듯이 검은색 전투복을 입고 있는 데다 여전히 자신에게 총구를 들이밀고 있었다. 그가 일반인일 확률이 조금도 없다는 소리였다.

검은색 전투복? 검은색이라고? 어디 소속이지? 사방의 총성이 점점 더 가까워짐에도 불구하고 헤이븐은 총구를 희온의 턱 아래에 들이민 채 한 손으로 희온의 헬멧마저 벗겨 내렸다. 그러고는 꼭 그림 같은 웃음을 지어 보였다.

"절 아십니까?"

"뭐?"

탕!

희온을 겨누고 있던 권총이 곧장 방향을 틀어 난간에서 빼꼼 드러난 적의 머리로 향했다. 눈을 동그랗게 뜨고 있는 희온의 얼굴을 본 헤이븐은 한 번 더 근사하게 웃으며 잡고 있던 몸을 놓았다.

미처 말도 꺼내지 못하고 입만 벙긋거리는 희온을 두고 그는 계단 위로 성큼성큼 올라갔고, 어느새 빼앗겼던 소총은 희온의 손에 다시 쥐어져 있었다.

-캡틴! 괜찮아요? 어떻게 된 겁니까? 분명히 다른 사람 목소리가 들렸는데.

지지직. 눈앞에서 머리가 터지고 뼈가 부서진 시체들이 순식간에 홀로그램이 되어 사라진 것을 확인한 희온이 고글을 헬멧 위로 당기며 계단을 내려왔다.

방금 전까지 먼지가 뿌옇게 꼈던 전장은 순식간에 아무것도 없는 건물 공터로 뒤바뀌어 있었다. 그저 돌격조 팀원 다섯만 덩그러니 총을 든 채 서 있을 뿐이었다.

"러닝 던."

희온이 마이크에 대고 훈련 종료를 알리자마자 건물 밖에 있던 대기조와 지원조가 훈련 마무리를 위해 바쁘게 움직였다. 건물로 향하는 희온의 걸음도 따라서 빨라졌다. 쉐드에게로 쳐들어가는 중이었다.

락테아는 특전부대 중에서도 티어1에 속했고 거의 모든 팀원이 실제 전투와 작전에 투입된 이력이 있었다. 그러나 일반적으로 머무는 주둔지인 이 동네는 아주 조용한 숲이며 필요할 땐 본부에서 직접 요원들을 골라 파견을 명령했다. 락테아 팀원들이 모두 함께 움직일 만한 일은 드물었다.

훈련은 방금 같은 작은 케이스부터 암살 훈련, 목표 제거 훈련, 그리고 거의 실제 전쟁을 방불케 하는 것들도 존재했다. 실제 사람과 똑같아 보이지만 사실상 홀로그램으로 이루어진 적들이 쏘는 총에 맞으면 죽지는 않아도 부위에 따라 포인트가 쌓여 추후 진급에 불리했기 때문에 희온은 매번 실제 전투처럼 임했다.

진급 누락은 곧 자금의 누락이다. 필사적으로 미래 자금을 모으는 희온에겐 총상보다 더 무서운 일이었다.

그러나 희온에게는 그것보다 더 두려워하는 것이 있었다.

공과 사의 경계가 허물어지는 것.

희온이 최대한 몸을 사리는 이유도 그것에 있었다. 어쩌다가 사적으로 부딪히는 이들에게는 직업은 당연하고 자신의 이름을 '노아'라는 흔한 이름으로 숨겼으며 자신 역시 절대 그들의 사적인 스페이스를 넘어가지 않았다. 그런데, 어째서, 도대체 왜, 내가 얼마나 착실하게 살았는데.

쾅!

"쉐,"

"어, 저기 오네요. 희온, 여기 인사해."

헬멧을 던지고 문을 거의 부술 듯이 열었지만 그 안에는 섹스광과 쉐드가 마주 앉아 한가롭게 찻잔을 기울이는 중이었다. 자신과 방금 막 만난 게 꿈은 아니었는지 헤이븐은 아직 검은색 전투복을 입은 채였다.

"반갑습니다. 같이 훈련하게 된 엡실론 포스의 헤이븐입니다."

다짜고짜 이게 무슨 짓이냐고 물어보고 싶었지만 마치 초면인 것처럼 단정하게 내밀어지는 손과 인사에 희온이 얼굴을 구겼다. 그의 손을 잡지 않은 희온이 한숨을 길게 뱉었다. 망했다. 공과 사를 가르던 벽이 와르르 무너지고 있었다.

"예. 아주, 많이, 반갑네요. ······희온입니다."

"희온. 이름이 예쁘시네요."

"예. 그럼 일이 있어서. 지역대장님 저 애들 마무리시키겠습니다."

어금니를 꽉 문 희온이 내밀어진 헤이븐의 손을 찝찝한 얼굴로 잡은 뒤 돌아섰다.

땀에 젖은 머리카락을 연신 넘기곤 씩씩거리며 집으로 향하는 길, 당장 눈에 보이는 쓰레기통이라도 발로 차 버리고 싶은데 여기서 그랬다간 정리도 스스로 해야 하니 그러진 못하고 희온은 그저 분에 차 죄 없는 현관문만 쾅 닫을 뿐이었다. 거친 걸음으로 거실로 들어온 희온이 분에 차 씩씩거렸다.

"아니, 저게 어떻게 여기 있지?"

뭐? 절 아십니까? 반갑습니다? 이름이 예쁘시네요? 훈련 중인 전장에 들이닥쳐 몸을 희롱한 주제에 첫 만남인 것처럼 태연하게 연기하는 그 얼굴이 어이가 없었다. 그래, 자기도 쪽팔리겠지. 계속 섹스하던 상대가 합동 훈련할 팀의 캡틴이라니. 나만 그런 건 아닐 거잖아.

이 황당한 속을 어디다 풀 수가 없어서 거실을 서성이며 돌아다닌 희온이 발로 죄 없는 소파를 뻥뻥 찼다. 망했다. 어떡하지. 어떻게 이럴 수가 있지. 머릿속에 완벽하게 그어 둔 선 하나가 흐려지는 기분이었다.

"아, 새까만 것들이 뛰는 것도 꼭 개미 같네."

다음 날, 합동 훈련 일정이 급히 정해졌다는 것이 알려지자 락테아의 팀원들은 새벽부터 부산스러웠다. 여태 으쌰 으쌰 하며 한동네에서 살다가 생전 처음 보는 사람들을 동료로 받아 들이자니 싫은 모양이었다. 나라에서 하라니까 하긴 할 거지만 괜히 해 대는 낯가림의 일종이었다. 하필 엡실론 포스 팀의 훈련복이 전부 검은색이라 평소처럼 사복을 입은 락테아와 비교되어 눈에 띄는 바람에 더했다.

그들은 남부 해라베에서 온 팀이었다. 그곳은 이곳과는 달리 검은 평원이라고도 불렸기에 전투복이 검을 수밖에 없었고, 수일 내로 본부에서 흰 전투복이 지급될 거라고도 했다.

이곳으로 전출된 이들은 고작 열 명도 안 되는 소규모 팀이었지만 빠릿빠릿하게 움직였고 락테아보다 훨씬 일찍 나와 개인 운동 중이었기 때문에 곱지 않은 투덜거림이 더해진 것도 있었다.

"캡틴, 합동 훈련은 언제까지 하는 거예요?"

"아직 제대로 시작도 안 했는데 무슨."

온통 하얗기만 한 마을은 어딜 봐도 눈이 부셔서 오늘도 선글라스를 낀 희온이 스트레칭 하며 오웬의 투덜거림에 대꾸했다. 사실 자신이라고 지금 이 훈련이 반가울 리가 없었다. 아니, 헤이븐을 만나기 전까지만 해도 돈만 제대로 준다면 아무 상관도 없었겠지만 지금은 짜증이 잔뜩 난 상태였다.

하필이면, 하필이면 저 남자야 왜. 멀리서 몸을 풀고 있는 남자를 바라보고 있던 희온은 그의 얼굴이 이쪽으로 돌아오기가 무섭게 고개를 틀었다. 애석하게도 고개를 튼 곳엔 쉐드가 있었다.

"선글라스가 예쁜 얼굴 다 가린다, 희온. 혹시 어제 무슨 일 있었어?"

"무슨 일이 있긴 있었는데 말할 정도는 아니야."

희온은 자신의 삶이 피곤해지는 것을 그 누구보다도 원하지 않는 사람이었다. 궁극적인 이상은 돈 많은 무직자였지만 이미 맨더가 된 이상 그럴 수는 없다. 그러니까 그냥 돈 많고 평온한 맨더가 되고 싶은데 아무것도 모르는 본부의 상관들이 자신의 꿈을 짓밟아 버렸다.

각자의 방식으로 스트레칭을 마친 팀원들이 정렬을 마쳤고 자신의 자리에 선 희온이 손목을 가볍게 흔들어 풀었다. 어제의 동료가 오늘의 교관이 되는 이곳의 특성상 팀원 중 중사 한 명이 앞으로 나와 있었다.

"공식적으로 합동 훈련이 시작된 건 아니지만 몸 푼다고 생각하시고, 엡실론 포스 팀도 같이 오전 훈련 진행하겠습니다. 오늘은 근접전을 대비합니다. 소지할 수 있는 무기는 연습용 권총 하나. 기타 주변의 모든 것을 활용해도 되지만 직접적인 상해를 입히는 것은 금합니다. 상해를 입힌 가해자는 벌점 10점, 패전 처리 당한 사람은 벌점 3점. 시작은 2인 1조로 짝을 이루지만 상대를 무장해제 시킨 후에는 조를 파하고 누구와 붙어도 상관없습니다."

말을 마친 교관이 뒤로 세 걸음을 물러선 채 조용히 시작을 읊었다. 정렬을 무너뜨리기 시작한 팀원들의 주변으로 곧장 하얀 먼지바람이 불었다.

"캡틴, 오늘 컨디션 어때요?"

"그저 그래. 제발 살살 덤벼."

희온의 짝은 페트로프였다. 물론 덩치를 봐 가면서 싸우는 건 아니었지만 그래도 이 정도 키 차이는 너무하긴 했다. 상대의 면적에 따라 보너스라도 얹어 주면 참 좋겠다. 이게 도대체 체급 차이가 몇이야? 그렇게 생각하면서 희온이 입고 있던 티셔츠의 소매를 착착 접어 정리했다.

"기분 좋아 보인다?"

"나야 뭐, 캡틴하고 함께 있으면 마냥 좋지."

덩치 큰 늑대 같은 게 어디서 실실 웃어. 서로 틈을 살피던 도중 먼저 덤빈 건 페트로프였다. 커다란 키가 무색할 정도로 빠르게 파고드는 주먹에 홱 고개를 숙인 희온이 페트로프의 홀스터로 손을 뻗어 권총을 빼앗으려고 했지만 그 손을 붙잡은 건 페트로프였다.

"아니 남의 무기 좀 뺏어 가려고 하지 마세요, 캡틴. 이거 진짜 못된 버릇이야."

"시끄러워, 웃지 마."

"내 맘인데요."

희온이 페트로프의 손을 쳐 냈다. 이번엔 총을 먼저 빼어 들어 그의 미간에 대고 쏘려고 했으나, 그 커다란 놈이 다짜고짜 권총을 쥔 손목을 잡아 비틀어 온다. 그러면서 동시에 뒤에서 바짝 끌어안아 팔로 희온의 목을 감쌌다. 금방이라도 숨통을 조일 것 같았으나 그 정도의 힘은 들어가 있지 않았다.

"이러면 불리한 건 너야."

"알아요."

귓가에 가까이 닿는 숨결이 지나치게 가까웠다. 물론 이 자세에서 빠져나오는 건 생각보다 쉬운 일이었다. 무엇보다 그는 자신에게 총을 겨누지도 않고 있었으니까. 이 쓸모없는 대치를 끝내기 위해 희온이 고개 숙이며 팔꿈치를 위로 올렸을 때였다.

탕!

삐익!

이쪽을 향한 총소리와 화약음, 그리고 맞은 자의 부상을 알리는 기계음. 뭐야, 누가 쐈어? 병 찐 희온이 고개를 들자 헤이븐이 이쪽을 향해 총을 겨누고 있었다. 시끄러운 기계음은 자신을 뒤에서 안고 있던 남자에게서 들려왔다. 페트로프의 패전이었다.

"일반적으로 등장이 굉장히 갑작스러우시네요?"

이제 막 반격을 시작하려던 것이 무용지물이 된 것과는 별개로 헤이븐의 총구가 여전히 이쪽을 향해 있었으므로 희온이 얼굴을 찌푸렸다. 아직 자신의 등에 매달려 있는 페트로프를 밀어내 치우자 헤이븐의 시선이 뒤쪽으로 향했다가 다시 희온에게로 돌아온다.

"제가 원래 좀 그렇습니다."

헤이븐이 웃으며 대답했다.

"주인공 병 있으세요?"

"뭐, 조금?"

방심이라면 방심이었다. 아직 1분도 안 지났는데 벌써 끝내고 이쪽으로 돌아섰을 줄은 몰랐지. 그러나 헤이븐은 마치 아무 일도 아닌 것처럼 어깨를 으쓱였다. 이쪽을 향해 저벅저벅 걸어오는 움직임에 희온이 양쪽 손을 들어 보였다.

"쏠 거면 빨리 쏘시죠."

"초면에 피차 재미없을까 봐."

너 쏠 생각 없구나. 나도 쉽게 맞아 줄 생각 없는데. 희온이 고개를 숙이며 가까웠던 총구를 손으로 쥐어 틀었다. 그와 동시에 헤이븐의 손목을 팔꿈치로 강하게 내려친 덕분에 그의 권총은 어느새 희온의 손에 들어와 있었다.

"미안. 이게 내 특기라서."

탕! 탕!

희온이 헤이븐의 권총을 빼앗아 쥐자마자 방아쇠를 당겼으나 그

대상은 헤이븐이 아닌, 틈을 노리던 그의 뒤쪽 다른 사내들이었다. 삐익, 삐익, 삑! 연달아 터지는 패전 처리에 다시 총구는 헤이븐에게로 향했다.

탕!

헤이븐과는 달리 조금의 머뭇거림도 없이 희온은 곧장 방아쇠를 당겼다. 어차피 초면도 아닌데 재미없을 건 또 뭐야.

삐익!

"가차 없네요, 노아."

"뭐, 조금?"

희온이 아까 전 헤이븐의 대답을 그대로 되돌려 주었다. 그 뒤로 거의 난장판이나 다름없어진 훈련장에 희온이 헤이븐을 붙잡아 와 끌어안았다.

"그쪽 시체는 제가 방패로 좀 씁니다."

그 통보 끝으로 정말 헤이븐을 방패 삼은 희온은 자신보다 월등히 덩치가 큰 남자를 끌고 다니며 총을 쏘아 댔다. 옆에서 페트로프가 응원하듯 소리를 내질러 대서 흘겨보긴 했지만 주변 방해에 쉽게 휩쓸리는 타입은 아니었다.

"이기는 게 목적입니까 아니면 날 끌어안는 게 목적입니까?"

키 차이 때문에 희온의 어깨에 얼굴을 기대 올리고 있던 헤이븐의 목소리는 여전히 여유롭기만 했다. 한 소리 하려고 입을 여는데 허리에 은근슬쩍 팔이 둘러진다. 헤이븐의 큰 손바닥이 희온의 등을 감쌌다.

이게 지금 뭐 하는 거야? 희온이 얼굴을 구겼지만 멀리서 자신을 향해 다가오는 남자들 때문에 뿌리칠 수는 없었다. 대신 이를 꽉 문 채 헤이븐에게 속삭였다. 저기요.

"시체가 말도 합니까?"

탕!

삐익!

정신없이 쏟아지는 총성과 기계음 끝에 결국 마지막 승자는 희온이었다. 남은 한 명까지 쏘고 나서야 말하는 시체 신세였던 헤이븐은 희온의 품에서 벗어날 수 있었다. 무생물을 다루는 것처럼 팔을 털어 낸 희온이 상쾌한 기분으로 훈련을 마무리하고 돌아섰다.

"기가 막히다!"

쉐드가 휘파람을 불며 다가왔다. 더워. 희온은 대답 대신 맨투맨 티셔츠를 당겨 벗고 반팔 차림으로 연신 세수를 해 댔다. 시원한 물이 얼굴과 목덜미에서 흘러 온기를 빼앗아 간다. 나 간다! 이따 오아시스에서 보자! 멀어지는 쉐드에게 고개를 끄덕인 희온이 벗어 둔 옷으로 물기를 닦고 나무 그늘에 털썩 주저앉았다.

"일곱."

해가 뜰 때만 온도가 오르는 곳이라 이렇게 그늘에만 앉으면 금방 서늘해진다. 희온이 바지 주머니에서 센서 리더기를 꺼냈다. 리더기 화면에는 그가 일곱 명을 패전 처리 시켰다는 결과가 떠 있었다. 만족스러운 결과를 확인한 이후에야 희온은 완전히 그늘에 드러누워 구름이 흩어진 하늘을 응시했다.

아까 방패막이로 썼던 금발의 남자에게선 언젠가 침대에서 맡았던 체향이 그대로 풍겼다. 사적인 공간에 있던 그가 공적인 영역으로 넘어왔으니 그와는 두 번 다시 섹스 할 일은 없다. 당분간 일이나 좀 해야겠다 싶어서 기지개를 쭉 켜는 동안 쨍하게 올랐던 해가 구름 뒤로 서서히 숨고 있었다.

* * *

"야, 죽은 사람 또 쏜다고 그 사람이 또 죽냐!"

"확인 사살이라는 거지, 확인 사살."

일과가 끝난 후 다 같이 모여 술을 마시는 건 한 지역에 오래 머문 특전사들에게 아주 흔한 일이었다. 따지고 보면 이 지역은 전쟁 중도 아니었고 다들 직업 군인이어서 가능한 일이었는데, 워낙 1구역이 협소하다 보니 모이는 곳도 한정되어 있었다.

시내까지 나가기 위해선 차를 타는 게 필수였다. 그리고 그건 당연히 번거로운 일이었다. 그래서 빈 창고를 개조해 만들어 둔 이 공간이 그들에겐 오아시스나 다름없었고 그들이 실제로 이곳을 오아시스라고 부르는 이유이기도 했다.

땀내 폴폴 풍기는 군인들끼리 이 시골 바닥에서 누릴 수 있는 몇 안 되는 유흥거리인 술을 잔뜩 마시고 그 빈 병을 한쪽에 채워 두기 시작했던 게 어느새 창고 한쪽 벽에 빈 병들이 인테리어처럼 차곡차곡 늘어서게 되었다.

이 공간도 딱히 떳떳한 건 아니라서 다음 날 중요한 훈련이 있을 때는 물론이고 평일에는 잠겨 있는 경우가 많았지만 오늘은 특별히 열어 둔 모양이었다.

"요새 얼굴이 별로 안 좋습니다. 컨디션 안 좋으십니까?"

"야, 우리 캡틴은 그게 매력이야."

구석에 앉아 말도 안 되는 노래를 흥겹게 부르기 시작하는 놈들을 보는 둥 마는 둥 독주를 잔에 붓던 희온이 고개를 들었다. 어느새 근처에 와 있는 오윈과 그 동기는 벌써 거나하게 취해 뺨이 붉었다.

"너희들이 말만 안 걸어 주면 낯빛도 좀 좋아질 것 같다."

무뚝뚝한 대꾸에도 뭐가 좋은지 웃음을 터뜨린 둘이 잔을 맞부딪쳤다.

"캡틴."

등 뒤에서 들리는 목소리는 페트로프의 것이었다. 응. 희온이 고개를 끄덕이며 짧게 대답하자 페트로프가 그 옆에 바짝 붙어 앉았다. 커다란 어깨의 존재감이 어마어마해서 희온의 몸이 반대쪽으로 살짝 밀릴 지경이었다. 샤워하고 나왔는지 비누 냄새가 풍겼다.

"내가 진짜 캡틴하고 짝만 아니었으면 오늘 한 열 명쯤 죽이는 건데."

유들유들하게 웃음 짓는 페트로프도 제법 술을 마셨는지 얼굴이 붉게 올라 있었다. 희온은 빈 잔에 술을 채우면서도 그를 제대로 돌아보지 않았다.

"너는 그 덩치 때문에 너무 잘 보여서 안 돼."

"그럼 어깨를 조금씩 잘라 낼까요?"

"그렇게 쓸데없는 말을 할 거면 차라리 개처럼 짖어……."

의욕 없어 보이는 청자의 태도에도 개의치 않은 페트로프는 유쾌하게 웃으며 희온의 잔을 가져와 홀짝 넘겼다. 제 몫의 술을 빼앗겼지만 희온은 그저 다시 빈 잔을 받아 채울 뿐이었다. 꼬박꼬박 상대하기에는 최근에 잠이 너무 모자랐다.

조금 무기력해 보이는 희온에게 페트로프의 눈길이 오래 머물렀다. 당연히 그 시선을 알고 있었다. 다만 무언가를 보는 자유까지 빼앗을 필요는 없다고 느껴 그저 루즈한 분위기를 즐길 생각이었다.

"안 춥냐."

희온이 물었다. 하얀 숲은 해가 들이치는 낮에는 후텁지근해도 밤에는 쌀쌀한 정도로 일교차가 컸다. 그 서늘함에 약한 희온과는 달리 페트로프는 자정이 넘어가는 지금 콘크리트 창고에서 고작 얇은 반팔 차림이었다.

"별로. 캡틴 추워요?"

"추워 보여?"

"아뇨, 혹시 춥다고 짐승 하나 때려잡았나 해서."

희온은 혼자 복슬복슬하고 두꺼운 겨울용 양털 점퍼를 입고 있었다. 그 점퍼가 얼마나 두껍게 부풀었는지 희온의 덩치를 두 배로 키워 주다 못해 상체가 거의 동글동글해 보일 지경이었다. 그 주머니에 손을 쑥 밀어 넣은 희온이 몸을 일으켰다.

"어디 가요?"

"담배 피우러."

"같이 갈까요?"

"너 내 열쇠고리야? 그냥 있어."

손을 휘적거리며 자칫 따라 나올 것 같은 페트로프를 제지시킨 희온이 겉옷을 추스르며 밖으로 나왔다. 서늘한 밤공기가 뺨을 거침없이 스치고 지나간다.

담배 하나를 입술 사이에 끼운 그가 창고 입구를 꺾어 돌자마자 문턱에 아무렇게나 주저앉았다. 샤워를 끝내고 곧장 나왔더니 목덜미가 금방 식어서 겉옷 지퍼를 끝까지 쭉 올렸을 때였다.

"노아, 라이터 줄까요."

"저도 있습니다."

기척도 못 느낀 것 같은데 어느새 발치에 서 있는 사람은 헤이븐이었다. 왜 나와 있지? 실내에 있는 동안 몸을 데우던 온기가 사라져 버린 탓에 잔뜩 웅크렸던 어깨를 펴고 주머니에서 라이터를 꺼내 담배 끝에 불을 붙였다. 다시 대화를 시작한 건 희온이었다.

"시체가 다시 살아났네요."

"신처럼?"

"좀비처럼."

사뭇 불쾌한 티를 냈음에도 남자는 자리를 뜨지 않고 오히려 희온의 옆에 주저앉는다. 필터 끝을 길게 빨아올린 희온은 그 존재를 알면서도 그쪽으로는 고개 한 번 돌리지 않고 까맣게 어둠이 내린 골목만 보고 있을 뿐이었다.

사실은 이 남자와 몇 번의 섹스를 하고서도 애프터로 무언가를 했던 기억은 없었다. 희온은 아무리 허리가 아파도 꾸역꾸역 하얀 숲의 집으로 돌아왔다. 그런 날에는 보통 다음날까지 침대를 벗어나지 못했고 헤이븐도 그 이외의 데이트를 제안하지 않았다.

희온은 누군가와 마음을 섞는 일에 대한 막연한 거부감이 있었다. 오히려 그래서 헤이븐과 꾸준히 만날 수 있었던 이유이기도 했다. 지금에 와선 전부 말아먹은 일이 되었지만.

"잠이 안 오나 봅니다."

희온이 다시 대화를 시작했다. 오아시스에 올 일도 없으면서 이 근처까지는 왜 기어 나왔냐는 뜻이었다. 그러나 대답 대신 웃음을 지어 보인 헤이븐이 생뚱맞은 말을 건넨다.

"조심하세요."

"뭘요."

"짐승인 줄 알고 사냥당하겠는데."

그 말에 희온이 자신의 두툼한 털 재킷을 보다가 고개를 들었다.

"……짐승한테 총 맞고 싶으십니까?"

"입술로 맞고는 싶은데 총은 좀 별로고."

그쪽도 차라리 개처럼 짖으실래요? 그렇게 말하고 싶은 걸 눌러 참은 희온이 필터를 꾹 썹었다. 그가 입을 다물자 다시 그곳에는 침묵이 내려앉았다.

어두운 골목. 창고 옆 가로등에서 쏟아지는 빛 한 줄기가 헤이븐의 녹안을 다른 색으로 비추고 있는 것 같았다. 이렇게 가까이 붙어 있었나. 서늘한 기운이 헤이븐이 앉아 있는 쪽만 덜한 걸 보니 그가 바람이 오는 쪽에 앉은 모양이었다.

또다시 익숙한 향기가 바람을 타고 희온에게로 불어온다. 숨을 쉴 때마다 안정적이라는 느낌이 드는 건 그의 체향마저도 자신의 취향이었기 때문이었다. 한 번도 그렇게 생각해 본 적은 없었는데 이렇게 만난 걸 보니 헤이븐과 자신은 악연인 게 분명했다.

침대가 아닌 일터에서 만난 이 남자는 자신을 희롱하거나 놀리긴 했어도 어쨌든 초면인 척을 해 오니 자신 역시 그럴 수밖에 없었다. 그리고 앞으로도 그는 자신의 잠자리 상대가 아닌 직장 동료가 될 것이었다. 어쩌면 쉬운 일일지도 모른다.

그렇게 몇 번 곱씹으며 희온이 말 없는 그를 지켜보고 있었을 때, 미소만 짓고 있던 그 입술이 열렸다.

"여전히."

여전히? 뒷말이 어떻게 이어지나 싶어 희온이 온 신경을 그의 목소리에 기울였다. 어디선가 벌레 우는 소리가 작게 들려왔다.

"캡틴."

건물 코너 너머에서 페트로프의 목소리가 들린다. 그 소리 뒤로 소음이 크게 들렸다 줄어드는 걸 보니 자신을 찾으러 나온 것 같았다.

희온은 그제야 그에게서 시선을 떼며 담배를 물어 빨았다. 헤이븐의 다음 말이 궁금하긴 했어도 몇 걸음만 나오면 페트로프가 눈앞일 텐데 군이 둘이 있는 모습을 보여 주고 싶지는 않았다. 갑니다. 나중에 말합시다. 그 말로 인사를 대신한 희온이 먼저 코너를 벗어나 문 앞으로 향했다.

"왜 불러."

"어디 있었어요? 너무 오래 나와 있는 것 같아서."

"이제 고작 1분 지났다. 들어간다."

희온은 서글서글한 얼굴로 자신을 내려다보는 페트로프를 지나 먼저 창고 문을 열었으나 자신의 뒤를 졸졸 쫓아올 줄 알았던 발소리가 들리지 않아 문고리를 잡다 말고 고개를 돌렸다. 페트로프는 방금 막 자신이 걸어 나왔던 건물 끝을 보고 있었다. 페트로프. 희온이 한 번 더 부르자 그제야 몸을 돌려 이쪽으로 돌아선다.

"아닙니다. 들어가요."

먼저 바 쪽으로 걸어가는 희온을 가만히 바라보다 말고 커다란 문을 닫은 페트로프가 딱딱하게 굳은 입꼬리를 손가락으로 문질렀다.

* * *

하얀 숲의 1구역, 락테아가 이곳에 자리 잡았을 때 새로 지었던 훈련장은 한쪽에 공터를 두고 사방에 가건물이 규칙 없이 놓여 있었다. 빈 건물부터 시작해 단층 짜리 컨테이너 박스와 콘크리트 건물들은 훈련하기 더없이 좋은 공간이었다. 문제는 운동장에 모인 사람들에게서 묘한 긴장감이 흐르고 있다는 데 있었다.

"희온, 쟤들 일 안 치나 잘 봐."

"유치원생도 아니고."

희온은 자신의 근처로 다가와 말 거는 쉐드에게 대꾸하며 서로 탐색하기 바쁜 천상 군인들을 한차례 훑었다. 오늘도 사복 차림인 락테아에 비해 엡실론 포스의 팀원들은 아직 새까만 훈련복을 입고 있었고 그건 두 팀을 적으로 보이게 하기 충분했다. 애석하게도 오늘의 훈련 담당은 희온이었다.

이제 막 밝아지기 시작한 넓은 공간의 맨 앞. 쉐드 옆에 선 희온은 선글라스를 벗어 주머니에 대충 밀어 넣으며 먼저 자기소개를 시작했다. 아직 헤이븐은 보이지 않았지만 상관없었다.

"희온입니다. 아직 환영회가 있었던 것도 아니니 새로 온 분들을 위해 가벼운 설명부터 시작합니다."

감흥 없는 특유의 단정한 목소리가 새하얀 공간 위를 부유했다.

"생긴 거답지 않게 존나 깐깐해 보이네."

"흠. 생긴 건 취향인데."

검은색 옷을 입은 무리 중 누군가가 작게 속삭이는 걸 들은 몇몇 이들이 그쪽으로 불쾌하게 고개를 돌리는 바람에 다시 긴장감이 흐르는 듯했지만 희온은 마저 말을 이었다.

"어제의 게임으로 이미 알고 있겠지만 벌점제가 기본입니다. 일종의 목숨 값으로 대치해서 생각하면 되는데, 훈련 시 공격을 받게 되면 부상 강도별로 벌점이 부과되며 사망 처리가 되면 그 무게에 따라 특진이나 진급이 어려울 수 있습니다."

"네, 지난번엔 가짜 총이었지 않습니까."

대뜸 말을 얹은 남자는 검은 옷을 입고 있었다. 비록 단순 사실을 말했을지언정 굳이 지금 그 말을 꺼낸다는 건 비꼬는 의도가 있다는 뜻이었다. 그 말 한마디에 긴장감이 조금 더 팽팽해지는가 싶더니 기어코 낮은 웅성거림이 들려왔다.

"그만."

희온의 낮은 한마디에 곧장 사그라들고 자리를 지키는 락테아와 달리 엡실론 포스의 팀원들은 여전히 시큰둥한 표정들이었다. 그런 기척을 잠재운 건 지척에서 들려오는 발걸음 소리였다. 그들은 순식간에 경외와 두려움을 동시에 품은 얼굴을 했다. 그 시선들이 어디로 가는지 확인하기 위해 고개를 돌린 희온의 눈에 헤이븐과 그의 부사관이 보였다.

새까만 훈련복과 눈부신 금발이 보기 좋게 밝은 공기와 어울려 엉킨다. 헤이븐이 빠르지도 느리지도 않은 걸음으로 이쪽을 향해 오고 있었다. 저거 진짜 주인공 병 있는 거 아니야? 그런 생각을 한 희온과는 달리 쉐드는 '와.' 하고 감탄 중이었다. 다시 앞으로 고개를 돌린 희온은 아까와는 다르게 긴장한 검은 옷의 팀원들을 보며 걸음을 옮겼다.

"이름이?"

손목시계로 시간을 확인한 희온이 고개를 들며 물은 상대는 아까 빈정댔던 남자였다. 그는 헤이븐 쪽을 한 번 더 보고 나서야 희온에게 대답했다.

"맥하트입니다."

갈색 머리, 갈색 눈, 평범한 얼굴과 어울리지 않는 우락부락한 몸. 몸이 꼭 호박 같네. 감상평을 짧게 남긴 희온이 일정하게 맞춰 선 사람들의 틈 사이로 천천히 걸어가 그의 앞에 섰다.

"어제 그건 장난감 총 맞습니다."

철컥. 희온이 레그 홀스터에서 총을 꺼내 들어 간결하게 장전했다. 그런 희온의 움직임에도 맥하트의 시선은 흔들림 없이 여유로웠다. 희온은 그 앞에 서서 팔을 오른쪽 텅 빈 공간으로 뻗어 방아쇠를 당겼다.

탕!

시끄러운 소리와 함께 총이 쏘아지는 반동에도 팔은 같은 곳을 반듯하게 겨누고 있었다.

"그럼 지금 이건 장난감 총인지 진짜 총인지 구분할 수 있겠습니까?"

"……."

분명 총구가 빛났고 동시에 들린 날카롭고 큰 소리와 화약 냄새도 완벽히 실제였다. 맥하트가 그렇게 대답하려던 찰나 희온이 주머니에서 작은 기계를 꺼내 그에게 내보인다. 그 화면에는 방금 쏜 총기의 넘버와 상벌점 무효라는 코드가 함께 떠올라 있었다.

"여전히 궁금하면 머리에 겨눠 줄 수도 있는데."

"자, 그만, 그만."

말리는 쉐드의 목소리에 희온은 맥하트를 등지고 다시 아까의 그곳으로 걸음을 옮겼다. 넋을 뺀 엡실론 포스 팀원들에 반해 락테아의 팀원들은 속으로 쾌재를 부르는 중이었다.

기 싸움 정도는 짓밟아 눌러 줘야 우리 캡틴이지. 반짝반짝 눈을 빛내던 오웬은 이내 한쪽에서 모습을 드러낸 헤이븐에 시선을 두었다. 그는 자기 팀원의 실수에도 불구하고 희온만 바라보는 중이었다.

그리고 그 시선은 희온이 다시 오전 훈련에 대해 설명하는 동안에도 끊어질 기미가 보이지 않았다. 그래, 우리 캡틴이 얼마나 멋있는 사람인지 이제 좀 알겠냐? 오웬이 우쭐해진 어깨를 으쓱이며 훈련 시작을 알리는 소리에 걸음을 옮겼다.

희온은 훈련이 시작되면 오롯이 집중하는 편이었다. 팀원들도 마찬가지였다. 실없이 장난치며 농담하던 사내들도 목적이 생기면 언제 그랬냐는 듯이 장난기를 거뒀다. 무기 하나 허락되지 않은 오늘의 침투 작전 훈련에서도 마찬가지였다.

소규모 팀으로 나누어 구성된 훈련이었는데, 이제 막 희온의 팀이 건물 안으로 들어가려던 참이었다. 문득, 뜻하지 않은 이가 시야에 들어왔다. 내가 지금 헛것을 보나 싶어서 눈을 가늘게 떴지만 금색 머리카락은 사라지지 않았다.

"뭐 합니까?"

건물 근처에서 헤이븐이 마치 누군가를 기다리듯 앞에 자리를 잡고 있었다. 앞서 작전을 끝낸 팀에 그가 있다는 건 알고 있었다. 근데,

거기서 도대체 뭐 하는 건데? 희온의 물음에 헤이븐이 머리카락을 털며 다가왔다. 이번에도 역시 부드러운 미소를 걸고 있었다.

"괜찮았어요. 힘들지 않았습니다."

"안 물어봤는데요."

흥미 없는 대답이었지만 헤이븐은 거기 서 있던 목적을 마친 듯 입을 닫았다. 식사가 잘못됐나? 갸웃거리며 그 앞에 서 있는 것도 잠시, 희온이 훈련을 위해 몸을 돌렸다. 들어가기 직전에 뒤를 돌아보니 헤이븐은 아직 그 자리에 있었다.

사적인 곳에서의 헤이븐은 의문을 가지지 않아도 괜찮은 상대였지만 공적인 곳에서의 그는 아니었다. 그와 대화를 나누고 나면 그 뒤로 몇 번씩 생각을 해야 했다. 제정신이 아니라서 그런가? 아니지. 궁금해하지 말자, 알려고 하지 말자. 희온이 헬멧에 달린 고글을 아래로 내렸다.

"퇴근 안 해?"

"할 일을 이만큼 줘 놓고 무슨 퇴근. 그건 뭐야."

유난히 길었던 훈련이 끝난 저녁 사무실. 쉐드가 작은 화분을 들고 요란하게 움직이는 걸 불편하게 보고 있던 희온이 물었다. 위장하기 쉽도록 허름하게 지은 작은 건물에는 중대장실이랄 것도 없어서, 지역대장인 쉐드를 제외한 간부들이 한 사무실을 사용하고 있었다.

"헤이븐 선물. 리암이 관리할 것 같긴 하지만."

"리암이 누군데."

물어봐 놓고 정작 서류에 시선을 둔 희온에게 군인의 자세가 안 되어 있다며 잔소리를 쏟아 내던 쉐드가 식물의 잎을 여러 번 만지작 거렸다.

"엡실론 포스 부중대장. 아까 봤잖아, 그 부사관."

"별짓 다 한다."

"보통 지독한 사람이 아니라잖아. 일단 환영은 해야지."

다 같은 처지에 지독하긴 무슨. 여전히 자신을 처음 본 척하며 살고 있는 헤이븐을 떠올려 봤자 머리만 아파 오는 것 같아 희온은 관자놀이를 문질렀다. 아직 헤이븐과 이전의 잠자리 관계에 대한 대화를 하지는 않았지만 그게 언젠가는 벌어질 일이라는 걸 알고 있었다.

될 대로 되겠지. 희온은 얇은 모니터 위로 떠 오르는 본부발 서류들을 살피다가 상체를 뒤로 젖힌다.

"시드엘 쪽은 여전한가 보지."

"그렇지 뭐."

희온의 모니터를 슬쩍 본 쉐드가 대화 방향을 틀었다. 시드엘은 동쪽 끝에 위치한 지역 이름으로, 위치상 서북쪽 내륙에 있는 이곳 하얀 숲과는 거리가 멀어서 거의 대륙을 반쯤 가로질러 가야 있는 곳이었다. 하프록스의 동남쪽 국경. 현재 바시트록스와 지리한 전쟁이 끊임없이 이어지는 지역이라서 희온은 그곳의 소식을 빠짐없이 확인하곤 했다.

"희온, 합동 훈련은 진짜 무슨 꿍꿍이인 것 같아?"

"글쎄. 시드엘 쪽 전쟁이 끊이질 않으니 대비하는 거겠지."

"그런가."

"응. 지금은 그렇게밖에 생각이 안 되네."

대답한 희온이 빽빽한 글들을 천천히 읽어 내려가다 말고 기지개를 쭉 켰다.

"지난번 일주일짜리 암살 훈련 힘들고 괜찮았는데."

"희온 너는 타겟 역할이었으니까 괜찮았지. 그때 어지간한 놈들은 다 죽는 줄 알았어. 막내는 다리 근육이 마비돼서 바늘로 찔러 가면서 했다고."

그랬던 것도 같네. 눈을 느리게 깜빡이며 모니터를 보던 희온이 열린 문으로 고개를 돌렸다. 이 사무실의 새로운 일원, 헤이븐이었다. 그 한 걸음 뒤에서 들어오는 남자가 아마도 부사관인 리암인 모양이었다. 인사가 끝나기가 무섭게 쉐드가 헤이븐에게 선물을 건넸다.

"화분이네요?"

"이곳에선 진짜 보기 힘든 식물. 당분간 휑하고 하얀 나무만 볼 테니까요."

쉐드는 친한 척 서글서글하게 굴고 있었다. 게다가 화분을 받아 드는 헤이븐 역시 어딜 봐도 성격이 좋아 보여서, 희온은 그가 자신에게 보냈었던 난잡한 메시지를 펼쳐 보이고 싶어지는 마음을 꾹 눌러 참았다. 아마 그게 성적인 내용만 아니었더라면 진작 그러고도 남았을 터였다.

"여기 지내면 돼요. 워낙 외진 곳이다 보니 새 데스크 하나 받는 것도 오래 걸려서 안내가 늦었네."

"괜찮습니다."

살갑게 대화하는 둘을 보면서도 희온은 이렇다 할 반응 없이 모니터 앞에 아무렇게나 늘어진 서류만 차곡차곡 정리해 서랍에 밀어 넣고 먼저 몸을 일으켰다.

"먼저 가 보겠습니다."

"할 일 많다며?"

"다음 주까지 하면 됩니다."

헤이븐과 말도 안 되는 대화를 잠시 나누긴 했지만 오늘처럼만 스무스하게 지나가 준다면 더할 나위 없이 좋을 것 같았다. 저 남자의 이상행동이 급격히 줄어들기만을 바라며 겉옷을 챙기고 사무실 문을 닫았다. 희온 저거는 참 군대와 어울리면서도 어울리지 않는 놈이라는 쉐드의 설명이 문밖까지 들려와도 희온은 마저 걸음을 옮기기만 했다.

어느새 밖은 어두웠다. 싫어하는 온도가 밀려오고 있어서 겉옷을 제대로 여미면서 건물을 나서 집으로 향하는 길이었다. 절대 면적은 좁아도 활동 인원에 비하면 넓은 편이라 훈련이 끝나고 나면 제법 주변이 휑했다.

"이제 퇴근하세요?"

말을 건네 온 건 마침 그 근처를 지나가던 오웬이었다.

"담배 있어?"

"당연하죠."

담배를 받아 불을 붙인 희온의 곁에서 오웬이 기지개를 쭉 켰다.

"캡틴, 새로 온 헤이븐이라는 분이요."

"응."

별로 달갑지 않은 주제에도 희온은 기꺼이 대꾸해 주며 연기를 뱉었다. 오웬은 하얀 자갈을 저벅저벅 밟아 가며 마저 질문했다.

"좀 일반 군인은 아닌 것 같지 않아요?"

"어떤 면에서?"

"아까 훈련 시작 전에 봤어요? 그쪽 부대원들하고 관계가 좀……. 뭐랄까…….."

"각자 팀 색깔이 있는 거지."

또 뭐 때문에 바쁘더라. 물품 배급 일정상 다음 주로 밀린 환영식을 머릿속에서 짚어 본 희온은 달이 높게 뜬 하늘로 고개를 들어 올렸다. 오웬은 희온의 옆모습을 가만히 보면서 아까 훈련이 끝나고 있었던 일들을 조잘조잘 이야기하기 시작했다.

훈련을 마치자마자 곧장 자리에서 빠진 희온과는 달리 묵묵히 훈련장을 바라보고 있던 헤이븐을 오웬은 선명히 기억하고 있었다. 고된 훈련에 지친 팀원들을 달래기라도 하려나 싶어 계속 살폈지만 그런 것과는 사뭇 달라 보였다.

근처에 아무렇게나 주저앉아 각자의 휴식을 취하던 락테아의 팀원들과는 달리 검은 옷의 팀원들은 훈련을 마치고서도 기계처럼 반듯하게 서 있었다. 오웬은 그들이 헤이븐의 눈치를 보고 있는 것 같다고 생각했다. 왜 전부 저렇게까지 쫄아 있는 거지?

"결국 그 사람이 자리를 떠날 때까지 걔들 그렇게 한마디도 안 하고 서 있었습니다. 죄인하고 간수인 줄 알았어요."

"우리 팀이 너무 풀어진 거라고는 생각 안 해? 망아지도 아니고 훈련장에서 춤은 왜 춰?"

대수롭지 않게 대꾸하며 짧아진 담배를 눌러 껐지만 내심 이해가 안 되긴 했다. 그렇게 실없는 놈이 어디가 무섭다고. 그러던 희온이 문득 걸음을 멈춘 건 골목 끝에서 들린 소리 때문이었다.

"아 맞다, 그리고 그 사람이 아까 그 건방진 새끼를 따로 불렀는데……."

"쉿."

정확히는 소리가 아닌 소음이었다. 그쪽 골목은 락테아 팀원들의 숙소가 있는 골목이 아니라 그러려니 하고 지나갈 수 없었다. 오웬에게 조용히 하라는 듯 검지를 올린 희온이 몸을 틀어 그 좁은 길로 걸음을 옮겼다.

"아니, 왜 이기지도 못할 거면서 덤벼."

"꼴에 자존심은 있나 보지."

사람은 서너 명 정도 되어 보이는 것 같았다. 외진 골목 덕분에 그림자에 가려진 머릿수를 대충 세어 본 희온이 기척을 죽이면서 조금 더 다가갔다.

"뭘 봐."

몇 명의 남자들이 벽에 몰아세운 한 사람의 뺨을 치면서 비웃고 있었다.

"아, 하필 이렇게 좆같은 시골 바닥에 와 가지고."

폭력이었다. 싸움이 아닌 일방적인 폭력으로 보였다. 종종 보름씩 이어지는 거친 훈련이 지나가고 다들 예민할 때가 되면 싸움이 벌어지긴 했다. 그러나 그래 봤자 말싸움이었다. 맨손으로도 사람을 죽일 수 있는 사람들이 동료에게 쉽게 주먹을 휘두를 리가 없었다.

물론 기 싸움도 있었지만 팀원들이 희온의 성격을 알아 가고 차츰차츰 융화되면서부터는 자기들이 자체적으로 정화하기 바빴다. 그런 쓸모없는 소모전이야말로 희온이 절대 용납하지 않는 짓이라는 걸 알게 되기도 했고, 전체적인 응집력을 와해시키는 사람은 이곳에서 방출되어 나갔으므로 유지될 수 있는 분위기이기도 했다.

벽에 등을 기대고 있는 남자는 희온의 팀원인 그레이슨 하사였다. 평소에도 과묵한 편인 그는 상대를 노려보고 있었다. 그를 둘러싼 사내들은 검은 평원에서 온 이들이었다. 대충 상황 파악을 마친 희온이 시계를 확인하며 기척을 냈다.

"지금이 저녁 여덟 시인데."

"뭐야 씨발, 깜짝이야!"

"누구야?"

대뜸 그림자 아래서 나타난 희온의 등장에 사내들이 소스라치게 놀라는 동안, 오히려 그레이슨은 희온을 보며 얌전해졌다. 일방적인 폭력이었던 이유는 그레이슨의 인내 때문이었다. 그리고 인내는 희온이 팀원들에게 항상 당부하는 것 중 하나였다.

"집이 마음에 안 드나 봅니다. 목구멍에 저녁 쑤셔 넣자마자 나와서 쏘다니는 거 보면."

희온의 건조한 시선이 그들에게 향했다. 그들은 희온을 용케 알아봤는지 낭패라는 낯을 띄고 있었다. 희온은 이런 부류를 싫어했다. 오면서 오웬에게 듣기로는 다들 헤이븐 앞에서 절절매는 것 같았는데 그가 없는 곳에서는 이렇게 노는 모양이었다. 희온은 헤이븐에게 불쾌감을 느꼈다.

그가 사적으로 만난 사람에게 철저히 선을 긋는 것에는 이런 이유도 있었다. 희온은 무디면서 무디지 않았다. 세상만사 모든 것에 귀찮음을 느끼면서도 정작 본인이 불편을 느끼면 그것을 방치하지 않았다.

그래서 누군가를 알게 됐을 때 그 상대에 대한 필요 이상의 정보가 싫었다. 그 상대의 도덕적인 잣대나 생각을 알고 그것에 대해 호불호가 나뉘는 순간 가벼운 대상으로 둘 수 없을 것 같아서. 특히 어떤 것에 대해 불쾌함을 가지기 시작했을 땐 정말 모든 것이 극명하게 싫어지기 때문에.

사내들은 우물쭈물 거리며 그레이슨을 가리켰다. 이 새끼가 먼저 시비를 걸었거든요, 우리는 얌전히 술이나 먹으려고 했는데 맞을 짓을 하잖아요. 하나둘 입을 열다 보니 금방 세 명의 장정들이 하나같이 화살을 그레이슨에게 돌리고 있었다. 희온이 무표정한 얼굴로 그들의 변명을 전부 들어 주는 것 같자 그들은 더욱 박차를 가해 변명을 쏟아 뱉고 있었다.

"우리가 여기서 부하 짓이나 하려고 온 게 아닌데 갑자기 우리 앞을 가로막더니 이래라저래라 해 대잖아요."

"그냥 사내새끼들끼리 치고받고 할 수도 있지 않습니까. 뭐 팬 것도 아니고 손바닥으로 뺨이나 몇 번 건든 건데."

두 사람의 변명을 끝으로 희온이 그레이슨을 불렀다.

"설명해."

그레이슨이 벽에서 등을 떼더니 책을 읊듯 조용히 말을 하기 시작했다.

"집에 가고 있는데 골목에 서서 캡틴의 험담을 하고 있었습니다. 하얀 숲에 대한 비아냥도, 락테아에 대한 비웃음도 있었습니다. 듣고 그냥 지나칠 수 없어서 아무도 없는 곳에서 하라고 말했고 그에 대한 대답이 폭력이었습니다."

차분한 그레이슨의 목소리는 계속해서 이어졌다.

"저의 기준으로 보자면 확실히 심한 건 아니었습니다. 총을 쏜 것도 칼로 찌른 것도 아니고 우스운 욕이나 하면서 뺨을 친 게 전부였습니다. 이쪽에 있는 벅 하사는 욕만 했고 케빈 하사는 제 뺨을 네 번 쳤으며 루이스 하사는 그들과 함께 저에게 욕을 하거나 동조했습니다."

남자 중 하나가 어이없는 얼굴로 헛웃음을 올렸다. 시비가 오가는 내내 입 딱 다물고 있다가 자기네 캡틴이 나타났다고 마치 녹화라도 한 것처럼 줄줄 경위를 쏟아 내는 게 너무 우습기도 하고 기가 차기도 했다.

그러나 고자질하는 것치고 그레이슨은 지나치게 침착했다. 아까 가만히만 있기에 기분이 좇같다 싶었더니 지금은 더 좇같아졌다. 짜증이 나서 눈을 올려 뜨는데 눈앞의 남자는 또 덩달아 무표정이다. 도대체 이 새끼들 뭐 하는 새끼들이야? 일단 마저 변명을 하려고 하는데 희온의 말이 빨랐다.

"이따위 이야기를 위에 시시콜콜 보고할 만큼 나는 열정적이지 않고, 여러분도 이런 사소한 일로 징계를 받는 건 싫을 거고."

"그……렇죠?"

생각보다 더 별거 없는 새끼였나? 좋게 좋게 결말을 내는 것 같은 희온의 말에 사내들의 얼굴에 안도감이 퍼졌을 때였다.

"욕을 좀 했다고 군대에서 혀를 자를 순 없고 여긴 훈련장도 아니니, 직접적으로 무력을 행사했던 케빈 하사의 뺨을 그레이슨 하사가 똑같이 네 번 치는 걸로 마무리할까요."

순간 어깨에 힘이 들어간 케빈이 '뭐라고요?'라고 반발했으나 희온이 먼저 검지로 골목 구석을 가리켰다. 그쪽에 감시 카메라가 있다는 것 같아서 사내들이 긴장하며 주변을 두리번거렸다.

"이 일이 공식적으로 보고된다면 쌍방 폭행으로 스토리가 만들어지는 게 더 이득이지 않을까요? 그냥 네 대로 끝내세요. 그러고도 억울하면 직접 신고해도 좋고."

그러면 쌍방이라니까? 불이익은 그레이슨 하사도 함께 받는 겁니다. 마치 판사가 판결문을 읽듯 조곤조곤 이어지는 희온의 말에 케빈을 제외한 남자 둘이 침묵으로 동의하며 동료의 희생을 바라고 있었다.

그건 그렇지. 어차피 상관이 발견했고 이 일이 보고된다면 자신들 역시 헤이븐에게 무사하지 못할 테니 차라리 쌍방이 더 나았다. 그사이에 그레이슨이 한 발자국 다가가 케빈의 턱을 붙잡는다.

"동의합니다. 그럼, 쌍방 폭행 시작하겠습니다."

그레이슨은 인내심이 강할 뿐 팀원 중 근접전에 아주 뛰어난 남자였다. 그다지 걱정하지 않은 희온이 오웬을 데리고 먼저 등을 돌렸다.

"아, 잠깐, 잠깐만, 아이 씨발, 잠!"

철썩!

케빈의 비굴한 목소리 뒤로 이게 정말 손으로 치는 건가 싶을 정도의 소리가 들렸을 때에는 이미 희온이 몇 걸음 옮긴 다음이었다.

오웬과 희온이 골목을 나설 때까지 몇 번의 거대한 소리가 골목을 쩌렁쩌렁 울렸다. 생각이 있다면 싸움이 더 커지진 않을 것이었다. 오웬은 캡틴을 방해하지 않기 위해 얌전히 있었지만 그 골목을 벗어나자마자 신이 나서 어깨를 들썩이는 중이었다.

"캡틴, 그레이슨 손바닥이 얼마나 두꺼운지 아시죠?"

"집에 안 가냐."

대놓고 무시를 당했음에도 오웬이 싱긋 웃었다. 희온은 언제나 아무렇지도 않은 얼굴로 팀원들 전부를 파악하고 있는 사람이었다. 지금의 방식도 꼭 자신의 캡틴다웠다. 이러니까 모두가 안 좋아하고 배기겠느냐마는 그것과는 별개로 자신의 캡틴이 걱정되기 시작했다.

저 새끼들 분명 지들이 한 짓은 모르고 캡틴한테 이를 바득바득 갈고 있을 텐데. 물론 그 누구보다 잘 해결해 나갈 사람이라는 건 알지만 그래도 저것들이 생각보다 훨씬 양아치 같은 놈들 같아서 금방 안절부절못하는 얼굴로 희온에게 가까이 붙었다.

"캡틴, 맥주 한잔하시겠습니까?"

"아니, 추워서 집에 갈 거야. 다른 애들 불러서 같이 드세요."

두꺼운 겉옷을 추스르고 정말 싫다는 듯 질색하는 캡틴을 보며 그제야 안심하고 미소 지은 오웬이 갈림길에서 먼저 인사를 건넸다.

새로운 사람들과 불가피한 마찰도 더 있을 것 같고, 합동 훈련의 강도도 심해지다 보면 당분간은 정말 꽤 바쁠 것 같았다. 인사를 받아 주지도 않고 쌩하게 집으로 걸음을 옮기는 희온의 등을 존경심을 담은 시선으로 바라본 오웬이 털레털레 집으로 향했다.

그러거나 말거나 웅크리듯 팔짱을 낀 채 집 근처까지 온 희온은 마침 진동이 울린 트랜스퍼를 꺼냈다. 하프록스의 대륙이 워낙 커 시차가 다양했으므로 특별 임무는 보통 24시간 열려 있는 편이었다.

[연락 바람]

비록 맨더 일은 아니었지만 마침 꽤 반가운 연락이었다. 화면을 확인한 희온은 현관문을 열고 들어가기가 무섭게 잠금을 채우며 겉옷을 벗었다.

차라락.

달빛이 새어 들어오는 모든 창문의 블라인드를 내리고 커튼까지 친 희온이 거실 테이블 위에 놓인 화분에서 꽃을 덥석 잡아 뺐다. 물 한 방울 없는 화분을 탈탈 털어 그 안에서 끄집어낸 건 손톱만 한 본부 연락용 디바이스였다. 희온은 트랜스퍼 위에 뜬 코드를 눌러 홀로그램을 불러 왔다. 그 흔한 전화기조차 쓸 수 없는 희온에게 유일하게 허락된 윗선과의 연락 수단이었다.

"맥, 오랜만입니다."

금방 디바이스 위로 빛이 모여 남자의 상반신이 불쑥 떠올랐다. 수염이 덥수룩하게 나고 이마에 주름이 진 중년의 남자는 꽤 지쳐 보였다. 하긴, 그는 늘 바쁜 사람이었다. 희온과 함께 돌아다닐 때부터 지금까지 한 번도 쉰다고 한 적이 없었으니까. 머그잔을 손에 들어 홀짝이던 맥이 희온을 향해 인자하게 웃었다. 희온을 향한 시선에는 애정이 담겨 있었다.

—며칠 전 일은 수고 많았어.

"주시는 수고비만큼 했는데요, 뭐."

—돈을 더 달라는 뜻으로 들리는데?

음, 그게 본심이 맞긴 하고요. 희온은 속마음을 굳이 숨기지 않으며 눈앞에 나타난 남자를 향해 고개를 들었다. 맥은 본부에서 일하는 자신의 상관이었다. 메시지로 명령을 하달하기도 하지만 가끔씩 이렇게 홀로그램으로 얼굴을 비추기도 했다.

이 기기는 맥이 직접 희온에게 준 물건이었다. 모든 맨더들에게 주는지는 모르겠지만 이런 식으로 직통 연결을 할 수 있다는 건 좋으면서도 까다로운 일이었다. 쉐드를 비롯해 아무에게도 말할 수 없는 건 당연한 일이었고, 며칠씩 집을 비울 때면 항상 챙겨 다녀야 했다. 심지어 걸리기라도 하면 큰일이어서 희온은 늘 이렇게 아무도 신경 쓰지 않는 곳에 넣어 숨겼다.

"더 많이 주시면 제가 더 열심히 하고 그러면 일의 능률을 올라갈 거고 그럼 또 서로 서로에게 좋은 일이죠."

─……뭐 어디, 노후 대비로 섬이라도 하나 사게?

"섬보다는 네온사인 번쩍거리고 모든 가게가 코앞에 있는 도시가 좋겠습니다. 멀지 않은 곳에는 숲도 있고."

진지하게 설레하며 대답하는 희온을 보며 맥이 기가 찬다는 듯 웃었다. 희온의 꿈은 한순간도 바뀐 적이 없었다. 물론 디테일에 차이가 있기는 했다. 몇 년 전에는 그냥 평온하게 살았으면 좋겠다가 전부였는데 이제는 살고 싶어 하는 환경까지 나왔으니까. 하긴, 그건 희온만의 꿈이 아니었다. 맥도 희온이 그렇게 살기를 바라고 있었다. 아직은 먼 이야기겠지만, 아직은 불투명한 이야기겠지만.

─부작용은 좀 어때?

잠시 희온의 안색을 살펴보던 맥이 안부를 물었다. 이건 늘 조심스러워야만 하는 이야기였다. 최근 다른 맨더들의 부작용도 점점 심해지고 있으니 민감한 부분이기도 했다. 희온도 그 이야기를 하고 싶었는지 별로 좋지 않다는 의미로 고개를 저었다.

"점점 심해지고 있습니다. 개운하기는커녕 시간도 줄고 있어요."

진지한 얼굴로 희온의 이야기를 듣던 맥이 무언가를 확인하는 듯 잠시 고개를 숙였다. 아무래도 희온의 기록을 보고 있는 모양이었다. 흰 머리가 희끗 보이는 그의 머리는 헝클어져 있었고 그 아래의 이마에는 흐린 상처가 나 있었다.

－주사 맞을 때가 되긴 했는데 가면 갈수록 주기가 짧아지고 있어. 좀 더 참아 보다가 도저히 안 되겠으면 그때 봐. 조만간 내가 사령관님께 말씀드려서 장기 파견 처리 시킬 테니까 그때 한 번 검사 받자. 아, 그리고.

맥이 손에 들린 칩 하나를 들어 보였다. 고작해야 손톱만 한 칩은 굳은살이 가득한 맥의 손가락 사이에서 금방이라도 부서질 것 같았다.

－내일 너한테 보낼 거야. 이번 연구 자료.

"새로운 결과라도 있습니까?"

희온의 물음에 남자가 조금 난감한 얼굴을 했다. 맥은 단순한 상관이기 전에 '본부'의 사람이었다. 국경에서 계속 이어지는 전쟁 탓에 곧장 투입될 수밖에 없던 맨더에 대한 연구는 아직도 진행 중이었다.

맥은 그 결과를 주기적으로 희온에게 가져다주었다. 희온은 여전히 진행 중인 이 연구가 자신에게 중요한 것임을 알고 있었다. 비밀인 만큼 개인적으로 정보를 열람하거나 알아볼 수 있는 곳이 전무한 상태였다. 맥이 전달해 주는 자료가 희온이 아는 모든 것이었다.

－희온, 너 아직도 연인 행세하니?

타겟의 꿈에 맨더는 자신의 얼굴을 온전히 드러낸다. 그들은 뻔뻔하게 타겟의 연인인 척을 하거나 가족인 척을 했다. 그러면서 과거의 기억을 떠올릴 만한 이야기를 꺼내면, 꿈은 타겟이 떠올린 기억의 형태로 바뀌었다.

타겟이 잠에서 깨어났을 때 그들은 보통 낯선 누군가가 등장한 과거의 꿈을 꾸었다고 단순하게 생각했다. 때문에 테이커가 알려졌을지언정 맨더까지는 들킬 순 없었다. 맨더의 존재가 세상에 드러나는 순간, 사람들은 타인이 자신의 기억을 훔쳐봤다는 걸 알아챌 것이었다.

물론 타겟이 지금 이것이 꿈이라고 알아챌 확률은 제로에 가까웠다. 그러나 맨더에 대해 알고 있다면 잠에서 깨고 난 뒤 눈치채는 게 당연했다.

그러나 희온은 타겟의 꿈에 들어가 있는 동안 연인인 척을 즐겨 왔다. 타겟이 초면일 경우 꿈속에서라도 친밀해야 기억을 더욱 뚜렷하고 생략 없이 볼 수 있었다. 때문에 연인인 척하는 일이 보다 쉬운 방법이기도 했고 또 그만큼 잘 맞아서 자신만의 스타일이라고 여겼다.

그동안 타겟과의 가상 관계 중 연인이 가장 위험할 거라는 가설이 나오기는 했었지만 그래도 정확히 밝혀진 건 없어서 계속 이어 오긴 했는데 아무래도 또 잔소리를 들을 모양이었다.

"……이젠 안 할걸요?"

희온이 뻔뻔하게 거짓말을 했다.

—알지? 타겟은 자기 꿈에 왔다 간 맨더에게 자신도 모르게 빠지는 거. 연인인 척하게 되면 그 감정이 어떻게 변할지 몰라. 지금은

연구할 수 있는 인원이 부족해서 뚜렷하게 말해 줄 수 있는 게 없어. 네가 알아서 조심해야 돼.

맥은 희온을 진심으로 걱정했고 희온도 그것을 알고 있었다. 주기적으로 맥을 만나 검사를 받는 희온은 그의 잔소리가 무슨 의미인지 모를 리가 없었다.

희온은 그를 걱정하게 만들고 싶지 않았다. 애초에 맥은 잔소리만큼 걱정이 많은 사람이었다. 맨더 활동을 할 때부터 곁에 있었으니 부작용이 늘어나는 자신을 계속 봐 온 탓일 테다.

그러나 희온은 약하지 않았다. 잠을 자지 못하는 건 분명 괴로운 일이었지만 그렇다고 하루아침에 어떻게 될 것도 아니었다. 주름이 늘었나? 맥의 이마에 깊어진 굴곡을 세어 보던 희온이 일부러 가볍게 대답했다.

"음. 하루에 세 번씩 똑같은 잔소리를 들었던 기억은 있어요."

-조심해. 아무래도 요즘…… 됐다.

"알겠습니다, 진짜 조심할게요. 끊어요."

희온의 간결한 대답에 맥이 검지 끝으로 이마를 긁적이는가 싶더니 더 이상 말없이 입을 다물었다. 희온은 누군가 자신을 걱정하는 걸 좋아하지 않았다. 맥도 그걸 모르는 건 아니었지만 아직 당부할 게 많았다. 그래도 희온의 성격상 자신이 말을 내뱉는 순간 이것저것 생각할 게 뻔한데 굳이 한마디를 더 해야 되는가를 고민했다.

그래, 이제 안 하겠다니까 그걸로 다행인 거겠지. 더 생각하길 관둔 맥의 홀로그램이 순식간에 푸른빛으로 번지며 사라졌다. 그가 완전히 사라졌다는 것을 확인한 희온이 샤워를 하기 위해 욕실로 향했다.

맨더에 관한 기록

*타겟은 꿈에 들어왔던 맨더를 실제로 만났을 때 일방적인 유대
감을 느낀다.*

* * *

사막을 지나야만 나오는 하얀 숲의 위치상 느려진 배급에 비공
식 합동 훈련을 두어 번 더 한 다음 신고식이라는 자리에서 두 팀
이 마주했다. 헤이븐의 팀원들은 그제야 전부 하얀색 제복을 입고
있었다. 그러나 고작 옷차림이 그들의 분위기를 더 온화하게 만들
어 줄 리는 없었다.

이름뿐인 합동 훈련 신고식을 마치고 그다음으로 이어지는 공
연은 말이 공연이지 부대원들의 장기자랑으로 이루어진 무대가
전부였다. 오아시스에서 술만 마시면 매일 보던 장면들이라 딱히
색다를 건 없었다. 쉐드가 바득바득 우겨 넣은 스케줄이어서 희
온은 아주 흥미 없는 얼굴로 한쪽 의자에 앉아 열창하는 사람을
보는 둥 마는 둥 하는 중이었다.

"훈련 시간에 이렇게 노다거리는 게 얼마나 좋은 건데."

좌 쉐드, 우 헤이븐이라는 희온의 불행한 자리 위치 중 지금 더
짜증 나는 건 계속 조잘거리는 쉐드 쪽이었다.

"팀원들도 좋겠냐."

"당연히 좋지."

"이 의무적인 박수 소리가 좋다고?"

"이게 왜 의무적이야? 다들 얼마나 신났는데. 봐, 다 웃고 있잖아."

미친 소리 하고 있네. 희온이 숨을 길게 내뱉으며 아주 오래된 노래를 부르는 남자를 흥미 없이 보고 있을 무렵, 문득 무릎 옆으로 스치는 기척에 고개를 내렸다.

"……?"

헤이븐의 왼쪽 다리가 자신의 허벅지에 살짝 닿아 있었다. 희온이 다리를 움직여 조금 떨어뜨렸지만 그러기가 무섭게 다시 붙는 기운에 오른쪽으로 고개를 돌렸다. 그러나 정작 헤이븐은 신경 쓰지 않는지 앞만 바라보고 있었다. 실수인가 아니면 미친놈인가. 희온은 몸을 조금 더 왼쪽으로 물렸다.

"아."

미친놈이네.

……가진 게 크다고 허벅지도 안 붙는다는 거야 뭐야. 그 굵기가 아무리 두껍고 길었어도 이건 아니잖아. 짜증스럽게 그쪽을 쳐다본 희온이 다리에 힘을 세게 주면서 그를 밀었지만 못에라도 박힌 듯 꼼짝도 하지 않는 몸에 희온은 순간 그게 사람 다리가 아니라 벽돌 기둥인지도 모른다고 생각했다.

몇 번 더 힘을 주어 오른쪽으로 밀어 보다가 결국 노래 두 곡이 끝나고 나서야 허벅지에 힘을 빼고 그 남자에게 몸을 살짝 기울였다. 얘기하기 위해서였다.

"지금 뭐 하십니까?"

"뭐가요."

그러나 정말 조금도 모르겠다는 얼굴로, 심지어 살짝 웃음까지 걸며 묻는 남자의 얼굴에 희온은 기가 찰 수밖에 없었다. 내가 온 힘을 다해서 허벅지를 밀고 있는데, 뭐가요? 뭐가요? 희온의 미간이 구겨졌다가 다시 바르게 펴진다.

"하체 힘이 약하면 다리가 벌어진다는데, 허벅지 근육 단련이라도 해야 하는 거 아닙니까?"

일부러 자존심을 긁으려는 희온의 비아냥에도 얼굴에 흥미를 띤 헤이븐이 턱을 살짝 들어 올리며 웃었다. 거만하기 짝이 없는 얼굴이었다.

"제 가랑이에 관심이 많으신 것 같네요. 아니면 혹시 탐나요? 빨고 싶나?"

"그 정신 나간 머릿속은 빨아 보고 싶네요."

남이 들었을까 봐 대답하며 주변을 둘러본 희온이 눈살을 찌푸렸다. 그러나 헤이븐은 마치 무언가를 고민하듯 진지한 표정으로 대답했다.

"취향이 굉장히 매니악한데, 그 정도는 내가 못 맞춰 줘요."

"……입 말고 세탁기로요."

희온이 냅다 째려보자 웃음 지은 헤이븐이 그제야 다리를 바로 했다. 뭐가 좋다고 웃어? 물론 섹스광으로 부르던 때 자신에게 보내던 메시지들로 정상이 아니라는 건 알고 있긴 했다. 조금도 데미지를 받지 않은 것 같은 남자의 반응에 짜증이 날 대로 난 희온이 억지로 쉐드에게 고개를 돌리자 헤이븐의 시선도 금방 사라졌다.

그 행사가 끝날 때까지 희온은 헤이븐과는 털 한 가닥도 닿지 않겠다는 듯이 굴었다. 눈에 훤히 보이는 듯한 움직임이라서 그런지 헤이븐도 더는 말을 걸지 않았다. 정리가 끝나고 몸을 일으킨 희온은 팀원들의 수다를 받아 주느라 꽤 늦게서야 사무실 문을 열었다.

"……."

불 하나만 간신히 켜져 있던 사무실에는 헤이븐이 앉아 있었다. 또 저거야. 왜 집에 안 가고 여기 있는지는 모르겠네. 문이 열렸음에도 고개 한 번 들지 않고 있는 걸 보니 무언가 할 일이 있는 모양이었다. 굳이 불을 더 켤 필요는 없는 것 같아서 평소보다 조금 어두운 사무실 안으로 들어온 희온도 자신의 자리로 가서 앉았다.

사실 팀원들과 이야기하다 들어온 이유는 빈 사무실에 혼자 있기를 원해서였다. 맥이 하얀 숲으로 보낸 희온 몫의 주사약이 서랍에 들어 있었다. 언제 얼마를 맞았는지 문서로 기록하기 쉽게 하기 위함이었는데 이것도 이제 집으로 옮겨 놔야 될 모양이었다.

다시 한번 헤이븐을 봤으나 그는 이쪽에는 관심도 없는 듯했다. 아까는 허벅지를 그렇게 밀어 댔으면서. 모니터에서 눈이 떨어지지 않는 헤이븐을 슬쩍 본 후에야 자연스럽게 헛기침하며 맨 밑 서랍을 열었다. 차곡차곡 쌓여 있는 종이 더미 아래에는 하얀색 박스가 놓여 있었다.

조심스럽게 박스를 열자 원래 다섯 개가 들어 있던 주사액은 이제 하나뿐이었다. 버틸 수 있을 때까지 버텨 보겠다고 일부러 서랍을 열어 보지도 않았더니 하나 남은 것도 잊고 있었다. 컨디션이 나빠지고 있긴 하지만, 조금 더 참아 볼까 고민하면서 희온이 볼을 부풀렸다.

"어디가 아픈데요."

"깜, 짝이야."

도대체 기척을 어떻게 숨기는 건지 헤이븐이 바로 근처에 와서 서 있었다. 어떻게 변명해야 할지 몰라 입을 살짝 벌린 채 올려다보고 있자 헤이븐이 두 걸음 정도 더 다가와 희온의 손에서 박스를 가져갔다.

"그냥 영양젭니다. 주세요."

이렇다 할 라벨 하나 붙어 있지 않은 케이스를 가만히 보던 헤이븐이 그것을 다시 희온에게 넘겼다.

"영양제를 그렇게 꽁꽁 숨겨요?"

남들이 보기엔 수상해 보일 수도 있겠지만 어차피 그들이 알 수 있는 방법은 없었다. 자신이 영양제라는데 뭐라고 하겠어. 희온이 최대한 태연해 보이기를 바라며 박스를 다시 서랍에 넣고 문을 닫았다.

"저한테 관심이 많으시네요."

쿵쿵거리는 심장을 티 내지 않겠다고 괜히 툴툴거린 희온이 몸을 일으켰다. 그사이 희온의 책상 뒤편 창틀에 걸터앉듯이 기댄 헤이븐은 팔짱을 낀 채 희온의 서랍에 시선을 두고 있었다.

관심이 많은 거야 말할 것도 없지. 평소보다 묘하게 큰 행동으로 주변 정리를 하는 희온의 등 뒤로 헤이븐의 눈길이 옮겨 붙었다. 오늘 행사 때문에 입고 있는 하얀색 제복은 이곳의 남자들보다 월등히 덩치가 작은 희온에게 딱 맞아떨어졌다.

단정하게 접힌 깃, 오래 앉아 있느라 등에 옅은 가로줄이 난 셔츠. 팔을 움직일 때마다 셔츠 소매 중간이 팔꿈치 때문에 뾰족해졌다가 다시 단정해진다. 상의를 바지 속으로 밀어 넣어 라인이 다 드러나는 허리는 헤이븐이 매만지기 좋아하는 곳이었다.

시선이 조금 더 내려가자 엉덩이가 눈에 들어왔다. 말라서 근육만 조금 붙어 있는 몸에 유독 살이 붙은 곳이었다. 섹스를 할 때마다 손바닥으로 내려치면 좋다고 울었지. 지금 때려도 좋아할까.

"왜요?"

고개를 돌린 희온이 묻자 두 다리 사이의 틈으로 흘러가던 시선이 올라왔다. 반사적으로 표정을 지운 헤이븐이 아무것도 아니라는 듯이 어깨를 으쓱이며 미소를 그렸다. 아주 수상하다는 얼굴을 한 희온이 먼저 들어가 보겠다며 모니터를 끄고 문 쪽으로 걸음을 옮겼다.

"안 가십니까?"

"할 일이 좀 남아서요."

"그게 뭔데요?"

자신을 여기 혼자 남겨 두고 가는 게 찜찜한 모양이었다. 희온은 아마 자기 스스로를 아주 차갑고 냉정하거나 속을 알 수 없는 남자로 생각한 모양이지만, 수긍해 줄 순 없었다. 그렇게 생각하기에 희온은 너무 곧았다.

"오늘 새벽에 나 만나 줄 거면 말해 주고요."

"어디 아픈 건 그쪽 아니세요?"

그렇게 대답하며 정색하는 저 표정도 마찬가지였다. 당장 사무실이 떠나가라 문을 닫고 나가는 남자에게 웃으며 손까지 흔들어 준 헤이븐은 걸음 소리가 완전히 멀어지자마자 굳은 얼굴로 고개를 내렸다. 서랍은 그사이 꼼꼼하게도 잠가 둔 상태였다. 헤이븐의 눈동자가 짙은 그림자에 잠겼다.

* * *

맨더들은 일반적으로 능력에 대한 부작용을 가지고 있었다. 어떤 맨더들은 과수면 상태에 접어들어 카페인이나 각성제를 먹기도 했으나 희온은 그와는 반대로 불면증을 가지고 있었다. 그나마 하루에 세 시간 정도를 자면 잘 자는 편인데, 그마저도 꿈을 꾸게 되면 피로는 도무지 씻겨 나갈 줄을 몰랐다.

덕분에 남들보다 더 긴 하루를 보내게 되긴 했어도 그 시간에 생산적인 무언가를 하는 건 아니었다. 뜨겁게 끓인 물을 마시거나, 맨더에 대한 자료들을 찾아 읽거나 가진 돈을 세는 것이 일상이었다. 오늘이라고 별다를 건 없었다.

낮의 훈련은 각 팀끼리 모여 다르게 진행했기 때문에 희온은 헤이븐의 얼굴을 보지 못했다. 그래서 좀 더 나은 것 같기도 하고, 괜히 찝찝한 것 같기도 했다. 매번 웃으며 건네는 말도 안 되는 농담 아래에는 파트너 관계였다는 기반이 있었다.

다음에 그런 말을 할 땐 뺨을 올려 칠까. 뭐든 이렇게 어물쩍 넘어가는 거 별론데. 뜨거운 머그잔을 쥔 채 소파에 앉아 자료를 읽어 내려가는데 자꾸 잡생각이 끼어 들어왔다. 생각하지 말자. 고개를 들어 창밖을 보니 벌써 내일을 맞이하는 하늘은 그 끄트머리가 밝아지고 있었다.

'······타겟이 평소 익숙하게 알고 있는 감각이라면 맨더는 기억의 꿈속에서 그것을 얼마든지 끌어낼 수 있다. 예를 들어 타겟이 평소 만년필을 이용한다면, 꿈속에서 맨더가 만년필을 사용했을 때 타겟과 맨더는 모두 그 잉크의 냄새와 소리를 맡고 들을 수 있다. 그러나 맨더만이 가지고 있는 감각이라면 이것은 확실한 감각을 일깨울 수는 없다. 한편 맨더의 꿈 접촉을 완전히 차단할 수 있는 능력의 존재 여부……'

희온은 이미 몇 번이고 읽은 자료를 한 번 더 읽어 내려갔다. 물론 희온이 국내에서만 활동하는 맨더이기는 했어도 언제까지고 이렇게 평온하게 살 수는 없었다. 또한 언제까지고 하프록스의 기억 공유자가 철저히 비밀 속에 있으리라는 보장도 없었다.

"음."

희온은 가끔씩 최악의 경우를 떠올렸다. 하프록스와 끊임없이 크고 작은 전쟁 중인 바시트록스에서 사람을 보내 이 나라의 모든 기억 공유자들을 몰살할지도 모른다. 기억 공유자의 존재가 표면 위로 드러난다면 그들의 첫 번째 사살 표적일 것은 분명한 일이었다. 그럼에도 희온이 해야만 하는 임무였다.

겉으로 모두를 경계하고 사는 사람들조차 꿈속에서는 마음의 문을 쉽게 열었다. 예를 들어 언젠가 희온의 타겟은 국내의 유명한 사업가 대표였는데, 아무도 믿지 않기로 유명한 그의 꿈속에 들어간 희온은 가벼운 몇 마디만으로도 그와 둘도 없는 연인이 될 수 있었다.

희온은 그의 기억을 불러와 중요한 질문을 던지거나 국가의 영향력 있는 정치인들과 어떤 관계를 꾸리고 있는지를 캐냈고 그는 자신의 기억 속에 있는 것들을 가짜 연인에게 상세하게 내보였다.

그러나 희온은 정작 이 기억 공유자라는 위치가 정부의 어디까지 오픈되어 있는지 알지 못했다. 최근의 타겟 대부분이 재력가라는 것을 감안하면 완전히 꽁꽁 숨긴 비밀은 또 아닌 것 같아서 불안했다.

희온이 맥에게 물었을 때 맥은 이 땅 안의 기억 공유자가 손에 꼽히는 수밖에 안 된다고 말했다. 그리고 희온보다 더 능력이 뛰어나거나 좋은 결과를 가져왔던 사람들은 타국에서 중요한 활동을 한다고도 했지만 그들이 무얼 하는지 어떤 결과를 가져왔었는지 정확히 알 수는 없었다.

희온은 서류를 덮고 테이블을 정리한 후 옷을 갈아입었다. 어차피 자기는 글렀고, 그냥 해가 다 뜰 때까지 바람이나 쐬며 머리를 식힐 생각이었다. 두꺼운 점퍼까지 입은 희온이 담배를 주머니에 쑥 밀어 넣고 나와 현관 앞 의자에 앉았다.

우웅.

주머니에서 우는 기계의 진동 소리에, 희온은 담배를 입에 물다 말고 주머니를 뒤적였다. 드물지만 지금 이 시간에도 임무는 들어오기에 그 종류가 아닐까 짐작했지만 송신인은 다른 사람이었다.

[아직 안 자죠?]

발신인 섹스광. 그가 이곳에 와서 자신에게 보내는 첫 메시지를 무시할까 했지만 지금의 무료한 시간을 때울 수 있어서 그런지 아니면 단순히 변덕 때문인지 결국 희온은 그 메시지에 답장을 보냈다.

[그쪽도 안 자는 것 같은데요.]

그가 하얀 숲으로 들어온 이후 대화는 했어도 메시지는 처음이라서, 갑자기 메시지를 보내온 남자가 낯설게 느껴졌다. 매일 환한 미소를 건 채 만나는 남자는 동료일 뿐이고, 이 메시지를 보내는 사람은 종종 잠자리를 해 오던 남자고. 각각 따로. 그럼 얼마나 좋아. 말도 안 되는 것을 바라는 동안 답장은 금방 도착했다.

[요즘 계속 야한 꿈을 꿔서요.]

희온은 한쪽 눈을 찡그린 채로 담배 끝에 불을 붙이고 나서야 답장했다.

[그 대단한 물건도 부대 안에서는 어쩔 수 없나 보네요.]

추위에 약한 희온에게 새벽바람은 충분히 차가웠다. 그러나 두꺼운 점퍼에 감싸인 몸은 따뜻하고 뺨만 서늘한 이 정도는 버틸 만했다. 아니, 머리를 개운하게 만들어 주는 것도 같았다.
우웅.

[내 꿈의 주인공이 할 말은 아닌 것 같은데.]

미친놈. 희온이 메시지를 무시하고 필터를 빨아 올리자 문득 골목 끝에서 인기척이 느껴졌다. 지금 이 시간에 누구지? 그렇게 크지 않은 발걸음 소리였지만, 희온은 새벽 골목길을 바라보며 눈을 가늘게 떴다. 점점 가까워진 그 기척은 그림자를 길게 만들며 희온의 앞에 와서야 멈춰 섰다.

"씹지 말랬잖아요, 문자."

새벽바람에 금발이 가볍게 날렸다가 가라앉는다. 희온의 달갑지 않은 시선을 받은 헤이븐은 머리카락을 대충 쓸어 넘기며 희온의 의자 옆 바닥에 주저앉았다. 희온은 이제는 자신이 내려다보게 된 그의 정수리를 보며 마저 흰 연기를 뱉었다.

"원래 메시지를 잘 보내고 그런 성격이 아니라서요."

"그럴 마음이 없는 거겠죠."

방금 전의 그가 꼭 예전 같은 모습으로 메시지를 보내 놔서 그런지 희온은 날을 세우지 않고 주머니에서 담배를 꺼내 건넸다. 하얀 손가락 끝을 바라보던 헤이븐이 팔을 뻗어 담배를 가져가 불을 붙인다. 살짝 스친 헤이븐의 손끝은 따뜻했다. 담배 하나를 다 태울 때까지 아무 말도 하지 않는 희온에게 헤이븐이 다시 말을 걸었다.

"얼굴이 안 좋은 걸 보니까 그 영양제는 아직 안 맞았나 보네요."

지난번 서랍 속의 약 이야기였다. 나는 왜 중대장실 없어? 우리는 왜 다 같은 사무실을 쓰는 건데? 내 프라이버시는 개똥인가? 희온이 속으로 죄 없는 쉐드를 열렬히 씹있다.

"예. 제 걱정 되게 하시네요."

"내가 잘 아는 몸이니까."

헤이븐은 또다시 웃었다. 생각해 보면 그는 줄곧 이렇게 웃었다. 주기적으로 만났을 때에도 헤이븐은 희온을 보면 정말 반가운 사람을 만난 것처럼 굴었다. 행동은 담백하고 행위는 짙었지만 미소만큼은 그대로였다.

희온이 그의 말에 대답을 하지 않은 채 외투 지퍼를 목 끝까지 올리며 의자에 등을 기댔다. 익숙한 새벽 풍경이었다. 이름이 무색하게 흔한 짐승 하나 살지 않는 하얀 숲에서 유일하게 새가 떼를 지어 움직이는 시간이기도 했다.

"하나만 고르세요."

말하는 희온의 시선이 온도 없이 그에게로 향했다. 공과 사가 섞인 관계는 자신이 그렇게 기피하던 일이었다. 그러나 일단 벌어진 일이었고 그 역시 이곳에서 자신을 처음 본 척을 훌륭하게 해냈다. 비록 그 사이에 아슬아슬한 농담이 있긴 했지만. 어쨌든 얼굴을 알던 사람이라 이런 식의 대화가 가능했다.

"뭘 고를까요."

헤이븐의 녹안이 푸른 새벽에 잠겨 꼭 어두운 청색처럼 보였다.

"훈련장 동료를 하거나, 섹스에 미친 잠자리 파트너를 하거나."

그 입술에서 흰 연기가 뱉어지고 난 다음에도 그가 아무 대답도 하지 않아서 희온이 한마디를 더 얹었다.

"물론 정답은 이미 정해져 있다는 거 알죠."

여기서 헤이븐은 파트너를 고를 수 없었다. 그리고 이게 희온이 경고하는 방법이었다. 같은 훈련장 동료가 된 이상 앞으로 너와 잘 일은 없을 거라고. 이제 그런 메시지도 보내지 마세요. 그런 직접적인 말 대신이었다.

"글쎄. 어떤 내가 더 마음에 드는데요."

그의 물음이 돌아오자 희온은 이제 헤이븐에 대한 적대를 조금 희석하기로 했다. 어떤 말과 행동을 해도 이 남자는 조금의 데미지도 입지 않는 데다 에너지가 깎이는 건 자신뿐일 것 같다는 느낌이 강하게 들었기 때문이었다.

"둘 다 별롭니다."

건조한 희온의 대답에 앉아 있던 헤이븐이 몸을 일으키며 고개를 돌렸다. 이른 아침의 분위기를 구경하던 희온의 시선이 자연스럽게 그에게로 향했다. 이상하게도 아주 의아한 얼굴이었다.

"둘 다 좋은 게 아니라?"

헤이븐은 진심으로 그렇게 묻고 있었다. 섹스 파트너인 자신도, 훈련장 동료인 자신도 마음에 들지 않냐고. 그러나 희온은 이렇게 넘길 수 없었다. 남들은 몰라도 자신에게는 중요한 일이었다.

"농담 아닌데요."

"지금 여기서 누가 농담을 하죠?"

그렇게 대답하는 헤이븐의 얼굴을 바라봤지만, 표정을 읽기도 전에 가로등 불빛이 꺼졌다. 이제 정말 아침 해가 뜰 모양이었다. 그러나 아직 사방이 밝지는 않아서 헤이븐의 얼굴을 제대로 보지 못했으므로 기분까지는 파악하지 못하고 몸을 일으켰다. 슬슬 준비해서 나가야 할 시간이었다.

"여기 계속 계실 거예요?"

"희온."

노아가 아니라 희온이라고 부르는 걸 보니 동료로 포지션을 잡은 것 같아서 희온이 어깨를 움츠리다 말고 고개를 돌렸다. 아직 의자 옆에 그대로 서 있는 헤이븐의 뒤에서 바람이 불었다. 또다시 익숙한 체향이 번져 왔다. 희온이 대답 대신 어깨를 으쓱인다. 왜. 무슨 말을 하려고. 대답 대신 눈만 깜빡이는 희온을 보며 헤이븐이 팔을 뻗었다.

바람에 머리가 헝클어졌던 모양이었다. 희온의 앞머리에 손을 대는 헤이븐의 손길이 굉장히 조심스러워서, 희온은 자신이 하겠다고 말하지 못했다. 그제야 보이는 남자의 얼굴은 웃고 있지 않았다. 평소와는 다른 그 시선에 희온은 어쩐지 몸을 쉽게 움직일 수 없었다.

"내 메시지에 답장을 하면 어떻게 합니까."

무슨 말인가 싶었다. 지금부터 썹으라는 소리인가. 희온이 그 말의 의도를 파악해 보려고 했지만 헤이븐이 다시 입을 열었다.

"지금 시간에는 자고 있었어야지."

"……."

어쩐지 그 말에는 안타까움이 담겨 있는 것 같았다. 내가 미친 건가, 아니면 그 말 뒤에 말도 안 되는 농담을 덧붙일 예정인가. 마른침을 삼킨 희온이 눈을 가늘게 떴지만 헤이븐은 그게 하고 싶은 말의 전부인 모양이었다. 그대로 몸을 돌려 골목을 따라 걸어가고 있었다.

지금이 잘 시간이라는 건 다른 누구보다 스스로 제일 잘 알고 있었다. 그러는 자기도 안 자고 여기까지 걸어왔으면서. 슬슬 하늘빛에 묻히기 시작한 넓은 등을 가만히 바라보던 희온이 손가락으로 눈썹을 문지르며 집 안으로 들어섰다.

그저 파트너였을 뿐인 남자에게 오랜 시간과 생각을 쏟고 싶지 않았다. 자신에게 성큼 다가오지 않기를 바랐고, 그런 식으로 의미를 알 수 없는 얼굴을 하지 않기를 바랐다. 희온이 고개를 빠르게 흔들어 저었다. 당분간은 하루를 이틀처럼 길게 보낼 테니 남은 시간 동안 샤워라도 해야지 싶었다.

"다들 주파수 확인하고, 후발대가 식량 분배한 후에 나눠서 조금 더 들어가겠습니다."

오만했다. 하루를 이틀처럼 보내는 게 아니라 무슨 일주일은 되겠는데. 희온이 하늘을 향해 긴 숨을 뱉었다. 락테아의 주둔지는 길고 높은 산맥의 아래쪽에 위치했지만 하얀 숲의 크기는 워낙 방대했으므로 가끔 며칠씩 숲의 고지대로 훈련을 나올 때가 있었다. 희온은 아침 내내 꼬박 산을 헤집고 걸어 들어온 인원을 확인해 본 후 팀원들과 함께 걸음을 멈췄다.

하나둘 바닥에 나뒹구는 팀원들 모습을 본 희온이 하얀 바위 위에 걸터앉았다. 신난 팍스가 커다란 덩치를 망각하고 희온의 다리 근처를 이리저리 뛰어다니기 시작했다. 예전부터 산에만 올라오면 쫓아오려고 하기에 여러 번 돌려보내다 못해 목줄까지 채워 봤지만 소용이 없었다. 언젠가부턴 알아서 돌아가겠거니 놔두는 상태였고 실제로도 이 넓은 산을 가장 잘 알고 있는 게 팍스 같기도 했다.

"야, 내가 네 사료 다 들고 왔어. 덩치는 산만 해서 도대체 하루에 얼마나 주워 먹는 거야."

그래도 기세 좋게 여기까지 쫓아오는데 이 먹을 것 없는 산에서 굶을까 봐 희온은 사료와 물까지 자신의 짐에 더해 들고 온 참이었다. 희온이 투박한 말과 달리 군장 속에서 간식을 하나 꺼내서 손에 쥐었다.

"먹고 싶지."

손을 달라고 하지도 않았는데 얼른 시키라는 듯이 앞발을 허우적거리는 팍스를 보며 웃음 지은 희온이 간식을 던져 주었다. 컵컵

소리 내어 먹는 팍스를 본 후에야 희온은 물을 꺼내 목을 축였다. 쏟아지는 햇볕에 등은 따뜻한 정도였지만 헬멧을 뒤집어쓴 목 위로는 온통 후텁지근했다.

"출발 전에 말했던 대로 화력 유도 훈련과 지휘부 제거 훈련이 동시에 진행될 예정입니다. 팀별로 나누어 활동하면 되고, 밤사이 상대 팀의 주둔지를 찾아내 화력 유도 장치를 설치합니다. 그다음 으론 상대 팀의 수장을 제거하면 클리어. 그 과정에서 그 어떤 비정규전이 벌어지든 상관없습니다."

열을 맞춰 앉아 각자 나름의 방식대로 휴식을 취하고 있는 팀원들은 이제 전부 하얀색 훈련복을 입고 있었다. 아직 이름을 외우지 못한 낯선 얼굴이 많이 보였지만 그래도 이렇게 입혀 놓으니 사이 좋은 유치원생 같다고 생각하며 희온이 사람들 앞에서 훈련을 설명하고 있는 중사에게로 고개를 들었다.

"팀은 출발 시 통보한 그대로입니다."

교관의 설명이 끝나자마자 페트로프가 손을 번쩍 든다.

"상대 팀 지휘부가 누구인지는 비밀인 게 맞는 거죠?"

근데 저건 몇 시간을 걸어서 산을 탔는데도 지치는 기색이 보이질 않는다. 보송보송한 얼굴로 상쾌하게 질문하는 페트로프를 향해 희온이 가볍게 질색했다.

"맞습니다. '팀 알파'와 '팀 델타' 두 개 팀의 각 수장이 누구인지 상대 팀은 알 수 없습니다. 알아서 제거하시면 됩니다. 다 죽이셔도 좋고요. 패전 처리되면 그 자리에서 익일까지 대기합니다. 중상이 아닌 이상 중간 열외는 없습니다."

식량 배급 마쳤습니다. 뒤에서 누군가 뱉은 말에 하나둘 몸을 일으켰다. 이제부터 팀별로 다른 주둔지를 향해 나뉠 시간이었다. 내 팀에 누가 있더라. 희온이 곱씹어 보다가 자신을 툭 건드는 움직임에 고개를 내렸다. 헤이븐이 자신에게 무언가를 건네고 있었다. 그건 아주 작은 술병이었다. 고작해야 한 손에 쏙 들어올 것 같은 크기가 깜찍하기까지 했다.

"이걸 왜 주십니까?"

"밤이 길 것 같아서."

"그럼 본인이 드세요."

"내 밤은 짧을 거거든요."

헛소리하는 게 주특기인 사람을 두고 굳이 입씨름을 하고 싶진 않아서 희온이 작은 통을 들어 뚜껑 여는 시늉을 해 보였다.

"대신 버려 드려요?"

"마음대로."

언제 가까이 왔냐는 듯 홱 몸을 돌려 돌아가는 헤이븐을 보던 희온은 결국 버리지 못하고 아무 주머니에나 쑤셔 넣어 두었다. 짐 무게 덜겠다고 나한테 던져 주는 건가 싶었는데 그렇다기엔 헤이븐은 본인의 짐을 너무 가뿐하게 들고 있었다. 세상엔 짐승 같은 놈들이 너무 많다. 희온은 부지런히 걸음을 재족했다.

산에는 해가 오래 걸려 있지 않았다. 다른 곳보다 밤이 긴 이곳의 풍경을 희온은 꽤 좋아했다. 낮에는 푸른 하늘과 하얀 숲이 극명한 대비를 두고 있었다면 지금은 새까만 하늘과 하얀 바닥이었다. 물론 어둠에 잠겨 완전히 희게 보이지는 않았지만, 그래도 눈이 어둠에 익으면 그 뿌연 경계가 눈에 들어오곤 했다.

희온이 속한 델타 팀원들은 밤이 되어서야 좁은 동굴을 중심으로 자리를 잡았다. 그나마 동굴이 너무 좁아 일부는 들어오지도 못할 정도였으나 밖에서 불을 볼 수 없도록 하는 게 중요했다. 결국 동굴 가장 안쪽에 불을 켜 놓고 그 주변에 옹기종기 모여서 작전을 짜는 중이었다.

"캡틴, 안 추우세요?"

"나보단 밖에 있는 애들이 춥지. 너는."

"저는 어리잖아요."

그럼 나는 늙었고? 희온이 오웬을 향해 눈을 흘겼다. 델타 팀에는 패트로프도, 헤이븐도 없었다. 오웬만이 캡틴과 한 팀이라 너무 든든하다는 찬양을 해 대다 이제 겨우 그친 찰나였다. 희온이 먼저 몸을 일으켜 동굴 밖으로 나왔다.

"전부 하얗고 보기 좋네."

동굴을 기점으로 전략적으로 자리 잡고 엄폐한 일부 팀원들은 조금도 보이지 않았다. 내일 아침 해가 뜰 때까지만 이곳이 점령당하지 않는다면 이길 확률이 높았다. 사실 이 넓은 산에서 상대 팀의 수장을 찾아 사살한다는 일이 쉬운 일은 아니었으므로 두 팀 전부 패배할 가능성도 있었지만 희온은 무조건 이길 생각이었다.

"가자."

지금 희온이 팀원 넷과 함께 거점을 나서는 것도 그 이유였다. 어둡고 적막하기만 한 산에서 무언가를 발견하기는 힘든 일이라 헬멧 레일에 연결된 고글을 내려 끼웠다. 적외선 렌즈 속에서 무채색이었던 산이 온통 초록빛으로 물든다. 희온이 걸음을 재촉했다.

팀 알파가 근거지로 삼을 만한 곳은 어느 정도 추릴 수 있었다.

처음 그들과 헤어졌던 곳에서 우리가 온 만큼 반대쪽으로 갔겠지. 동쪽으로 가는 것 같았으니 그쪽에 있는 완만한 능선의 위나 그 중간 지점, 멀어 봤자 그 능선 너머일 것이다.

만약 다른 곳에 자리 잡았다면 다른 방향으로 돌아가고 있는 팀원들이 발견하고 신호를 줄 것이었다. 최대한 기척을 줄인 희온이 오웬과 함께 조심스럽게 동쪽으로 향했다.

–N65.012 클리어.

–S27.545 클리어.

시간이 흐르는 동안 하나둘씩 들려오는 헤드폰 속 소리에 희온이 결국 헤드폰을 헬멧 레일에서 내려 벗었다. 다른 방향에서 찾지 못했다면 이쪽이 맞을 확률이 더욱 높아진다. 희온이 몸을 완전히 낮춘 채 커다란 바위에 작은 표시를 하고 둘씩 나눠 갈 것을 명령했다.

하얀 숲의 나무들은 전부 삐쩍 말라 있었고 그 껍질은 딱딱했다. 이곳에 짐승이 하나도 살지 않는 것과 같은 이유 때문이었다. 오웬과 둘이 남게 된 희온이 조금 더 숨을 죽이며 주변을 살피고 앞으로 향했다. 고글은 나이트 비전 렌즈로 바뀌어 있었다.

'정지.'

희온의 수신호를 보고 오웬이 걸음을 멈췄다. 두꺼운 나무에 작은 표식을 남기고 검지를 올린 희온이 반대 방향을 번갈아 가며 가리켰다. 둘은 반대로 흩어졌다.

희온의 걸음이 한층 더 조심스러웠다. 헬멧마저 잡아 뺀 희온의 귀에는 이제 바람 소리만 들릴 뿐이었다.

찾았다.

몇 분 더 가지 않아 희온의 고글에 미세하게 움직임이 감지되었다. 바람과 반대 방향인 걸로 봐서는 사람의 기척이었다. 희온이 몸을 숙였다. 이쪽일 줄 알았지. 적팀의 기지를 찾았으니 화력 유도 장치를 설치해 이쪽으로 미사일이 쏟아지도록 만든 다음 수장을 제거하면 되는 일이다. 그러나 수장이 누군지는 알 수 없다.

여차하면 다 죽이면 되지. 이길 생각에 신이 난 희온이 곧장 엄폐물 뒤로 포복했다. 그 상태로 조금씩 전진하자 이윽고, 멀지 않은 곳에서 몇 명의 기척이 옅게 감지된다. 잭팟. 희온이 눈을 가늘게 떴다.

헥헥.

바로 그때, 무언가가 희온의 시야 끝에서 훅 튀어나온다. 소스라치게 놀란 희온이 반사적으로 총을 집었으나 눈에 보인 건, 팍스였다.

야, 너 집에 안 갔어? 저리 가. 저리 가. 고글을 올린 희온이 손을 휙휙 저었다. 혹시라도 짖을까 봐 등골이 서늘해져 정신없이 팔을 내저었으나 눈치라곤 개밥에 쓸래도 없는 팍스는 꼬리를 휙휙 흔들며 다가와 희온의 다리 사이로 파고들었다. 바지 뒷주머니에 넣은 간식 냄새라도 맡은 모양이었다.

자, 옳지. 착하지. 우리 팍스 다 먹어. 당장 주머니에 있는 간식을 멀리 뿌렸으나 그 개는 눈 깜짝할 사이에 전부 주워 먹고 돌아와 계속 희온의 주위를 맴돌았다. 결국 바위 뒤로 숨은 채 몸을 세워 앉은 희온이 팍스의 턱 아래를 슥슥 긁어 주며 달랬다. 개를 데려갔으면 묶어 놔야지 뭐 하는 거야.

"팍스 너는 지금 시간이 몇 신데 나돌아 다녀. 너 또 묶이고 싶어?"

속삭이듯 뱉어진 희온의 말은 아무래도 설득력이 없는 모양이었다. 야, 좀 가자. 나 일하게. 희온이 팍스를 밀어냈으나 또다시 헥헥거리며 들러붙는다. 들러붙다 못해 아예 놀아 달라는 듯 다리 사이를 빙빙 맴돌았다. 덩치가 워낙 커서 희온의 몸이 다 휘청일 지경이었다. 하지 마. 하지 말라고. 식겁하면서 다리를 빼 봤자 팍스는 더 신나서 꼬리를 흔들 뿐이었다.

"야……."

맨날 예뻐해 주는 건 난데 왜 넌 나를 안 도와주냐. 심심해? 어? 나는 지금 너랑 놀아 줄 수가 없어요. 희온이 최대한 숨소리만 내듯 속삭이며 말했지만, 개라서 사람 말을 못 알아듣는 건지 아니면 못 알아듣는 척하는 건지 팍스는 대놓고 희온의 근처에 풀썩 주저앉아 꼬리를 흔들었다. 드물게 당황한 희온이 헥헥거리는 개와 반대쪽 주둔지를 번갈아 보면서 아랫입술을 연신 씹어 물었다.

하는 수 없이 알파 팀의 주둔지에서 조금 더 멀어져야 했다. 나무 뒤로 자리를 옮겼지만 그 발치에는 몇 미터 아래로 떨어지는 낭떠러지가 있었다. 희온은 끈질기게 자신을 쫓아오는 개를 두고 망원경을 들었다.

다행인 건 이곳은 그나마 적진이 잘 보이는 방향이라는 데 있었다. 이제는 주변을 살피며 보초를 서는 알파 팀 몇 명의 위치를 확인할 수 있었다. 이곳에라도 유도 장치를 설치하고 마저 움직일 생각이었다. 희온이 바쁘게 움직이는 동안 다시 가까운 근처에 팍스가 매달려 붙었다.

제발 아무도 몰라라. 제발. 희온은 최대한 팍스의 기척을 무시하며 설치를 마쳤다. 사실 이런 것 정도는 방해 축에도 끼지 않는 일이긴 했다. 락테아 요원들은 수십 구의 시체 무덤에서 며칠을 나기도, 끔찍한 고문 훈련을 주기적으로 받아 가며 고통을 버티기도 했다.

그래도 늑대만 한 개가 주변을 빙빙 맴도는 건 좀 말이 다르지 않아? 희온이 열심히 팍스를 무시하며 유도 장치를 마저 설치했다. 들키지만 말자. 속으로 빌며 한 걸음 뒤로 물린 그때였다.

"적 발견, 반복합니다. 적 발견."

희온이 주시하고 있던 쪽의 기척 중 몇몇이 분주해지기 시작했다. 희온이 머리를 낮추고 총을 쥐었으나 근처로의 발소리는 들리지 않는다. 이쪽이 아니라면, 아마도 그들이 발견한 건 오웬일 것이다.

희온이 단호하게 개를 밀어내고 곧장 총을 들고 다가가며 스코프를 통해 적팀의 인원 분포를 살폈다. 움직임의 루틴을 가만히 살피다 보면 수장을 알아내는 건 시간문제였다. 팀원에게 위치를 알려 주기 위해 희온은 다시 헤드폰을 쓰고 숨을 죽였다. 이제, 타이밍 싸움이었다.

그러나 여전히 눈치 없는 개가 문제였다. 밀어내던 희온이 움직임을 죽이자 이번에는 커다란 덩치로 아예 희온의 품에 안길 듯 군다. 아주 본격적으로 놀자는 뜻이었다. 몇 걸음 뒤가 낭떠러지라는 것을 아는 희온이 개를 반대쪽으로 치우듯 밀어내며 욕을 뱉는 순간이었다.

삐ㅡ익!

"읏!"

헤드폰에서 찢어지는 듯한 기계음이 희온의 고막을 찔렀다. 송곳 같은 두통에 헤드폰을 잡아 빼는 순간, 누군가 희온의 발목을 잡아당기며 덮쳐 온다. 얼마나 그 손길이 세고 강했는지 희온은 그저 당기는 대로 쑥 밀려 내려갈 뿐이었다.

탁!

뭐야, 기척은 듣지도 못했는데? 희온이 놓친 총을 쥐려 했으나 그 손은 상대의 무릎에 깔려 저지당하고, 뒤이어 입까지 틀어막혔다. 덮쳐 오는 남자의 쇄골을 밀었지만 차마 몸을 뒤집지 못한 건 상대의 엄청난 힘 때문이었다. 당황한 희온이 익숙한 체향을 맡은 건 바로 그 찰나였다.

커다란 손에 입을 틀어 막힌 채 온몸으로 당황을 내뿜는 희온의 얼굴 가까이, 고글과 헬멧을 한 손으로 벗은 남자의 얼굴이 와 닿는다.

"올 줄 알았지."

헤이븐이 근사한 미소를 지었다.

컹! 컹!

그의 얼굴을 확인함과 동시에 팍스가 세차게 짖어 대기 시작했다. 졌다. 희온이 막힌 입술 대신 코로 한숨을 쏟아 뱉었다.

"다시 묻습니다. 그 팀 수장이 누굽니까?"

희온은 지금 인질이 된 상태였다. 희온의 예상대로 그들은 능선 중간에 자리 잡고 있었다. 그러나 그것 역시 그들 작전의 일부인 모양이었다. 그러니까, 희온의 팀이 이쪽으로 올 거라는 것을 읽었다는 뜻이었다. 심지어 지금은 보란 듯이 막사까지 짓고 있었다. 근데 사람이 왜 이렇게 없지?

보기 좋게 인질이 된 희온은 가진 걸 전부 뺏긴 채 아까 그

나무에 꽁꽁 묶여 있는 신세였다. 희온을 잡자마자 자리를 뜬 헤이븐은 어디 갔는지 보이지 않고, 재차 수장을 묻는 건 페트로프였다. 언제나 훈련을 실제처럼 해야 하는 특성상 보통 이렇게 인질이 되면 적당한 고문까지는 감내해야 했다. 그러나 이런 상황에서까지 굳이 실제로 고문해 가며 힘 뺄 필요는 없다는 걸 모두가 잘 알고 있었다.

"수장이 누구냐니까. 말 안 하면 다칩니다. 경고했어요."

근육은 꼭 캥거루 같은 게 화난 척하고 앉아 있네. 눈썹에 힘을 가득 준 페트로프를 보다가 희온이 고갯짓을 했다.

"목말라, 물 좀 가져와."

"네. 물 좀 차가울 텐데 괜찮아요?"

방금 전까지 경고한다며 무섭게 굴던 페트로프는 금방 순한 목소리를 내며 수통을 가져왔다. 문제는 수통을 대뜸 내밀기만 했다는 데 있었다. 희온이 한숨을 쉬었다.

"······페트로프."

말하기도 힘들다. 뒤로 묶인 팔을 좀 보라고 어깨를 꿈질거리자 페트로프가 뒤늦게 눈치채고 '아!' 소리를 내며 수통 뚜껑을 열어 희온의 입가에 바짝 붙여 준다. 물을 먹여 주는 페트로프의 볼이 묘하게 붉어졌다는 건 미처 확인하지 못하고 목을 축이기 바빴다. 반나절 만에 겨우 마신 물 한 모금이었다.

"오웬은?"

"패전 처리 됐죠. 아마 그 자리에 가만히 있을걸?"

"근데 왜 나는 안 죽여?"

어차피 질 것 같은데 이렇게 묶여 있는 것도 피곤했다. 차라리 패전 처리 돼서 얌전히 자는 게 낫지. 얼마나 꼼꼼히 묶어 놨는지 가슴팍부터 발목, 손목이 얼얼하게 아팠다.

"한 명은 남아 있어야 수장을 알아내죠."

"······그 한 명을 잘못 고른 거 아냐?"

아무리 생각해도 내가 아니라 오웬을 골랐어야 되는 거 같은데.

"올 때 겉옷 좀 가져와. 얼어 죽을 것 같으니까."

"네! 한참 걸려요. 조금만 기다리세요."

희온이 눈을 깜빡거리는 동안 페트로프가 막사를 향해 멀어졌다. 어차피 오늘도 자는 건 포기했으니 조금이라도 편하게 쉬고 싶은데 이 자세로는 정말 곤란했다. 희온은 손을 조금씩 움직여 보다가 하는 수 없이 그냥 나무 기둥에 등을 기댔다. 자신을 덮친 헤이븐도, 이 일을 망친 주범인 팍스도 보이지 않는다. 그냥 이대로 아침까지 아무도 자신에게 오지 않기를 바랐지만 그마저도 바람일 뿐이라는 걸 알고 있었다.

"아유, 어쩌다 잡히셨어요."

발소리를 내며 가까이 다가온 남자는······. 누구더라. 희온이 눈을 깜빡이자 상대가 기분이 나빴는지 헛웃음을 친다.

"케빈이라고 합니다. 나 몰라요? 그쪽 때문에 진짜 더럽게 얻어 맞았는데."

케빈이 코까지 올리고 있던 워머를 손가락으로 걸어 내렸다. 겨우 내보인 얼굴은 가관이었다. 입술을 비롯해 턱에는 전부 피멍이 들어 있었고 심지어 목까지 새까매 보이는 게 꼭 심한 구타의 흔적 같기도 했다.

"아."

기억났다. 지난번 골목. 근데, 그레이슨이 애를 저렇게까지 만들었나? 네 번만 치라고 했는데 그것 때문에 얼굴이 저렇게 엉망진창 될 리가 없었다. 그 성격에 정신 놓고 마음껏 패지도 않았을 거고. 케빈이 희온의 가까이로 와 몸을 숙여 앉았다.

"나는 처음부터 여기로 오는 게 마음에 안 들었어. 시골 바닥에서 이게 뭐야, 씨발."

"본론만 말하세요. 귀찮습니다."

"귀찮아도 참아."

케빈이 다가와 희온의 묶인 두 발을 툭툭 차더니 몸을 숙여 앉아 칼을 꺼내 들었다. 이 새끼가 뭘 하려나 했는데 나무에 묶인 끈을 자를 뿐이었다. 희온이 한소리를 하려고 했지만 가까이에서 보니 거의 반쯤 정신 나간 놈 같아서 우선 말을 줄였다.

그래 봤자 손과 발은 여전히 묶여 있어 희온이 할 수 있을 만한 건 아무것도 없었다. 시간을 보지 못해 지금이 몇 시인지는 모르겠지만 아직 한밤중인 것 같긴 했다. 근데 왜 이렇게 조용하지? 주변을 둘러봐도 기척 하나 눈에 띄는 게 없었다.

"저 막사들은 다 가짜야. 소수만 남고 절반 이상이 그쪽 팀 따라 갔거든."

희온이 속으로 욕을 뱉었다. 그들은 애초에 주둔지 없이 델타 팀을 따라가 근처에서 덮칠 작전인 모양이었다. 줄줄 설명 중인 케빈은 즐거워 보였고 희온은 그 표정에서 불안을 느껴야 했다. 애가 도대체 무슨 생각을 하고 있는 건지 도무지 가늠이 가지 않는다. 일단 미친 놈을 달래기 위해 희온이 입을 열었다.

"지금 이게 훈련이라는 거 알고는 있습니까?"

"응. 근데 상관없어. 어차피 이 훈련 끝나면 난 여기 없을 사람이라."

케빈은 흥얼거리며 발이 묶인 희온의 몸을 억지로 잡아끌었다. 희온의 무릎이 절로 땅에 끌렸으나 그는 개의치 않고 손바닥으로 입을 틀어막은 채 머리채를 덥석 쥐어 당겼다.

아, 절벽이다. 그가 어디로 향하는지 알 것 같아 희온의 등 뒤로 식은땀이 흘렀다. 이거 단단히 돌았네. 희온이 묶인 손목을 비틀고 발목을 움직여 봤으나 전부 흰 자갈과 흙에 끌려 바스락거리는 소리만 들릴 뿐이었다.

"나는 당신 때문에 어금니 세 개가 빠지고 목뼈도 부러질 뻔했으니까 공평하게 목숨 값으로 내놔요. 어차피 이 군견 짓도 끝나는데, 좀 더 개새끼 같으면 또 어때. 그치."

야. 팍스도 이런 짓은 안 해. 어디서 개를 범죄에 빗대냐고 말하고 싶었지만 우선 지금은 그가 이끄는 대로 끌려갈 뿐이었다. 결국 희온은 절벽에 등을 진 채 위태롭게 꿇어 앉혀졌다. 이 상태로 도망치려고 시도해 봤자 얼마 못 가 끌려올 게 분명했다. 그의 등 뒤, 언덕에는 여전히 기척이 없다.

결국 희온은 지금 이 상황을 차분하게 받아 들이며 크게 숨을 내쉬었다. 케빈이 총을 장전하며 희온의 턱을 들어 올렸다. 고개를 돌려 그 손을 치운 희온이 입을 열었다.

"엡실론 포스에서 온 사람들 중에 맥하트라고 있죠."

갑작스럽게 건네는 희온의 질문에 케빈이 고개를 끄덕이며 대답한다.

"걔는 왜?"

"그 친구는 그게 진짜 총인지 가짜 총인지 구분 못하던데, 넌 어떻게 생각합니까?"

"뭘?"

"네가 지금 들고 있는 거. 진짜 같아요?"

희온의 말에 케빈이 자신이 들고 있던 소총을 만지작거리며 비열한 웃음을 걸었다.

"내 건 진짠데."

봐봐, 소음기도 끼웠어. 그가 마치 비밀이라도 말하듯 속삭이더니 주머니에서 테이프를 꺼냈다. 아마도 입을 막으려는 모양이었다. 말을 못하게 되기 전에 소리라도 지를까 했지만 그랬다간 총에 맞을지 칼에 찔릴지 알 수 없었다.

"나는 널 죽이고 여길 벗어날 거야. 딱 오늘만 기다렸거든."

흥얼거리던 남자가 테이프를 끊느라 그의 양손이 총에서 떨어졌다. 어차피 이렇게 된 거 방법은 한 가지밖에 없었다. 한숨을 폭 내쉰 희온이 체념한 듯 입을 열었다.

"내 인생이 진짜 거지 같기는 한데요."

흘끔 뒤를 한 번 살핀 희온의 목소리에 케빈이 고개를 들어 올렸다. 즐거움에 취한 멍청한 얼굴을 보며 희온이 아주 귀찮다는 듯이 한쪽 눈을 찌푸렸다.

"내가 네 손에는 못 죽지."

그 말을 끝내자마자 희온이 상체를 뒤로 크게 젖혔다. 그 움직임에 케빈도 아차 싶었는지 허둥지둥 팔을 뻗었지만 희온이 한 박자 더 빨랐다.

"씨발!"

희온의 몸이 절벽 아래로 떨어진다. 슬쩍 봤을 때 절벽의 높이는 분명 즉사할 만큼은 아니었다. 그러나 2층에서 떨어져도 운 나쁘면 목이 부러지는 게 사람 목숨이었다.

머리만 깨지지 마라. 머리만 깨지지 마라. 몸이 붕 뜨는 기분을 느끼며 희온은 혀를 깨물지 않기 위해 어금니를 단단히 물었다.

* * *

'나 걱정하지 마.'

누군가의 목소리가 들렸다.

'왜?'

'난 강하거든.'

정말이야. 나는 정말 강해. 꼭 스스로에게 하는 다짐 같기도 한 말이었다. 그러나 상대방은 아무 말도 하지 않았다가 조용히 대답했다.

'하게 해 줘. 나는 너 걱정하고 싶어.'

그 목소리가 호소처럼 들려와서 웃었다. 시야 가득 펼쳐진 하얀색은 눈이 부실 정도였다. 어딜 봐도 그랬다. 이러다 눈이 머는 건 아닐까 쓸모없는 걱정을 했다.

"……"

희온이 짤막했던 누군가의 꿈에서 깨어났다. 거긴 또 어딘데 그렇게 눈이 부시지. 희온이 꿈속의 온도를 곱씹는 동안 바람이 불어와 머리카락을 살살 흐트러뜨린다. 몸이 떨릴 정도의 추위에 겨우 눈꺼풀을 올려 떴다.

아직 하늘이 까맣다. 설마 하루 이틀을 이렇게 있었을 리는 없으니 기절을 오래 하지는 않은 모양이었다. 그러나 섣불리 머리를 들거나 몸을 움직이지는 않았다. 어디를 어떻게 다쳤는지 파악하는 게 급선무였다.

다발 하나에 지폐 백 장. 다발 하나에 지폐 백 장. 희온이 머릿속으로 벽장 속 돈을 세어 가며 천천히 손가락 끝부터 움직였다. 뒤로 묶인 채 상체에 깔린 손은 뻐근했어도 뼈가 부러지진 않은 모양이었다. 이번엔 발가락을 움직였다.

"윽."

억눌린 신음이 흘렀다. 부러지지는 않은 것 같은데 발목이 삐긴 한 모양이었다. 그래도 이 정도만 다친 건 천운이었다. 오랜 시간을 들여 사지를 움직여 본 희온이 고개를 천천히 들어 올렸다.

절벽 위엔 아무도 없었다. 케빈이 아직 보고 있을 수도 있겠지만 너무 어두워 보이지 않는다. 그 남자도 자신이 보일 리가 없었다. 아까 내가 페트로프한테 너무 단호하게 말 안 한다고 했나? 조금 흘리는 척이라도 했으면 들여다보러 왔을 수도 있는데.

희온이 피곤한 눈을 감았다 뜨며 주변을 살폈다. 당장 손목 발목에 묶여 있는 것부터 풀어야 했다. 이대로라면 이 밤이 다 가기도 전에 동사할 것 같았다. 냉정하게 말하자면 그럴 만한 기온은 아니었지만 어쨌든 지금 기분이 그랬다.

전역 지원서를 쓰자. 전역하자. 전역한다. 도망간다. 케빈인지 게빈인지 죽이고 전역한다. 아주 꽁꽁 묶어 가지고 절벽 아래로 똑같이 밀어 주마. 속으로 중얼거리며 희온이 몸을 세워 앉은 채 줄을 끊을 만한 것들을 찾았다.

희온은 움직여지지 않는 몸을 겨우 비틀어 가며 뾰족하고 하얀 나뭇가지에 등을 대고 손을 움직이기 시작했다. 가시가 돋아난 나뭇가지에 손목 사이 끈을 몇 번 비벼 대자 얼마 못 가 툭 하고 나뭇가지가 부러진다. 그래도 물러서지 않고 다른 곳에 대고 연신 끈을 마찰시켰다.

투둑.

"하."

세상의 이 징글징글함을 누가 알아주나. 부조리를 빼면 아무것도 안 남는 세상. 세상이라고 부르지 말고 개좆이라고 부르자. 희온은 손이 자유로워지자마자 발목의 끈마저 풀어 내렸다. 손목이 나무에 같이 갈려 피가 배어 나왔지만 이제야 조금 살 만했다.

손목을 몇 번 빙글 돌려 보자 뼈가 시큰거린다. 희온은 옷에 들러붙은 먼지를 툭툭 털고 넓은 나뭇가지 하나를 꺾어 발목에 대고 끈을 묶어 고정했다.

어차피 오늘이 지나고 훈련이 끝나면 누군가 찾으러 올 것이었다. 묶여 있던 곳에서 사라졌으니 절벽 아래부터 수색할 거라는 건 의심할 것도 못 됐다. 문제는 희온이 지금 너무 춥다는 데 있었다. 원래부터 추위에 유독 약한 몸은 지금도 춥다고 손을 떨어 대고 있었다.

"돌아가서 전역 지원서 안 내면 내가 사이코에 마조히스트다."

중얼거리면서 다시 벽장 속의 돈을 상상한 희온이 절벽을 손으로 짚은 채 몸을 일으켰다. 위에서 볼 땐 떨어질 만한 것 같았는데 이렇게 보니 꽤 높아서 아득해 보였다. 소리라도 지를까 했지만 그랬다가 케빈이 먼저 듣는 건 또 곤란해서 절벽 위로 올라가는 길을 찾아보기로 했다. 저체온증은 정말로 사양이었다.

　절벽 중간부터는 굴러떨어진 모양이었다. 허리부터 엉덩이, 목이 너무 뻐근해서 희온이 어깨를 빙글빙글 돌리며 천천히 걸음을 옮겼다. 그래도 하얀 숲은 자주 왔던 것 같은데 이 절벽 아래는 처음이라 낯설었다. 그래도 어쩌겠어, 기를 써서라도 살아야지. 먼저 주변 지형을 파악하기 위해 주위를 살펴보면서 길을 지나갈 때마다 나무를 긁어 표식을 해 두었다.

　그러나 희온의 생각보다 그곳은 훨씬 길고 복잡했다. 특히 밤에 돌아다니자니 더 그랬다. 절뚝이며 한참 걷다가 결국 아까 표시해 둔 나무조차 찾지 못했을 때 희온은 걷기를 포기하고 아무 곳에나 등을 기대며 주저앉았다. 분명 체온을 올리겠다고 걸어 다닌 건데 아무 소용없이 이젠 턱까지 덜덜 떨려 오기 시작했다. 도대체 여기가 어디야? 미치겠네.

　'이걸 왜 주십니까?'

　'밤이 길 것 같아서요.'

　문득 헤이븐과 나눴던 대화가 떠오른 희온이 바지 주머니를 더듬었다. 아직 있다. 훈련 시작 전 헤이븐이 준 술병이었다. 술을 마시면 체온이 올라간다는 건 거짓말이었다. 잠시 열이 오를 뿐 얼마가 지나면 체온이 평소보다 더 낮아진다는 걸 희온은 알고 있었다. 그러나 발목의 통증과 지금 당장의 추위 때문에 한 모금이면 끝날 술을 냉큼 들이켜고 싶었다.

　"어디 보자."

　밑동만 남은 나무에 술병을 세워 두고 희온이 바닥에 주저앉았다. 긁어모을 낙엽이랄 것도 없었다. 땅을 파서 그 안으로 기어 들어가기라도 해야 하나 생각했지만 지금 몸 상태론 그것마저 무리였다.

술병을 노려보고 또 노려보던 희온이 결국 그 뚜껑을 돌려 열었다. 어차피 저체온증에 걸릴 거라면 이걸 마시고 한 시간이라도 몸이 따뜻한 게 더 낫지 않을까 생각해서였다. 몇 시간만 기다리면 자신의 부재를 눈치챈 팀원들이 시체라도 주우러 올 것이었다.

"마시자. 마셔."

희온이 병 주둥이에 입을 대고 크게 한 모금을 삼켰다.

"음?"

그러나 식도를 타고 내려오는 건 술이 아니었다. 아주 묘한 맛을 내는 차 같았는데, 희온은 얼른 입을 떼고 그 병을 노려보기 시작했다. 병의 라벨에는 이상한 그림만 그려져 있었다. 확실한 건 정말 술은 아니다.

그럼 이게 뭔데? 물은 아니다. 음료수인가? 이 새끼 나한테 도대체 뭘 준 거야? 혀로 입천장을 긁으며 다시 음미해 봤자 그게 뭔지 알지는 못했다. 혹시 이상한 것을 먹었을 수도 있으니 우선 빈 병을 주머니 안에 밀어 넣었다.

"내가 떨어지지 말고 걔를 밀 걸 그랬나."

희온은 그 상태로 꼼짝도 하지 않고 앉아 몸을 웅크리고 있었다. 시간이 얼마나 지났는지도 알 수 없었다. 시계는 물론이고 통신 기계마저도 전부 인질이 되자마자 페트로프가 가져갔으니 가진 거라곤 쥐뿔도 없다. 고개를 들어 밝은 달이 얼마나 기울었나 보고 있었지만 그마저도 확실한 가늠은 불가능했다.

부스럭.

희온의 고개가 팩 돌아간다. 분명히 기척이 느껴졌다. 큰 짐승 없는 숲에서 이런 기척이라면 분명 사람 아니면 개일 것이었다. 또다시 팍스가 와서 다리에 엉겨 붙는다고 해도 그 온기라도 끌어 안고 있으면 밤새 버티기 수월하긴 할 것이다.

"팍스? 페트로프? 누군지 모르겠는데 빨리 나와. 날 데려가든가 안고 있거나 둘 중 하나만 하자."

자신이 들었던 기척이 바람 소리가 아니었기를 바라는 희온의 눈앞에 정말로 사람이 다가왔다.

"내 이름은 안 나오네요."

희온을 향해 걸어온 남자는 헤이븐이었다. 희온은 그 얼굴을 확인하자마자 안도의 숨을 툭 터뜨렸다. 상황이 상황인지라 비록 그 남자라도 반길 수밖에 없었다.

"어떻게 찾았습니까? 아까 떨어진 곳에서 좀 멀리 왔는데."

"그러니까 왜 여기까지 와요? 찾기 힘들게."

헤이븐은 희온의 앞으로 오자마자 가볍게 그를 훑었다. 온통 하얀 흙먼지를 뒤집어쓰고 한쪽 다리에 부목을 대고 있는 희온을 확인한 헤이븐이 그의 옆으로 오자마자 손을 뻗었다. 헤이븐은 희온의 손을 잡아끌어 손목에 맺힌 채 굳은 피를 살폈다.

"다쳤네."

"이걸 다친 거라고 할 수 있으면 그렇죠. 길이나 안내하세요."

뭘 그렇게 꼼꼼히 보는지, 이러다 시간만 더 흐르겠다 싶어서 헤이븐에게서 손을 잡아 뺀 희온은 앞장서라는 듯 손을 획획 저었다. 그러나 아무 소용없게도 헤이븐은 오히려 희온의 옆에 주저앉았다.

"저도 길 모르는데요?"

그리고 지어 보이는 미소가 상큼했다. 너무 상큼해서 죽여 버리고 싶다. 희온이 얼빠진 얼굴을 했다.

"……저 찾으러 오신 거 아닙니까?"

"자의식 과잉인 것 같은데."

자의식 과잉? 잘못 들었나 가늠하듯 눈썹을 찌푸리는 희온을 두고도 헤이븐은 옆에 태연히 앉아 있기만 했다. 밖에서 자기 좋은 날씨네요. 그런 말이나 뱉고 있는 남자를 보며 희온은 당장이라도 일어날 듯 바닥을 짚었다가 곧 팔에 힘을 뺐다.

"그럼 여긴 어떻게 오신 겁니까?"

"정찰하다 길 잃어서요."

"아까는 왜 여기까지 왔냐면서요, 찾기 힘들게."

"……."

헤이븐은 대답 없이 겉옷을 벗어 희온의 등에 둘렀다. 평소 희온이 밤에 입고 다니던 외투보다는 얇았지만 그래도 훈련복 위에 입기에 충분히 따뜻한 종류이기는 했다. 낮에는 더웠는데 이걸 왜 여기까지 들고 왔나 싶긴 했어도 우선 주섬주섬 팔을 끼워 입었다. 생존이 먼저라 별로 사양하고 싶지 않았다.

"장갑도 좀."

그가 양손에 끼고 있는 장갑을 가리키자 헤이븐은 조금도 거리낌 없이 그것마저 벗어 넘겨주었다. 아직 장갑에 그의 체온이 남아 있을 때 얼른 받아서 손에 끼운 희온은 그제야 살 것 같다는 얼굴로 겉옷 지퍼를 쭉 채워 올렸다.

이 남자도 산길을 모른다고 했다. 하긴, 근처 주둔지에서 활동하는 자신도 길을 잃는데 이곳으로 이제 막 발령 난 그가 알 수 있을 리가 없었다. 다음 날 누군가 찾으러 오기를 기다려야 되나. 희온은 그나마 몸에 체온이 오르는 것을 느끼면서 등을 기댔다. 이럴 땐 차라리 잠을 잘 못 자는 체질인 게 다행이었다. 그림자조차 어둠에 묻힌 바닥을 가만히 바라보던 희온이 물었다.

"원래는 검은 평원에서 훈련했다면서요."

근데 나랑 처음 만난 곳도 하얀 숲이고, 종종 여기 왔잖아요? 그렇게 먼 거리를. 이 지역에 연고라도 있냐는 물음이었다.

"음."

헤이븐의 시선은 희온의 손끝에 가 있었다. 손이 작아서 그런지 손가락은 기껏 내어준 장갑의 끝에 닿지도 못하고 넉넉하게 남았다.

"만날 사람이 있어서요."

그가 말하는 사람이 누군지는 모르겠지만 아마도 가족이지 않을까 짐작하면서 희온이 고개를 끄덕였다. 그 사이 헤이븐이 몸을 일으키더니 희온에게 등을 진 채 조용히 움직였다. 잠시 후에는 둘의 사이에 작은 모닥불이 타닥거리며 튀고 있었다. 별것 없는 자신의 주머니에 비해서 그의 주머니는 무언가들로 꽉 찬 모양이었다.

모닥불은 금방 주변의 공기를 데워 왔다. 산이 온통 어두우니 불을 피워 두면 누군가 찾아올 확률이 높았다. 설사 그게 케빈이더라도 지금 당장 옆에 이 남자가 있으니 무슨 일이 벌어지지는 않을 것이다. 그냥 그런 확신이 들었다.

불 앞에 있어서 그럴 수도 있겠지만 희온은 더 이상 춥지 않았다.

심지어 추위에 대한 생각조차 하지 못하고 있었다. 불에 직접적으로 닿지 않고 있는 등마저 후끈할 정도여서 호흡이 길게 이어졌다.

"케빈이죠?"

헤이븐이 고개를 돌려 희온을 마주하며 물었다. 케빈이 그랬잖아요. 그쵸. 그는 여전히 웃는 얼굴이었다.

"케빈이 어떻게 했어요? 절벽에서 밀었어요?"

흐음. 긴 소리를 내며 희온이 고개를 저었다.

"그럼, 죽이려고 했나."

헤이븐의 녹안이 모닥불을 반사시켜 빛이 나는 올리브색을 선명하게 띠고 있었다. 헤이븐은 가볍게 물어보는 것 같았지만 어쩐지 곧이곧대로 말하기는 힘들었다. 고자질하는 모양새를 만들고 싶지도 않았거니와, 굳이 지금 이 상황을 만든 남자를 떠올리고 싶지도 않았다.

"뭐, 비슷합니다."

희온은 애매하게 대답했지만 그것만으로도 충분히 들은 것처럼 헤이븐이 짧게 한 번 고개를 끄덕였다. 케빈의 성격은 한눈에 봐도 워낙 튀었다. 이런 소동을 벌일 정도의 또라이라면 눈 밖에 나도 진작 눈 밖에 났을 것이었다. 합동 훈련 중이더라도 일단 그는 엡실론 포스 사람이니 알아서 하겠지. 쉐드한테 나중에 물어나 보자. 일단 지금은 안일하게 생각하고 싶어서 하늘을 향해 고개를 들었다.

"희온."

헤이븐의 목소리에 희온이 하늘에서 눈을 떼고 고개를 돌렸다.

"어지간하면, 나랑 단둘이 있지 마세요."

맥락 없는 헤이븐의 말에 자신도 그러고 싶다고 대답하고 싶었다. 그러나 그렇게 말할 수 없었던 건 헤이븐이 무언가를 더 말하고 싶어 하는 얼굴이었기 때문이었다. 무슨 말이 하고 싶은 건지 추측도, 가늠도 할 수 없다. 희온이 대답 없이 여전히 바라만 보고 있자, 헤이븐의 시선이 희온에게도 뻗어졌다.

톡.

헤이븐의 손끝이 희온의 이마에 닿았다. 머리카락을 넘기기라도 할 것처럼 건드리는 손가락이 여전히 따뜻해서, 희온은 굳이 그 손을 밀치지 않았다. 그럴 수가 없었다.

그 얼굴이 너무 가깝다는 건 알고 있었다. 이렇게까지 가깝게 다가올 필요가 없다는 것도 알고 있었다. 그런데, 여전히 시선을 마주하고 있는 남자의 얼굴이 복잡했다.

허망한 것 같기도 했고, 슬픈 것 같기도 해서 희온은 평소와는 달리 그의 얼굴을 시야에 담기만 했다. 헤이븐의 손이 조금 아래로 흘렀다. 가는 손가락 끝은 희온의 턱으로, 목으로, 어깨로 내려와 상처가 남은 손목에 닿아서야 멈췄다.

"나도 최대한 참아 볼 테니까."

이번에도 잠자리 이야기라는 걸 알고 있었다. 그런데 왜. 단순히 즐기기 위해 만났던 사이였으면서, 상처가 남은 손목은 만지지도 못하고 그 근처만 매만지는지 모를 일이었다. 헤이븐의 손이 유난히 뜨겁다고 생각하면서 희온이 세워 앉은 자신의 무릎에 머리를 톡 올렸다.

이상했다. 이상하게 잠이 쏟아질 것 같았다. 하얀 숲에서 가장 가까이 있으면 안 될 남자와 둘이 있는데, 마음이 편하다 못해 잠이라도 들 것 같았다. 집에서도 쉽게 잠이 들지 않는데 지금 이 상황에서 심지어 발목에 부상을 달고 있었음에도 잠이 몰려왔다. 눈이 반쯤 내려 감긴다. 아, 아까 내가 마신 게 뭔지 물어봐야 되는데.

"시내에는 자주 나가요?"

희온이 질문하기 전에 먼저 헤이븐이 입을 떼며 물을 건넸다. 아까 전만 해도 분명 갈증이 심하게 났는데 지금은 또 괜찮아져서 고개를 저어 사양했다.

"시내 어디, 당신 처음 만난 곳이요? 잘 안 갑니다."

대답하면서 희온이 등을 조금 젖혀 완전히 나무에 기댄 채 눈을 감았다. 머리카락 위로 다정한 손길이 닿는 것 같은 착각이 들었다.

하얀 숲의 시내에 있는 술집이었다. 시내라고 해 봤자 시골 바닥의 작은 마을이 전부인 그곳에서 당시의 희온은 간만에 연휴를 맞아 혼자 휴식을 취하는 중이었다. 군인들만 득실거리는 주둔지를 벗어나고 싶다는 생각만 들어서 일단 차를 몰고 술집이 있는 곳으로 나왔다.

노인, 어린이, 젊은 사람들. 이 모든 사람이 융화되어 만들어 내는 활기가 좋았다. 심지어 이 술집에 들어오기 전에는 골목에서 패싸움을 하고 있는 것까지 봤는데도 좋았다. 이런 걸 느끼고 싶었다. 매번 껄렁거리는 군인들이 가득한 곳에서만 살다가 아이들 웃음소리나 노인들의 목소리가 섞여 들어오자 머릿속이 한결 나아지는 것 같았다.

희온은 연신 맥주를 들이켰다. 쉬는 날이었던 어제 몇 번씩 연달아

진행했던 기억 공유가 꽤 힘들었다. 당사자는 희온을 쉽게 믿었지만 그만큼 단맛에 빠져 희온을 힘들게 했다.

우선 꿈으로 들어가 기억을 캐내야 하는데 기억을 불러오는 게 어려울 정도로 그 남자는 희온을 붙잡고 놓아주지 않았다. 기억을 불러올 만한 얘기를 할라치면 희온에게 사랑을 속삭이며 덤벼 오느라 희온은 사랑스러운 연인 행세를 놓지 않으면서 구슬리기 위해 별의별 짓을 다 해야만 했다. 분명 꿈속이었지만 기가 다 빠지는 기분이라 희온은 그를 진정시키는 데만 꽤 긴 시간을 써야 했다.

'그렇게 들이켜도 별로 안 취할 것 같은데요.'

한 자리 건너 앉아 있던 남자가 먼저 웃으며 말을 걸어왔다. 희온이 맥주잔을 내려놓다 말고 고개를 돌렸다. 어? 나 들어왔을 때도 앉아 있었나? 저 얼굴을 못 봤을 리가 없는데. 보기 좋게 웃고 있는 금발의 남자는 이 시골에서 보기 드문 미남이라 절로 눈을 의심할 수밖에 없었다.

'절 아십니까?'

일단 경계하듯 대답하긴 했지만 여기는 군부대가 아니라 시민들이 사는 세계였다. 희온이 알아서 경계를 풀고 솔직한 대답을 덧붙였다.

'다른 술은 너무 비싸서.'

막말로 이 맥주도 충분히 비싼데, 이 맥주 스무 잔을 마시는 것보다 병으로 된 독주 한 병을 마시는 게 훨씬 더 비쌌다. 지금 이것도 피눈물을 삼키면서 하는 지출이었다. 주둔지에서 파는 것들은 대체로 아주 싸서 희온은 세상 물가와 혼자 낮을 가리는 중이었다.

희온의 말에 남자가 앞에 놓인 술병을 가볍게 흔들어 보였다.

'이거라도 괜찮으면 같이 마실래요?'

그래도 됩니까? 당연히 거절할 이유가 없었다. 희온은 곧장 그의 옆자리로 냉큼 옮겨 앉으며 마시던 맥주잔을 내밀었다.

'여기다 달라고요?'

'그럼 그쪽은 그 손가락만 한 잔에 마시는 거 가지고 성이 찹니까?'

탁탁. 얼른 달라는 듯 맥주잔을 나무 테이블에 대고 두드리는 희온의 기세에 금발의 남자가 기꺼이 병을 기울여 맥주잔을 채워 주기 시작했다. 분명 날강도가 따로 없는 행위였음에도 그 남자는 불쾌해하기는커녕 조금 즐거워 보이기까지 했다. 희온이 속으로 웃었다. 너 이 새끼, 돈 좀 많은가 보다?

'엄청 부자 같고 그러시네요.'

희온의 온화한 미소에 남자의 시선이 뺨으로 따라붙으며 묘한 얼굴을 했다. 그러나 착각이었나 싶을 정도로 빠르게 표정을 갈무리한 남자가 대답했다.

'갑자기 목소리가 부드러워지셨네요.'

'원래 돈 많으면 윗사람입니다. 성함이?'

희온의 물음에 살짝 눈살을 찌푸리면서 빤히 쳐다보던 남자가 대답했다.

'……헤이븐.'

'노아라고 부르세요. 술 잘 마실게요.'

희온이 곧장 독주를 들이켜 넘겼다. 뜨거운 온도감이 식도를 쭉 데우는 게 지금 기분과 완벽히 어울려서 희온이 절로 만족스러운 미소를 지었다. 덕분에 희온은 남자의 표정을 보지 못했다.

"깨우기 싫은데."

나지막한 목소리에 희온이 눈을 떴다. 아무래도 잠이 들었던 듯 하늘이 아까보다는 밝게 물들어 있었고 바로 옆에서 헤이븐이 자신을 쳐다보고 있었다. 아직 잠이 묻은 눈을 깜빡였다. 잠이 들었다고? 내가? 여기서? 언제? 초점이 그의 얼굴에 완벽하게 맞아떨어지자 희온은 당황 중이었다. 물론 밖에서 잠을 잤다는 것만으로도 그렇지만 정말 놀란 건 다른 일이었다.

지금까지 살아오면서 희온은 자신의 기억을 꿈으로 꾼 게 처음이었다. 단 한 번도 있어 본 적 없던 일이었다. 언제나 다른 이들의 꿈에 들어가거나 누군가의 지난 기억이 자신의 꿈에 튀어나오기는 했어도 이렇게 전적으로 자신의 과거가 떠오른 적은 처음이었다.

잠도 쉽게 들었을 뿐만 아니라 심지어 개운하기까지 했다. 간만에 머리가 맑아진 기분이라 잠시 가까이 붙은 헤이븐의 눈동자를 바라보고 있었다. 왜, 뭐가 이렇게 가까워.

"일어날 때가 돼서요."

"……."

자신이 그 기억을 꿈으로 꾼 건지 아니면 잠들기 직전에 기억을 곱씹고 있었던 건지조차 확실하지 않았다. 분명한 건 꽤 깊은 잠에 그것도 좀 오래 빠져 있었다는 것뿐이었다. 아직 모닥불은 그 크기를 유지하며 타고 있었다. 이 남자는 아무래도 잠들지 않은 모양이었다.

"몇 십니까?"

"다섯 시 반."

그 대답 다음으로 헤이븐이 가리킨 곳에서 불빛이 보이고 있었다. 한두 개가 아닌 걸로 봐서 사람들이 오고 있는 것 같았다. 짧게 한숨을 내쉬며 머리카락을 대충 헝클여 넘긴 희온이 몸을 일으켰다.

삐었던 발목이 꽤 쉽게 지탱되길래 고개를 내렸다. 자신이 되는 대로 묶어 놨던 게 아니라 다른 천으로 완전히 감아 둔 발목이 보였다. 자는 사이에 이렇게 감아 놨는데, 내가 안 깼다고? 내가?

"캡틴! 괜찮으세요?"

이쪽으로 빠르게 달려온 오웬이 온갖 소란을 다 피우며 희온을 부축했다. 패전 처리 당했던 오웬이 온 걸 보니 훈련은 끝난 모양이었다.

"훈련은 어떻게 됐어?"

"비겼어요. 두 팀 다 하나씩 실패한 데다가 실종자도 있고."

둘 다 실패하다니? 왜 결판이 안 났지? 희온의 표정을 읽었는지 오웬이 팀원들에게로 희온을 이끌며 마저 말을 이었다.

"우리 팀이야 캡틴이 설치한 장치가 돌아가긴 했는데 수장이었던 애를 알파 팀이 죽였고, 알파 팀은 수장은 살았는데 유도 장치를 못 놨거든요."

"아니, 그 팀 거의 다 우리 따라왔다던데 왜 고작 그걸 못했어?"

희온이 불편한 다리로도 최대한 반듯하게 걸어가면서 묻자 오웬이 뒤를 가리켰다.

"저쪽 팀 수장이 설치를 맡았는데 도중에 사라졌대요."

오웬의 손가락을 따라 고개를 돌렸다. 가까운 곳에서 하얀 흙을 덮어 모닥불을 끄고 있는 헤이븐의 등이 보였다. 저 남자가 알파 팀 수장이었다고?

헤이븐이라면 한참 작전 중일 때 자신과 여기에 있었으니 우리 팀에서는 그를 죽이긴커녕 찾을 수도 없었을 것이었다. 물론 헤이븐도 해야 할 일을 못했을 거고.

아, 모르겠다. 희온이 새까만 머리를 아무렇게나 헝클였다. 내 예쁜 새끼들이나 실컷 세어 보고 싶다. 눈앞에 돈다발이 아른거리는 것 같았다.

* * *

"……."

케빈은 좁은 방 안에 홀로 앉아 세운 무릎에 이마를 기댄 채 발끝을 달달 떨고 있었다. 희온이 특전사의 캡틴이라는 건 알고 있었지만 그래도 겉으로 봤을 때나 일할 때도 무심하게 굴기에 무시했더니, 거기서 그렇게 뒤로 떨어질 줄은 몰랐다.

사실 케빈은 희온을 죽인 뒤 그대로 도망갈 루트까지 짜 둔 상태였다. 이 좆같은 나라는 뜨면 그만이었다. 망명을 시켜 주겠다는 브로커까지 전부 찾아내 만날 장소까지 정했다. 그러나, 케빈이 미처 도망가기도 전에 페트로프가 나타났다.

도망치려고 해 봤자 곧장 저 덩치로 덮쳐 올 것만 같았다. 결국 머리를 굴리던 케빈은 자신이 이곳에 왔을 때 희온이 사라진 상태였다고 페트로프에게 보고했다.

절벽에서 스스로 떨어진 희온이 죽었다면 도망칠 필요가 없을지도 모른다. 걔가 죽어 버리면 증인도 없는데, 내가 걔한테 총을 디밀었는지 알 게 뭐야. ……분명히 높아 보였는데, 죽었겠지? 죽었지? 죽은 거 맞지? 제발 죽어라. 씨발. 이쯤 했으면 알아서 죽어 줘, 제발.

케빈이 간절하게 기도하기 시작했다. 합동 훈련으로 검은 평원을 떠나기 몇 주 전쯤 부임한 헤이븐의 얼굴이 떠오르자 오금이 저렸다. 네가 죽어야 내가 살아. 죽는 게 너무하면 뇌사 같은 것도 괜찮잖아. 케빈이 빌었다.

그는 지금 당장 자신이 무슨 처분을 받았는지조차 모르고 있었다. 그저 헤이븐이 이곳에 처넣고 돌아갔을 뿐이었다. 희온만 죽으면 다른 건 어떻게든 둘러대면 될 일이었다. 게다가 정말로 자신은 총을 쏘지 않았다. 쏘려고 했지, 죽이려고 했지, 죽인 건 아니잖아. 내가 뭘 그렇게 잘못했어. 케빈의 사고가 마구잡이로 엉켰다.

혹시라도 정직 처리 따위를 당해 봤자 그건 어차피 군대를 그만두는 순간 아무 소용없는 일이었다. 살인죄만 받지 않으면 된다. 총을 겨눈 순간을 본 사람은 아무도 없고, 희온이 묶여 있던 끈을 자른 것도 평범한 군용 칼이었으니까 나라는 걸 특정 지을 순 없을 거야. 케빈이 손톱을 까득거리며 깨물었다.

달칵.

열리는 문에 케빈이 고개를 번뜩 들어 올렸다. 하필 제발 보지 않기를 바랐던 헤이븐이었다. 곧장 몸을 바로 한 케빈이 그의 눈을 쳐다도 보지 못한 채 벌벌 떨기 시작했다. 얼마 전 강제로 부러진 어금니 때문에 부어오른 뺨과 목이 통째로 욱신거리는 기분이었다.

"저, 는. 제가 그런 게……."

그의 얼굴에는 웃음기가 하나도 없었다. 건조하다 못해 감정이라는 게 아예 없는 사람 같았다. 엡실론 포스 팀원들이 보는 헤이븐은 늘 그런 남자였다. 그가 움직이는 걸 본 모든 사람이 그를 무서워했고 두려워했다. 그렇다고 그가 팀원을 무작정 폭력으로 다루는 건 아니었지만 여차하면 사람 목 정도는 쉽게 꺾어 죽일 것 같긴 했다.

탁.

그가 등 뒤로 문을 잠그자 케빈의 얼굴이 새하얗게 질렸다. 제가, 제가 그런 게 아닙니다. 정말, 입니다. 그러나 대꾸해 줄 생각도 없는 듯 헤이븐은 그저 케빈에게로 가까이 다가와서 섰다.

"안 물어봤는데."

"예, 예?"

곧바로 자신의 앞에 꿇어앉은 케빈을 바라보던 헤이븐이 별 감흥 없이 고개를 살짝 기울였다. 케빈은 다시 한번 같은 말을 반복했다. 그 새끼가 알아서 떨어졌습니다. 전 아무것도 안 했어요. 애원 같은 그 목소리를 별로 들어 줄 마음이 없었던 헤이븐은 표정 없는 얼굴로 벌벌 떠는 몸을 내려다보며 말했다.

"네가 내 일을 다 망칠 뻔했다는 게 중요하지."

겁에 질린 케빈의 눈동자에 헤이븐의 모습이 점점 더 크게 들어차기 시작했다.

―좋은 거 아닐까?

여느 때처럼 창문을 다 가려 둔 희온의 집 거실에는 맥이 홀로 그램으로 떠올라 있었다. 그 거지 같았던 훈련이 끝나고 산에서 내려오자마자 경위서를 적은 뒤 치료를 받고 집으로 돌아온 희온은 돈을 세면서 남은 하루를 보냈다.

그리고 쉬는 날인 오늘은 반나절을 침대에서 뒹굴며 쉬다가 이제 막 맥과 대화하는 중이었다. 희온이 토마토를 베어 물면서 절뚝거리는 걸음으로 소파에 풀썩 앉았다.

"정말 좋은 거라고 할 수 있습니까? 처음 생긴 일이라 잘 모르겠어요."

―보통 사람들은 다 그렇게 살아.

맥의 다정한 대답이 들려왔다. 맥은 종종 희온을 이런 식으로 바라보곤 했다. 세상에서 가장 불쌍한 것을 보듯이, 가장 안쓰러운 것을 보듯이. 그러나 희온은 그게 고마우면서도 한편으론 달갑지 않았다.

"저는 보통 사람이 아니니까요."

자신은 불쌍하지도, 안쓰럽지도 않았다. 누군가의 꿈과 기억에 들어갈 수 있는 맨더였고 매번 지독한 훈련을 버티는 정예 요원이었다. 누구보다 단단했고 누구보다 강했다. 게다가 애초에 걱정받는 걸 좋아하지 않는 성격 탓도 있었다.

―……음.

"몇 달 전 수면 부족으로 쓰러졌을 때도 다른 사람 꿈을 꿨어요. 근데 이번엔 제 기억을 꿨잖아요. 심지어 약을 먹었을 때처럼 몸이 몇 시간씩 늘어지지도 않았고."

-그게 레귤러들이 말하는 수면이라는 거야.

"왜 계속……. 아닙니다. 일단 말씀은 드린 거예요. 몸 상태 보고 이상 있으면 연락드릴게요."

희온은 맥이 왜 자꾸 일반 사람, 보통 사람들이라는 단어를 사용하는지 이해할 수 없었다. 누구보다 자신의 상태에 대해 잘 아는 남자라고 생각했는데 지금은 대화가 안 되는 것 같았다.

-너무 심각하게 생각하지 마. 좋은 징조라고 해 두자. 일단 개운하다며?

"네. 제 기준에서는 많이 잤으니까요."

사실은 그렇게 생각하는 것 말고는 할 수 있는 게 없기도 했다. 지난번에 보내 준다던 자료가 언제쯤 도착하는지 물어보려고 할 때 현관문에서 노크 소리가 들려왔다. 인사도 없이 곧장 연결을 해제한 희온이 꽃병을 반듯하게 올려 둔 뒤 몸을 일으켰다.

"어, 무슨 일입니까."

현관문 앞에는 페트로프가 서 있었다. 평소처럼 다짜고짜 집으로 들어오는 것도 없이 페트로프는 흔들리는 눈으로 희온을 보고 있었다. 무언가 복잡해 보이는 얼굴이었다.

"……죄송해요. 제가 계속 있었어야 했는데."

"계속 있긴 뭘 있어. 말도 안 되는 소리 하지 마."

숲에서 돌아오자마자 진상 조사단이 꾸려지기로 했으며 그때까지 케빈의 임시 정직이 결정되었다. 문제는 희온 역시 조사단이 도착할 때까지 며칠 근신 처분을 받았다는 데 있었다. 그래 봤자 평소보다 늦게까지 사무실에 있는 게 전부였지만 그보다는 병사 개인 자력 정보에 남는다는 게 끔찍한 일이었다. 계속 부대에 있으려면 진급을 해야 하는데, 모든 게 기록으로 남아 진급이 누락될 테니 그 금전적인 충격은 생각보다 큰일이었다.

당분간 몸을 사려야 했다. 진위가 밝혀지고 케빈의 일방적인 일이었다는 게 알려지면 그땐 지워질 수도 있겠지만, 그것도 당장은 어려운 일이었다. 그레이슨도 함께 얽혀 있으니 케빈이 조사단에 무슨 말을 어떻게 하느냐도 그렇고. 깊은 한숨이 푹푹 쏟아졌다.

그러나 눈앞의 페트로프는 자신의 근신 처분보다 케빈이 자신에게 와 행패를 부렸다는 그 자체가 마음에 걸리는 모양이었다. 페트로프가 보고 있는 건 보호대를 끼고 있는 희온의 발목이었다.

"적어도 지켜 드릴 순 있었을 거예요."

"너 혹시 총 맞았어?"

"네?"

한 입 남은 토마토를 마저 물고 녹색 꼭지를 현관 밖 쓰레기통에 툭 던져 넣은 희온이 고개를 살짝 기울였다.

"내가 남한테 보호 받아야 될 존재입니까?"

"그런 말이 아니라."

"그런 말이 아니면 혼자 드라마 찍지 말고 돌아갑시다."

걱정이 되어서 찾아온 그에게 이렇게까지 말을 할 필요는 없었지만 희온은 페트로프가 이런 표정을 하는 게 불편했다. 그냥 락테아의 모든 팀원들과는 적당히 우애 좋은 형제처럼 남으면 좋겠는데 가끔씩 퍼부어지는 이런 시선은 막연히 부담스러워서 희온은 상대를 막론하고 한 걸음 물러섰다. 희온은 진심으로, 누군가 자신이 정해 둔 곳 이상으로 들어오는 게 싫었다.

페트로프는 희온과 조금 더 수다를 떨고 싶어 하는 것 같았지만 희온은 발목을 위해서도 정신 건강을 위해서도 마음껏 쉬고 싶었다. 주말이었다. 훈련도 없었고, 대부분의 팀원들은 지긋지긋한 이곳을 빠져나갔다. 그러나 축 처진 어깨로 돌아 나가는 페트로프의 뒷모습을 보던 희온이 결국 등 뒤로 현관문을 닫고 말했다.

"간만에 남은 놈들하고 같이 영화나 보든가."

그 말에 금방 신이 난 얼굴로 고개를 돌린 페트로프가 애들을 불러 모으겠다는 말과 함께 자리를 떴다. 그래, 이제 주말에 만날 사람도 없는데 이 정도는 뭐. 희온이 발목을 조심하며 걸음을 옮겼다. 쉬고 싶긴 했지만 이대로 보내 버리면 방금 페트로프에게 그런 식으로 말한 게 계속 신경 쓰일 게 분명했다.

"그래도 좀 남았네?"

가끔씩 주말에 남아 있는 팀원들을 모아 영화를 보는 곳은 사람이 없는 빈집이었다. 가구라고는 아무것도 없는 집의 거실, 빈 벽을 화면 삼고 낡은 소파에 각자 앉아 편하게 영화를 관람하는 게 그 방식이었다. 주말에 많이 빠져나가고 나면 정말 휑할 때도 있었는데 오늘은 하나둘씩 들어오는 인원이 벌써 다섯이 넘어가고 있었다.

"캡틴, 다리 괜찮으십니까?"

"네. 괜찮으십니다."

"캡틴! 발목."

"그냥 삔 거야."

"캡틴……."

"지금 똑같은 말 몇 번째야. 조용히 해."

내 다리에 관심 꺼. 팝콘이나 과자를 하나씩 끼고 들어오는 놈들이 하나같이 다리를 물어보기에 이제는 대답해 주기도 지친 희온이 입술에 검지를 붙였다. 그래도 뭐가 좋은지 싱글벙글 웃으며 농담을 건넨 남자들이 소파에 하나둘 앉았다.

옆에 앉으려던 페트로프를 앞의 소파로 내쫓고 뒤쪽 넓은 의자에 늘어지듯 앉은 희온이 영화가 재생되기를 기다리고 있는데, 문이 열린다. 누가 또 남았어? 슬쩍 고개를 돌렸더니 들어오는 건 예상외의 인물이었다.

이미 자리 잡고 앉아 있던 팀원들과 경례를 나누며 들어온 헤이븐은 희온을 발견하고 웃음 지었다. 그는 평소와는 달리 티셔츠에 청바지를 입고 있었는데, 저렇게 입으니 꽤 많이 어려 보이긴 했다. 근데, 저 얼굴을 내가 왜 여기서 보는 거지? 눈을 의심한 희온에게 대답한 건 뒤따라 들어온 오웬이었다. 오웬이 묵직한 봉투를 짤짤 흔들었다.

"여기 오는 길에 우연히 만났거든요. 맥주도 사 주셨습니다."

맥주를 사 왔다는 이야기에 환호성이 터졌다. 애들 다 보는 데서 남의 팀 캡틴을 내쫓을 수도 없고. 이제 막 영화가 시작하려는 하얀 벽으로 고개를 돌리자 앉아 있던 소파 한쪽이 푹 꺼졌다.

"앞에 가서 앉으시죠."

"앞에 어디."

"……."

오늘따라 이놈들은 왜 이렇게 많이 남아 가지고. 색이 다 다른 소파들은 이미 주인이 있었다. 아주 불편하다는 속내를 얼굴에 전부 내비치며 헤이븐을 돌아보자 그가 스크린을 가리켰다. 영화나 보라는 뜻이었다.

고개를 뒤로 돌린 페트로프가 알 수 없는 시선으로 헤이븐을 한 번 보더니 희온에게 맥주를 건넸다. 받겠다고 팔을 뻗었더니 헤이븐과 몸이 스친다. 소파가 그렇게 좁지도 않은데 헤이븐의 어깨 때문인지 묘하게 가까운 기분이었다. 신경 쓰지 말자. 무시가 답이지. 희온이 중얼거렸다.

이미 알고 있는 내용의 영화는 로맨스였다. 검지에 굳은살이 들 정도로 총을 들고 사는 남자들이라 그런지 총을 쏘아 대는 장르는 그다지 선호하지 않았다. 사실 그런 영화를 볼 때마다 그 작전이나 투입 방법, 대체법을 이야기하느라 바쁜 대화가 피곤한 게 더 컸다.

정통 로맨스 흐름을 그대로 따른 뻔하디뻔한 영화였다. 부잣집 주인공이 가난하고 각박하게 살아온 다른 주인공을 만나서 서로의 세계가 되어 주는 러브 스토리. 그러나 희온은 이런 내용을 좋아했다. 그 어떤 영화들보다 더 판타지 같기도 했고, 어떻게 사랑에 저렇게 눈이 멀 수도 있나 싶었다.

사랑에 빠진 주인공은 자신이 상대에게 이미 반한 줄도 모르고 있었다. 나중에는 하늘의 달도 별도 다 따 줄 것처럼 굴면서. 희온이 눈을 가늘게 뜨며 주인공의 대사에 집중했다.

치익.

이런 영화를 좋아하는 이유는 구경하기 좋은 풍경이 나오기 때문이기도 했다. 어디서 찍은 건진 모르겠지만 하프록스가 아닌 건 분명했다. 맥주를 마시기 위해 희온이 캔을 따자 옆에서 손이 뻗어지더니 캔을 쏙 빼내 간다.

희온은 빈손을 허공에 든 채 희온은 어안이 벙벙한 얼굴로 눈을 깜빡였다. 지금 이게 뭐지? 천천히 고개를 돌리자 헤이븐이 속삭였다.

"발목이 그런데 누가 술을 먹어요."

어이가 없었다. 지금 이게 걱정이라는 건 알지만 그건 그의 몫이 아니었다. 하지만 희온은 아직 그에게 감사 인사를 못한 상태였다. 절벽에서 떨어져서 그를 만나지 못했더라면 정말 저체온증에 걸렸을지도 모를 일이었다. 팀원들은 자신을 아침이 다 되어서야 발견했으니 그랬을 가능성이 높았다. 그는 자신에게 겉옷과 장갑을 벗어 줬으며 모닥불도 피워 주었다.

심지어 그 옆에서 간만에 잠도 잤는데, 눈 뜨자마자 자신을 데리러 온 팀원들을 마주하느라 고맙다고 할 타이밍을 놓쳤다. 일단 구박은 하지 말자. 원래 미친놈이라는 건 알고 있잖아. 맥주를 시원하게도 마시는 그를 부럽다는 듯이 바라본 희온이 입맛을 다시며 소파 등받이에 등을 기댔다.

먹고 싶은 맥주도 못 먹고, 신세를 지는 바람에 제대로 받아치지도 못하고 또 발목은 불편하고. 서러운 인생. 희온이 인생을 한탄하는 와중에 차가운 병이 손에 닿았다.

"이게 뭡니까?"

"당신이 마실 수 있는 거."

그러니까 그게 뭔데. 라벨이 없는 유리병에 담겨 있는 건 그냥 물이라고 하기에는 다른 색을 띠고 있었다. 희온이 투명하지만 밝은 주황빛을 띤 음료를 들여다보다가 살짝 흔들었다. 거품 한 번

나지 않는 게 그냥 물과 비슷해 보였다.

"약 안 탔으니까 먹어요."

병을 쥐고 있는 희온의 손 위로 헤이븐의 손바닥이 감싸 덮였다. 차가운 병, 그리고 자신의 손보다 따뜻한 체온 사이에 끼인 느낌이 이상하게 간질거렸다. 왜 손을 잡습니까?

그렇게 묻기도 전에 헤이븐이 뚜껑을 열어 주며 알아서 손을 떼어 낸다. 희온이 최대한 자연스럽게 눈을 굴리며 음료수를 마셨다. 그러나 그건 음료수가 아니었다. 꽃잎이나 찻잎을 우려낸 것 같은 진한 향이 훅 끼쳐 왔다.

"어."

무언가 알아차린 듯한 표정에 헤이븐이 웃었다. 지난번 절벽 아래에서 마셔 본 적이 있었다. 훈련에 들어가기 전 그가 자신에게 건네줬던 그 병에 든 것과 비슷했다. 아무래도 차의 종류인 모양이었다. 생긴 건 쓴 커피만 몇 잔씩 들이켜게 생겨 가지고 이런 게 취향인 모양이었다. 생소하긴 했지만 나쁘진 않았다. 향도 그렇고, 맛도 그렇고.

"더 마셔요."

영화는 아직 초반이었다. 화면에서는 주인공들이 서로에게 빠져드는 모습을 보여 주고 있었다. 여전히 판타지였다. 영상에서 쏟아지는 빛의 색에 따라 덧씌워지는 헤이븐의 머리카락을 보던 희온이 그의 말대로 차를 조금 더 마셨다. 우려낸 뒤에 냉장고에 넣어 둔 건지 차가운 온도가 훨씬 더 마시기 편하게 만들어 주고 있었다.

"한 모금만 더."

왜 자꾸 어미 새같이 굴어? 조금 더 먹으라고 채근하는 헤이븐을 보다가 결국 희온이 크게 한 모금을 물었다. 아예 더 말을 걸지 않게 할 생각이었다.

꾹.

"......?"

입에 든 걸 아직 삼키지도 못해 빵빵하게 부푼 희온의 뺨에 검지가 찔러졌다. 덕분에 입술 사이로 차가 새어 흐르자 희온이 동그랗게 커진 눈을 구기며 헤이븐을 미친놈 보듯 쳐다보았다. 꼴깍. 얼른 남은 것을 삼키며 소매로 젖은 턱을 닦아 냈다.

"미쳤습니까?"

분명 소리를 지른 것 같진 않은데, 마침 영화가 장면 전환 중이라 사위가 조용했다. 덕분에 그 집에 모여 영화를 보던 모든 사내가 이쪽을 쳐다보는 중이었다. 헤이븐은 시치미를 떼기로 했는지 아무렇지도 않은 얼굴로 스크린을 보고 있었고 희온만 얼떨떨한 얼굴로 자신을 보고 있는 팀원들에게로 고개를 돌렸다.

"왜요, 무슨 일입니까?"

페트로프가 금방이라도 일어날 기세로 몸을 기울이며 희온의 얼굴을 살폈다. 애는 또 왜 이러나 싶어 아니라는 듯 고개를 지었다. 다들 별일 아니라는 걸 확인하고 나서 다시 스크린으로 몸을 돌렸지만 페트로프는 끝까지 뒤를 흘끔거리는 중이었다. 그 시선까지 떨어지고 나서야 희온이 어금니를 꾹 문 채 헤이븐에게 목소리를 낮췄다.

"나랑 장난이 치고 싶습니까?"

헤이븐은 무슨 소리냐는 듯 억울해하며 대답했다.

"내가 당신이랑 하고 싶은 건 섹슨데요, 그건 장난이 아니잖아."

고마운 마음이 싹 가셨다. 차라리 절벽 아래에서 저체온증으로 기절이라도 할걸. 죽지는 않았을 텐데. 희온이 지고 싶지 않은 마음에 어금니를 문 채 미소를 짓자 헤이븐의 시선이 그의 뺨으로 떨어졌다.

"찔러 달라고 표시가 되어 있던데."

아무래도 보조개를 말하는 모양이었다. 말도 안 되는 소리를 하는 남자를 흘겨보던 희온이 피곤한 얼굴을 손바닥으로 문질렀다. 내가 잠을 잘 자면 뭐 하나, 이렇게 기운을 뺏어 가는데.

헤이븐이 원래 장난치는 걸 좋아하는 성격인가 싶으면 그건 아니었다. 평소 팀원들에게 편하게 대하는 희온에 비해서 엡실론 포스는 분위기가 서늘한 편이었다. 오웬이 말해 주기 전에도 알고 있었던 사실이었다.

오전 훈련에서 처음 만났을 때조차 그의 팀원들은 헤이븐의 모든 움직임에 온 신경을 기울이고 있었다. 그가 보이지 않을 때는 건들거려도 걸음 소리만 들으면 경외심 가득한 모습으로 뒤바뀌었다. 경외심을 넘어선 두려움인 것도 같았다. 얘가? 희온이 은근히 비웃었다.

그는 자신에게 말도 안 되는 농담을 건네면서 한없이 가볍게 굴었다. 파트너로 만났을 때보다 이곳에서 만난 뒤 더욱 심했다. 그게 자신이 만든 선을 넘으려고 하는 건지 원래 그러는 사람인지 알 수 없었다. 애초에 알고 싶지도 않았는데, 지금은 조금 궁금하긴 했다.

희온이 보고 있다는 걸 아는지 모르는지 헤이븐의 시선은 아직 스크린에 가 있었다. 그는 웃고 있지 않았다. 조각처럼 빚어 놓은

코 아래 위치한 입술은 완전히 다물린 채였고, 그 시선도 한없이 차가울 뿐이었다. 흥미도 재미도 없어 보였다.

주인공들이 하는 대사가 들려왔다. 서로 알아 가느라 통화하기 바쁜 두 사람의 대화 내용은 자신은 한 번도 겪어 본 적 없지만 다른 사람들의 로맨스에서는 흔한 부분이었다. 그때 헤이븐이 고개를 돌려 희온과 시선을 마주했다. 마침 어두워진 영화 배경 때문에 따라서 어두운 눈동자를 한 그가 희온을 보며 미소 지었다.

부드럽게 휘는 눈꼬리를 바라보던 희온이 먼저 고개를 돌렸다. 정말로, 알 수 없는 남자였다. 그 뒤로 영화가 끝날 때까지 둘이 말을 섞는 일은 없었지만 묘하게 좁은 소파 덕분에 어깨가 계속 닿은 채였다.

"그럼 편히 쉬십쇼."

"캡틴, 진짜 안 데려다드려도 괜찮습니까?"

"예. 안 데려다주셔도 괜찮으니까 갑시다."

영화 내용은 희온이 알고 있는 그대로 끝이 났다. 고난과 역경을 겪고도 결국엔 사랑을 하는 내용. 팀원들의 저녁 인사를 받은 희온이 등을 돌렸다. 벌써 해가 다 지고 있었다. 밤이 되어도 잠은 못 잘 테니까 책이나 읽어야지 싶었다. 책도 살 때가 됐는데. 조만간 시내에 잠깐 나가 볼까 생각하며 방향을 틀어 골목으로 들어섰다.

"당분간은 부축받는 게 좋을 것 같은데."

아. 얘도 우리 집 방향이었지. 마치 그대로 부축해 주겠다는 듯이 헤이븐이 희온의 근처로 와서 물어보고 있었다. 이 보호대 때문에 온갖 사람들의 관심을 다 받을 줄 알았으면 안 나왔지. 희온이

서늘한 저녁 바람에 몸을 움츠리며 말을 돌렸다.

"케빈은 지금 어디서 뭐 합니까? 정직당했을 텐데."

"죽었어요, 이미."

이미 죽었다는 대답에 슬쩍 그 얼굴을 보고 말았다. 여전히 미소를 짓고 있었다. 재미없는 농담이라고 생각하고 있을 때 헤이븐의 두꺼운 점퍼가 희온의 몸에 둘러졌다. 이런 걸 가지고 다니는 걸 보면 이 남자도 자신만큼이나 추위를 많이 타는 모양이었다. 다른 건 몰라도 추울 때 옷을 주는 건 절대 거절하지 않는 희온이 그 겉옷에 팔을 꿰어 입었다.

"부축 안 받을 거예요?"

희온의 대꾸가 없자 헤이븐이 두어 걸음 뒤에서 졸졸 쫓아오며 물었다.

"괜찮습니다."

"그러다 오래 갑니다. 걱정되는데."

결국 우뚝 멈춰선 희온이 고개를 돌렸다.

"계속 말하고 싶었는데요. 그 걱정, 그쪽 몫 아닙니다. 하지 마세요."

희온의 말에 이번에는 헤이븐의 얼굴에서 미소가 사라졌다. 그러나 언젠가 한 번은 해야 할 말이었다. 머리가 아파 오는 것 같은 기분에 희온이 다시 집으로 가려고 몸을 돌렸을 때, 발 바로 앞에 놓인 턱을 확인하지 못하고 몸이 고꾸라졌다. 발에 차고 있는 보호대 때문에 걸음이 더딘 탓이었다. 아, 넘어진다. 등이 쭈뼛 서는 기분에 바닥을 짚으려고 두 팔을 뻗었다.

탁.

"내 몫 맞는 것 같은데."

뒤에서 희온의 허리를 감아 넘어지지 않도록 붙잡아 준 헤이븐의 움직임이 빨랐다. 심장이 덜컹 내려앉아서 희온은 반사적으로 그의 팔목을 쥔 채였다. 하마터면 또 다칠 뻔했다. 그것도 넘어져서. 아무리 요즘 신경 쓸 일이 많다고는 해도 몸으로 돈 버는 공무원이 정신을 놓으면 안 되는 건데.

"고, 맙습니다."

중심을 잡은 희온은 뒤에서 자신의 허리를 끌어안고 있는 헤이븐의 팔을 풀어내리려고 했지만 작정하고 힘을 줬는지 떼어 내기가 쉽지 않았다. 귓가에 헤이븐의 목소리가 가까웠다.

"왜 나한테 자꾸 거리를 둬요."

얼굴은 보이지 않았지만 어쩐지 그 목소리가 조금 섭섭해 보이는 것 같기도 했다. 그러나 희온은 이번에도 그의 감정을 이해할 수 없었다. 기껏해야 가끔씩 몸이나 섞던 게 전부인 관계였는데 이곳에 오자마자 왜 자신에게 갑자기 진심인 것처럼 구는 건지. 헤이븐의 팔을 떼어 내는 걸 포기한 희온이 어두운 골목 끝으로 시선을 옮겼다.

"그쪽은 왜 자꾸 다가옵니까? 과거에 섹스 파트너였던 사람한테 갑자기 다른 관심이 생기기라도 했어요?"

희온이 따박 따박 따지기 시작하며 말을 더 덧붙이려고 했지만 헤이븐의 대답이 빨랐다.

"네."

"예?"

그제야 희온의 허리를 놓아준 헤이븐이 다시 시야 안으로 들어왔다. 그 와중에 희온은 달이 아마도 자신의 머리 뒤에 뜬 모양이라고 생각했다. 밝은 달빛이 아니면 그의 얼굴이 이렇게 또렷하게 보일 리가 없을 테니까.

"선 작작 그어요. 어차피 내가 넘을 건데 뭐 하러 헛고생을 해."

그 말을 끝낸 헤이븐이 곧장 희온을 안아 들었다. 말 그대로 정말 번쩍 안아 든 남자 때문에 억 소리를 낸 희온의 눈이 동그랗게 커졌다.

집에 있는 놈들도 창문만 열면 볼 수 있는데, 이거 진짜 어디가 단단히 돈 거 아닌가 싶어서 주변을 돌아보며 남자의 어깨를 짚었다.

"뭐, 합니까? 안 내려놔요?"

희온과는 달리 헤이븐은 세상이 다 즐거워 보이는 것 같은 미소를 짓고 있었다.

"조금만 더 가면 집인데 그냥 이렇게 갑시다."

마치 아이를 안아 들 듯 가뿐하게 안은 그의 힘은 예전부터 알고 있었다. 그러나 아무리 밤이라도, 아무리 길거리에 사람이 없다고 해도 이곳은 희온의 직장이었다. 정확히는 하얀 숲 부근이 통째로 일하는 곳이었다. 소리를 크게 내면 정말로 다른 사람이 창문 밖을 내다볼까 봐 그러진 못하고 목소리를 낮추며 얼굴을 구겼다.

"놓으라고 했습니다."

"내 목을 졸라. 그럼 쉽잖아요."

헤이븐은 아무렇지도 않게 말하며 걸음을 옮기고 있었다. 진짜 조를까. 진지하게 생각해 보면서 헤이븐의 급소를 쳐다보는 동안에도 그는 아무렇지도 않아 보였다. 희온만이 여전히 주변을 두리번거릴 뿐이었다.

"기절시킬 수도 있습니다."

"그러든가요."

무슨 말을 하든 들을 생각이 아예 없어 보였다. 남자는 정말로 오로지 자기 하고 싶은 대로 하는 중이었다. 그 장단에 맞춰 주기 싫어서 발을 버둥거리고 싶었지만 이 높이에서 떨어지면 이미 다친 발목에 무리가 갈 것 같았다. 어떻게 죽이지 고심하는 사이 헤이븐의 손이 희온의 엉덩이에 가 닿았다.

"…… 셋 셀 동안 안 놓으면 진짜 목 꺾습니다."

자신을 들어 안은 남자를 내려다보며 그의 목에 손을 가져다 댔다. 차갑게 식은 자신의 손에 비해 남자의 몸은 따뜻했다. 하나, 둘. 희온이 손에 힘을 주려고 했을 때에야 헤이븐은 희온의 몸을 내려 주었다. 정말 조심스럽게 내려놓는 그 손길에 또다시 욱하고 짜증이 난 희온이 긴 한숨을 쉬었다. 내가 애한테 너무 약한 거지.

"내려 줬잖아요. 살려 줍시다."

희온의 냉랭한 얼굴을 본 헤이븐이 유들유들하게 대답했지만 희온은 말없이 헤이븐의 두꺼운 겉옷을 벗었다. 저녁의 서늘한 바람이 몸으로 스며들었다. 집도 어차피 코앞이어서 희온이 헤이븐에게 옷을 던지듯 건넸다.

"그렇게 나랑 자고 싶습니까?"

희온의 말도 함께 건네졌다. 이런 식으로 가는 건 곤란했다. 휘둘리고 싶지 않았다. 자신에겐 남이 들어올 만한 공간이 조금도 없었다. 들일 생각이 전혀 없다는 뜻이었다. 온도를 지운 차가운 질문에 헤이븐의 미소가 멈췄다.

"전에 잤던 사이라서 내가 쉽죠? 나는 공적으로 만난 사람 하곤 무슨 일이 있어도 안 잡니다."

"내가 당신을 쉽게 생각하는 것 같습니까?"

희온이 말하는 논점은 그게 아니었다. 삶을 두 갈래로 뚜렷하게 나눠 놨으니 함부로 들어오지 말라는 뜻이었다. 그러나 헤이븐은 다른 부분이 마음에 들지 않은 모양이었다.그것도 우스웠다. 애초에 먼저 자신을 쉽게 보는 것처럼 굴지 않았나? 먼저 다가와서 희롱한 것도 그랬고, 섹스 이야기를 꺼내는 것도, 지금처럼 끌어안은 것도 그랬다.

"쉽게 보는 게 아니면? 금방이라도 잘 수 있는 상대처럼 굴고 있잖아요."

희온이 답지 않게 비아냥거렸다. 헤이븐의 가벼운 행동이 마음에 들지 않았다. 자신에겐 이 일이 중요했다. 주기적으로 정부의 의심을 받으면서도 희온은 사적인 공간을 조금이라도 만들었다.

그것이 섹스로 이어진 건 헤이븐이 처음이었지만, 어쨌든 틈만 나면 정부의 시험과 또 맨더의 일로 머리를 싸매야 하는 희온의 삶에서 공과 사를 나누는 건 굉장히 중요한 일이었다.

헤이븐이 희온을 가만히 바라보는가 싶더니 입을 연다.

"나랑 공적인 사이만 하고 싶다는 거죠."

"예. 이제야 이해하시네요."

곧게 뻗어지는 희온의 시선을 마주하고 있던 헤이븐이 무겁지도, 가볍지도 않은 목소리로 말했다.

"한 번 해 봐요, 어디."

헤이븐이 등을 돌렸다. 뭐가 저렇게 기세등등한가 싶었지만 그런 건 신경 쓰지 않기로 했다. 이제 그가 하는 말도 안 되는 농담들에서 벗어날 수 있을 것 같았다. 잠시 깜빡거리는 가로등을 바라보던 희온이 집으로 들어섰다.

2. 명령의 단위

희온은 다음 날에도 집에서 나가지 않고 돈이나 세고 도시의 집 값을 확인하면서 시간을 보냈다. 정말 조금만 더 모으면 된다. 평화로운 인생이 멀지 않았다. 물론 정말 돈을 다 모았다고 해서 곧바로 전역 지원서를 낼 수 없을 거라는 건 알고 있었다.

희온은 진짜 장교가 아니었다. 국가에서 내어준 직업이었다. 어쩌면 자신을 조금 더 쉽게 부릴 수 있도록 이곳에 보냈을지도 모른다. 다른 공무원이나 다른 직업보다 장교라는 건 행동에 제약도 컸고 국가에서 부르는 일에 참여하기도 쉬웠기 때문이었다. 그러나 희온에게는 정말 할 수 있느냐 없느냐가 중요한 게 아니었다.

일종의 희망이었다. 희온은 돈이 좋았다. 국가에 쓸모를 다 했을 때, 언젠가 더 이상 맨더로 활동을 못하게 될 때가 온다 한들 돈이 있다면 다른 생을 살 수 있을지도 모른다. 돈은 그 생각의 증거였다. 돈 말고는 다른 생각은 하고 싶지 않았다. 하기 싫었다. 일과 돈, 그것만 생각할 예정이었다.

다시 평일이 되었을 때 희온은 컨디션이 꽤 좋아져 있었다. 영화를 보고 돌아온 그날 예상치 못한 밤잠을 꽤 잤기 때문이었다. 그러니까 모든 게 다 개운하다는 뜻이었다. 이제 헤이븐의 접근도 없을 것 같으니 다시 평온한 일상을 보낼 예정이었다.

"캡틴, 바로 훈련 들어가실 거죠?"

"어, 그래야지."

페트로프의 말에 희온이 고개를 끄덕이며 작전 현장으로 걸음을 옮겼다. 이번에 들어가는 건 인질 구조 훈련이었다. 인질로 잡힌 사람을 구조하는 일은 주기적으로 하는 훈련 중 하나였다. 이미 팀을 나눠 서 있는 사람들의 앞에 선 페트로프가 옆에 있는 희온의 어깨에 팔을 올렸다.

"다리가 조금 불편한 우리 희온 캡틴이 인질 역을 도와주실 겁니다. 소수의 팀이 인질을 붙잡고 있을 거고 다수의 팀이 인질을 구출하게 됩니다. 인질을 끝까지 놓치지 않는 게 한 팀의 임무고, 또 무슨 일이 있어도 인질을 구출해 내는 게 다른 팀의 임무입니다."

헤이븐은 맨 앞에 서서 페트로프를 바라보고 있었다. 어디에 있든 매번 자신을 따라오는 것 같던 시선이 오늘따라 거둬져 있기에 희온은 헤이븐이 드디어 자신의 말을 알아먹었구나 싶어서 안도했다. 당연한 일이었으므로 조금도 아쉽지 않았다. 공적의 사이에서는 이게 맞았다.

"그럼 자리로 위치하고, 구출 팀은 조금 뒤에 움직입니다."

인질이 된 건 희온 말고도 두 명이 더 있었다. 설명이 끝나자마자 희온은 팀원과 함께 하얀 흙먼지가 날리는 건물로 향했다. 인질을 사수해야 하는 팀에는 헤이븐도 포함되어 있었지만 거리가 조금 멀었다.

건물 입구에 선 희온의 입이 틀어막히고 얼굴 위로 검은 천이 뒤덮였다. 눈앞에 아무것도 보이지 않는다. 누군가 자신을 이끄는 대로 끌려갈 뿐이었다.

몇 번의 계단을 올라가자 손발이 묶인다 싶더니 그대로 바닥에 앉혀진다. 얼마 전에도 그랬는데 이번에도 또다시 묶인 신세다. 발목만 나아 봐라. 몸이 근질근질한 기분에 희온이 괜히 속으로 중얼거렸다.

특전단들의 훈련 중 단순하다고 말할 수 있는 건 없었다. 대체로 모든 것이 위험했다. 총을 사용하지 않아도 부상을 입는 건 비일비재했고 고문 훈련에서는 몇 명이 쓰러지기도 했으며 3주가 넘는 야외 훈련 때는 동상에 걸리거나 의식을 잃는 사람도 있었다.

그러나 그런 훈련들은 그나마 괜찮았다. 이렇게 아무것도 못 보게 하는 것들만 빼고. 밤까지는 견딜 만했지만 이렇게 눈이 가려지는 건 싫어하는 편이었다. 패닉이 오는 것까진 아니어도 다른 때보다 훨씬 마음을 다잡아야만 했다.

침착해지. 얼굴에 씌워진 검은 천 말고는 아무것도 보이지 않는 시야에 희온이 숨을 천천히 내쉬었다. 자신을 지키고 서 있는 사람들의 기척에 집중했다. 방에 몇 명이 있는지, 지금 이곳이 어디인지도 볼 수 없어서 희온은 청각에 의존해야 했다.

인질이라고 해서 아무것도 할 수 없는 건 아니었다. 자신은 구출 팀 소속이었으므로 그들이 들어오면 무슨 수를 써서라도 나가야만 한다. 단단히 묶인 매듭은 얼마나 세게 묶어 놨는지, 틈도 없이 손목과 발목을 조여 왔다.

치직.

"클리어."

누군가의 목소리가 들렸다. 얘 말고 또 몇 명 있는 것 같은데. 그렇게 생각할 무렵, 누군가가 손목의 매듭을 매만진다. 무얼 하려는 건지 몰라서 희온이 숨을 죽이자 그 손길은 또 금방 사라진다. 분명히 목적이 있을 텐데, 정말로 그게 전부였다.

괜찮아. 훈련일 뿐이잖아. 아예 눈까지 내려 감고 몇 분간을 가만히 숨만 내쉬었지만 답답함은 심해질 뿐 나아지는 것 같지가 않았다. 결국 손이 차갑게 식기 시작했을 때, 다시 한번 묶인 손발을 천천히 움직여 보자 이상하게도 아까보다 훨씬 여유가 있었다. 매듭도 일반 매듭인 듯했으며 그 틈도 여차하면 풀 수 있을 정도로 벌어져 있었다. 아무래도 아까 그 손길이 매듭을 고친 모양이었다. 지금의 희온에겐 꽤 다행인 일이라 숨을 폭 내쉬었다.

그래 봤자 일 센티미터 정도밖에 되지 않는 자유도였지만 근처의 사람들이 전부 동료들이라는 생각이 떠오르자 눈앞이 보이지 않는다는 답답함도 조금 가시고 있었다.

－인원 배치 종료. 침입자 확인 시 전원 사살합니다.

그러나 다시 무전기의 소리가 들리자 희온도 따라 긴장했다.

자신의 아군이 어디로 들어오는지 확인 할 수 있게 앞이라도 보면 좋겠는데 당장은 할 수 있는 게 아무것도 없었다.

-환기구 쪽 확인.

무전기 소리는 꾸준히 들리는데 대답하는 목소리는 들리지 않는다. 희온이 모든 신경을 다 청각에 쏟으며 주변에 또 다른 소리가 들려오나 귀를 기울였다.

탕! 탕!

멀리서부터 총소리가 들리기 시작했다. 침입을 시작한 모양이었다. 생각보다 빨랐다. 내가 어디 있는지는 파악했나? 왜 다짜고짜 들어오지? 무슨 작전인데? 열심히 짐작만 하느라 머리가 바빴다.

지지직, 지직.

-인질이 나갔습니다.

탕!

-인원이 너무 많…… 커버…….

무전기 안에서도 그리고 밖에서도 시끄러운 소리가 점점 크게 들렸다. 무슨 말을 하는지 제대로 들을 수 없을 정도였다. 누군진 몰라도 내 편이 이겨라. 희온이 무심하게 생각하는 와중에, 갑자기 몸이 당겨진다.

자신의 팔목을 잡아 일으킨 누군가가 그대로 몸을 집어 들어 곧장 어깨에 실었다. 몸이 거꾸로 뒤집힌 덕분에 머리에서 천이 벗겨질 것 같자 희온이 고개를 좌우로 탈탈 털었다.

천이라도 벗겨내 보려고 한 몸짓이었지만 그건 금방 다시 내려 놓은 몸 덕분에 아무 소용이 없었다. 그러나 자신을 옮겨 온 남자는 금방 그 천을 벗겼다. 답답하게 갇혀 있던 시야가 그제야 트였다.

"쉿."

자신을 어깨에 짊어지고 온 남자는 헤이븐이었다. 어차피 입이 틀어 막혀 소리도 못 내는 희온에게 검지를 올려 보인 그가 들어온 곳은 꽤 넓은 방이었는데 이곳에는 희온과 헤이븐 둘뿐이었다. 조끼에 매달려 있던 무전기 선을 잡아 뺀 헤이븐이 총을 장전했다.

총성이 난무하던 복도가 조용했다. 누가 이겼는지, 몇 명이 남았는지 희온은 알 수 없었지만 아마 더 이상의 무전도 없으니 헤이븐도 모를 것이었다. 희온의 상태를 살피듯 잠시 시선을 내린 헤이븐이 벽에 등을 기댔다.

탕!

바깥에서 들린 소리에 그가 곧장 팔을 들어 복도를 향해 겨눴다. 방금 들린 총성으로 방향을 확인한 모양이었다.

—인질 둘 구조 확인.

그 무전은 헤이븐의 것이 아니었다. 복도 쪽에서 들려왔다. 다다른 공간에 둔 인질 셋 중 나머지 두 사람은 구조가 된 모양이었다. 나만 남았네. 희온이 묶인 몸을 잠시 뒤트는 사이에도 헤이븐은 복도 밖에 있는 사람과 대치 중이었다.

몇 명이지? 아까 무전기 내용으로 봤을 땐 한꺼번에 밀고 들어온 것 같은데. 이 정도면 거의 막다른 길에 몰린 거나 다름없었다. 잠시 가늠해 보는 사이 밖에서 문이 열렸다.

쿵!

"여기서 말고."

곧장 들이닥친 남자를 걷어찬 헤이븐이 이마를 겨누어 쏘고는 그 몸을 발로 차서 복도 밖으로 밀었다.

"나가서 싸울까요."

구석에 앉아 있는 희온을 흘끔 바라보는가 싶더니 또다시 쳐들어오기 시작한 적 팀의 목을 틀어쥐며 아예 복도로 빠져나가 시야에서 벗어났다.

드르륵.

당연하게도 그와 동시에 복도에는 시끄러운 총소리가 울리기 시작했는데, 도대체 무슨 생각인지 그 와중에 아주 친절하게 문까지 닫는다. 미친놈 아니야? 희온이 얼굴을 구겼다. 귀가 먹먹할 정도의 소음과 뛰어가는 소리, 그리고 누군가 총을 다시 장전하는 소리만 들려왔다. 희온이 다시 한 번 손목을 있는 힘껏 벌려 매듭을 느슨하게 만들기 시작했다.

치지직, 치직.

순식간에 모든 소음이 잦아들었다. 지금 이 방엔 아무도 없다. 헤이븐이 총을 꺼내 들고 나가긴 했지만 혼자 열 명이 넘어가는 인원을 처리하는 건 어차피 어려운 일이라서 그가 패전 처리 되었을 거라고 생각하는 게 맞았다. 그 사이 완전히 손목의 끈을 풀어낸 희온이 발목의 것도 풀어내고 입을 막았던 천을 당겨 내렸다.

"하."

답답했던 숨을 크게 내쉬며 복도 밖의 기척에 집중했다. 여기가 몇 층이지? 2, 3층 정도만 되어도 창밖으로 뛰어내릴 수 있을 텐데 애초에 창문은 복도 쪽에만 있었다. 내가 인질이긴 하지만 내 발로 나가면 어쨌든 우리 팀이 이기는 거 아니야? 발목이야 뭐, 일주일쯤 더 보호대 차고 다니지 뭐.

문에 귀를 대 보니 복도는 여전히 조용했다. 설마 나만 남았어? 그럴 리가 없는데. 여닫이로 된 문고리에 손을 넣고 잠시 고민하는 사이에, 먼저 문이 열렸다.

드르륵.

"어디 가세요?"

헤이븐을 본 희온의 눈이 커졌다. 땀 한 방울 흘리지 않은 멀쩡한 얼굴로 들어오는 걸로 봐서는 그가 복도의 인원을 전부 정리한 모양이었다. 전부 다? 스스로 결박을 풀어낸 희온을 훑어본 헤이븐이 미소 짓는 얼굴로 총을 들었다.

그 총구 끝에 희온이 있었다.

"설마, 나 쏠 겁니까? 나 인질인데?"

나를 죽여서 어디다 쓰게요. 데리고 나가면 되잖아. 희온이 차라리 다시 묶으라는 듯이 양손을 내밀었지만 헤이븐이 눈을 깜빡이며 아무 감흥 없는 얼굴로 총을 장전했다.

"도망가게 두는 것보단 낫죠."

희온은 헤이븐이 총을 내릴 거라고 생각했다. 애초에 맨 처음 훈련 때도 그는 자신을 쏘지 않았고, 지금 역시 그가 인질을 쏴 봤자 얻는 이득은 아무것도 없었다. 그러나 총을 내리는가 싶던 헤이븐이 희온의 심장에 대고 방아쇠를 당겼다. 아무 망설임도 없는 움직임이었다.

탕!

……쐈어? 나를 쏴? 인질을 쐈다고? 진짜 탄약이 들어 있는 총이 아니었으니 아프진 않았지만 희온이 그 기세에 놀라는 바람에 뒷걸음질을 쳤다. 패전, 사망 처리 되었다는 표시가 손목시계 화면에 떠올라 있었다. 희온이 멍한 얼굴로 눈을 깜빡였다. 어떤 미친놈이 인질을 쏴?

ー세이브 둘, 사망 하나. 러닝 던.

"공적인 사이니까요."

평소와는 다른 미소를 지은 헤이븐이 그 말을 끝으로 휙 등을 돌렸다. 잠깐만. 혹시 저거 지금 삐진 거야? 내가 공적인 사이라고 해서?

덩그러니 남겨진 희온이 얼른 복도로 향하는 문을 열자, 열 명이 넘어가는 자신의 팀원들이 복도에 퍼질러 앉아 있었다. 전부 패전 처리 된 사람들이었다.

* * *

그 건물을 나서자마자 샤워를 마친 희온이 사무실 문을 열었다. 이미 자리에 앉아 있는 헤이븐은 이쪽을 쳐다도 안 보는 중이었다. 야, 나도 너 안 보고 싶어. 괜히 불퉁한 얼굴을 한 희온이 보란 듯이 성큼성큼 자리로 향했다.

우웅.

의자에 앉으며 주머니에서 트랜스퍼를 꺼냈다. 본부에서 온 명령이었지만 그 코드를 보자마자 희온이 한쪽 눈썹을 살짝 찌푸렸다. 최대한 꺼리고픈 타겟에게 또다시 접촉해야 하는 모양이었다.

젖은 머리카락을 살짝 헝클이며 서랍을 열고 약병이 담겨 있던 박스를 꺼내 몸을 일으켰다.

"어? 캡틴 어디 가십니까?"

마침 문을 열고 들어오는 페트로프의 어깨를 툭툭 두드리며 나가자 그가 금방이라도 따라올 기세로 묻는다.

"퇴근합니다."

"벌써요?"

"어, 그러니까 나 대신 보고서 좀 써."

예? 그게 제 몫이 되는 겁니까? 페트로프의 질문에 당연하다는 듯이 미소 지으며 고개를 끄덕인 희온이 커다란 덩치를 한 번 더 툭 건드리고 사무실을 나섰다. 예전에도 들어가 본 적 있는 타겟의 수면 시간은 보통 이곳 시간으로 저녁이었다. 근신 시간이 아직 남았는데 이거 어떻게 해야 되지.

"희온."

그러나 건물을 채 나서기도 전에 누군가 자신을 부르는 바람에 걸음을 멈춰야 했다. 고개를 돌리자 쉐드가 마침 방에서 나오는 길이었다. 어, 잘됐다. 희온이 그 앞으로 다가갔다. 그러나 가까이 가기도 전에 쉐드가 본론부터 꺼냈다.

"케빈이 자백해서 네 근신이 취소 처리됐어."

자백을 했다고? 왜? 희온은 이해할 수가 없었다. 희온은 주말 내내 조사단에게 뭐라고 말해야 될지를 고민했다. 그레이슨에게는 그 어떤 피해도 입힐 수 없었다. 누가 발단이었든 자신이 쌍방 폭행을 만들었다. 결과적으로 잘못한 건 케빈이었지만 그는 얼마든지 자신에게 책임을 물을 수도 있었다. 그런데 갑자기 자백이라니,

그 성격에 말이 되나 싶어서 서류를 쥔 채 딱딱하게 굳었다.

"조사단을 보자마자 전부 자기가 한 일이라고 했대. 너를 죽이려고 했다는 것까지 말해서 살인 미수는 확정됐고 금방 여기서 데리고 나 간다니까 걱정 안 해도 돼. 잠깐 시간 되지?"

희온이 고개를 끄덕이며 쉐드를 따라 회의실로 걸음을 옮겼다. 쉐드의 말은 사실이었다. 얼마 지나지 않아 회의실로 들어온 조사 단은 케빈의 자백에 대해 이야기했다. 희온을 죽이려고 했던 이유 에 대해서는 개인적인 질투가 원인이라고 한 모양이었다.

긴 책상에 둘러앉아 이야기를 나누는 내내 희온은 어리둥절한 상 태였지만 어쨌든 좋게 끝난 일이었다. 분명 우려했던 일이 생기지 않아 다행이지만 묘하게 찝찝했다. 좋은 거지. 잘됐지. 희온이 관자 놀이를 문지르며 건물을 나섰다. 두통이 다시 도지는 것 같았다. 얼 른 맨더 임무를 마치고 잠이 들고 싶었다.

혹시 모르지, 오늘도 잘 잘 수 있을지. 기대하면 안 된다는 걸 알면서도 희온은 열심히 바라고 있었다.

"아, 윽!"

그러나 이번에도 그 기대는 곱절의 통증으로 돌아왔다. 짧은 비 명을 내지르며 잠에서 깨어난 희온이 머리를 붙잡고 몸을 웅크렸 다. 온몸이 산산조각 나는 듯한 기분이었다.

집으로 돌아오자마자 알약을 삼키고 잠들었던 희온은 몇 번이고 기억을 불러오는 데 실패했던 타겟의 꿈으로 다시 들어갔다. 이번에 야말로 다시 성공하는가 싶었지만 기억이 중간에 끊어지면서 타겟 이 희온에게 엉겨 왔다.

'좀 더 위로해 줘.'

희온과 나이 차이가 얼마 나지 않는 타겟은 꿈속의 연인에게 집착했다. 처음 기억에 들어갔을 때부터 이렇게 굴었던 남자였다. 현실이 팍팍하다는 건 알고 있지만 꿈속의 연인에게 기댈 정도로 엉망진창인 모양이었다.

희온은 애초에 한 타겟의 꿈에 몇 번씩 들어가는 걸 좋아하지 않았다. 예전에도 꿈에 들어왔던 사람이라는 걸 당장은 인지하지 못할 테지만 본능적으로 기대는 일이 점점 심해졌다. 게다가 이런 타겟들은 대부분 잠에서 깨어나면 자신의 꿈에 서너 번씩 나타난 사람이 도대체 누구인지 궁금해하기 시작했다.

한 번 만에 끝나는 사람들은 금방 자신의 얼굴을 잊지만, 몇 번씩 만난 타겟들은 얼굴을 기억해 냈다. 이 사람과 우연히라도 스치게 되는 날에는 지겹게 들러붙을 게 뻔했다. 이 산속에서 지내는 한 그럴 일은 없겠지만.

희온이 땀에 젖은 이마를 소매로 문질러 닦으며 이불 속으로 파고들었다. 잠시 고통스러운 숨만 색색거리며 내쉬던 희온이 결국 팔을 뻗어 협탁 위에 있던 주사 약병을 쥐었다. 맥이 보내 주는 독한 안정제 계열의 약이었다. 통증이 심하거나 부작용이 과해질 때 직접 주사했는데, 의존증이 심한 약이라 최대한 긴 텀을 두고 사용했다.

"……."

맞아도 될까. 이 정도면 나도 많이 참은 거 아닐까. 내가, 지금보다 더 버텨서 뭘 얻는다고. 뭐 얼마나 대단한 삶을 산다고. 눈 아래가 붉게 달아오른 희온이 헛숨을 삼켰다.

나는 그냥, 가끔씩 조금만 편하게 있고 싶을 뿐인데. 희온이
고작해야 새끼손가락만 한 주사 약병을 손에 꼭 쥔 채 몸을 동그
랗게 말았다. 결국 팔을 뻗어 서랍을 더듬거리며 열어, 그 안에
있던 주삿바늘을 꺼냈다.

"아⋯⋯."

주사를 쥔 손이 하얗게 질린 채 떨렸다. 당장이라도 팔에 바늘을
찔러 넣고 싶었으나, 희온은 스스로가 지금 이 순간을 참아 낼 거
라는 걸 알고 있었다. 늘 이기고 싶었다. 머리를 터뜨릴 것 같은 이
두통을, 끔찍한 가짜의 고통을 약 없이 이겨 내고 싶었다.

당장이라도 구토가 치밀 듯 고이는 맑은 침을 애써 삼키며 주
먹으로 머리를 톡톡 두들겼다. 금방 나아질 거 알잖아. 몇 번이
고 해 봤잖아. 이것도 지나갈 거야. 희온아, 괜찮아. 몸이 들썩일
정도로 숨을 천천히 내쉬며 스스로를 달랬다.

똑똑.

성가신 노크 소리도 무시하고 몸을 다시 웅크렸다.

똑똑똑.

그러나 몇 번 두들기다 말 것 같지가 않아서 결국 희온이 몸을
일으켰다. 소파를 짚으며 일어나 천천히 잠금을 풀었다. 헤이븐이
현관 앞에 서 있었다. 삐진 사람처럼 굴 때는 언제고.

"무슨 일입니까?"

헤이븐이 무슨 말을 하려다 말고 희온의 얼굴을 가만히 살폈다.
마치 확인이라도 하듯이 머리부터 발끝까지 훑어본 남자는 이내
손에 든 것을 들어 보였다.

"의무실에서 캡틴을 찾던데 안 보이길래."

아, 그러고 보니 오늘 손목 붕대를 갈아야 된다고 오라고 했던 날이구나. 땀에 젖은 머리카락을 뒤로 넘긴 희온이 달라는 듯이 손을 내밀었지만 헤이븐은 쉽게 건네주지 않았다.

"양손인데 혼자 어떻게 합니까."

"할 수 있습니다."

희온이 기운 빠진 목소리로 말했지만 헤이븐은 쉽게 물러나지 않았다. 말씨름할 기분도 아니라서 희온이 지친 얼굴로 다시 손을 내밀었다. 그러자 헤이븐이 희온의 손을 잡아끌어 현관문 앞 의자에 앉혔다. 감긴 붕대를 피해 쥔 손은 꼭 조심스럽게 다루는 것 같았다.

"공적인 사이에서도 이런 건 해 줄 수 있는 거 알죠."

헤이븐이 희온의 앞에 한쪽 무릎을 꿇어앉았다. 희온은 그제야 별말 없이 그가 하는 대로 가만히 둘 뿐이었다. 헤이븐은 앉아 있는 희온의 손을 당겨 감겨 있던 붕대를 풀었다. 손목 안쪽에는 아무렇게나 긁힌 상처가 보기 싫게 나 있었다.

"흉 지겠네."

희온은 헤이븐의 머리를 가만히 내려다보는 중이었다. 남자는 꽤 꼼꼼한 손길로 소독을 마치고 약을 바르고 있었다. 더 이상 뭐라고 하는 것도 귀찮고, 그럴 마음도 생기지 않아서 희온은 그냥 힘을 빼고 의자 등받이에 허리를 편하게 기댔다. 고개를 살짝 젖히자 현관 지붕 아래 달린 조명이 보였다. 네모난 조명 주변으로 열심히 날아다니는 날벌레들이 보였다.

"다 됐습니다."

고개를 내리자 손목에는 제법 깔끔하게 붕대가 감겨 있었다.

지난번 절벽 아래에서도 그렇고 지금도 그렇고, 남을 돌보는 일에 소질이 있는 모양이었다. 밤바람이 스치자 땀이 식으면서 목덜미가 서늘해졌다.

"……뭐 하나 물읍시다. 나한테 왜 이럽니까?"

헤이븐이 고개를 들었다. 아직 한쪽 무릎을 꿇은 그대로 희온의 앞에 앉아 있는 남자의 손은 희온의 손목에 가 있었다.

"내가 뭘요."

"유독 내 앞에서 멋대로 굴잖아요, 당신이."

그 말에 가만히 희온의 눈을 바라보던 헤이븐이 평소처럼 웃어 보였다.

"내가 원하는 게 좀 있어서요."

나랑 자는 거라고 하겠지. 굳이 묻지 않고 의자에서 몸을 일으키려는데 헤이븐이 갈색 종이봉투를 건넨다. 이게 뭔가 싶어서 일단 받아 열어 보니 그 안에는 좋은 냄새를 풍기는 찻잎이 가득했다.

"볼이 터질 정도로 잘 마시길래."

당신이 손으로 찔러서 터진 거 아니고? 희온이 눈을 가늘게 떴다가 우선 그것까지 받아 들었다. 이것도 공적인 사이에서 받을 수 있는 건가 싶었지만 어쨌든 더 이상 말씨름을 하는 건 힘들었다. 지금은 정신적으로 좀 지쳐 있는 상태였다.

"반 시체 같은데 그거 마시고 잠 좀 자고요."

"그래도 절반은 산 사람 같긴 하나 보네요."

그제야 의자에서 몸을 일으켰다. 따라서 일어선 헤이븐은 들어가라는 듯 현관문을 연 채 잡고 있었다. 희온이 고개를 끄덕이며 집 안으로 들어섰다. 이 남자하고 있을 때 종종 느끼던 감정이 이번에도 선명했다. 보호받는다. 그 느낌이었다.

딱히 이 남자가 실제로 자신을 감싸고 돈 적은 없었고 실제로는 시답지 않은 시비를 거는 게 대화의 주를 이뤘지만 그래도, 어쩐지 보호받는다는 느낌을 받고 있었다. 말도 안 되는 생각인가. 너무 예민하게 생각하는 것일지도 모른다. 아까보다는 훨씬 덜해진 두통에 희온이 관자놀이를 꾹 누르며 문을 닫았다.

엡실론 포스와 락테아는 꽤 아슬아슬한 동행을 하고 있었지만 확실히 첫 주보다는 훨씬 나았다. 케빈의 파면이 확실시되고 하얀 숲에서 떨어져 나가면서는 오히려 서먹서먹한 대화도 시작되고 있었다. 하여간 군인들은 다 별난 놈들이라며 쉐드가 훈련이 끝난 희온을 붙들고 투덜댔다.

반면에 희온은 헤이븐이 붕대를 감아 준 그날 이후로 그 남자의 얼굴을 보지 못하고 있었다. 남자는 훈련이 끝나기가 무섭게 자리를 비웠다. 아마도 본부에서 다른 일 때문에 부른 모양이라는 쉐드의 말 때문에 그런가 보다 하기는 했는데, 오늘은 훈련까지 불참이었다.

희온 역시 발목 부상 덕분에 제대로 훈련에 참여하기가 힘들었다. 그래서 더욱 오늘만을 손꼽아 기다리고 있었다. 드디어 보호대를 벗어 버리는 날이었다. 의무실에서 나오자마자 가벼운 발걸음으로 점프라도 수십 번 해야지 마음먹었지만 그럴 수 없었다.

"……래서……."

복도 끝에서 들린 작은 목소리에 집중한 탓이었다. 희온이 본능적으로 걸음을 늦추고 기척을 숨겼다. 내가 왜? 뜬금없이 스파이 짓이나 하려는 건 아니었지만, 잘 들리지 않는 이 목소리의 주인공을 알고 있었다.

건물의 복도 끝, 모서리에 가서 등을 기댔지만 그래도 제대로 들리지 않는 걸 보면 아마도 중요하거나, 비밀인 이야기를 하는 모양이었다.

"……했는데, 조만간……."

대답하는 사람은 리암이었다. 희온이 숨을 죽이곤 몸을 조금 틀며 고개를 반쯤 내밀었다. 바로 앞은 아니었다. 모퉁이를 돌아서도 꽤 먼 곳에서 대화를 하고 있는 사람은 역시 리암과 헤이븐이었다.

내가 뭘 들을 게 있다고 이렇게 숨어 있나 했지만 애초에 비밀스러운 대화를 하는 게 문제였다. 스스로의 행위에 정당함을 주입하며 희온이 집중했다.

"잡아 와."

그렇게 말하고 있는 헤이븐은 평소의 얼굴을 하고 있지 않았다. 냉담한 것도 아니었고, 차가운 것도 아니었다. 아무런 감정이 없는 사람 같았다. 처음 보는 표정이었다.

평소와 똑같은 밝은 금발이었다. 가벼운 옷을 입고 있는 것도 똑같았고, 눈을 감을 때마다 내려오는 긴 속눈썹도 그랬다. 그러나 지금의 그에겐 감정이 보이지 않았다. 화가 났다거나 슬프다거나 하는 뚜렷한 감정을 숨긴다는 게 아니라, 그냥 사람답지 않았다. 딱히 아무것도 하고 있지 않았음에도 그의 얼굴은 공허했다.

잡아 오라고? 누굴? 애초에 군인인 그가 누군가를 잡아 온다는 게 작전상의 이유가 아니고서야 말이 되지 않았다. 게다가 그가 누군가를 잡아 와야 한다면 그건 자신이 알고 있는 일이어야만 했다. 헤이븐의 말에 리암이 맞은편에 반듯하게 선 채로 대답했다.

"예."

볼 수 있는 건 옆모습이었다. 리암은 헤이븐에게 깍듯하게 대하고 있었다. 중대장과 부중대장의 사이란 원래 저만큼 예의를 차릴 만큼의 관계는 아니었다. 희온과 페트로프만 봐도 그랬다.

물론 다른 사람들보다는 가까운 관계가 되어서 희온은 자신보다 어린 페트로프에게 말을 놓긴 했지만 일반적으로는 서로에게 보완인 관계였다. 그러나 저 둘은, 어떻게 봐도 뚜렷한 수직 관계였다.

"……뻔했지."

헤이븐의 말이 제대로 들리지는 않았다. 리암이 곧장 대답하며 이쪽으로 몸을 돌렸다. 희온은 그제야 빠르게 걸음을 옮겨 근처의 계단을 밟아 올라갔다.

희온은 그를 이곳에서 처음 만난 게 아니었다. 하얀 숲의 시내에서 처음 만났으며, 그 뒤로 잠자리를 같이 하게 되면서는 주기적으로 만나 왔었다. 그러나, 저런 얼굴은 처음이었다. 자신을 향해서는 보통 미소를 짓고 있었다. 처음에도 그랬다. 웃음을 짓거나 아니면 말도 안 되는 농담을 하거나, 가끔씩 진지할 때조차 감정을 담고 있었다.

그러나 지금은 아니었다. 더 이상 듣지 말자고, 남의 이야기는 그만 들어야 된다고 그렇게 머리는 말하고 있었지만 몸이 이상하게 굳은 것 같았다. 그들에게는 보이지 않을 곳에 몸을 숨긴 희온이 괜히 저려 오는 손끝을 주물렀다.

"속 시원하지 않아?"

"시원하지 않아."

쉐드의 질문에 희온이 고개를 저었다. 평일 내내 도무지 잠을 잘 수 없었다. 불면이 또다시 시작되는 모양이었다. 지난주 주말에 조금 잤다고 몸이 자신을 괘씸하게 여기는 건지는 알 수 없지만, 보란 듯이 심해지는 불면에 희온은 며칠 내내 쪽잠을 자는 게 전부였다.

"오늘 오아시스 열어?"

"아마도."

술이나 실컷 마시고 기절하듯이 자야겠다. 희온이 고개를 끄덕였다. 이따 보자는 말과 함께 희온이 사무실로 들어가자 페트로프가 희온의 자리 옆에 앉아 있었다. 헤이븐도 자리를 비우고 있었고 그 대신 마찬가지로 부사관인 리암이 그 옆에 앉아 있었다. 묘하게 대칭이 맞아떨어지는 사무실을 둘러본 희온이 걸음을 옮겼다.

"오셨습니까."

"예, 안녕하세요."

자신에게 인사하는 리암에게 마주 인사한 희온이 자리로 향하자 페트로프가 작은 박스를 건넸다.

"이거 캡틴한테 왔습니다."

발신 주소는 엉망진창 아무 주소나 적혀 있었지만 희온은 이걸 누가 보낸 건지 알고 있었다. 맥이었다. 지난번에 보낸다던 자료가 이제 도착한 모양이었다. 아무렇게나 전달할 수 없는 자료다 보니 믿을 만한 사람 손으로 직접 전하느라 보통 이런 시간 차가 있었다.

박스를 따로 챙긴 대신 집에서 가져온 안정제 주사 약병은 서랍에 밀어 넣었다. 지난번처럼 이걸 맞을까 말까 고민하고 싶지 않아서였다. 적어도 참을 수 있을 때까지는 참아 봐야지. 서랍을 잠근 희온이 페트로프에게 고갯짓을 했다.

"오늘 오아시스 문 연다는데 가야지."

"당연히 가야죠."

그래, 이런 날 술 먹는 낙으로 사는 놈인데 당연히 가겠지. 희온이 고개를 돌려 리암에게도 물었다.

"저희 오늘 술 먹을 건데 괜찮으시면 같이 드시겠습니까?"

자료를 살피던 리암이 고개를 들었다.

"어, 그래도 됩니까?"

"그럼요."

희온이 그쪽으로 걸음을 옮겨 펜으로 메모지에 오아시스의 위치를 적어 건넸다. 이왕이면 다른 팀원들도 다 데리고 오세요, 고생했는데. 말하며 희온이 웃었다.

"그럼 이따 뵙겠습니다. 페트로프, 나 간다."

"어, 이따 봐요."

고개를 한 번 끄덕인 희온이 집으로 향했다. 눈이 뻑뻑할 정도로 잠이 부족했지만 물과 술을 잔뜩 먹으면 또 괜찮아질 걸 알고 있었다.

달칵.

현관문을 열고 안으로 들어온 희온이 외투를 벗어 옷걸이에 걸어 두었다. 식탁 위에는 헤이븐이 준 찻잎이 봉투째 그대로 올려져 있었다. 뜨거운 차나 한 잔 마실까 했지만 어쩐지 손이 가지 않는다.

방 안으로 들어간 희온이 옷장 문을 열어 돈부터 확인했다.

지난번 성과급이 곧 도착할 때가 됐다. 돈이 조금 더 쌓이면 또 얼마나 예쁠 거야. 어? 진짜 미치겠네. 너무 좋아서. 돈뭉치 가까이에 코를 대고 돈 냄새를 맡은 희온이 다시 돈을 차곡차곡 쌓아 놓고 문을 닫았다.

씻기 전에 자료를 확인할까 했지만 어차피 쉬는 날인 내일은 할 일도 없었다. 내일 하지 뭐. 가볍게 미뤄 두며 욕실로 향했다. 욕실 문을 닫자마자 거실 테이블 위에 의미 없이 세워 두었던 장식품 하나가 바닥으로 툭 떨어졌으나 이미 샤워기를 튼 희온에게는 들리지 않았다.

"아, 춥네……."

입고 있던 두꺼운 점퍼를 끝까지 쭉 올린 희온이 현관문을 차례로 잠근 다음 집을 나섰다. 멀지 않은 곳에 있는 컨테이너 박스는 벌써부터 시끄러웠다.

"캡틴! 오늘 보호대 풀었다면서요, 괜찮으십니까?"

"괜찮아."

"다리 봐 봐요! 아니 이게 도대체 무슨 일이야? 그 새끼 때문에!"

"술이나 마셔……."

괜히 이런저런 말을 하면 더 시끄러워질까 봐 희온은 앞에 바글바글 모인 사람들을 향해 조금 지친 목소리로 대답했다.

"술이나 마시랍니다!"

"예! 술이나 마시자!"

"술이나! 마시자!"

선창한 것도 아닌데 희온의 말을 제멋대로 복창하며 외치는 팀원들을 대충 밀어 가며 안으로 들어간 희온은 같은 자리에 구겨져 앉아 잔에 술을 부었다.

오늘따라 평소보다 조금 더 풀어진 분위기에도 희온은 이렇다 할 말 없이 술을 마실 뿐이었다. 그래도 가끔씩 팀원들이 농담을 걸어오면 정색하며 쫓아내고 또 추근대면 발이나 밟아 주는 게 평소와 다를 바 없는 하루인 것 같았다.

드륵.

창고형으로 양쪽 길게 난 문이 열렸다. 맨 먼저 모습을 보인 쉐드 뒤로 사내 대여섯이 한꺼번에 등장했다. 그들이 낯선 얼굴을 하고 있다는 걸 보자마자 오아시스 안에 있던 모든 팀원의 수다가 동시간에 잦아들었다. 정적 끝에 웅성거리는 공간 안으로 당당하게 들어선 쉐드가 근처 테이블 위에 있던 술잔을 들어 올렸다.

"왜 날 봐? 희온이 초대했다던데?"

"어, 내가 불렀다. 같이 마시게."

희온의 말에 팀원들은 그제야 이쪽으로 앉으라는 듯이 여기저기서 의자를 빼 왔다. 희온이 눈으로 잠시 그들을 살피자 리암이 눈인사를 해 오기에 마주 인사했다.

사이사이에 잘 어울려서 앉나 지켜보던 희온은 그 이상은 신경 쓰고 싶지 않아서 다시 술을 따랐다. 그러고 보니까 나 그 산에서 나오면 전역 지원서 낸다고 했는데, 언제 내지? 분명히…… 안 때려치우면 내가 사이코라고 했던 거 같은데.

"다리는요."

근처에서 느껴지는 익숙한 목소리. 옆에 앉는 기적의 주인이 헤이븐이라는 걸 안 희온은 그쪽은 쳐다보지도 않고 대답했다.

"다 나았습니다."

짧게 고개를 끄덕이는 헤이븐을 두고 희온이 술을 한 모금 삼켰다. 다쳤던 손목까지 확인하려는 듯 헤이븐의 손이 뻗어지는 사이에 페트로프의 목소리가 훅 끼어 들어온다.

"저도 같이 마셔도 되겠습니까?"

평소보다 가까이 들리는 목소리에 희온이 고개를 돌렸다. 몇 발자국 거리에서 조금 더 가까이 걸어온 페트로프는 평소와는 달리 꽤 경계심 높은 표정을 하고 있었다. 제발, 편하게 술 좀 먹자.

관자놀이를 문지른 희온이 최대한 못 들은 척하며 다시 잔을 채웠다. 헤이븐이 그런 희온의 옆얼굴을 보다가 페트로프에게로 시선을 옮기며 대수롭지 않게 대답했다.

"친구들이 뒤에 있는 것 같은데요."

"저는 캡틴이랑 제일 친해서 말입니다."

"누가 물어봤지."

내 돈들은 옷장 속에 얌전히 있나. 두 사람의 대화에도 희온은 동요 없이 모아 놓은 자금을 떠올리기 바빴다. 그사이 페트로프는 이쪽으로 한 걸음 더 다가왔다.

"제가 이런 말은 안 드리려고 했는데, 그쪽 팀원이……."

"페트로프."

그러나 결국 입을 열 수밖에 없었다. 그가 선을 넘기 전에 그 대화를 끊을 필요가 있었다. 희온은 술이 가득 차 찰랑거리는 술잔을 엄지로 매만지다가 눈썹을 구겼다.

"합동 훈련 중인데 그쪽 팀 이쪽 팀이 따로 있습니까."

무디지만 날카로운 희온의 말에 페트로프가 분해 보이던 얼굴을 풀었다. 희온은 이런 신경전에 조금도 끼고 싶지 않았다. 물론 그가 헤이븐에게 날을 세우는 이유는 알고 있었다. 케빈 때문이겠지.

그래도 어쨌든 그가 언급할 만한 일은 아니었고, 자신과 함께 일하는 사람이 그런 모습을 보이는 건 희온이 좋아하는 방향이 아니었다. 무엇보다, 일이 커지면 희온이 귀찮아졌다. 귀찮은 건 정말 질색이었다.

"평온하게 좀 삽시다."

망아지 우리도 아니고 나 그냥 돈 생각하면서 술 마시게 해 줘. 희온이 말을 덧붙이자 페트로프가 사과했다.

"……죄송합니다."

헤이븐이 한 번 고개를 까닥이자 그는 잠시 희온과 헤이븐을 번갈아 보다가 등을 돌렸다. 주변이 시끌벅적한 건 괜찮았다. 이게 싫었다면 이 볼 것도 없는 오아시스에 굳이 와 있을 필요도 없었다. 아니, 애초에 이 팀에서 일하는 것조차 고역이었을 것이었다. 시끄러운 게 문제가 아니었다. 이렇게 자신의 근처에서 기 싸움을 해 대는 게 문제지. 희온은 건조해진 목을 축이기 위해 물을 마셨다.

"정말 저거랑 제일 친합니까?"

페트로프 앞에서는 신경도 안 쓸 것처럼 굴었으면서, 갑자기 그걸 나한테 묻는다고? 별 또라이를 다 보겠다는 듯이 눈을 흘겨 뜬 희온은 방금 막 따랐던 잔을 얼른 들어 홀짝 비우면서 주머니를 더듬어 담배를 찾았다.

"물어보는 중입니다, 당신이랑 몸 비빈 나보다 친하냐고."

"내가 방금 평온하게 좀 살자고 한 말 못 들었습니까?"

귀찮아진 희온의 대꾸에 헤이븐이 아주 불만스러운 얼굴을 했다. 불만스럽다 못해 심통이라도 난 것 같은 표정이었다. 내가 알 바가 아니지. 희온이 깔끔하게 무시했지만 헤이븐의 말은 계속 이어졌다.

"평생 평온할 수 없을 것 같은데."

"전역하면 평온할 수 있겠죠."

"행복할 것 같긴 하고요?"

행복? 돈 세고 있을 때 느껴지는 그 감정 말하는 건가? 희온이 담배를 피우기 위해 몸을 일으키려는데, 저지하듯 헤이븐의 팔이 앞을 가로막는다. 금방이라도 자신의 허리에 손이 닿을 것 같아서 희온이 먼저 몸을 물렸다.

"앉아요."

"죄송한데 혹시 희롱이 취미십니까? 되게 사람 몸 막 만지려고 하시네요."

여기 오자마자 훈련장에 멋대로 들어와 사람 사타구니를 더듬지 않나. 사람을 마음대로 안아 들지 않나. 여전히 자신 쪽으로 내밀어져 있는 헤이븐의 손에 언젠가의 섹스를 떠올렸다. 희온이 자연스럽게 얼굴을 구겼지만 헤이븐은 여전히 웃고 있었다.

아니지, 전엔 직접 집 앞으로 와서 붕대까지 감아 줬는데 한 번쯤을 참을 수 있지. 그들의 등 뒤로 쉐드가 팀원들의 잔을 들어 올리게 만드느라 소음이 커지는 찰나 헤이븐의 목소리가 조용히 들려왔다.

"내 취미는 몰라도 그쪽 취미가 도망인 건 짐작하겠네요. 보아하니 섹스하다 말고 달아날 것같이 생겼는데."

술 먹는데 안주가 떨어져서 그런가, 왜 갑자기 또 시비야? 희온이 그의 말을 정정하기 위해 턱을 살짝 들어 올렸다.

"하다 말고 달아난 적은 없습니다."

"한 번 더 하기 전에 씻고 오라고 난리 피우더니, 사람 씻는 사이에 빠져나간 게 달아난 게 아니면 뭐죠?"

지금 그 이야기를 굳이 하겠다는 건가? 웃으며 대꾸하는 헤이븐의 반격에 희온이 입을 꾹 다물었다. 등 뒤의 동료들을 두고 이런 식의 대화를 하는 건 정말 최악의 시나리오였다. 골치가 아파 오는 것 같아 희온이 헤이븐에게 잡힌 손목을 탈탈 털며 자리를 벗어나려는데, 이번엔 그의 목소리가 꽤 낮게 귓가를 스쳤다.

"매번 도망갈 궁리만 해 대는 거 지겹지도 않나."

희온이 자리에서 일어선 채 내려다본 헤이븐의 눈매가 잠시 가라앉았다가 금방 웃음을 건다. 마치 보란 듯이 움직이는 그 표정 변화가 불쾌했다. 그의 말투도 그랬다. 매번? 도망갈 궁리? 희온이 헤이븐 앞에 놓인 잔을 가져와 단숨에 비웠다. 갑자기 이렇게 시비를 건다면, 받아 주는 게 당연한 일이었다.

"그쪽이 싫어서 가려는 걸 도망이라고 해석하는 거 보면 자존감이 굉장히 높으신가 봅니다."

무표정한 얼굴로 비꼰 희온의 목소리에 이번에는 헤이븐의 입꼬리가 완전히 내려와 굳는다. 금발에 녹안. 부드러운 모양을 하고 있는 남자는 조금이라도 얼굴을 굳히면 이런 식으로 상대를 깔아 뭉개는 것 같은 모습을 띠었다. 반쯤 가라앉은 시선을 보내는 건

오만해 보였고, 가지런한 입꼬리는 금방이라도 비웃기 위해 올라올 것 같았다. 그러나 이어진 헤이튼의 목소리는 희온이 예상한 것과는 정반대였다.

"그래서 도망쳤습니까? 내가 싫어서?"

감정의 동요라곤 조금도 없을 것 같았던 남자에게서 분노가 묻어 나오는 것 같았다. 자신이 한 말을 그가 그대로 반복했을 뿐이었는데 그가 뱉어 내는 어감은 자신의 것과 사뭇 달라서 희온은 당황할 수밖에 없었다.

지난번 섹스하다 말고 그 방에서 나온 건 그가 싫어서가 아니었다. 휴일을 더 편하게 즐기기 위해서였지. 그리고 조금 더 정확히 말하자면 그가 싫은 것이 아니라 그와 이렇게 공적으로 마주하게 된 지금의 상황이 싫은 것이기도 했다. 그리고, 어쨌든 만났잖아?

희온은 지금 이런 식으로 그와 말을 섞으면 안 될 거라는 예감이 들었다. 자신과 스테디 파트너였을 땐 음담패설을 가볍게 뱉어 대다가 공적인 자리에서는 스스럼없이 초면인 척을 하고, 또 어떨 때는 호의를 베풀었다가 가끔씩 이상한 감정까지 내비치는 남자가 버거웠기 때문이었다.

진짜 좀 미친놈 아닌가? 자고로 미친놈은 열 발자국 밖에 두고 살아야 인생이 평온하다는 말이 있다. 그리고 희온은 평온한 인생을 좇는 사람이었다. 다시 한번 집으로 가기 위해 등을 지는데, 그가 이번에도 자신의 손목을 잡아 온다. 손이 얼마나 큰지 자신의 손목이 통째로 감긴 느낌이 들었다.

"아니 왜 자꾸 집에 간다는 사람을……."

삐이익! 삐이익!

그때, 희온의 손목에 감긴 시계가 정신없이 울었다.

쾅!

희온이 시계를 확인한 직후, 커다란 폭발음과 함께 땅이 흔들렸다. 귀가 먹먹할 정도의 폭발음과 진동이라 희온의 몸이 한쪽으로 기울었다. 마침 그 손목을 잡고 있던 헤이븐이 희온의 허리를 감싸 안아 당겼다.

쿠―웅!

잠자리를 할 때나 맡았던 헤이븐의 체향이 콧속으로 깊이 파고든다. 희온이 고개를 드는 와중, 한 번 더 폭발이 일었다. 이번에도 역시 땅과 벽이 울릴 정도의 세기였다. 희온은 의자와 헤이븐의 어깨를 한 손씩 짚어 버텨 섰다가 빠르게 몸을 틀었다. 지금 이건 지진이나 천재지변이 아니었다.

폭격이었다.

"괜찮습니까?"

"……전부 위치로."

헤이븐의 말에 대답하는 대신 희온이 여지껏 자신의 허리를 감고 있던 그의 손을 잡아 풀며 명령했다. 이곳에 자리 잡은 이후 처음으로 받은 공격이었다. 도대체 누가 이 내륙 깊은 곳에, 왜, 어떻게. 먹먹한 귓속으로 울리는 이명에 고개를 저은 희온이 가까이의 쉐드를 잡아끌었다.

"쉐드, 군의관 호출 먼저."

"어, 지금 할게."

"언제 폭발이 다시 있을지 모르니까 다들 정신 차려. 헤이븐,

이쪽 지리는 우리가 더 잘 아니까 엡실론 포스는 후방 지원 맡 으세요."

"그러죠."

언제 불쾌를 주고받았냐는 듯 희온이 쉐드와 헤이븐에게 말을 건네고 몸을 틀었다. 방금 전까지 정신 나간 사람처럼 떠들썩하게 놀던 사내들은 늘 훈련하던 때처럼 반듯하게 자리를 잡고 서서 상관의 지시를 기다리고 있었다.

"선발 팀 먼저 나가서 정찰한다. 나머지는 이곳에 없는 인원 파악하고 가능한 빨리 호출해서 팀별로 흩어져 있어. 무장 먼저 해."

"캡틴, 문 열었습니다."

좁게 열린 문틈 사이로 새까만 연기가 정신없이 들어오고 있었다. 희온이 페트로프와 함께 그쪽으로 나가기 직전 뒤로 고개를 돌렸다. 자리에서 일어난 헤이븐이 엡실론 포스 팀원들을 모아 두고 지시를 내리고 있었다. 희온이 건물을 나섰다.

"가져왔습니다. 캡틴, 아까 두 번 있었던 폭발이 여기하고 저쪽인 것 같은데 전부 팀원 주거 지역입니다."

희온이 추후 폭발을 가늠하는 동안 앞장서 뛰어온 페트로프가 총을 건넸다. 그것부터 받은 희온이 폭발지로 향하며 주변을 살폈다.

"헬멧 쓰십쇼."

무언가가 타는 소리를 제외하면 사람 기척은 없는 것 같아 희온이 잠시 벽에 등을 기댔다. '헬멧이요, 헬멧. 캡틴 헬멧 쓰세요.' 바로 등 뒤에서 쫓아오며 잔소리하는 페트로프에게서 헬멧을 가져와 눌러쓴 희온이 헤드폰 주파수를 맞췄다. 여러 번 비슷한 훈련을 해 왔으므로 꽤 순조로웠지만 문제는 지금 이것이 실전이라는 데 있었다.

"지금 무장 마친 팀 콜 해 봐."

ㅡ오피뉴 확인.

ㅡ알파 확인.

ㅡ찰리 확인.

"알파는 출발 기준 서쪽 폭발지로 가서 상황 보고해. 추가 폭발 조심하고."

희온을 포함한 선발대인 오피뉴 팀원 다섯 명이 가장 근처의 폭발지에 도착했다. 집 두 채가 통째로 커다란 불길에 휩싸여 있었지만 그것 외에 다른 기척은 느껴지지 않는다. 폭발의 잔해는 이 불이 꺼지고 나서야 확인할 수 있을 테지만 아마도 하늘에서 떨어진 미사일일 것이었다.

"오피뉴 송신, 폭발 지역 도착. 적 확인 불가. 알파 팀 확인 후 연락해."

ㅡ알파 확인.

불길 파악을 위해 페트로프가 먼저 움직이는 걸 본 희온이 쉐드에게 헤이븐 팀의 연결을 요청했다. 주파수가 맞춰지고 얼마 안 가 헤이븐의 목소리 역시 헤드폰 안에서 울렸다.

ㅡ후방 지원 송신, 훈련장 기준 남쪽 및 동쪽 수색 결과 아직 이상 없음.

그럼 비행기인가? 그렇다고 하기엔 아무 소리도 안 들렸는데. 내가 못 들었을 리도 없고. 희온의 머리가 복잡하게 돌아가는 동안 다시 헤드폰 안에서 목소리가 울렸다.

-알파 송신. 캡틴.

"어, 확인."

-서쪽 폭발지 도착했습니다. 근데, 여기…….

"말해."

불쾌하게 타는 냄새와 열기에 페트로프가 끈질기게 건넨 방화 마스크를 쓰려다 만 희온이 뒤를 돌았다. 알파 팀으로 수색을 나간 이는 오웬이었는데 자신을 부른 그 목소리가 심상치 않았다. 희온의 불안한 직감이 예리하게 섰다. 그 직감은 여태 단 한 번도 틀린 적이 없었다. 애석하게도, 지금 역시 그랬다.

-여기…… 캡틴 집입니다.

아. 연기를 등진 채 뻣뻣하게 굳은 희온의 손에서 마스크가 툭 떨어졌다.

아…… 내, 돈.

* * *

뿌연 연기가 1구역 전체에 맴돌고 있었다. 불길이 다른 곳으로 번지지 않도록 조치한 덕분에 밤새 불타오르다 사그라든 곳엔 새 까만 재와 집의 골격만 남아 그곳이 누군가 살던 곳이라는 걸 짐작하게 할 뿐이었다.

경계 코드가 발동되고 모든 팀원이 날 새워 밤새 주변을 경계했지만 추가적인 타격은 없었다. 기록된 경고는 폭발 직전 동쪽의 허공 지점이 전부였다. 그러니까, 동쪽에서 날아온 무언가가 폭발물을 떨어뜨렸는데 그게 마침 사람 없는 집이었다. 게다가 희온의 시계가 경고를 알린 직후 폭발이 일었으니 경계선을 뚫고 날아온 속도가 순식간이라는 뜻이었다. 전부 다 말이 되지 않는다.

"희온."

"어."

밤새 잿더미와 싸운 덕분에 뿌옇게 물든 뺨과 손등을 대충 털어낸 희온이 본부에 보고를 마친 쉐드와 마주했다.

"괜찮아?"

"아니."

거짓으로라도 괜찮다고 말할 수가 없었다. 자신이 평생 동안 모아 온 돈이 날아갔다. 내 예쁜 새끼들. 내 돈. 은행을 사용할 수 없는 희온의 상황상 모든 재산을 현금으로 가지고 있을 수밖에 없었는데, 그 모든 것이 재가 되어 사라졌다.

자신의 집이 통째로 불타고 있다는 것을 알면서도 희온은 집으로 뛰어갈 수조차 없었다. 언제 어떻게 다시 공격받을지 모르는 주변 상황과 팀원들의 목숨이 달려 있는 위치이기에 그랬다. 주변 수색을 마친 새벽에 향한 집은 이미 거의 다 탄 다음이었고 벽장 속의 돈 역시 흔적도 없이 사라져 새까만 재만 바람에 흩날릴 뿐이었다.

희온은 드물게 절망했다. 모든 것을 돌 보듯 그림자 보듯 살아왔던 삶에서 유일하게 집착하고 있던 것이었다. 언젠가 이 피곤하기 짝이 없는 군인의 삶에서 전역하고 나면 그것들을 위안 삼아 새로운 인생을 살고 싶었다. 이 작은 숨결에도 쉽게 바스러지는 회색빛 재는, 원래 자신의 미래였다.

맨더가 된 이상 일반적인 사람으로 지낼 수 없다는 것은 희온도 잘 알고 있었다. 그래서 기꺼이 감내했다. 쉐드나 맥을 제외하고 희온은 이렇다 할 친구조차 만들지 않았다. 가끔 시내를 나가는 것 말고 뚜렷한 취미를 가진 적도 없었다.

많은 걸 바란 건 아니었다. 그저 큰 것을 감내한 만큼 자신이 가져가는 몫이 있었으면 했다. 언젠가는 자신의 이름이 선명하게 찍힌 통장을 가지게 될 날이 있었으면 했다. 두 번째 삶을 기약하게 만드는 매개체를 전부 잃어버린 지금, 희온은 조금도 괜찮지 않았다.

"최대한 빨리 거주지를 옮겨야 돼."

그런 희온의 상태를 알기라도 하듯 쉐드는 평소의 장난기를 거둔 채 물병을 건넸다.

"알아. 본부에서 뭐래."

"지원은 없을 거 같고, 긴급 간부 소집 들어갔으니까 곧 지시 내려올 거야."

쉐드의 대답에 희온이 뿌연 연기에 가려진 하늘로 고개를 들어 올리며 물을 삼켰다. 지난밤 폭격을 맞은 다음 처음 마시는 물의 온도가 너무 낮았다. 꼭 송곳 뭉치들이 식도를 쑤셔 대는 것 같았다.

"애들은."

"보초. 엡실론 쪽도 있어서 경계 지역을 조금 바꿨어. 나 잠깐 전화 좀 받고 올게."

멀어지는 쉐드의 대답을 들으며 희온이 재가 가라앉은 어깨를 한 번 더 털었다. 왕! 왕! 어제의 폭발로 놀랐는지 팍스가 평소보다 더 세차게 짖고 있었다. 쉐드가 아무리 간식을 주며 달래도 크게 짖어 대는 소리를 멎을 줄을 몰랐다. 희온이 팍스 근처에 주저앉아 세운 무릎에 머리를 처박는다.

그래, 나도 너처럼 짖고 싶다. 내 돈. 내 전 재산.

"집에 뭐 중요한 거라도 있었나 봅니다."

바로 옆에서 들리는 헤이븐의 목소리에도 희온은 대답 없이 가만히 무릎에 머리를 기대어 두고 있었다. 근처의 팍스가 짖던 걸 멈추더니 희온의 품으로 파고들듯 머리를 쑤셔 넣어 가며 배와 가슴팍에 대고 주둥이를 비벼 댔다. 미동하지 않기 위해 희온이 몸에 힘을 바짝 주었다.

"개새끼가……."

뭐라고? 분명히 들린 헤이븐의 낮은 목소리에는 고개를 들 수밖에 없었다. 희온이 귀를 의심하듯 헤이븐을 쳐다보자 그가 눈썹을 살짝 들어 올린다. 모르는 사람들이 보면 참 맑다고 생각할 얼굴이었다.

"개 목줄이 너무 기네요."

방금과는 다른 말을 하는 헤이븐을 쳐다보며 희온이 질문했다.

"방금 저한테 욕하지 않으셨습니까?"

"아무래도 충격이 좀 센 것 같은데요."

희온의 눈이 가늘어진다.

"분명히 들은 것 같은데."

"요즘 누가 중요한 걸 집에 놓는다고, 어디 맡겨야죠."

맡길 처지가 안 돼서 말입니다. 진행되지 않는 대화를 포기한 희온이 말을 꾹 눌러 삼키고 주변에서 헥헥거리는 팍스의 머리를 아무렇게나 쓰다듬었다. 지 좋을 때만 와서 말 거는 게 저놈하고 닮았네.

희온이 몸을 뒤로 젖혀 누웠다. 지금 이렇게 쉴 때가 아니라는
건 누구보다 잘 알고 있었지만 그래도 전 재산을 날려 먹은 충격을
스스로라도 위로해 주고 싶었다. 내가 아니면 아무도 위로해 줄 사
람이 없다. 희온이 매캐한 냄새에 면역이 생긴 스스로의 후각을 칭
찬하며 눈을 감았다.

"……뭡니까?"

"재가 앉아서."

눈꺼풀 위로 간질이는 것처럼 손가락이 와 닿는다. 그 손끝이
너무 조심스럽고 부드러워서, 그런 손길에 면역이 없었던 희온은
눈을 번쩍 뜨며 상체를 들어 올릴 수밖에 없었다. 정작 희온을
낯설게 만든 당사자는 여전히 태연한 얼굴이었다.

"남의 몸에 함부로 손대는 거 이상한 취미입니다."

희온의 말에 헤이븐이 살짝 웃었다. 그러나 희온은 그가 정말로
웃고 있는 게 아니라는 것 정도는 알고 있었다. 여전히 눈은 또렷
했고 매서웠다. 예전에 그와 잠자리를 했을 때 자신을 금방이라도
뜯어먹을 것처럼 쳐다보곤 했는데 지금은 그냥 그 얼굴 그대로에
미소를 조금 첨가한 정도였다.

"내 품 안에서는 그렇게 야하게 울어 댔으면서, 지금 와서 남의
몸이라는 건 좀 말이 안 맞지 않아요."

지금 이 시점에 시비를 걸어 대는 이중인격자와 대화하고 싶지
않다. 희온은 다시 누운 채 재에 더러워진 손을 허망하게 매만지면서
한숨을 뱉었다.

"뭐 좀 왔다 갔다 했다고 몸이 접합으로 들러붙는 것도 아닌데
남의 몸이지, 그럼 그쪽도 내 몸입니까?"

어차피 새로운 지역으로 떠나고 나면 그와 계속 있게 될지 아닐지도 모를 일이었다. 무엇보다 지금은 정말로 그에게 조금의 에너지도 낭비하고 싶지 않았다. 역시 전역이 답이다. 전역하고 싶다. 본부에서 받아 주나. 낮게 들린 웃음소리를 무시하고 희온이 팔목으로 눈꺼풀 위를 올려 덮었다. 두통으로 머리가 욱신거렸다. 5분만이라도 이렇게 있고 싶었다.

드르륵.

내 운명이 이렇지. 희온이 가슴팍의 주머니에서 트랜스퍼를 꺼내며 몸을 일으켰다.

[즉시 연락 바람]

맥과 연결하는 디바이스를 그날따라 주머니에 넣어 둔 덕분에 그것마저 타 버리지 않은 게 불행 중 다행이었다. 긴급 표시와 함께 뜬 내용을 읽은 희온이 먼저 몸을 일으켜 사무실로 가려다가 말고 뒤를 팩 돌았다. 하얀 나무 아래, 자신처럼 재를 뒤집어쓴 금발의 남자와 복슬거리는 개. 희온이 허리를 숙여 팍스의 턱 아래를 긁어 주다 말고 헤이븐을 가리켰다.

"할 거 없으면 가서 물어. 저 가랑이 사이에 너 좋아하는 소시지 큰 거 있다."

뾰족한 귀에 대고 말했지만 딱히 입을 가리거나 목소리를 낮춘 건 아니었다. 직접 들으라고 한 말이나 다름없긴 했다.

"아쉬운 사람은 제가 아닐걸요."

그러나 당사자는 아주 환한 미소를 지으며 금발의 머리를 헝클어

재를 털기만 할 뿐이었다. 희온 역시 색다른 반응을 바란 것도 아니어서 대꾸나 표정 없이 몸을 돌렸다.

헤이븐은 재와 하얀 흙먼지가 들러붙은 희온의 뒷모습을 가만히 보다 말고 개에게 시선을 돌렸다. 그 개는 꽤 현명하게도 자신의 근처로는 다가오지 않고 있었다.

"좋은 냄새 나지."

대답할 리 없는 개에게 한마디 던진 그는 그제야 조금의 미련도 없다는 듯 그 자리를 떴다. 자신 역시 바쁜 시늉이라도 해야 할 때였다.

"공격지는 밝혀졌습니까?"

―아니. 거의 공중에서 갑자기 나타나다시피 한 습격이라 파악하기가 쉽지 않아.

"그게 말이 됩니까?"

아니, 말이 안 되지. 맥이 알려 주는 정보에는 이득이 될 만한 것들이 전혀 들어 있지 않았다. 희온은 테이블 위에서 홀로그램으로 상체만 떡하니 올라와 있는 맥을 두고 회의실 안을 빙글빙글 돌며 서성였다.

갑자기 허공에서 짠 나타난 미사일. 이왕 그렇게 공격할 거 그 지역을 통째로 날려도 시원찮을 판에 꼴랑 집 다섯 채를 태우는 정도의 사이즈. 아무래도 적은 다른 의도를 가지고 꽤 가까이까지 와서 직접 저격한 모양이었다.

"일단 빠른 시일 내로 주둔지부터 옮기는 게 좋을 것 같습니다."

―사실 그게.

무언가 곤란한 것 같은 목소리에 서성이던 걸음을 멈추고 고개를 돌린 희온의 모습에 맥이 눈썹을 긁적였다.

―본부에서 대립이 좀 있었어.

"무슨 대립이요?"

속이 말이 아닐 희온을 위해 쉐드가 준비해 준 뜨거운 커피는 이미 차갑게 식어 있었지만 희온은 어차피 무언가를 목구멍으로 넘기고 싶지도 않았다.

―이렇게 된 김에 시드엘로 지금 보내야 된다는 쪽이랑, 일단 주둔지부터 옮겨 두고 게릴라로 차출해야 된다는 쪽이랑.

맥은 희온이 화를 낼지도 모른다고 생각했다. 시드엘로 보낸다는 건 전쟁터에 합류하라는 건데, 그가 이끌던 팀을 고려도 없이 갑자기 작전지로 보내 버린다는 건 사실상 모두의 목숨을 쉽게 여긴다는 뜻이기도 했다. 그러나 희온은 평이한 얼굴로 맥을 마주하고 있었다.

"어느 쪽이든 얼른 결론 좀 내주세요."

그 간단한 대답에 오히려 맥이 할 말을 잃고 그를 쳐다보았다. 그 속을 눈치챈 희온이 결국 다시 입을 열었다.

"맥, 우리는 지금 당장 시드엘이 아니라 바시트록스로 몰래 들어가서 다 쓸고 오라고 해도 이상하지 않아요. 문제는 그게 아니라 본부에서 미적거리는 동안 이미 드러난 주둔지로 또 폭격이 있을 수도 있다는 겁니다. 당장 여기로 지원 보내 줄 거 아니면 이동이 먼저예요. 뭐든 빨리 정해만 주세요. 나머지 이야기는 쉐드한테 듣겠습니다."

굳이 세세히 따지자면 맥은 군인 출신이 아니었다. 본부에 있기는 했지만 오랜 시간을 기억 공유자들과 관련된 일을 해 온 그는 종종 희온의 사고와 말에 놀라곤 했다. 인사를 생략하고 연결을 끊은 희온이 소파에 풀썩 주저앉아 손가락으로 관자놀이를 꾹 눌렀다. 허망함에 밀려오는 두통은 이제 거의 만성이었다.

몇 분간 그 자리에 앉아 있던 희온이 회의실 문을 열고 사무실로 나왔을 때, 헤이븐과 그의 부사관 리암이 눈에 들어왔다. 통화를 듣진 않았겠지. 어차피 들어도 상관없는 내용이었나.

희온이 자리로 돌아와 서랍을 열고 안정제를 꺼내 주머니에 밀어넣었다. 분명 산에서 훈련했을 당시 개운한 잠을 자긴 했지만 지금은 주사의 힘을 빌리더라도 긴 잠이 자고 싶었다. 잠으로 도망쳐 허망함을 잊고 싶었다.

"어디 아프십니까?"

말을 건넨 건 리암이었다. 박스에서 꺼낸 주사 약병을 본 모양이었다.

"아, 별거 아닙니다. 영양제예요."

시원시원한 이목구비의 그도 헤이븐의 옆이 아니었다면 꽤 미남이라는 소리를 들을 게 분명했다. 아쉽네. 희온은 주머니에 넣었던 약을 꼭 쥐었다.

"혹시 잘 못 주무십니까?"

"티가 좀 나죠. 압니다."

리암은 조용하고 정돈된 성격의 남자인 것 같았다. 걱정하지 말라는 희온의 말에 제법 자연스럽게 한 번 더 컨디션을 묻는 질문이 돌아온다. 팀원들의 관심과 질문은 칼같이 잘라 내던 희온이 부드럽게 대답한 건, 그 옆 책상의 헤이븐이 기분 나쁘다는 얼굴을 하고 있었기 때문이었다.

달칵.

"마침 다 있었네요."

리암과 희온이 할 말을 찾는 동안 문을 열고 들어온 건 쉐드였다. 사무실을 한 번 둘러본 쉐드는 평소답지 않게 진지한 얼굴로 사무실 가운데에 서서 세 사람에게 입을 열었다.

"방금 본부에서 지시 떨어졌습니다. 날 바뀌면 바로 움직여야 될 거 같아요."

* * *

하늘은 습한 기운을 어둡게 몰고 왔다. 쏴아아. 소나기가 몸을 때리듯 무겁게 내리기 시작하자 두 사람은 빠르게 내달리기 시작했다. 찰박찰박 고인 물을 밟아 가는 내내 그리운 소리가 귓가에 번졌다.

'우리 선생님 진짜 짜증 나.'

'나도.'

'너는 왜?'

'네가 짜증 나 하니까.'

한 사람의 웃음에 다른 사람도 결국엔 마주 웃는다. 오래된 건물의 처마 밑. 한 사람이 몸을 숙여 앉자 또 다른 사람이 그 옆에 따라 앉았다.

'비 냄새 너무 좋다.'

'나도.'

'너도? 왜?'

'네가 좋아하니까.'

같은 대화가 끝나면 또다시 두 사람은 즐겁게 웃었다. 웃음소리는 매섭게 내리는 빗소리에도 지워지지 않고 근처를 울렸다. 흙바닥 위로 삐죽삐죽 올라온 녹색 잡초는 금방 두 사람의 신발에 의해 밟혔다. 시커멓게 해를 가리던 비구름이 금방 지나가고 해가 뜰 때까지도 두 사람은 흠뻑 젖은 옷자락을 꾹 눌러 짜며 처마 아래에서 웃음 짓고 있었다.

똑똑.

실내에 들어오자마자 팔에 약을 주사하고 잠들었음에도 희온은 그 짧은 노크 소리에 쉽게 눈을 떴다. 아니지, 짧았던가. 얼마나 됐지. 금방이라도 다시 비 냄새를 맡을 수 있을 것 같은데 아주 습했다는 거 말곤 벌써 기억이 나지 않는다. 이 꿈 역시 누구인지 모를 타인의 것이었다. 맨더로 직접 들여다볼 때와는 완전히 다른 느낌이라서 대부분의 맨더는 그럴 때 무력감을 느낀다고 했다.

그러나 희온은 달랐다. 누구의 꿈을 빌려 오는 건지는 몰라도 굳이 무력감까지 느끼지는 않았다. 어떨 때는 아주 황홀할 정도로 맛있는 사탕을 먹기도 하고 이런 식으로 한 번도 경험해 보지 못한 날씨를 겪어 보기도 하고. 피곤하지만 않으면 꽤 즐거운 일일지도 모른다고 생각하곤 했다. 몽롱한 약 기운을 쫓듯 희온의 초점 흐린 시선이 잠시 허공을 훑고 지나갔다.

돈을 잃었다. 여태까지 이 일을 하며 살았다는 유일한 흔적이 사라졌다. 약에서 깨어나자마자 밀려오는 허망함과 허탈함에 시선이 천장 조명에 의미 없이 매달렸다.

똑똑. 노크 소리에 그제야 눈에 초점을 맞춘 희온이 몸을 일으켰다.

"……누구."

임시로 얻은 새집에는 예전처럼 가전들도, TV도, 토마토도 없었다. 거실 중앙에 덩그러니 자리한 매트리스에 앉아 물을 한 모금 삼킨 희온이 정신을 차리기 위해 이마를 문질렀다가 갈라진 목소리로 물으며 현관으로 향했다. 아직 약에 취한 걸음이 느렸다.

"네 전 섹스 파트너."

주춤 걸음을 멈춘 희온이 시간을 한 번 확인하고 나서야 코로 길게 숨을 뱉으며 문을 열었다.

"시간이, 이렇게…… 됐는지 몰랐네요."

이야기하며 문을 연 희온의 앞에는 헤이븐이 사복을 입은 채 서 있었다. 새벽 세 시. 약속된 시간까지 얼마 남지 않았으니 아마 깨어 있다는 연락이 안 되어 온 것 같았다. 새벽의 찬바람이 희온의 뺨을 날카롭게 스쳐도 몽롱한 기운은 가시지 않아서 결국 들어오라는 듯 몸을 물렸다. 어차피 자신의 집도 아니었고 그 안엔 이렇다 할 물건들도 없었다.

"아직, 짐을 못 챙겼습니다."

금방 밤바람에 흐트러진 머리카락 속으로 손가락을 밀어 넣어 헤집어도 머릿속이 둔했다. 희온은 자신답지 않게 짐도 챙기지 않고 안정제부터 찾았던 어제의 스스로를 책망하며 하얀 배낭을 열었다. 옷장까지 전부 불에 타 버린 바람에 쉐드가 가져다준 옷들이 바닥에 아무렇게나 놓여 있었다.

뭘 더 챙겨야 되는 거지. 챙길 만한 게 있던가. 둔해진 머리에 쉽게 움직이지 않고 있던 희온은 문득 헤이븐이 이 집에 들어온 후 한마디도 하지 않았다는 것을 깨달았다. 어떨 때는 존댓말로 사근사근 잘만 속을 긁으면서 또 어떨 때는 자신이 말을 걸 때까지 침묵한다. 그러나 이번엔 희온도 정신을 챙기기 급해서 그에게 말을 걸 수 없었다.

얼마 전까지만 해도 자신의 짐은 이런 배낭 하나로는 분명 턱없이 모자랐을 것이었다. 벽장의 돈만 하더라도 트렁크 하나를 가득 채우고도 남았을 테니까. 그러나 지금은 달랑 배낭 하나가 희온이 가진 물건들의 전부였다. 매트리스에 걸터앉은 채 덤덤한 얼굴로 가방 지퍼를 닫은 희온이 잠시 허공을 바라보고 있을 때였다.

"깜, 짝이야."

천장만 보이던 시야에 그의 얼굴이 가까이 들어찬다. 그의 눈동자에는 올리브색이 뚜렷했다. 녹안은 희귀했다. 적어도 희온은 처음 보는 색이었다. 희온은 그와 잠자리를 할 때도 유독 맑고 뚜렷해 보이는 이 채도감을 마음에 들어 했다.

사람 자체를 좋아하는 것과는 분명히 별개인 일이었지만, 어쨌든 생김새만큼은 희온의 취향인 이유가 있었다. 헤이븐은 평소처럼 미소 지으며 보는 대신 희온의 턱을 가볍게 쥔 채 살피더니 손을 이끌듯 잡아 소매를 걷었다. 금방 드러난 하얀 팔목에는 주사 자국이 아직 선명했다.

"영양제 아니네."

툭. 희온의 어깨 위로 두꺼운 점퍼가 놓인다. 이 옷은 뭐로 만들어졌는지 온몸에 곧장 온기가 퍼지는 것 같았다. 여전히 기운 없이 축 처진 희온의 맞은편에 몸을 숙여 앉은 헤이븐은 말없이 점퍼의 소매로 희온의 팔을 밀어 넣어 완전히 입혔다. 지퍼를 가슴팍까지 주욱 밀어 올리고 나니 어느새 희온은 북쪽 마을 사람들처럼 두툼해져 있었다.

"……영양제 맞습니다."

"캡틴, 좀 앉죠. 5분 정도는 괜찮을 것 같은데."

헤이븐의 말에 희온의 대답이 한참 느렸다.

"캡틴은 무슨."

"그럼 노아라고 부를까요."

"캡틴이라고 꼬박꼬박 부르세요."

희온의 말 앞뒤로 침묵이 오래 붙었어도 헤이븐은 마치 평소의 대화인 것처럼 대답했다. 방금 막 일어나서 흐트러진 담요를 보던 헤이븐이 몸을 일으키자 희온이 느릿느릿 시간을 확인했다가 무거운 눈꺼풀을 손바닥으로 문질러 비볐다.

"또 우리 단둘이 있네요."

어딘가로 향하는 남자의 낮은 목소리가 들리는 것 같았지만 희온은 대꾸하지 않았다. 이 약은 이게 문제였다. 바닥에서 몸을 끝도 없이 잡아끄는 느낌. 불쾌한 기분. 도무지 벗어날 수 없을 것 같은 무력감. 희온이 고개를 처박고 한참 얼굴을 문질러 내기만 하는 동안 눈앞으로 김이 모락모락 피어오르는 컵이 디밀어진다.

"마셔요."

그러나 희온은 그 컵을 잡는 대신 고개를 들어 올릴 뿐이었다. 아직 어두운 새벽. 딱 하나만 켜둔 조명을 등지고 선 헤이븐의 모습은 전부 어둡게 보이기만 했다.

입을 다물고 있던 희온이 결국 컵을 받아 왔다. 손잡이 고리에 엄지를 쑥 넣어 손바닥으로 뜨거운 컵을 감싸고 두어 모금 마시자 정신이 깨긴커녕 다시 잠들 수 있을 것만 같았다. 그러는 동안 눈앞의 남자는 아무 말도 없이 희온을 바라보고 있었다.

차의 향은 아주 은은했지만 한 번도 먹어 본 적 없는 종류였다. 지난번에 받은 건 다 탔을 텐데, 새로 가지고 온 건가. 먹기 좋게 따뜻한 찻물을 몇 번 더 마신 희온이 고개를 털어 내며 잔을 내려 두었다.

"더 마셔요."

희온이 다시 고개를 들었지만 이번에도 헤이븐의 표정은 보이지 않았다. 그림자가 진 그의 얼굴을 가만히 보고 있던 희온은 문득 그의 표정이 보이지 않는 게 아니라 그가 그 어떤 표정도 짓고 있지 않은 거 아닐까 하는 생각이 들었다.

"왜요."

"몇 모금만 더."

그렇게 말하는 헤이븐은 그제야 흐린 미소를 짓고 있는 것 같았다. 아니, 순전히 희온의 추측이긴 했다. 그의 말대로 세 모금을 더 마신 희온이 매트리스 위에 앉은 몸을 웅크렸다. 눕고 싶었다. 아무 생각도 하기 싫고 그냥 누워만 있고 싶었다. 다시 세운 무릎 위에 머리를 기대기 위해 고개를 숙였다.

툭. 그러나 이마에 닿은 건 따뜻한 손이었다. 희온의 이마를 받친 헤이븐의 손이 얼마나 큰지 눈썹과 눈꺼풀마저 덮어 왔지만 희온에게는 잘된 일이었다. 기운이 없는 걸 보니 섹스가 하고 싶다는 농담이라도 할 줄 알았는데, 남자는 그냥 그대로 희온의 머리만 받치고 있을 뿐이었다. 평소엔 성큼거리며 다가왔던 남자가 그 이상 어떤 스킨십도 하지 않는다는 것에서 희온은 묘한 위로를 받고 있었다. 이상한 일이었다.

한참을 눈을 감은 그대로 있던 희온이 겨우 정신을 차리고 몸을 일으켰다. 차에 카페인이라도 들었는지 아니면 순전히 상대 탓인지 서서히 몽롱한 기운에서 깨는 기분에 희온이 자신의 목덜미를 손가락으로 꾹 눌러 주무르며 몸을 일으켰다.

"가죠."

희온이 바닥에서 배낭을 들어 한쪽 어깨에 대충 멨다. 따라 몸을 일으킨 헤이븐이 희온의 앞을 가로막듯 서더니 얼굴을 가만히 들여다보고 있었다. 아, 취향인 얼굴. 그 와중에도 그렇게 생각하는 희온을 두고 헤이븐은 판단을 마친 듯 고개를 끄덕였다. 그가 열어 주는 현관문 밖으로 걸음을 옮기자 서늘한 바람이 시원하게 뺨을 훑었다.

이곳을 떠난다는 연락을 받은 후에, 팀원들은 하얀 숲과 이별할 시간이 필요하다고 우는소리를 했지만 골목을 걷는 희온의 머릿속은 비어 있었다.

만약에 쌓아 두었던 돈을 전부 가지고 갈 수 있었더라면 추억이라고 부를 만한 게 있었을지도 모르겠다. 집이 홀랑 타 버리지 않았다면 이곳을 떠나는 게 아쉬웠을지도 모르겠다. 그러나 지금 당장 희온에게는 남은 게 하나도 없었다.

본부에서는 희온에게 시드엘로 갈 것을 지시했고 쉐드는 본부가 있는 수도로 돌아오라는 명령을 받았다. 그 명령을 공지하면서 쉐드는 복잡한 얼굴을 했지만 정작 희온은 가만히 수긍할 뿐이었다.

희온은 맨더였다. 국가에서 필요로 하는 기억 공유자. 다른 사람의 기억을 좀먹고 사는 스파이. 주적이 있는 국가에서 포기할 수 없는 무기. 아마도 본부에서 그런 지시를 내린 건 자신의 능력과 관계가 있을지도 모른다는 생각이 들었다.

몇 년째 바시트록스와의 전쟁이 일어나고 있는 도시 시드엘의 상황을 희온이 주시하는 이유가 그것이기도 했다. 그 전쟁터에 내가 할 일이 있으리라. 희온은 자신이 언제까지고 파견 차출 없이 특수부대 캡틴으로 기업인들 꿈에나 드나들며 기억 조각을 모을 거라고는 생각하지 않았다. 각오하던 일이라는 뜻이었다.

몇 년을 지냈어도 하얀 숲의 새벽은 희온에게 여전히 추웠다. 북쪽에서 태어나 자란 사내들은 이 정도는 한여름이라며 웃통도 훌렁훌렁 벗고 잘만 지내는 것 같은데. 새까만 어둠이 자리 잡고 있는 골목을 지나 차가 있는 곳으로 걸어가며 생각에 잠겼던 희온은 문득 자신이 입고 있는 헤이븐의 점퍼가 이곳에서 입기엔 이상할 정도로 따뜻하다는 것을 깨달았다.

그러고 보니 숲에서도 외투를 들고 있었다. 나처럼 추위를 많이 타나? 저 커다란 키로? 차 근처에 배낭을 아무렇게나 내려 둔 희온이 걸음을 옮겼다.

왕! 왕!

희온을 보자마자 세차게 꼬리를 흔들며 빙빙 돌아다니는 팍스의 머리를 쓰다듬으며 희온이 인사를 건넸다. 수도에 가서도 잘 있어, 산에는 그만 좀 올라가고. 사람 많을 땐 아무리 답답해도 목줄은 꼭 하고. 알아들을 수는 있을까 싶은 당부를 하는 동안 누군가 달려오는 걸음 소리가 들렸다.

"캡틴!"

고개를 돌린 곳엔 페트로프가 서 있었다. 희온의 눈썹이 살짝 일그러졌으나 무언가 말할 틈도 없이 성큼성큼 걸어온 페트로프가 그를 덥석 끌어안아 와서 희온은 억 소리만 짧게 낼 뿐이었다.

"……야, 아프다."

"저도 같이 가면 안 되는 겁니까?"

"네가 가면 탈영이지."

인제 그만 놓으라고 그의 팔을 두들기고 어깨를 밀어내는데도 커다란 팔이 다시 마구잡이로 몸을 끌어안아 온다.

"능력에 비해 감정이 절절하네요."

"지금 뭐라고 하셨습니까?"

뒤에서 들리는 헤이븐의 목소리에 페트로프가 번뜩 고개를 들었다. 그사이 품에서 빠져나온 희온이 페트로프의 귓불을 엄지로 꽉 눌렀다.

"시끄러워."

여차하면 헤이븐에게 덤빌 기세던 페트로프를 질책한 희온은 쓸데없는 이야기를 먼저 뱉은 헤이븐을 쳐다보는 것도 잊지 않았다. 술집에서 그랬던 게 얼마 전인데 만나자마자 또 시비를 걸어? 더 이상 둘이 신경전을 하지 않도록 가로막아 선 희온이 바지 주머니에서 무언가를 꺼내 페트로프에게 내밀었다.

"이게 뭡니까?"

희온과 함께 시드엘로 갈 게릴라 팀 중 페트로프는 없었다. 그는 대부분의 락테아가 그러하듯 새로운 주둔지로 가야 할 사람이었다. 희온은 자신이 준 것을 보며 묻는 남자에게 다시 한번 턱짓을 해 보였다.

"잘 봐."

그냥 새까만 잿더미를 주는 줄 알았던 페트로프는 고개까지 숙여 가며 손바닥 위에 놓인 것을 들여다보기 시작했고, 얼마 가지 않아 그것이 자신의 군번줄이라는 것을 깨달았다.

작전에서 혼자 살아 돌아온 날. 그가 자신의 꿈으로 들어와 치유해 줬으면 하는 간절한 마음으로 건넸던 소유물이었다. 타지는 않았어도 새까맣게 재에 물든 그것을 자신의 상사가 주워 둔 모양이었다. 한참 그 배지를 보다가 다시 덤벼들려는 페트로프의 몸짓에 희온이 먼저 고개 숙여 피했다.

"나 좀 가자."

"……."

희온을 울기 직전의 얼굴로 쳐다보던 페트로프가 고개를 푹 숙인 채 끄덕였다. 이거 무슨 첫사랑 두고 떠나는 나쁜 놈 된 기분인데. 달래긴 해야 할 것 같아서 그의 등을 툭툭 쓸어내려 준 희온이 어느새 다가오고 있는 동행인들을 훑어보며 입을 뗐다.

"페트로프. 이제 그만."

"……새것 드리겠습니다. 그냥, 가지고만 있어 주십쇼."

페트로프가 다시 주머니에서 꺼내 준 건 불타지 않은 새 군번줄이었다. 희온이 자연스럽게 무언가를 떠올리자 그는 부정하듯 고개를 젓는다.

"그런 거 아니고 그냥 가지고 있어 달라는 것뿐입니다. 제가 만나러 갈 테니까 살아 계셔야 됩니다."

"차라리 죽으라고 기도를 하지 왜. 됐으니까 진급이나 하세요."

그러나 결국 그 군번줄을 받을 수밖에 없었던 희온이 그것을 주머니에 밀어 넣고 가까이 다가온 동행인들의 인사를 받았다.

"캡틴, 좀 주무셨습니까?"

"대충."

"다행입니다. 먼 길 가셔야 하는데."

주근깨가 올라온 뺨이 새벽바람으로 빨갛게 상기된 남자는 오웬이었고, 그 옆에서 묵묵히 차 안의 짐을 정리하는 사람은 리암이었다. 오웬, 리암, 희온, 헤이븐. 시드엘로 이동하는 인원은 이 넷뿐이었다.

"쉐드는?"

길어지는 작별 인사가 번거로워 일부러 고집한 새벽 출발이었다. 아무리 그래도 쉐드라면 눈물을 뿌리며 달려와도 모자라는데 통 보이지가 않는다. 희온이 페트로프에게 묻자 눈물을 그렁그렁 단 그가 뒤를 한 번 돌아보며 고개 젓는다.

"안 오겠다고 하셨습니다. 근데 정말 저도 가면 안 됩니까?"

"탈영이라니까."

"그럼 전역 지원서 넣고 일반인 신분으로 가겠습니다."

"……되겠냐?"

헛웃음을 지은 희온이 부지런히 물과 식량을 차량에 채워 넣고 있는 리암을 지나 자신의 배낭 속에서 담배를 꺼내 물고 불을 붙였다. 그 배낭 역시 리암의 손에 의해 차 안으로 들어가고 있었다. 희온은 다시 점퍼를 갈무리하며 먼 골목 쪽으로 몸을 돌렸다.

정말 쉐드는 오지 않을 모양이었다. 본부에서 온 내용을 전달하던 쉐드의 표정이 눈앞에 그려지는 것 같았다. 씁쓸하게 웃음 지은 희온이 양손을 점퍼 주머니 안에 쑥 밀어 넣고 페트로프의 종아리를 발끝으로 톡톡 찼다.

"좀 들어가지? 너희도 해 뜨자마자 이동한다며."

"싫습니다."

내가 이젠 상관으로도 안 보이지. 희온의 말에도 페트로프는 맹렬한 시선을 할 뿐이었다.

"됐다, 먼저 가자. 오웬, 짐이 그게 다야? 왜 나보다 없어."

"다 나눠 주고 왔습니다. 애들 쓰라고."

"잘했네."

정리가 다 되어 가는 차를 본 희온이 운전석 문을 열려고 했으나 이미 그 안에는 리암이 앉아서 카 시트를 맞추고 있었다.

"운전하시게요?"

"네. 길은 익혀 뒀습니다."

어제 목적지가 정해졌는데 벌써 길을 익혔다고? 못 미덥다는 듯이 리암을 본 희온이 뒷좌석으로 가서 자리 잡고 앉았다.

똑똑.

페트로프가 차창을 두들겨 희온이 창문을 절반 내렸다. 쑥 들어온 그의 손이 희온에게 무언가를 내민다.

"이건 또 뭔데."

"깜빡할 뻔했네. 쉐드 소령님이 이거 캡틴한테 전해 달라고 하셨거든요. 자기를 기억해 달라고 하면서."

그가 건네준 건 작은 수류탄 모형 장난감이었다. 이따위 건 전달해 달라고 했으면서 얼굴 보러는 안 왔다 이거지. 희온은 엄지만 한 모형을 주머니 한 켠에 밀어 넣고 고개를 끄덕였다. 헤이븐과 오웬이 마저 차에 올라타고서야 희온이 창문을 올렸다. 배웅하는 이들을 두고 출발한 차의 라이트가 어두운 새벽길에서 홀로 밝았다.

"캡틴, 좀 주무세요."

"어. 너도 좀 자. 일찍 출발했는데."

옆에 앉은 오웬에게 대답하며 희온은 입고 있던 외투의 모자를 뒤집어쓰고 몸을 편히 기댔다. 약에 취해 억지로 자던 잠에서 깬 지 얼마 안 됐으니 당연히 졸리지는 않았지만 조금이라도 눈을 감고 있는 게 피로에 도움이 될 것 같았다.

아마도 자신이 동쪽으로 떠나야 한다는 걸 알고 있는 본부는 당분간 기억 공유 임무를 주진 않을 것 같았다. 다른 사람과 함께 떠난 길에서는 그 임무를 수행할 수 없었다. 꿈에서 기억을 보는 동안 누군가 옆에서 깨우기라도 하면 꽤 곤란했다.

그 길로 주둔지를 벗어난 차는 몇 시간 내내 산길을 따라 빠르게 움직였다. 희온이 눈을 여러 번 감았다 뜨는 동안 하늘은 밝아졌지만 여전히 차창 밖은 하얀 숲이었다. 스쳐 지나가는 하얀 나무들 사이로 돈더미들이 아른아른거렸다. 정말 빈털터리 신세였다. 믿을 건 몸밖에 없는 빈털터리. 입을 꾹 다문 희온이 입 안쪽 살을 여러 번 씹어 물었다.

"루트가 어떻게 됩니까?"

시드엘까지 가는 굵직한 루트는 리암이 짜서 보고까지 마쳤고 나머지 자세한 길은 가는 상황에 따라 맞추기로 했다. 희온은 옆에서 자고 있는 오웬이 깰까 봐 운전 중인 리암에게 조용히 물었다. 조수석에 앉은 헤이븐의 얼굴은 보이지 않아서 그가 자고 있는지는 알 수 없었다.

"특수한 상황이라 비행 없이 차로만 가다 보니 도중에 몇 군데

도시를 들렀다가 갑니다. 물하고 식량을 최대한 많이 가져오기는 했는데 중간중간 다시 사거나 피로도 좀 풀어야 할 것 같아서 숙소도 봐 뒀고요."

"어제 그걸 다 생각했으면 피곤하실 텐데, 운전 제가 해도 됩니다."

이미 몇 시간째 운전 중인 리암에게 제안했으나 그는 백미러를 통해 시선을 맞추며 괜찮다는 듯 고개를 저었다.

"정말 피곤하면 그때 부탁드리겠습니다."

희온도 두 번 제안하진 않고 등을 기댔다. 어차피 길어질 여정이라 누구 할 것 없이 전부 돌아가며 운전을 하긴 해야 했다. 한 명이 할 수 있을 만큼 운전을 오래 하는 것이 에너지 비축에 좋았다.

잠시 메시지 트랜스퍼를 꺼내 연락을 확인한 희온이 도어 포켓에 꽂혀 있는 지도를 꺼내 펼쳤다. 하프록스는 너무 큰 나라라 이 정도의 긴 루트를 보려면 이렇게 몇 번이고 접혀 있는 두꺼운 지도를 봐야만 했다. 여러 번 접어 길을 확인한 뒤에는 다시 약을 먹고 잠에 빠지고 싶은 생각에 사로잡혔다.

돈을 잃었다. 전 재산이었다. 자신이 그토록 원했던 번쩍거리는 도시에 작은 집을 얻고 오래된 차 한 대는 살 수 있을 정도의 금액. 도대체 어디서부터 잘못된 건지 알 수 없다. 내 인생이 왜 이렇게까지 꼬여야 하는 건지도 알 수 없다.

가난한 거 너무 싫은데. 계속 빙빙 도는 돈에 대한 미련에 주머니에 챙겨 온 약통의 뚜껑을 열었다. 진정제에서 깨어난 지 얼마 되지 않은 상태에서 먹는 건 좋지 않다는 건 알고 있었지만 별수 없었다. 계속 이렇게 돈에 대한 미련으로 궁상맞게 굴 바에야 약이나 먹고 몇 시간 잠들었다 일어나는 게 더 나았다.

주머니 속에서 약 한 알을 몰래 꺼내 입안으로 밀어 넣어 씹었다. 희온은 자신이 다시 눈을 떴을 때 창밖의 풍경이 조금이라도 바뀌어 있기를 바랐다. 하얀 숲이라면 이제 지겨웠다.

* * *

"눈 좀 붙이세요."

"해 떴는데 무슨."

차 안에는 리암과 헤이븐의 대화가 조용히 흐르고 있었다. 잠시 뒤돌아본 헤이븐은 뒷좌석에서 눈을 감고 있는 희온에게로 시선을 두었다. 고개가 반듯하게 시트에 기대어져 있었던 아까에 비해 지금은 차창에 머리가 힘없이 닿아 있는 걸 보니 잠이 든 모양이었다.

"연락은 받으셨습니까?"

"출발 전에."

헤이븐은 손에 쥔 라이터를 몇 번 굴렸다. 해야 할 일이 너무 많았다. 사실 이제 시작이라고 생각하고 있었다. 뚜렷한 목적을 손에 넣는 일이 쉽지 않다는 것은 이미 알고 시작한 일이었다. 뒷좌석에서 지금 잠들어 있는 저 남자가 이 모든 일의 열쇠였다. 은근히 깐깐하고 세심한 저 성격에 분명 쉬운 일은 아닐 테지만 여태 자신이 보냈던 시간에 비할 바는 못 됐다.

"시드엘은 여전하고."

"더 나빠졌습니다. 태어나는 아이들의 대부분은 굶어 죽었고 살아남은 사람들도 살아 있는 게 아니에요."

헤이븐이 리암의 대답에 고개를 끄덕였다. 그곳은 똑같은 모양이었다. 여전한 전쟁의 땅. 여전한 죽음의 땅. 척박하고도 처절한 흙빛을 떠올린 헤이븐이 창밖으로 고개를 돌렸다.

"저분은 어떻게 하실 거예요?"

"생각 좀 해 보고."

리암은 더 이상 아무것도 묻지 않았다. 헤이븐은 언제나 자신이 원하는 그 어떤 것이라도 얻을 수 있는 남자였다. 그러나 그 목적의 테두리에 무엇이 들어가는지 자신은 가늠할 수 없었다. 백미러로 희온을 한 번 확인한 리암이 액셀을 밟아 빠르게 비포장도로를 벗어났다.

"캡틴."

희온은 잠에서 깬 비몽사몽 한 얼굴로 이마를 문질렀다. 두통이 잠시 밀려왔다가 희미해진다. 자신을 깨운 오웬에게 일어났다는 듯 손을 가볍게 들어 보이고 창밖으로 고개를 돌린다. 하얀 숲을 한참 벗어난 곳에서 차를 세웠는지 창밖은 낯선 곳이었다. 지금이 몇 시인지 가늠하기 위해 확인한 시계는 오후 아홉 시를 가리키고 있었다.

"오늘은 여기서 묵고 가려고 합니다. 칼리고라는 마을입니다. 워낙 안개와 먼지가 지독한 곳이라 지금 같은 밤은 물론 낮에도 가시거리가 짧아요."

리암이 덧붙인 설명에 희온이 잠시 창밖을 살피다가 차 문을 열고 내렸다. 헤이븐은 이미 내린 듯 보이지 않았고 오웬만이 걱정스러운 얼굴로 희온의 옆에 바짝 붙어 있었다.

"캡틴, 괜찮으세요? 아까 차에 기름 넣을 겸 쉬려고 세웠을 때도 아무리 깨워도 안 일어나시던데."

"깨웠다고?"

"네."

"그럴 리가."

"바람 좀 쐬는 게 좋을 것 같아서 흔들어 깨웠는데도 안 일어나
셨어요. 많이 걱정했는데……. 괜찮으시죠?"

"……괜찮아."

희온이 괜찮다고 대답한 것에 비해 의아한 얼굴을 했다. 약을 먹
어도 고작 몇 시간 눈 붙이다가 작은 기척에 깨곤 했는데, 옆에서
흔들었는데도 안 일어났다고? 아무래도 주사를 맞은 다음 또다시
약을 먹는 건 과용인 모양이었다. 멍한 얼굴을 손바닥으로 문지르
는 동안 리암과 오웬이 먼저 앞장섰다.

눈앞에는 작은 집이 있었다. 통나무로 투박하게 지어 올린 것 같은
집은 어디에 손을 대도 삐걱거리는 소리가 날 것 같았다. 그러나 오
웬은 거리낌 없이 걸음을 옮겨 현관문을 열었다. 손잡이마저 나무로
된 그 문은 사람들이 많이 드나들지 않았는지 조금도 손때가 타지
않은 새것이었다.

"이런 곳을 어떻게 알았어요?"

희온이 몽롱한 정신에 고개를 좌우로 털면서 물었다. 따라 들어
간 집은 밖에서 보는 것보다 훨씬 아늑하고 깨끗해 보이긴 했다.
거실 한쪽의 벽난로에는 장작이 타고 있었지만 불이 붙은 지 얼마
안 됐는지 공기는 아직 차가웠다. 몇 걸음 안으로 들어가자 리암이
2층 계단을 가리켰다.

"버려진 집을 운 좋게 구했습니다. 잠깐 차에서 쉬는 동안 여기

마을 사람들에게 돈을 주고 집을 치워 달라고 부탁했어요. 2층 방을 쓰시면 될 거예요. 1층에도 방이 많아서 저와 오웬 하사는 그곳을 쓸 생각입니다."

리암의 설명에 희온이 고개를 끄덕이자 옆에서 오웬이 배를 문질렀다.

"캡틴, 저는 배가 고파서 뭘 좀 먹고 자야겠어요."

오웬의 말에 리암이 그제야 생각난 듯 식탁을 가리켰다.

"아, 마을 사람들이 식탁에 먹을거리를 조금 놓고 간 것 같네요. 캡틴도 드시겠습니까?"

"아뇨, 전 괜찮습니다. 좀 쉬고 싶어서요."

오래된 나무에서 나는 냄새가 집안 전체에 가득했다. 이런 오두막 같은 곳을 잘도 구했네. 음식을 사양한 희온이 2층으로 걸음을 옮겼다. 아직 완전히 약 기운에서 깬 게 아니라 조금 더 자고 싶었다. 자다 일어난 다음엔 맥에게 연락을 취해 볼 생각이었다.

아까 오웬이 자신의 몸을 흔들어 깨웠다고 했다. 그런데도 일어나지 못했다고. 도대체 내 몸에서 무슨 일이 벌어지고 있는 거야. 제일 먼저 보이는 방문을 당겨 연 희온은 딱딱한 매트리스 위에 푹 눕자마자 담요를 올려 덮었다. 계속 차에 앉아 있기만 하다가 누우니 조금 살 것도 같았다. 몸을 이리저리 뒤척이며 기지개를 켠 희온이 눈을 감았다.

"캡틴!"

차 안에서 몇 시간을 자서 그런지 이번에는 잠드는 일이 어려웠다. 한참을 뒤척이던 희온이 겨우 무의식에 잠기려고 했을 때였다. 자신을 부르는 리암의 목소리에 곧장 눈을 떴다. 상체를 일으키자 방에 성큼 들어오는 리암이 보였다. 그의 얼굴에는 당황과 놀람이 그대로 담겨 있었다.

"무슨 일입니까?"

"오웬 하사가, 독을 먹은 것 같습니다."

"독이요?"

희온이 곧장 매트리스 위에서 벌떡 일어나 빠르게 계단을 뛰어 내려왔다. 그 바로 뒤에서 쫓아온 리암이 먼저 오웬이 묵었던 방문을 열었다. 간이 매트리스 위 오웬의 얼굴을 확인한 희온이 헛숨을 삼켰다. 얼굴까지 빨갛게 얼룩진 오웬은 누운 채로 구역질을 하고 있었다.

"오웬, 오웬!"

그 이름을 부르며 토사물에 기도가 막히지 않게 몸을 옆으로 돌려둔 희온은 움직임이 없는 오웬의 사지를 강하게 비틀어 꼬집었다. 조금의 미동도 없었다. 마비에 구토, 의식불명까지. 음독 증상이었다.

"얘 아까 뭐 먹었죠?"

"마을 사람들이 두고 간 음식들입니다. 남은 건 제가 봉투에 넣어 뒀어요."

"그 사람들 기억하죠? 독이 여기까지 들어온 경로를 알아야 됩니다."

리암이 가져온 응급 키트를 뒤적여 이것저것 확인하는 동안 희온의 머릿속이 하얗게 번졌다. 분명 상황 대비 훈련에는 이런 일도 있었던 것 같은데, 막상 실제로 눈앞에서 동료가 거품 물고 쓰러져 있는 걸 보니 마음대로 머리가 굴러가지 않았다.

달칵. 문이 거칠게 열리는 소리에 희온이 고개를 돌렸다. 그 방문을 밀고 들어온 사람은 처음 보는 노인이었는데, 머리가 하얗게 센 남자의 어깨에 손을 얹은 헤이븐도 함께였다.

"이 앞에서 잡아 왔어요, 상황을 엿보는 것 같길래."

누구냐고, 어디서 찾았냐고 묻기도 전에 헤이븐이 먼저 이야기 했다. 그 말에 노인이 헤이븐을 홱 돌아보았으나 헤이븐은 노인을 보며 아무렇지 않은 얼굴을 할 뿐이었다.

"그죠?"

노인이 머뭇거리는 사이 헤이븐이 몸을 숙여 앉았다. 응급 키트를 뒤적이던 희온의 손목을 잡아 빼내고 직접 그 안을 뒤적여 주사기를 꺼내 약을 채웠다. 사지를 움직이지 못하고 있는 오웬의 팔에 주삿바늘을 꽂는 일은 어렵지 않았다. 주사를 마친 헤이븐이 손으로 오웬의 목을 짚었다. 숨과 박동을 확인한 다음에야 그는 다시 노인에게로 몸을 돌렸다.

"아까 하려고 했던 말, 그대로 다시 해 보세요."

상황을 파악하느라 희온의 얼굴이 심각하게 굳었다. 이 마을에 도착해서 방에서 쉬고 있었는데, 그사이에 독을 먹은 오웬이 마비 증세를 보이고 있었다. 그리고, 자신이 경로를 파악하기도 전에 헤이븐이 집 앞에 있었다는 이 노인을 데려왔다. 이 남자는 정말 뭘 알고 있는 걸까.

노인은 흔들리는 시선으로 이제 막 구토를 마치고 거친 숨을 쏟아 뱉고 있는 오웬을 보고 있었다. 희온이 몸을 일으켜 그에게 다가섰다.

"말씀하세요."

희온의 말에 노인이 잠시 허공을 보다가 시선을 내린다. 그의 눈가에는 세월의 흔적처럼 주름이 가득했다. 눈이 마주하고 얼마 지나지 않아 노인이 입을 열었다.

"당신들이 이곳에 도착하기 몇 시간 전……. 연락을 받았네."

노인은 생각보다 담담해 보였다.

"이 마을에 몇 명의 남자가 도착하는데 어디라도 좋으니 음식에 독을 타면……. 돈을 주겠다는 연락이었네."

"그렇게 단순한 이유였습니까? 돈이요?"

희온도 돈을 좋아했다. 그 누구보다 돈을 좋아하는 사람이었다. 그래도 사람의 목숨과 돈을 치환하는 일 따위는 하지 않았다. 그럴 일이 있었던 적은 없지만 만약 그런 조건이 기회로 둔갑해 온다고 하더라도 희온은 그런 짓을 하지 않을 것이었다.

돈 위에는 사람의 목숨이 있었다. 사람의 삶이 있었다. 이 남자의 잘못된 결심으로 오웬이 죽을 뻔했다. 아니, 죽을지도 모른다. 경멸 어린 희온의 말에 노인이 눈을 매섭게 떴다.

"단순한 이유라고 했나? 자네는 모자랄 것 없는 환경에서 자랐나 보지?"

분노가 담긴 물음이었다. 대답 대신 오웬을 한 번 확인한 희온이 다시 노인에게로 고개를 돌렸다. 그는 아직 할 말이 남은 듯했다.

"이 마을은 오래전에 버려졌다네. 수십 년 전까지만 해도 여기는 유명한 탄광촌이었는데 그땐 모두가 부유했어. 그런데 지금은, 지금 이곳의 사람들은 매일 굶어 죽어 가고 있지. 우리만 이럴 것 같나? 대도시가 아닌 마을들은 다들 우리와 같아. 당장……. 당장 우리 가족들만 해도 어젯밤에 마른 잡초를 끓여 먹었다네."

하프록스는 비약적으로 성공한 편이었다. 바시트록스에서 독립 국가로 떨어져 나오자마자 곧장 무역과 산업을 활성화시켜 사람들을 쉼 없이 일하게 만들었다. 희온은 기억하지 못하는 나이였지만 이 노인이 어렸을 때라면 그 부작용이 한참 부풀어 가던 시기였을 것이다.

그럼에도 불구하고 희온은 여전히 그를 이해할 수 없었다. 자기 가족의 목숨이 중요한 만큼 다른 이들의 목숨도 귀했다. 그러나 이런 말을 해서 이 노인을 이해시키고 싶지 않았다. 자신이 그를 이해하지 못하는 만큼 그도 마찬가지일 것이 분명했기 때문이었다.

게다가, 직업이 특전사인 자신이 그를 비난할 수 있는가에 대한 물음이 뒤늦게 밀려오는 중이었다. 군인이라면, 그리고 특전사라면 대의를 위해 사람도 죽일 수 있는 위치였다. 비록 그들에게 아무런 죄가 없을지라도.

"누구였습니까."

희온의 질문에 노인은 다시 입을 다물었다. 낡은 소맷자락 아래로 나온 노인의 팔은 심하게 말라 뼈를 다 보고 있는 것 같았다.

"나도…… 그건 잘 모르네."

"다시 한번 묻겠습니다. 누구였습니까?"

"희온."

노인을 향해 묻던 희온을 부른 건 리암이었다. 고개를 돌리자 오웬의 상태를 체크한 그가 몸을 일으키고 있었다.

"일단 구토와 해독제로 응급처치가 된 것 같기는 한데 언제 정신을 차릴지는 저도 알 수 없습니다."

계속 살펴보다가 여차하면 먼 거리의 병원까지 데려가야 했다. 이곳에서 가까운 병원이라고 해도 반나절은 가야 할 텐데, 그사이 잘못되어도 이상할 게 없었으므로 이 정도 선에서 괜찮아지기를 바랄 수밖에 없었다. 희온이 고개를 끄덕였다.

"알겠습니다. 이 사람하고는 제가 이야기할 테니 두 분은 좀 주무세요. 이 마을에선 날이 밝자마자 바로 벗어나는 게 나을 것 같으니까."

도대체 누가, 왜. 우리가 있다는 걸 어떻게 알고. 희온이 빠르게 머리를 굴리며 리암과 헤이븐에게 이야기했으나 헤이븐은 물러설 기세가 아니었다.

"내가 하는 게 나을 텐데요."

"그럼 번갈아 가면서 하죠. 제가 보초도 설 겸 거실에 있다가 두 시간쯤 뒤에 깨울 테니 그때까지 쉬고 계세요."

어차피 이런 공격을 받은 이상 셋 다 발 뻗고 잘 수는 없는 일이었다. 희온의 말에 헤이븐이 한마디를 더하며 말리려고 했으나, 그 사이 오웬의 몸에 수액을 꽂은 리암이 먼저 자리를 비켰다.

"무슨 일 생기면 바로 깨우겠습니다. 따로 이야기하는 게 나을 것 같으니 쉬고 계세요."

희온의 거듭된 말에 노인을 마뜩잖게 쳐다보던 헤이븐이 방을 나갔다. 기척이 사라진 방 안에는 오웬의 거친 숨소리만 낮게 울리고 있었다.

"저희도 나가서 얘기하죠."

희온이 방문을 열고 거실로 나와 식탁 의자를 잡아 빼 앉았다. 노인에게 맞은편 의자를 가리키는 얼굴은 평온해 보였지만 그 속은 말이 아니었다.

도대체 누구야. 어떤 새끼지? 본부에서 사람 재 본다고 이런저런 일을 하긴 해도 이렇게 작정하고 엿 먹으라는 식은 없었는데. 골치가 아파서 관자놀이를 문지르던 희온이 조용해진 주변을 잠깐 살피곤 기력 없이 앉아 있는 노인에게 입을 열었다.

"누구에게 온 연락인지 진짜 모른다는 거죠."

"어차피 실패했으니 돈도 못 받는데, 말 못할 것도 없지 않나. 나는 정말 몰라."

소용없이 꼭 다문 입을 보던 희온이 몸을 일으켰다. 노인은 순간 이 남자가 자신을 고문을 하는 건 아닐까 싶었지만 그는 그저 차를 우려 올 뿐이었다.

"수납장에 찻잎이 있던데, 여기는 독이 없겠죠. 드세요."

희온이 가져온 두 잔 중 한 잔을 노인에게 건네고 한 잔을 손에 쥐어 홀짝거리기 시작했다. 희온은 두 시간이 지나도 리암과 헤이븐이 일어나지 않으면 그냥 그대로 재울 생각이었다. 어차피 쉽게 잠도 못 자는데 이렇게 시간을 보내는 게 더 나을 수도 있었다. 머릿속의 수많은 생각이 먼지처럼 부유했다.

"마을 사람들 전부 짜고 한 짓입니까?"

"……나 혼자 했네. 연락을 받은 것도, 이 마을에서 독을 구할 수 있는 것도 나뿐이야."

오웬이 먹은 게 정말로 독이라는 뜻이었다. 경멸하는 얼굴로 노인을 바라본 희온이 다른 질문을 던졌다.

"혹시 손자 있으세요?"

"내가 한 일이니 내 손자에게는 손대지 말게."

노인의 눈에 또다시 분노가 일었다. 그러나 희온은 그런 그를 가만히 쳐다보면서 차를 마실 뿐이었다. 열심히 살기만 했을 뿐인 그를 누가 이렇게 만들었나. 마른 풀을 끓여 먹었다던 노인의 말이 떠올랐다.

하프록스는 여전히 이상을 좇아가는 나라였다. 대도시의 사람들은 과학을 발전시키기 위해, 무역을 하기 위해 저마다 바쁘게 살았지만 국가에서는 도시가 아닌 곳들을 케어하지 못했다.

"몇 살인가요?"

머뭇거리던 노인이 주저하며 대답했다.

"······일곱 살이네."

"한창 귀여울 나이네요. 할아버지가 여기 와 계신데, 아이를 돌볼 사람은 있습니까?"

희온이 그를 고문하거나 협박할 것 같지 않자 노인은 그제야 어깨에 힘을 빼며 찻잔을 들어 차를 한 모금 머금었다.

"재워 놓고 왔네. 자네들은 군인인가 보지."

남자가 오웬 옆에 있는 군용 응급처치 키트를 가리켰다. 희온이 고개를 끄덕여 수긍했다.

"그렇습니다."

이 노인을 어떻게 처리해야 하는지 고민하던 희온이 대답했다. 어찌 됐든 누군가의 사주를 받아 사람을 죽이려고 했던 남자였다. 그러나 이 남자가 하는 말이 거짓말인 것 같지는 않았다. 일단, 받아 낼 만한 노인의 소지품을 살폈다. 그가 기억이 안 난다고 하더라도, 자신이 훔쳐보면 그만이었다.

"나도 한때는 국가를 위해 일했어."

"여긴 탄광촌이었다면서요."

희온의 물음에 남자가 희미하게 고개를 끄덕였다.

"여기서 나고 자랐지. 그러다 갓 성인이 됐을 땐가. 국경 쪽으로 가면 일자리가 많다는 얘기를 듣고 나갔다 왔거든."

"거기서 무슨 일을 하셨습니까?"

나무로 지어진 낡은 집에서는 바람이 불 때마다 끼익거리는 소리가 들렸다. 환하게 켜 둔 전구에 거미줄 한 가닥도 없는 걸 보니 오기 직전에 마을 사람들이 손수 치워 둔 모양이었다. 그들도 이 노인의 일에 동조했을까. 이 남자의 말과는 달리 기억 속에 공범이 더 있다면 그땐 전부 하나씩 잡아내는 수밖에 없었다.

"연구소에서 일했지. 군인이니 알고는 있겠지. 기억 공유자, 그들이 있는 곳이었네."

노인에게서 가져올 만한 소지품을 찾던 희온은 그 말에 하마터면 찻잔을 떨어뜨릴 뻔했다. 노인은 눈치채지 못한 것 같지만 희온의 입이 살짝 벌어졌다가 다물렸다. 시선이 2층 계단으로 한 번, 리암이 쉬고 있을 방으로 한 번 향했다.

"기억 공유자, 요?"

최대한 아무렇지 않은 얼굴로 물었다. 노인은 손톱마저 닳아 무뎌진 손끝으로 원목 식탁을 문질렀다. 말을 고르는 듯했다. 그곳에서 일했다는 건 맨더에 대한 정보를 가지고 있을 수도 있다는 뜻이었다.

그렇다면, 자신이 그의 기억을 훔쳐볼 순 없었다. 맨더라는 존재를 알고 있는 남자가 자신을 실제로 만나고, 자신이 출몰하는 꿈까지 꾼다면 정체를 알아챌 게 분명했다.

갈증이 일었다. 뜨거운 차를 실컷 마시고 있음에도 목이 말랐다. 희온의 시선이 노인에게 들러붙은 듯 떨어지지 않았고, 노인은 낮은 나무 천장을 바라보며 무언가를 회상하듯 입을 열었다.

"그 당시에는 사람이 많이 없었네. 가르치는 사람도, 연구 대상자인 기억 공유자도 드물었지."

어떻게 살아 있을 수가 있지? 그 의문이 먼저였다. 이 노인의 말이 사실이라면 지금 이렇게 자신에게 말하고 있는 것조차 조심해야 했다. 아무리 은퇴하고 이런 시골에서 살고 있다 한들 그건 국가 기밀이었다. 그러나 의심하고 있다는 걸 아는지 모르는지 노인의 말은 계속되었다.

"배움이 짧아서 특별한 건 못하고, 문서 파쇄를 담당했다네. 까막눈이라 그거라도 할 수 있었지."

아. 노인의 말에서 해답을 찾은 희온이 고개를 끄덕였다. 이로써 그가 맨더의 존재에 대해서 알 가능성은 적었지만, 굳이 도박을 할 필요는 없었다. 노인에게 더 얻을 수 있는 정보는 없어 보였다. 자신이 이 노인을 알아보지 못하는 것도 당연했다. 애초에 다른 맨더나 테이커들과는 아예 만나 볼 수 없는 구조라고 들었으며, 희온이 그곳에서 알게 된 사람은 맥뿐이었다.

"그런데, 참 재미있지 않나."

"재미요?"

"다른 사람의 꿈에 들어가 그 사람의 기억을 훔쳐본다는 일이."

"겪어 보지 않은 사람은 재미있는지 아닌지 판단할 수 없죠."

분명히 노인의 말을 듣기만 하려고 했는데, 어쩔 수 없이 그 대답에 감정을 실었다. 다른 사람의 기억을 훔쳐보는 일은 조금도 재미있지 않았다. 장담할 수 있었다. 절대, 조금도, 재미있는 일이 아니었다.

희온의 말에 노인은 '그렇게 되는 겐가.' 하며 바람 빠진 웃음을 지었다. 희온은 자신이 왜 여기서 자신을 죽이려고 했던 노인과 대화 중인지 알 수 없었다. 고작해야 이런 말이나 들을 거면서. 찻잔을 거의 다 비운 희온이 오웬의 상태를 보기 위해 몸을 일으켰다.

"하긴. 내가 글은 못 읽어도 눈치는 제법 가지고 있는데."

희온이 걸음을 떼려다 말고 고개를 돌렸다. 그 노인은 색이 바랜 동공으로 희온을 가만히 쳐다보고 있었다.

"거기 있던 사람들에게 그곳은 꼭 지옥 같아 보였지."

적어도 내가 스치듯이 본 몇 명은 그랬다네. 그 말을 끝으로 노인은 아무 말도 하지 않은 채 차를 마셨다. 희온 역시 대답 없이 방으로 들어가 오웬의 안색을 살피며 몸을 숙여 앉았다.

박동은 안정적이었고, 안색이나 숨결도 아까보다 훨씬 편해 보였다. 안정을 취하고 있는 중인 것 같아 그나마 다행이었다. 그래도 혹시라도 그의 도움 요청을 듣지 못할까 봐 방문을 닫지 않고 나온 희온이 노인을 스쳐 지나가 자신의 가방을 가져와 풀었다. 그 안에 든 건 출발할 때 챙겨온 식량이 든 봉투였다.

"저희를 죽이려고 했던 당신을 죽이거나 정부에 신고해야 맞겠지만, 당신의 어린 손자를 봐서 그렇게까지 하진 않겠습니다. 가지고 가서 어린아이들에게 주세요. 탄광이었다던 이곳에선 귀한 음식일 겁니다."

노인은 이 집에 온 뒤 처음으로 눈을 오랫동안 감고 있었다. 희게 옅어진 속눈썹이 잘게 떨리는 것도 같아서 희온이 뒷말을 덧붙였다.

"사주받은 게 더 있다면 지금 알려 주세요. 말씀하시면 음식은 좀 더 남기고 가겠습니다."

"이곳에는 이제 젊은 청년들이 없네. 기껏해야 나와 같은 노인들만 있는 곳인데 몰래 독 칠하는 것 외에 무엇을 더 사주했겠나. ……미안했네."

"미안해하지 마세요. 만약 제가 이대로 죽거나 밤사이 이런 일이 또 생긴다면 당신을 다시 찾아내서 죽일 거니까."

진심이었다. 저대로 오웬이 죽는다면 희온은 이 남자를 죽일 생각이었다. 희온의 경고를 듣기는 했는지 노인은 다급하게 낡은 옷을 벌려 식량들을 품어 들었다. 노인에게 문을 열어 주면서도 희온은 이게 잘한 일인지 알 수 없었다.

누군가가 우리의 죽음을 사주했다. 아니, 무기를 사용해 덤비지 않았다는 건 목적이 죽음이 아니라는 뜻인가. 아니면 노인의 말대로 이곳에는 노약자밖에 없어서 불가피한 선택이었던 걸까. 도대체 누가, 왜, 무슨 목적으로.

이곳에 와 있다는 걸 아는 사람이 누가 있나 생각해 봐도 딱히 떠오르는 건 없었다. 그러나 시드엘로 향하는 루트를 보고했으니 그 과정에서 새어 나갔을 확률도 있었다. 고민하던 희온의 머릿속에 리암의 목소리가 스쳤다.

'버려진 집을 운 좋게 구했습니다.'

버려진 집을 구했다던 리암. 그리고 몇 시간 전에 사주 연락을 받았다던 노인의 말. 독이 들었던 음식. 희온은 이전에 하얀 숲에서 리암과 헤이븐이 은밀하게 대화하던 때를 떠올렸다. 낌새를 보아하니 리암은 단순한 부사관이 아닌 듯했다. 지금 당장 뚜렷하게 둘이 어떤 사이인 것 같다고 정의할 수는 없었지만, 희온의 직감은 그랬다.

설마.

아니지. 본부의 명령으로 함께 동행 중인 동료를 왜 노리겠어. 그럴 리가 없지. 희온은 마구잡이로 떠오르기 시작한 상상들을 부정했지만 의심까지 완전히 잠재울 수는 없었다. 희온이 억지로 생각을 다른 방향으로 틀었다.

노인은 다른 사람의 기억을 훔쳐보는 능력이 재미있지 않냐

물었지만, 정작 그 목소리가 불러오는 기억들은 하나둘씩 희온의
수면을 좀먹었다.

매일 밤 마음 편히 잠들 수만 있다면. 매일 여덟 시간만 그 어떤
방해 없이 잠들 수 있다면. 침대의 잠자리가 달콤하게 보이는 날이
오기만 한다면. 그 보장만 된다면 수명의 10퍼센트 정도는 버릴
수 있지 않을까. 희온이 거실 옆 창틀 앞에 서서 아무것도 보이지
않는 어두운 밖을 바라보았다.

꽤 많은 일이 벌어졌던 것 같은데 산 깊은 곳이라 그런지 아직
도 해는 뜨지 않고 있었다. 가끔씩 창을 덜컹거리는 바람이 부는
때에 맞춰 남모를 한숨이 뱉어졌다.

"깨우시지 그랬습니까."

리암은 그 뒤로 네 시간이 지난 뒤에야 일어나 거실로 나왔다.
그사이에 오웬이 맞고 있던 수액이 다 비어서 그것부터 갈아 준 그
는 희온이 자지 않았다는 사실을 알고 얼른 방으로 보내려고 하는
중이었다.

"좀 쉬셔야 합니다."

"아까 차에서 좀 자서 괜찮아요."

"그래도, 안색이 별로 안 좋으십니다."

희온은 자신의 부사관인 페트로프와는 달리 깍듯하고 세심한
리암이 마음에 들었다. 새벽 내내 싹을 틔운 의심은 별개로 치고
사람 자체를 보자면 그랬다. 하긴, 헤이븐 같은 성격과 함께 다니
기 위해서는 이런 남자가 아니고서야 힘들 것 같아 보이긴 했다.
전 진짜 잠이 안 와서요. 희온이 그렇게 말하자 그제야 리암이

하는 수 없다는 듯 물러섰다.

"캡틴, 수프라도 좀 만들어 드릴까요."

"괜찮아요. 저보다는 오웬이 걱정이네요."

거실의 빛이 들어가 오웬이 어떻게 잠이 들었는지 형태까지 보일 정도로 문을 열어 둔 것에서 리암은 희온의 성격을 가늠했다. 훈련장에서 봤을 때에는 앞뒤 없이 무뚝뚝하고 둔해 보였는데 조금만 대화해 보니 그건 그의 일면일 뿐이었다. 왜 락테아 팀원들이 희온이라면 껌뻑 죽었는지 조금은 알 것도 같았다. 수프를 끓이기 위해 물을 올려 둔 리암이 고개를 돌렸다.

"그 노인은 어디 갔나요?"

"제가 보냈습니다. 얻을 게 없어 보여서."

"본부에 보고는 하셨습니까?"

사실은 리암의 말대로 본부에 연락부터 해야 했다. 그러나 희온은 쉽게 대답하지 않고 잠시 생각에 잠겼다가 고개를 저었다.

"일단 여기부터 뜨고 가는 길에 하죠."

달칵.

"가는 길에 뭘 해."

문을 열고 들어온 헤이븐을 보고 희온이 놀란 건 그가 나타난 곳이 2층이 아니라 현관이었기 때문이었다. 분명히 지난밤에 쉬겠다고 2층으로 올라가지 않았나? 자신이 꿈을 꿨나 싶어 눈을 깜빡이자 헤이븐이 부엌으로 들어와 물을 마시며 대수롭지 않게 이야기했다.

"뭘 하냐니까 왜 그렇게 봅니까."

"지금 어디 다녀오십니까?"

눈이 동그랗게 커진 희온의 질문에 헤이븐이 어깨를 으쓱인다.

“운동.”

“운동이요?”

“예. 운동이요.”

그렇게 말하며 살짝 웃음 짓는 입꼬리는 그림 같았다. 저 얼굴만 아니었으면 진작에 한 대 때렸을지도 모른다고 생각하면서 희온이 2층을 가리켰다.

“2층에도 현관문이 있습니까?”

“있겠습니까?”

오히려 되묻는 헤이븐의 말에 살짝 눈썹을 찌푸리려던 찰나, 오웬의 방에서 들린 앓는 소리에 희온이 먼저 고개를 돌렸다. 지체없이 그쪽으로 간 희온이 몸을 숙이자 오웬이 끙끙거리며 상체를 세우는 중이었다. 그 등에 손을 갖다 대어 일으키자 오웬이 죽는소리를 했다.

“아아, 나 죽는다.”

“아니. 잘 살았네.”

희온의 말에 오웬이 우는 시늉을 하며 도대체 자기가 뭘 먹은 거냐고 얼굴을 문질러 댔다. 희온이 고생했다는 듯 그 등을 두들겨 주고 몸을 일으켰다. 진심으로 다행이었다. 한 명이었으니 이 정도였지, 네 명이 다 독을 먹고 드러누웠으면 해독제가 모자라서라도 둘은 의식불명일 것이었다. 작게 한숨을 내쉰 희온이 방을 나와 짐을 다시 챙겼다.

“해가 뜰 것 같으니까 슬슬 나가죠. 오웬, 물 잘 챙겨. 탈수라도 오면 힘들어지니까.”

희온의 말 뒤로 괜찮냐며 오웬을 챙기는 리암의 목소리가 들렸다. 헤이븐은 오웬을 한 번 들여다보는 것을 끝으로 다시 2층으로 향하는 중이었다. 새벽에 운동하러 가려고 창문에서 뛰어내렸나? 아니, 굳이 왜? 도통 이해할 수 없는 남자의 뒷모습을 가늘게 뜬 눈으로 보던 희온도 식량을 식탁 위에 꺼내 놓고 다시 짐을 챙겼다. 이곳에서 오래 묵을 수 없으니 나머지는 길을 떠나며 생각해 봐야 했다.

이번에 운전석에 앉은 건 헤이븐이었고, 희온은 조수석에 자리 잡았다. 하얀 숲을 출발할 때부터 오래 운전했던 리암은 뒷좌석에서 오웬과 함께 쉬는 중이었고, 희온은 전혀 자지 못했으나 평소 두세 시간 잤던 평소와 다를 것 없는 컨디션이라 조수석을 자처했다.

"체구가 작아서 안전벨트를 했는지도 모르겠네요."

물론 운전석에 앉은 남자와의 대화까지 감내해야 한다는 건 미처 생각하지 못한 문제이긴 했다. 출발한 지 얼마 안 된 순간부터 시비를 걸어오는 남자를 무시하며 희온이 품 안에서 선글라스를 꺼내 썼다.

그 마을을 지나쳐 나오자마자 안개가 개고 아침 햇살이 쏟아지기 시작했다. 운전석 쪽을 보자 금발의 잘난 얼굴을 한 남자도 눈이 부신지 얼굴을 살짝 일그러뜨리고 있었다. 아, 괜히 신경 쓰이게.

"선글라스 없습니까?"

그 질문에 오른쪽으로 살짝 시선을 보낸 헤이븐이 희온의 손목을 잡아 자신의 눈썹 즈음에 손을 붙이게 만들었다.

"여기."

남의 손으로 차양을 만드는 모양새가 뻔뻔하기 짝이 없었다. 결국 희온이 자신의 선글라스를 벗어 건넸으나 헤이븐은 양손으로 핸들을 잡고 있음을 티 내듯 어깨를 으쓱이기만 했다. 선글라스를 끼울 손이 없다는 뜻이었다.

"방금 전까지는 한 손으로 운전하셨는데요."

"지금부터는 비포장도로라서. 안 씌워 줍니까?"

아무리 생각해도 남의 손을 사용하는 게 더 위험하지 않나 싶었지만 차 사고로 죽고 싶지 않았던 희온이 결국 조심스러운 손길로 선글라스를 얹어 주었다. 콧대가 반듯하게 솟아 있고 눈이 깊어 선글라스는 마치 자기 자리를 찾은 양 들어맞았다.

손가락으로 살짝 올려 편하게 쓴 헤이븐은 다시 한 손으로 핸들을 쥐었다. 그럴 줄 알았지. 더 이상 상대하지 않으려고 말을 삼간 희온이 뒤쪽으로 고개를 돌렸다. 리암도, 오웬도 금방 잠이 든 듯했다.

차가 몇 시간을 쉬지 않고 계속 달리는 동안 둘은 이렇다 할 이야기를 하지 않았다. 희온은 가끔 지도를 꺼내 가야 할 길을 확인했고 헤이븐은 모래가 가득한 도로를 다 지나갈 때에 맞춰 창문을 내려 바람을 쐬었다.

상관인 쉐드에게 보고를 해야 하지만 자신의 트랜스퍼는 보안 문제로 짧은 메시지만 전달할 수 있었다. 어차피 맥과 연락하는 용도인 홀로그램 디바이스는 쉐드에게도 기밀이라서 메시지 외에는 방법이 없기도 했다. 트랜스퍼를 꺼내 간단한 메시지를 보내는 동안 헤이븐의 시선이 잠깐 닿는다.

"요새 누가 그런 걸 쓴다고."

"보안 문제 때문입니다."

"스파이도 아닌데 굳이요?"

가볍게 던져진 헤이븐의 말에 동요하지 않으며 마저 메시지를 송신했다. 저런 농담에 반응을 하기엔 이렇게 산 시간이 너무 길었다. 좀 쉴까 싶어 잠시 눈을 감고 있던 희온이 결국 잠들지 못하고 다시 눈을 떴다. 눈이 건조해지기 시작하면서 지끈거리는 관자놀이를 문질렀다.

"다음 정착지는 어딥니까?"

"녹스."

"한참 더 가야겠네요."

녹스라면 희온도 알고 있는 도시였다. 수도만큼 대도시는 아니었지만 꽤 인구 밀도가 있는 곳이라서 간만에 사람 구경을 좀 할 수 있나 싶었다. 그러나 지금부터 하루는 더 달려야 하는 곳이라서 벌써부터 몸이 구겨진 것 같은 기분이었다. 살짝 몸을 뒤척이자 헤이븐의 시선이 와 닿는다.

"지난번 그 영양제, 또 들고 왔어요?"

"아니요. 남은 게 없어서."

헤이븐의 말에 희온이 버릇처럼 눈썹뼈를 손끝으로 꾹꾹 누르며 대답했다. 지난번 그 약의 여운에 취했을 때 들이닥쳤으니 아무래도 독한 수면제 정도로 생각하는 모양이었다. 그것도 딱히 틀린 건 아니었다.

"음."

희온의 불면증은 하얀 숲에서도 유명했다. 딱히 티를 냈다고는 생각하지 않았지만 거의 24시간 내내 붙어 있는 팀원들이 모르기도 힘든 상황이었다.

그들은 늘 희온의 불면을 걱정했다. 힘들게 훈련하고 돌아오면 다들 뻗어서 코를 골기 바쁜데 희온만큼은 언제나 제대로 자지 못하고 깨어 있으니 당연한 일이긴 했다. 희온에게는 그 걱정을 받는 것도 거슬리는 일이었지만 뭐라고 덧붙일 수는 없었다.

거기다 대고 맨더의 부작용이라고 할 수도 없거니와 이제는 정말 부작용인지 일상인지도 헷갈릴 지경이었다. 지금도 마찬가지였다. 어젯밤에는 찰나도 자지 못해서 그런지 눈이 뻑뻑하다 못해 눈두덩이까지 아파 왔다. 아니, 머리가 아픈 건가. 희온은 조금 멍한 얼굴로 창밖으로 고개를 돌렸다.

눈을 비비던 그때, 차가 부드럽게 멈추길래 고개를 돌렸더니 대뜸 헤이븐이 차에서 내린다. 왜? 뭔데? 차의 뒤편으로 가서 트렁크를 여는 걸 보고 무언가 말을 하려고 했지만 뒷좌석에서 잠든 두 얼굴이 보여 희온은 조용히 다시 몸을 앞으로 돌렸다.

필요한 게 떠올랐나 보지. 여전히 눈이 부신 하늘에 잠시 정차한 차 안에서라도 쉬자 싶어 눈을 감았다. 그렇게, 몇 분. 도통 돌아오지 않을 것 같아서 한시가 바쁜 때에 무얼 하는지 궁금해 내려서 물어보려던 찰나.

달칵.

"눈 감아요."

갑자기 조수석 문이 열리더니 헤이븐이 팔을 뻗어 온다. 뭔데요? 이야기하려던 희온의 눈 위로 무언가가 올라왔다. 앗 뜨거. 반사적으로 말했으나 사실은 기분 좋을 정도의 온도였다. 짐작하기로는, 물에 적신 천으로 보온 팩을 감싼 모양이었다.

일단 치우고 이야기하려고 손을 들었지만 헤이븐이 그 위로 손바닥을 꾹 눌러 건들지 못하게 만들었다. 게다가 시트 오른쪽 레버를 당겨 몸을 뒤로 기울여 주기까지 했다.

"뭡니까?"

졸지에 뒤로 눕게 된 희온이 물었다. 그러나 여전히 그 위에 손바닥을 올리고 있는 헤이븐에게선 대답이 없었다.

늦은 오후의 짙은 해가 떠오른 창밖. 차가 하나도 다니지 않아 조용한 도로 위. 건조했던 눈 위에 올려진 뜨거운 천. 그리고 그 위를 다 덮는 커다란 손. 희온은 더 이상 말하지 않고 입을 다물었다. 묘하게 그의 맥박이 느껴지는 것도 같았다.

"……."

금방 다시 운전석으로 갈 것 같았던 헤이븐은 그렇게 한참을 더 손을 올려놓고 있었다. 이쯤이면 돌아가도 될 텐데 그렇게 서 있었다. 마른 바람이 불었다. 긴 바람 소리와 함께 헤이븐이 입고 있던 옷이 살짝 펄럭이는 소리가 들렸으나 그 소음에는 남자의 목소리도 함께 실려 있었다.

"이렇게라도 손 좀 대 보게요."

마치 그대로 쪽잠이 든 사람처럼 희온은 아무 말도, 기척도 내지 않았지만 헤이븐은 그러고도 잠시 더 서 있다가 다시 운전석으로 돌아가 앉았다.

그렇게 차가 출발하고 그 온도가 식을 때까지 가만히 누워만 있던 희온의 머릿속이 복잡해졌다. 헤이븐은 속을 읽기 어려웠다. 원래도 알 수 없는 남자였지만, 그중에서도 저런 식으로 간혹 속을 조금씩 열어 보일 때가 더 불편했다.

자신과 잠자리를 했을 때에는 늘 담백했다. 단 한 번도 애프터 신청을 한 적이 없었으며, 가끔 하얀 숲에 올 때 연락했고 하얀 숲을 나갈 땐 연락조차 없었다.

그러던 남자가 갑자기 공적인 관계에서도 엮이기 시작하자 묘하게 주변을 맴도는 느낌이었다. 안정 거리를 두고 맴돌다가 가끔

한 걸음씩 성큼 다가온다. 그러다가 또 언제 그랬냐는 듯이 그 거리를 지키는 남자를 희온은 이해하기 어려웠다.

잃어버린 돈이나 갑작스레 받은 공격을 생각하기에도 바쁜데. 게다가 아직 리암과 헤이븐에 대한 의심은 머릿속 한구석에 자리 잡고 있었다. 그러나 머리를 울리던 두통은 꽤 사라진 것 같았다. 눈의 건조함도, 피로함도 많이 나아져서 희온은 이미 식은 천 조각을 치우고 카 시트를 바로 했다. 그제야 보온 팩을 감싼 짙은 남색의 손수건이 보였다. 아무 무늬도 없는 게 잘 어울리는 것도, 그렇지 않은 것도 같았다.

뜨거웠던 해가 지고 밤이 되어서도 운전은 헤이븐의 몫이었다. 희온이 몇 번 자신이 하겠다고 나섰으나 헤이븐은 괜찮으니 눈을 좀 더 감고 있는 게 어떠냐고 제안했고, 그렇게 말하는 남자의 목소리가 정말로 괜찮아 보여서 굳이 더 권하지는 않았다.

"여기서 배라도 채우고 가죠."

차가 멈춘 곳은 도로 한쪽, 생뚱맞게 놓인 도넛 가게였다. 꽤 오래되었는지 24시간 운영한다는 간판의 불이 깜빡거렸다.

"캡틴, 전 아직 뭘 먹으면 안 될 것 같아서요, 차에 있을게요."

"그래. 쉬고 있어, 수프 같은 게 있으면 좀 사 올게."

쉬고 싶다는 오웬을 두고 리암과 헤이븐, 희온이 차에서 나와 가게 안으로 들어섰다. 늦은 시간이라 그런지 직원은 한 명뿐이었고 가게 근처를 지나가는 차 또한 보이지 않는다. 이거 인건비도 안 나오겠는데? 희온이 한쪽 테이블에 자리를 잡자 알아서 사 오겠다며 리암이 몸을 일으켰다.

"노래 좋네."

헤이븐의 말에 희온이 가게 안에서 흘러나오는 노래에 귀를 기울였다. 이거 좀 오래된 노래 아닌가? 정확히 들어 본 적은 없었지만 익숙한 걸 보니 이런 식으로 스치듯 들었던 것 같았다. 유명한 TV 시리즈에서 나왔던 노래라는 것 정도는 기억할 수 있었다.

"노래 취향이 이렇습니까?"

물을 한 모금 마시며 물었더니 헤이븐이 가볍게 웃으며 고개를 끄덕인다. 매장의 절반은 불을 꺼 놓은 덕분에 또렷한 헤이븐의 얼굴이 음영을 얻어 조금 더 보기 좋았다. 잘생겼네. 희온이 새삼스럽게 또 한 번 인정했다.

"이 노래 아나 봐요?"

"이름은 모르지만 들어 본 적은 있는 것 같네요."

건조하게 대답하는 희온을 가만히 바라보던 헤이븐이 팔을 뻗었다. 긴 손가락이 희온의 턱을 감싸 온다. 또 무슨 짓을 하려고 이러나 싶어 긴장했으나 헤이븐은 그저 상체를 조금 내민 채 희온의 상태를 살피는 듯했다.

"왜요."

"피곤한 건 좀 어떤가 싶어서."

"이 정도는 괜찮습니다."

헤이븐의 시선이 희온의 눈썹과 이마, 속눈썹, 그리고 코끝에 닿았다. 이목구비를 세세히 뜯어보기라도 하는 것 같아서 희온이 먼저 시선을 돌렸다. 꼭 좋아하기라도 하는 것처럼.

물론 이전에 섹스를 하는 사이이기는 했지만 그걸로 이 남자가 자신에게 빠진 건 아닐 터였다. 종잡을 수 없는 그 성격은 충분히 알겠으니 부디 자신에게 이런 식으로 굴지 않기를 바랐다. 희온이 바라는 건 적정한 거리, 그것 하나였다.

[확인. 현재 조사 중. 부상자 상태 주기적으로 보고 바람.]

희온이 리암이 건넨 도넛을 한입 물며 쉐드에게서 도착한 답장을 확인했다. 사실 희온도 쉐드와 헤어지는 게 낯선 일이었다.

가끔씩 타겟에게서 기억을 불러오는 일이 며칠씩 늦어질 땐 파견 처리를 받아 근처 타지로 나가곤 했다. 팀원 대부분이 게릴라 작전에 차출당하는 와중에 희온만 계속 훈련장에 남아 있는 건 이상해 보일 수 있다는 이유였다. 그럴 때마다 쉐드는 꼭 살아 돌아오라며 세상 모든 쇼는 혼자 다 하곤 했다.

우는 시늉을 하던 쉐드를 떠올린 희온이 희미하게 미소 지었다. 락테아에 합류하기 전부터 알던 유일한 친구는 급하게 이루어진 이별이 많이 섭섭했던 모양이었다. 떠나는 날 배웅도 없고, 연락도 이것뿐인 걸 보면.

툭.

도넛과 음료는 싼 가격에 맞는 저렴한 맛이었다. 이런저런 생각에 빠져 먹는 둥 마는 둥 하는 와중인 희온의 발치에 무언가 닿았다. 헤이븐의 발끝인 것 같아서 슬쩍 피했더니 또 툭 와 닿는다.

언젠가 의미 없이 했던 허벅지 싸움이 떠오르는 움직임이었다. 지금 나한테 시비 거는 건가? 도넛을 한입 가득 문 희온이 눈썹을 구기며 아예 다리를 꼬아 앉았다. 어떻게 해서든 한 번씩 이렇게 치대고 싶어 하는 게 꼭 팍스 같았다.

헤이븐의 금발을 가진 커다란 개를 생각해 보던 희온이 피식 웃자 헤이븐이 고개를 들며 마주 웃는다. 얘는 내가 왜 웃는지는 알고 따라 웃는 건가?

"캡틴, 전 충분히 쉬었으니까 제가 운전하겠습니다."

리암의 말에 희온이 고개를 저었다.

"이제 제 차례죠, 리암."

"아직까지 한숨도 못 잤으니 리암이 하게 두죠."

브레이크를 걸어 오는 헤이븐을 쳐다보긴 했지만 맞는 말이긴 했다. 피곤했던 눈은 좀 괜찮아졌다고 쳐도 컨디션은 여전히 엉망이긴 하니까. 리암이 정말 못 잤냐는 듯 눈을 크게 떴다.

"캡틴, 제가 운전할 테니까 뒷좌석에서 오웬하고 같이 좀 쉬세요."

"걔도 쉴 만큼 쉰 것 같은데 이제 조수석으로 좀 보내지."

무심하게 말하며 커피를 한 모금 마시는 헤이븐은 꽤 기분이 좋아 보였다. 왜 저래? 의심하듯 가늘게 눈을 뜨며 희온이 고개를 저었다.

"아니요, 오웬은 좀 더 쉬는 게 좋겠습니다."

"운전을 시키는 것도 아닌데요."

살짝 미소 지은 헤이븐의 대구에 더 이상 말 섞는 걸 포기한 희온이 냅킨으로 손을 닦았다. 리암은 두 사람을 번갈아 가며 보다가 희온을 따라 대화를 끊었지만 헤이븐은 여전히 웃는 낯이었다.

"다 먹었으면 가죠."

희온이 먼저 쓰레기를 들며 몸을 일으키려고 했으나 먼저 쟁반을 가져간 건 헤이븐이었다. 덕분에 빈손이 된 희온이 리암을 향해 어색하게 웃으며 마저 손을 닦았다. 쓸데없는 데서 부지런하다 싶었다. 이런 것도 그렇고 차를 우리는 것도, 아까의 그 손수건도.

희온이 먼저 가게를 나서 차로 향했다.

"제가 운전합니다."

혹시라도 희온이 먼저 앉을까 봐 빠르게 달려와 운전석에 들어가는 리암을 보며 헛웃음을 지었다. 귀여운 면이 있다 싶어서 뒷좌석 문을 열려는데, 뒤에서 다가온 헤이븐이 희온의 귓가에 속삭였다.

"이건 일부러 이러는 거죠?"

식사 잘하고 나서 무슨 개소리인가 했더니, 가는 손가락이 희온의 입가를 문질러 온다.

"……."

얼른 고개를 돌려 차창에 얼굴을 디밀었더니 입가에 하얀 크림이 묻어 있었다. 먹은 티를 이렇게 내고 다녔네. 희온이 손등으로 얼굴을 여러 번 문질렀다. 먹다 보면 좀 묻을 수도 있지. 세상 환하게 웃는 남자를 무덤덤하게 쳐다본 희온이 소매를 당겨 입가를 몇 번 더 닦아 냈다.

"쓸데없는 소리 말고 출발이나 하죠."

쾅.

이렇다 할 표정이 없었던 얼굴과는 달리 차 문이 과격하게 닫혔다. 어느새 조수석에 옮겨 앉아 수프를 받아 들고 있던 오웬이 놀랐는지 고개를 불쑥 들어 올린다. 무슨 일 있으셨어요, 캡틴? 오웬 얼굴의 주근깨 개수를 의미 없이 세어 보던 희온이 고개를 저었다. 네 사람을 태운 차는 금방 가게 주차장을 벗어나 달리기 시작했다.

"지루하네요."

"운전이 다 그렇죠."

운전 중인 리암의 말에 뒷좌석의 희온이 대답했다. 조수석에 앉은 오웬은 리암이 사다 준 수프를 먹자마자 곧장 다시 잠들었고, 자신의 옆에서 눈 감고 있는 헤이븐도 대답할 기미가 보이지 않아서였다.

그 도넛 가게를 떠난 것도 한참이라, 까맣게만 보이던 창밖도 이제 어슴푸레 밝아지고 있었다. 마침 지나가는 곳은 숲길이었는데, 희온은 그런 울창한 초록이 신기해서 시선을 떼지 못하는 중이었다.

이런 식으로 스쳐 지나갈 때나 본 게 다녔지만 희온은 막연하게 숲이 좋았다. 돈을 많이 벌어서 이 일을 은퇴하고 나면 꼭 도시에서 살겠다고 늘 말하고 다녔지만, 근처에 나무가 많은 숲도 있다면 더할 나위 없을 것 같았다. 하늘을 가릴 듯 가리지 않는 나뭇잎들과 묵묵히 자리 잡고 서 있는 두꺼운 기둥은 보기만 해도 평온했다.

"캡틴, 말 편하게 하셔도 괜찮습니다."

나무 사이로 보이는 하늘이 점점 붉게 물드는 걸 보니 정말 곧 해가 뜰 모양이었다. 운전 중인 리암의 뒷모습을 보던 희온이 고개를 끄덕였다. 캡틴치고 나이가 어리긴 했지만 희온은 보통 직급이 비슷하지 않고서야 팀원들에게 말을 편하게 했다.

"좀 더 편해지면 하겠습니다. 그래도 괜찮죠."

"그럼요."

리암이 차 한 대 없는 길을 보다가 고개를 들어 백미러로 희온의 얼굴을 슬쩍 확인했다. 처음 얼굴을 봤을 때부터 궁금했던 거지만 새삼 매일 햇빛 받아 가며 훈련하는 사람이 저렇게 흴 수 있나 싶었다.

얇은 속쌍꺼풀이 한쪽만 조금 더 두껍다는 건 말로 듣기만 했는데 이렇게 자세히 보니 정말 그랬다. 반듯한 콧대와 뺨의 볼우물까지 보던 리암이 다시 앞 유리로 고개를 돌렸다.

그러다 한 번 더 시선을 거울에 두었을 때, 갑자기 백미러를 채운 다른 얼굴에 식겁한 리암이 소리를 질렀다.

"어! 깜, 짝."

"운전에 집중 안 하네."

갑자기 상체를 기울여 얼굴을 디민 헤이븐 때문에 놀란 건 리암 뿐만이 아니었다. 자는 거 아니었어? 창문 쪽으로 고개를 돌리고 있던 희온이 헤이븐을 쳐다보자 곧 언제 그랬냐는 듯이 다시 몸을 편하게 기댄다. 그러나 시선은 아직 백미러에 고정되어 있었다. 양손으로 핸들을 꽉 쥔 리암이 벌렁거리는 심장을 달래며 대답했다.

"……집중 중이었습니다."

"글쎄."

말을 잘라 낸 헤이븐이 다시 눈을 감는다. 자다 말고 갑자기 무슨 소리야, 운전 잘하고 있는 사람한테. 희온이 두 사람을 번갈아 보다가 리암에게 말했다.

"피곤하시면 운전 제가 하겠습니다. 출발한 지 벌써 한참 지났는데."

"괜찮습니다. 조금 이따가 부탁드릴게요."

차의 속도가 아까보다 묘하게 빨라진 걸 느끼며 희온이 다시 숲으로 시선을 옮겼다. 언제 운전할지 모르는 와중에 약을 먹는 건 조금 위험할 것 같았다. 자고 싶은데, 시도라도 해 볼까. 본격적으로 수면에 도전하기 위해서 희온이 팔짱을 끼고 눈을 감았다.

탁.

작은 소리에 감고 있던 눈을 떴다. 무언가 땅에 거칠게 닿는 소리였는데. 근데, 나 잠들었던 건가? 희온이 고개를 들자 차는 이미 세워져 있었고 차 안에는 아무도 없었다. 차 문을 열고 내리면서 시계를 확인해 보니 무려 다섯 시간이나 지나 있었다.

"캡틴, 일어나셨습니까? 너무 곤히 주무시길래 안 깨웠는데."

근처 바닥에 짐을 늘어놓고 정리하고 있던 오웬의 말에 희온이 얼떨떨하게 고개를 끄덕였다. 내가 또 차에서 다섯 시간을 잤다고? 아무 꿈 없이? 최근 자신에게 무슨 일이 벌어지고 있는 건지 이해하기가 힘들었다.

평소 고된 훈련이 끝나고서도 다섯 시간은커녕 두 시간도 잠들기가 힘들었는데, 차 안에 앉은 채 잠이 들었다. 지난번엔 약을 과용해서 그랬다고 치더라도 오늘은 약도 먹지 않은 상태였다. 맨더 일을 쉬었더니 후유증이 완화되었나 싶었다. 그러나 다른 부작용일 것만 같은 불안감이 더 컸다. 맥에게 물어봐야 했다.

"여기가 어디야?"

"녹스요."

잠이 든 사이에 벌써 도착했구나 싶었다. 그러고 보니 차가 많은 주차장은 한눈에 봐도 녹스다웠다. 이곳은 오로지 도박을 위해 생겨난 도시였다. 근처에 아무것도 없는 허허벌판에 하나둘 생겨나기 시작한 카지노에는 언제나 돈을 뿌릴 사람들로 북적였다.

역시나 고개를 들자마자 보이는 건물들은 하늘 높은 줄 모르고 솟아올라 번쩍이고 있었다. 우선 가방부터 빼기 위해 트렁크를 열었으나 식수를 제외하고 텅 비어 있는 공간에 희온이 고개를 살짝 기울였다.

"오웬, 여기 있던 내 짐 어디 갔지?"

"아까 미리 숙소에 가져다 놓는다고 가지고 가셨어요."

"헤이븐이?"

"네."

개가 왜 내 짐을 가져가? 그렇게 물어보고 싶었으나 드디어 도시에 머문다는 사실에 신이 난 오웬이 너무나 열심히 싱글벙글 웃고 있어서 희온은 슬쩍 열었던 입을 닫았다.

잠들기 전보다 훨씬 개운해진 컨디션에 맑아진 눈을 깜빡인 희온이 우선 차 문을 닫고 걸음을 옮겼다. 도대체 여기가 뭐 하는 건물이야, 지나치게 호화로운 것 같은데. 콧노래까지 부르기 시작한 오웬을 두고 우선 주차장 출구 쪽으로 걸음을 옮겼다.

"컨디션 좋아 보이네요."

안부를 물으며 건물 입구에서 나타난 건 헤이븐이었다. 입구부터 대리석이 덕지덕지 발라져 있는 건물에서 나오는 걸 보니 아무래도 벌써부터 슬롯을 몇 번 돌린 모양이었다. 생긴 건 금욕적으로 생겨 가지고 섹스 밝히는 것만큼 유흥도 좋아하나 보네. 하긴, 묘하게 어울리는 것 같기도 했다.

"잠을 좀 잘 자서 말입니다."

"드디어?"

축하한다는 듯 말하고 있었지만 그에 비해 평온한 미소만 짓고 있는 헤이븐을 마주하며 희온이 눈썹을 살짝 찌푸렸다.

"오늘 묵을 숙소는 어딥니까?"

"여기 호텔 두고 어디 가서 묵습니까?"

헤이븐의 검지가 가리키는 건 방금 막 본인이 나온 높은 건물이었다.

"드디어 진짜로 미친 겁니까?"

"내가 진짜 미쳤으면 당신은 지금."

"그 뒷말은 안 듣겠습니다."

절대 넘어오지 않는 희온을 향해 웃은 헤이븐이 건네는 건 호텔 키였다. 저 남자가 미친 게 아니라면 하프록스가 미친 모양이었다. 고작 군인한테 이런 호텔에 묵을 만한 경비를 주다니.

아무리 생각해도 말이 되질 않아서 눈을 가늘게 뜨자 헤이븐이 순진해 보이는 얼굴로 어깨를 으쓱인다. 희온이 일단 방 키를 받아 챙겼다. 의심을 열심히 하는 건 나중 일이고 일단 자본의 끝, 최고급 호텔은 환영이었다.

"짐은 방 안에 넣어 놨습니다."

"그냥 깨우지 그랬어요."

"자는 애 옷 벗기지 않은 걸 고맙게 생각하세요."

이제 저런 말 따위는 들은 척도 하지 않는 게 가능해진 희온이 헤이븐을 지나쳐 걸었다. 이 호텔이 예산 밖이라는 건 분명한데, 비상금이라도 있나.

아무래도 건물 전체의 컨셉인지, 오래된 양식을 빌려 와 고급스럽게 인테리어 된 로비를 둘러보면서도 무언가 싸했다. 키를 대자 자동으로 올라가는 엘리베이터에 또다시 불안했으며, 방을 찾아 문을 여는 순간 확신했다.

"……이 새끼 이거 뒷돈 받았네."

헤이븐은 사기꾼 아니면 범죄자 둘 중 하나였다. 그게 아니라면 한낱 군인이 이런 방을 척척 빌릴 만한 능력이 있을 리가 없었다. 넓은 거실은 여러 사람이 모여 함께 훈련할 수 있을 만큼의 크기였다.

게다가 창밖으로 녹스의 화려한 카지노와 호텔 건물들이 한눈에 내려다보이고 있었다.

한쪽에 놓인 자신의 짐을 뒤적여 혹시 그 사기꾼이 무언가 가져간 게 없나 확인했다. 그러나 어차피 가진 돈도 다 잃어버렸는데 훔쳐 갈 게 뭐 있나 싶어 결국엔 미심쩍은 얼굴로 소파에 앉았다. 일단 해야 할 일이 있었다. 헤이븐에게 예산을 따져 묻는 건 그다음 일이었다.

삑.

침실 안으로 들어와 홀로그램 디바이스를 켠 희온이 침대에 앉았다. 걸터앉으면서도 높고 푹신한 침대에 감탄했지만 아까 차 안에서 다섯 시간을 내리 잤으니 더 이상 잘 수 있을 리가 없었다. 이 방이 얼마나 비싼지는 모르겠지만 일단 속 편히 누워 있어야지. 그렇게 생각하면서 희온은 맥이 디바이스 위로 떠 오르기를 기다렸다.

-희온.

맥의 얼굴은 오늘도 역시 피곤해 보였다. 그는 안쓰러운 표정으로 자신을 바라보고 있는 희온에게 입을 열었다.

-소식은 전해 들었어. 그 하사가 먹고 남은 음식은 가지고 있는 거지?

"네. 따로 챙겼어요."

-그래. 지금 시드엘 쪽 상황이 심상치 않아. 굳이 너를 거기 보내는 이유가 뭔지는 나도 아직 모르겠지만.

"그건 괜찮습니다. 할 일이 있는 곳에 가는 게 제 몫이니까."

그보다. 잠시 할 말을 정리한 희온이 마저 말을 이었다. 맥이 머그잔을 들어 커피를 마시다 말고 고개를 끄덕였다.

"오늘 다섯 시간을 잤어요. 꿈도 없었고."

희온은 늘 맥에게 상태를 보고했다. 예전부터 자신을 케어해 왔던 맥은 자신에 대한 모든 것을 알고 있었다. 친한 쉐드조차 모르는 비밀들을 누구보다 잘 알고 있는 남자였고, 또 맨더에 대해 쉼 없이 연구하는 사람이다 보니 전적으로 의지할 수밖에 없기도 했다.

―그래? 꿈 없이 자는 날이 잦아지네.

맥도 의아한지 작은 소리를 내며 생각에 잠겼다. 희온이 잠들었던 시간을 알려 주며 대답했다.

"저는 이게 좋은 건지 나쁜 건지 모르겠어요. 잠을 자고 나면 개운하긴 한데, 제 능력이 둔해지는 건가 싶기도 해서요."

―어차피 벌어지고 있는 일이니까 너무 나쁘게 생각하지는 말자. 능력이 사라진 맨더는 없었잖아.

"아직까지의 얘기죠."

희온의 말이 맞았다. 맨더에 대한 연구는 아직도 진행 중이기 때문에 그 어떤 것도 장담할 수 없었다. 사실 맥은 희온의 잠이 늘었다는 것 자체를 다행이라고 생각하는 중이었다.

희온의 불면 부작용은 심각한 편이었다. 특별히 더 아끼는 아이여서가 아니라 정말로 걱정할 만한 수준이었다. 다른 맨더들은 독한 수면제를 처방하면 열두 시간은 푹 자고 일어났지만 희온은 아무리 약을 먹어도 길어 봤자 서너 시간이 전부였다.

그러니까 그냥 좋게만 생각하자고 말하고 싶었지만 희온은 지금 불안해하고 있었다. 맥이 다른 질문을 던졌다.

―그거 말고 다른 증상은 없어?

다른 증상? 희온이 골똘히 생각해 보다가 대답했다.

"글쎄요. 다른 맨더도 못 만나게 하는데 증상이 뭐가 다른지 어떻게 알겠어요. 그래 봤자 문서로 아는 거지."

희온이 섭섭해한다는 걸 알고 있는 맥이 씁쓸하게 미소 지었다. 물론 예외도 있었지만 원래 맨더들끼리는 서로 만날 수 없었다. 국가의 특수 능력자로 자란 사람들은 서로를 알아볼 수도, 다른 맨더가 꿈에 들어오는 것을 막을 방법도 없었다. 직접 키운 사람마저도 믿지 않겠다는 하프록스 정부의 메시지였다. 복잡한 생각에 단단히 사로잡힌 희온을 보던 맥이 결국 머뭇거리던 이야기를 꺼냈다.

─그럼, 혹시 최근에 뭐 마음에 든 사람이라도 생겼어?

"예?"

맥의 말에 잘못 들었다는 듯 희온이 고개를 들자 맥이 고개를 저었다.

─아니야, 일단 지금 트랜스퍼로 자료 하나 보내 줄게.

"해킹에 그렇게 예민하면서 그래도 됩니까?"

본부로 직접 출근하거나 수도 가까이에 사는 맨더들은 적어도 자신보다는 자료를 많이 받지 않을까 싶었다. 하얀 숲은 일반인 금지 구역이기도 했고, 수도에서도 멀어 맥이 자료를 보내도 며칠이 지난 후에야 도착했다. 희온의 정보 업데이트가 많이 느린 이유였다.

─여태까지 해킹당한 적도 없고, 너는 아직 정부 쪽 일 많이 안 했잖아. 한 번 정도는 괜찮을 거야, 일회성 문서로 보낼게. 나중에 수도 오면 디바이스 한 번씩 교체하자.

"네. 그럼 보내 주세요."

짧은 인사를 끝으로 희온이 맥과의 연결을 끊었을 때, 문에서 노크 소리가 들렸다. 잠시 주변을 둘러보다가 홀로그램 디바이스를 숨기고 문을 열었다. 커다란 문 앞에는 편한 옷으로 갈아입은 헤이븐이 서 있었다.

"예."

"차는 리암한테 맡겨서 잠깐 정비 보냈습니다."

그 말을 마친 헤이븐이 희온을 위에서 아래로 쭉 훑어보기에, 희온이 의도를 묻는 대신 무표정한 얼굴로 눈을 깜빡였다.

"아직 안 씻었네요. 도박을 하든 술을 마시든 오늘은 머리 좀 식히죠."

"이 숙소는 사비입니까?"

말을 마치고 등을 돌리던 헤이븐이 걸음을 멈췄다. 다짜고짜 그것부터 묻는 게, 아마 아까부터 그게 제일 궁금했던 모양이었다.

"특전사 월급이 얼마나 된다고 생각합니까? 피차 알고 있잖아요."

"그러니까 묻는 거죠, 엮이면 안 되는 돈일까 봐."

도대체 이렇게 사치할 만한 돈이 어디서 났냐고. 희온의 질문에 헤이븐이 대답을 해 줄까 말까 고민하며 턱을 살짝 들었다. 또 혼자 세상 고뇌는 다 짊어진 사람처럼, 혼자 모든 걸 다 알고 싶은 사람처럼. 그나마 오늘은 잠을 자서 그런지 좀 나아 보이는 얼굴을 하고 있었다. 헤이븐이 어깨를 으쓱였다.

"나하고 엮이려면 돈하고도 엮일 생각을 해야 될 텐데. 내가 가진 게 얼굴만 있는 건 아니라서요."

"저 진지합니다."

"집에 돈이 많아요. 그러니까 얼마든지 엮여도 됩니다. 엮이는 게 나든 내 돈이든 아니면 내 몸이든. 뭘 먹어도 탈 안 난다고."

"돈하고만 엮이고 싶기는 한데, 그건 둘째 치고. 집에 돈이 많은데 왜 군인을 합니까?"

이 정도 호텔에 개인 방을 턱턱 잡을 수 있는 재력이면 더 좋은 기회가 많을 텐데.

"언제부터 그렇게 속물이었습니까?"

돈 좋아하는 게 본능이지 왜 속물이야? 이래서 집에 돈 많은 사람들하고는 말이 안 통한다고 생각한 희온이 눈을 찌푸렸다.

"태어날 때부터요. 왜요, 속물이라고 하니까 겁납니까?"

"아니요, 어떻게 된 게 더 매력적이네. 집어삼키고 싶어요."

"탈 납니다. 그쪽의 돈이든 몸이든 삼키면 탈 안 날지 몰라도 나는 탈 난다고요. 그러니까 함부로 입 벌리고 침 흘리면서 탐내지 마세요."

"내가 탐내 하는 건 알고 있네요, 매일 모르는 척 동료인 척만 하는 줄 알았더니."

말을 말아야지. 희온이 더 이상 상대하는 것을 포기하며 입을 다물자 헤이븐이 의미를 알 수 없는 미소를 지었다.

"원하는 게 있어서."

갑자기 무슨 소리인가 싶었다. 헤이븐이 한 걸음 가까이 다가서며 말을 이었다.

"왜 군인을 하냐면서요. 원하는 게 있어서 한다고."

원하는 거. 지난번에도 비슷한 말을 들었던 것 같은데. 그의 묘한 미소를 짐작하는 동안 헤이븐이 어깨를 으쓱였다.

"들여보내 주지도 않을 거면서 사람 기대하게 하지 말고 씻으세요. 아니면 지금 나 초대하는 겁니까?"

쾅.

헤이븐의 얼굴 바로 앞으로 호텔 방문이 정 없이 닫혔다.

미련 없이 문을 닫고 돌아선 희온이 욕실에 들어가기 위해 티셔츠를 당겨 벗었다. 집에 돈이 많다는 헤이븐의 말을 들으니 불씨가 되어 사라진 자신의 전 재산이 떠올랐다. 다시 그만큼의 돈을 모으려면 또 얼마의 시간을 보내야 하는지 가늠할 수 없었다.

맨더로 활동을 할 때마다 상여금을 받기는 하지만 그건 날이 갈수록 심해질 부작용에 대한 위로 차원이었다. 바지를 벗기 전 주머니에 든 것부터 꺼내던 희온의 손에 천 조각이 걸렸다. 손수건이었다. 아, 고맙다는 말을 못 했네. 남색 손수건의 접힌 자국을 가만히 바라보던 희온이 우선 다른 것들과 함께 테이블 위에 잘 내려 두었다.

간만에 샤워 대신 목욕을 할 생각으로 넓은 욕조 안으로 들어간 희온이 트랜스퍼를 통해 전달된 문서를 열었다.

[……이틀 뒤 발견된 맨더 사망자 역시 다른 맨더의 꿈에 들어간 이후 뇌 손상이 진행된 것으로 확인되었다. ……희박한 확률로 맨더의 부작용이 줄어드는 경우도 있는데, 피실험자는 약혼자와 함께 있을 때 과수면이 줄었으며 다른 피실험자는 자녀와 함께 있을 때 환시가 호전…….]

말없이 문서를 한참 훑어보던 희온이 마른 침을 삼키며 기계를 껐다. 속이 더 복잡해지기 전에 술이나 마시고 자야겠다. 욕조 안의 마개를 뽑으며 몸을 일으켰다. 더운물에 더 앉아 있다간 어지러워질 것 같았는데, 이왕 어지러울 거라면 목욕이 아니라 알코올 때문이고 싶었다.

맨더에 관한 기록

맨더가 다른 맨더의 꿈에 들어갈 수는 있지만, 양쪽 모두에게 심각한 부작용을 불러온다.

* * *

"아, 정신이 하나도 없네."

고급스러운 호텔은 화려했고 사람들로 북적거렸다. 카지노에는 잭팟을 노리는 사람들로 가득했고 라운지는 말할 것도 없었으며 클럽 앞은 사람들로 가득해서 발을 디딜 틈조차 없었다.

얼마나 대리석을 발랐는지 내딛는 걸음 소리도 고급스럽다고 생각한 희온이 로비의 바에 들어가 주변을 살폈지만 헤이븐이나 오웬, 리암은 보이지 않았다. 혼자 노는 게 속 편한 희온으로서는 다행이었다. 희온은 걸음을 옮겨 클럽 안으로 들어갔다. 몇 걸음 옮기자마자 쩌렁쩌렁 머리까지 울리는 노래에 살짝 눈을 찌푸렸다.

"여기 있습니다."

"고마워요."

들어가자마자 바텐더에게 독주 한 잔을 주문해 받아 삼켰다. 도시에서 살아 본 적은 없지만 수도에 잠깐 머물던 시절 몇 번 갔던 술집과 별다른 점은 없어 보였다. 향락의 도시라서 그런지 사람들이 반쯤 미쳐 날뛰는 것만 빼면.

희온은 오늘 술이나 실컷 마실 생각이었다. 지금은 그거면 될 것 같았다. 이대로 머리만 싸매고 있다간 스트레스로 머리가 터져 죽어 버릴지도 몰랐다.

바텐더가 한 잔 더 건넨 술을 입에 털어 넣은 희온이 라임을 베어 물었다. 오늘따라 술이 맛있네. 여태 식사를 못해 텅 빈 것 같은 속이 술로 데워지는 기분이었다.

가진 돈을 전부 도둑맞았다. 몇 년 동안 평화롭게 살던 곳에서 폭발이 일었고, 동료가 음독을 당했는데 동행인이 영 수상하다. 게다가 얼마 전부터 이상한 부작용이 불쑥불쑥 솟았으며 지금 향하는 목적지는 전쟁터였다. 인생이 뭐 이 모양이지.

"술 드실래요?!"

수많은 사람을 보는 둥 마는 둥 생각에 잠겨 있던 희온이 낯선 목소리에 정신을 차렸다. 자신에게 술을 건넨 여자는 '생일 축하해!'라고 반짝이 자수가 놓인 티셔츠를 입고 있었다. 근처에 똑같은 티셔츠를 입고 있는 무리는 이제 갓 성인이 넘은 듯 어려 보였다. 생일 파티 한번 거하게 하네.

"잘 마실게요, 생일 축하한다고 전해 주세요."

뭐, 좀 취해서 잠들면 좋지. 환호성이 터져 나오는 무리를 향해 잔을 들어 보인 희온이 웃으며 브랜디를 한 모금 넘겼다. 이거 입어요! 잔을 비운 희온에게 그 여자가 던진 건 하얀색 옷이었다. 한눈에 보기에도 커다란 티셔츠를 펼쳐 본 희온이 황당한 표정을 했다. 주변 사람들과 마찬가지로 '생일 축하해!'라고 적힌 글자가 조명에 맞춰 반짝이고 있었다.

이곳에서 노는 사람들의 밤은 길었고, 희온도 마찬가지였다. 시끄러운 음악 소리가 번지듯이 들리는 것 같다는 생각과 함께 희온이 맥주병을 들어 술을 삼켰다. 이미 아까부터 줄기차게 들이부은 술이

빈속에 차올라 뇌를 쩡쩡 때리는 걸 보니, 내일 숙취로 고생할 게 분명했다.

그러나 아무 생각도 들지 않는 지금이 훨씬 나은 것 같았다. 그래, 괜찮지. 취기와 무기력이 함께 밀려와 몸이 아래로 푹푹 기운다. 슬슬 돌아갈까. 어지러운 이마를 짚은 희온의 등 뒤에서 누군가가 팔을 잡아당겼다.

"저기요."

희온이 고개를 들자 멀끔하게 생긴 남자 하나가 멍한 얼굴로 쳐다보고 있었다. 눈이 살짝 풀린 게 약을 했나 싶어서 경계하려는데 남자의 말이 이어졌다.

"우리…… 어디서 본 적 있죠."

진부한 말이었지만 사실은 희온도 그렇게 생각하는 중이었다. 묘하게 낯이 익은 얼굴에 희온이 얼굴을 찌푸렸다. 어디서 봤더라. 고민하는 사이, 남자의 눈이 커진다.

"……저는 새뮤얼이라고 합니다. 저기 제 말, 못 믿으시겠지만……."

아. 남자가 그렇게 운을 떼우자마자 희온도 따라서 동요했다. 그를 어디서 봤는지 떠올랐기 때문이었다. 몇 개월 전, 본부의 지시로 꿈에 들어갔던 타겟이었다. 새뮤얼. 희온이 샘이라고 불렀던 남자는 합병 문제로 골머리를 앓던 회사의 대표였다.

정부랑 어떻게 엮였는지는 희온이 알 바가 아니었다. 기껏해야 남자의 꿈에 들어가 다른 사람과 어떻게 거래했나, 그걸 캐내는 게 전부였다.

"죄송한데, 저는 처음 보는 것 같습니다."

희온이 먼저 남자의 말을 끊고 이야기했다. 남자의 뒷말이 '꿈에서 본 적 있는데요.'일까 봐. 처음 벌어진 일에 드물게 당황했지만 티를 낼 수는 없었다. 자연스럽게 등을 졌지만 새뮤얼은 끈질기게 따라붙었다.

"……그런가요? 그럼 저, 술 한 잔만 살게요."

"예, 싫어요. 술 안 좋아합니다. 그쪽도 별로고요."

이미 술을 마셔서 얼굴이 빨간 사람이 할 말은 아니었지만 어쨌든 떼어 내야 했다. 타겟이 자신의 꿈에 들어온 적 있었던 맨더를 실제로 보게 되면 마음이 가게 된다는 건 이미 증명된 사례였다. 게다가 이 남자는 몇 번씩이나 자신의 타겟이었던 사람이었다. 더 피곤해지기 전에 자리를 피하려던 희온의 앞을 새뮤얼이 가로막았다.

"반, 했습니다. 진짜 반해서 그래요."

반짝이는 조명 중 밝은 빛이 이쪽을 향할 때 본 남자의 눈은 완전히 풀려 있었다. 처음 희온을 가로막았을 때의 얼굴도 그랬지만 지금은 확연히 달랐다. 이런 상황이 올 수도 있다는 건 글로 읽기만 했지 이렇게까지 된다는 건 예상하지 못했던 희온이 정신을 차리기 위해 눈에 힘을 주었다. 여태 마신 술도 깨는 기분이었다.

"그건 제가 몰라도 되는 그쪽 사정이고요."

"기회는 줘야죠. 정말, 딱 술 한 잔만 사게 해 주시면 가겠습니다."

새뮤얼의 말에 희온이 잠시 고민하며 난감한 얼굴로 한숨을 쉬었다. 아무리 거절해도 알아먹을 것 같지 않은 데다가, 자칫 끝까지 따라붙어서 방이라도 알아내면 곤란했다. 평범한 일반인인 남자를 제압하는 건 일도 아니지만, 사람이 득실거리는 이곳에서는 곤란했다.

훈련할 때 팀원을 보거나, 홀로그램으로 된 적 아니면 기껏해야 꿈 안에 들어가서 사람을 상대했던 희온은 이런 식의 접근이 부담스러웠다.

"예. 알겠습니다. 술 사 오세요."

그 대답은 그저 그를 떼어 내기 위한 구실일 뿐이었다. 희온은 낯선 곳에서 처음 보는, 그것도 자신에게 혼이 빠진 남자의 술을 받아먹을 생각은 추호도 없었다.

술을 사 오겠다며 자리를 뜬 남자의 뒷모습을 보다가 희온은 곧장 걸음을 옮겼다. 그러나 입구를 꽉 막고 있는 인파 때문에 쉽게 벗어나지 못할 것 같아서 결국 근처에 보인 화장실로 몸을 숨겼다. 딱히 선택지가 없었다.

다행히 깔끔하고 넓은 화장실 안에는 사람들이 별로 없었다. 주변을 살펴본 희온이 가장 안쪽의 칸으로 들어가 등을 기대고는 숨을 훅 내쉬었다. 조금만 이대로 있다가 돌아갈 생각이었다.

"후."

요즘 왜 이렇게 되는 일이 없나 싶었다. 간만에 사람 구경을 하는 것까진 좋았는데 하필 만난 게 예전 타겟이라니. 불행한 인생 타령을 조금 더 하고 싶었으나 이곳을 벗어나는 게 먼저였다.

손목시계의 바늘이 흔들리는 것 같은 착각에 눈에 힘을 가득 주었다가 손에 들고 있던 티셔츠를 펼쳤다. 클럽에서 이 옷을 입고 있는 사람만 족히 스무 명은 되는 것 같았으니, 차라리 나은 선택일지도 모른다. 희온이 술에 취한 고개를 좌우로 흔들었다가 티셔츠 안에 쑥 밀어 넣었다.

옷까지 바꿔 입고 그곳에 처박혀 숨을 죽이고 있는 동안 들려오는 노래는 벌써 몇 번이나 바뀌어 있었다. 가만히 있을수록 취기가 더욱 오르는 기분이라 결국 15분까지 세어 보던 희온이 화장실 문을 열었다.

달칵.

물론 아직 새뮤얼이 그 클럽 안에서 자신을 찾아다닐 가능성이 컸지만, 그때에는 어쩔 수 없이 무력으로 제압할 생각이었다. 다른 이의 눈에 띄는 걸 싫어하긴 했지만 불가피할 땐 그것도 방법이었다. 고작해야 두세 명이 세면대 쪽에 모여 대화하는 걸 흘끔 본 희온이 화장실 밖으로 걸음을 옮겼다.

클럽은 여전히 사람들로 북적였다. 잠깐 훑어봐도 그 남자는 보이지 않는 듯해 일단 출입문부터 확인했다. 잠시 술기운을 털어 내듯 고개를 저으며 벽을 짚은 희온이 사람들 틈을 비집고 나가기 시작했다.

"또 만나네요!"

"어! 티셔츠 입었네요!"

그러나 이번에 자신의 앞에 선 건 아까 자신에게 티셔츠를 주었던 생일 파티 무리였다. 예, 이제 가려고요. 대충 대꾸한 희온이 신나게 뛰어 대고 있는 무리를 피해 걸음을 옮겼다. 이곳을 나가자마자 엘리베이터를 타고 방으로 올라갈 생각이었다.

탁.

"어디 가요?"

그러나 거의 문 앞에 다 도착했을 무렵, 자신의 허리를 뒤에서 끌어안아 오는 팔이 우악스러웠다. 보지 않아도 아까 그 남자였다. 다짜고짜 몸에 손을 댈 사람은 이 남자 아니면 헤이븐밖에 없었는데,

헤이븐은 뻔뻔할지언정 이렇게 투박한 손길로 자신을 만진 적은 없었다. 역시나, 풍겨 오는 체향도 묘하게 역겨웠다.

"나갑니다."

하는 수 없이 상대를 제압하기 위해 그의 손목을 틀어쥐었다. 비틀어 꺾을 생각이었다.

탁!

"아!"

순간 희온의 몸이 뻣뻣하게 굳었다. 손목을 틀어잡은 손에 힘을 주기도 전에, 옆구리가 따끔했기 때문이었다. 고개를 내리자 새뮤얼이 손에 쥔 얇은 주사기가 보였다. 주삿바늘은 얇은 티셔츠 자락을 뚫고 희온의 피부 속으로 파고들었다.

쿵!

곧장 주사기를 쳐 낸 희온이 남자의 멱살을 잡아 벽으로 집어 던졌다. 그를 떼어 내자마자 바닥에 떨어진 주사기를 확인해 보니 정체 모를 약은 이미 절반이 넘게 줄어 있었다. 옆구리를 감싼 희온이 새뮤얼에게 다가섰다. 벽에 밀쳐진 그는 기침을 하면서도 입꼬리를 끌어 올리고 있었다.

"이거 뭐야."

"……글쎄."

아, 이걸 어떻게 죽이지. 번들거리는 얼굴부터 발로 차기 위해 무릎을 든 그 순간, 아랫배가 저릿하더니 옅은 열기가 손가락 마디마디에 번지기 시작했다. 갑자기 숨이 차 입을 벌리는 희온을 본 새뮤얼은 태연한 미소만 짓고 있었다.

"너……."

등 뒤로 식은땀이 흘렀다.

"그러니까, 애초에 내 말 좀 듣지."

모든 소음은 시끄러운 노랫소리에 묻혔고, 근처에서 희온을 돌아보던 사람들도 별일 아니라고 생각했는지 다시 저마다 어울려 놀기 시작했다.

몇 번 더 기침한 남자가 벽을 짚으며 몸을 일으키는 것까지 본 희온이 몸을 돌렸다. 저걸 잡아 패는 건 나중이고, 일단 방으로 올라가야 했다. 올라가서 헤이븐과 리암에게 도움을 청해야 했다. 뭘 맞았는지 가늠이 되진 않았지만 마약 종류일 가능성이 컸다.

출입문으로 향하는 내내 심장이 빠르게 뛰는 것도 같고, 느리게 뛰는 것도 같았다. 그러나 어쩐지 그 거리가 줄어드는 것 같지가 않다. 아니면, 자신의 걸음이 느려지는 것일 수도 있었다. 숨을 쉬면 쉴수록 명치가 답답했고, 무릎이 금방이라도 꺾일 것만 같았다.

"어디 가나니까."

"윽, 아!"

시야가 빙글 돌며 두피가 욱신거렸다. 새뮤얼이 희온의 머리채를 강하게 잡아당기는 바람에 몸은 다시 그의 앞이었다. 희온을 낚아챈 그가 출입구에서 먼 쪽으로 향하며 다시 몸을 당겨 안았다. 새뮤얼의 목을 팔꿈치로 힘껏 치려고 했지만 약 기운에 빠르게 무뎌진 움직임은 금방 틀어 막혔고, 저항하던 희온의 무릎이 꺾이면서 몸이 그 품으로 무너져 내렸다.

몸의 일부분에 머물던 저릿거림은 이제 손목으로, 발끝으로, 번지는 중이었다. 심장이 목에서, 혀끝에서, 귓가에서 뛰는 기분이었다. 희온이 그의 품에서 벗어나기 위해 팔을 짚었으나 힘이 빠져 미끄러진 손은 금방 그의 손목으로 흘려 내려갔다. 급소가 아니라 어디라도 때릴 수 있다면 좋을 텐데 기운은 금방 녹아내렸다. 그나마 돌아가던 머리마저 약에 절어 느려지기 시작했다.

무릎과 팔에 억지로 힘을 주며 새뮤얼을 밀어냈으나 그것마저 아무 소용이 없었다. 그는 오히려 희온을 이끌어 벽에 밀쳤다.

톡.

벽에 뒤통수가 닿기 무섭게 눈에 힘이 풀려 시야가 자꾸 어물거렸다. 도움을 청할 누군가를 찾듯 그의 뒤를 훑었으나 이미 잔뜩 취해 흐물거리는 사람들은 이쪽에 관심도 없는 듯했다. 아까보다 더 커진 듯한 음악 소리가 뭉개져 들렸다.

"아."

희온의 무릎이 한 번 더 꺾였다. 넘어질 뻔한 희온을 다시 받쳐 안은 새뮤얼이 목덜미에 얼굴을 묻으며 상의 속으로 손을 밀어 넣었다. 목에 질척한 입술이 문질러졌다.

"내 방으로 올라갈래?"

의도가 명확했다. 무슨 소리라도 내야 하는데, 혀도 마비되었는지 입술을 벌벌 떠는 것 말고는 그 어떤 것도 할 수 없었다. 그 사이 새뮤얼의 손이 옆구리를 훑자 소름이 끼쳐 옴과 동시에 오금이 저려서 희온이 고개를 들어 올렸다. 간신히 피하려는 움직임이었으나 새뮤얼의 징그러운 숨결은 쇄골을 따라 내려가고 있었다.

희온이 그의 어깨를 짚었던 손을 놓고 팔을 옆으로 쭉 뻗었다. 근처의 원형 테이블에 놓인 술병을 잡기 위해서였다. 머리를 내려칠 생각이었다. 떨리기 시작한 팔이 한없이 무거웠다. 간신히 뻗어진 손끝이 술병을 건드렸다.

탁.

"당신 취향이 `고작 이런 얼굴일 리가 없는데."

그 말과 함께 희온의 눈앞에 커다란 그림자가 만들어졌다. 언제나 차분하고 듣기 좋은 목소리는 익숙한 사람의 것이었다. 헤이븐이 근처에 와 있었다.

"뭐야? 안 비켜?"

헤이븐이 머뭇거리지도 않고 새뮤얼의 목덜미를 잡아 뒤로 쭉 당기자 징그럽게 들러붙던 상체가 조금 멀어졌다. 그러나 여전히 두 팔로는 희온의 허리를 끌어안고 있어서 그에게 덩달아 딸려가지 않도록 힘을 주어야만 했다.

그 틈에 고개를 숙인 헤이븐이 희온의 얼굴을 확인했다. 뭘 그렇게 봐, 딱 보면 눈치채야지. 희온이 원망스러운 속을 했으나 사실은 반가웠다. 맹세코 지금만큼 그의 등장이 반가운 적은 처음이었다.

"비키라고 했잖아!"

새뮤얼도 헤이븐의 갑작스러운 등장과 태연함에 놀란 듯 그에게서 희온을 숨기듯이 굴었으나 그 움직임은 헤이븐의 손짓 한 번에 멈추었다.

오른팔로 새뮤얼의 쇄골을 찍어 눌러 더욱 들러붙지 않게 만들고 다른 손으로 희온의 턱을 쥐어 잡아 이리저리 확인한 헤이븐의 얼굴이 일그러진다. 술 취한 게 아니네.

"그럼 그렇지. 내 얼굴을 두고 저건 아니죠."

헤이븐이 그 뒤로 무어라 한 것 같긴 한데 시끄러운 노래 덕분에 정확히 들을 수 없어서, 희온이 인상을 찌푸렸다. 이 새끼 좀 치워요. 아주 간신히 뱉어진 목소리는 어차피 음악 소리에 묻힐 터였다.

뻐억!

쿵!

아니, 이렇게는 말고. 여태 허리를 안고 있던 새뮤얼이 헤이븐의 주먹질 한 번에 뒤로 벌렁 넘어가자 희온의 몸도 따라 넘어질 듯 휘청였다.

"조심해요, 다친다."

거의 고꾸라질 뻔한 희온을 낚아챈 건 헤이븐이었다. 그는 희온을 한 팔에 단단히 안아 넣은 채 보잘것없이 쓰러진 남자에게 발을 뻗었다. 헤이븐은 새뮤얼을 걷어차지 않았다. 그저 그의 얼굴을 짓밟아 누를 뿐이었다. 정신이 반쯤 나간 채 그 품에 기대어 있던 희온은 자신의 뜨거운 뺨을 헤이븐에게 기대곤 거친 숨을 뱉는 게 움직임의 전부였다.

헤이븐의 발아래서 들려오기 시작한 끔찍한 비명에 주변으로 갈라진 사람들이 소리를 지르며 소란이 일었으나 희온에게는 웅웅거리는 소리로만 들려왔다. 시끄러운 음악 소리가 어느덧 사그라들었으나 시야가 흔들릴 때마다 머리도 같이 울렁거려 제대로 된 상황 파악이 힘들었다.

다만 자신을 품에 안고 있는 헤이븐이 몸을 움직일 때마다 간혹 뼈가 부러지는 소리가 들리는데, 이게 사람들이 빚어내는 소음인지 정말 헤이븐이 만들어 내는 소리인지 헷갈린다고 생각하며 점점 더 뜨거워지는 몸에 숨을 헐떡였다. 목이 탈 것 같은 갈증이 일었다.

"……좀."

새뮤얼의 비명과 사람들의 웅성거리는 소리가 공간을 떠나갈 듯 울리고 있었는데 그 와중에도 헤이븐은 희온의 목소리를 들은 모양이었다. 희온이 힘을 쥐어짜 내 헤이븐의 옷을 쥐자 그제야 움직임이 멈춘다. 헤이븐에게서는 언제나 맡았던 기분 좋은 향수 냄새가 났다. 깔끔하고 단정한 성격이 그대로 향에 담겨 있는 것만 같았다.

"괜찮아요?"

희온은 멍한 와중에도 헤이븐이 자신을 비웃거나, 가르치려 하거나, 아니면 타박할 거라고 예상했으나 헤이븐은 그저 그렇게 물었다. 온 얼굴이 빨갛게 익은 희온이 헤이븐의 시원한 옷깃에 뜨거운 뺨을 문질렀다. 그 움직임에 우뚝 멈춘 헤이븐이 단숨에 희온을 안아 들었다. 힘이 빠진 몸을 웅크리듯 허리를 굽히자 꼭 희온이 헤이븐의 목을 힘껏 끌어안은 모양새가 되었다.

"……조금만 참아, 리암을 부를 테니까 근처 병원에."

"아……. 그냥."

물을, 마시고 싶어. 목말라. 뇌를 두드리는 것 같던 소음이 사라진 걸 보니 헤이븐이 클럽을 나온 모양이었다. 손끝과 발끝, 팔꿈치와 어깨가 저려 오던 증상이 점점 더 둔해지더니 이제는 아예 몸이 통째로 묵직하게 욱신거리기 시작했다.

"내 방, 에……."

희온은 특전사로 훈련을 받기 시작하면서 몇 가지 마약 증상에 대해 공부한 적이 있었다. 온갖 마약에 절었던 사람도 만나 봤고, 그들을 원하는 방향으로 다루는 훈련을 하기도 했다.

희온은 최대한 자신의 상태를 냉정하게 보기 위해 애썼다. 지금 당장 열이 오르고 멍해졌을지언정 환각이 생기거나, 몸이 부유하는 느낌은 들지 않았다. 무엇보다 성기가 터질 듯이 부풀고 그의 몸에 아무렇게나 비벼 대고 싶은 걸 보면, 그 약은 높은 확률로 마약이 아니었다.

왜 하필.

헤이븐에게 들려 안겨 있던 희온이 눈을 내리깔자 헤이븐의 등이 보였다. 이 정도의 남자면 어디든 몇 명이든 섹스 상대가 있을게 분명했다. 희온이 정신을 차리기 위해 눈을 가늘게 떴다. 남들과 똑같이 셔츠를 입었을 뿐인데 근육뿐인 몸이 더 도드라져 보이는 것 같았다.

진짜, 정말, 더럽게 섹시하네. 누가 작정하고 만들어 낸 것 같은 얼굴부터 키와 어깨, 그리고 목소리까지 더할 나위 없는 남자였다. 게다가 희온은 이 남자의 섹스를 알고 있었다. 손길과, 입술과, 무기 같은 성기까지 전부.

"하, 으……."

그의 걸음으로 몸이 움직이며 비벼질 때마다 희온이 앓는 소리를 했다. 최대한 이성을 차리기 위해 손으로 헤이븐의 어깨를 꽉 쥐자 그의 걸음이 빨라졌다. 허리를 감아 안고 있던 손으로 희온의 뒤통수를 받치고 엘리베이터에 오른 헤이븐은 희온을 유리 벽에 기대게 만들었다. 그제야 상체를 살짝 떼어 놓은 채 얼굴을 확인했다.

"많이 힘들어요?"

헤이븐의 손가락이 식은땀에 젖은 희온의 머리카락을 넘겼다. 이미 알고 있으면서 왜 물어요. 눈 밑이 떨려서 일렁이는 눈으로 헤이븐의 시선을 마주했다. 명도가 높은 녹안을 이렇게 가까이에서 본 게 꽤 오랜만인 것 같다는 착각이 들었다.

녹아내릴 것 같았다. 머리를 침범하는 간지러움에 허리를 뒤틀고 싶었다. 몸을 붙여 흔들고 싶었다. 그의 커다란 손을 자신의 다리 사이에 가져다 대 마음껏 문지르고 싶었다. 어떻게든 해 달라며 울고불고 매달리고 싶었다. 그러나 아직 털끝만큼 남아 있는 이성에 애써 혀끝을 물며 인상을 구겼다. 희온을 보던 헤이븐의 얼굴이 심각해졌다.

"일단 병원으로 가죠."

"아, 니."

아니야. 그게 아니야. 이마를 헤이븐의 어깨에 붙인 희온이 팔을 그의 목 뒤로 끌어안듯 넘기고는 곧은 목덜미에 손끝을 눌렀다. 손톱자국이 난다는 걸 알고 있음에도 손끝을 여러 번 움직여 가며 남자의 살을 꾹꾹 눌러 대자 헤이븐의 몸이 굳는다.

"희온."

기계음과 함께 엘리베이터가 멈추었으나 헤이븐은 움직이지 않았다. 처음에는 희온이 감히 자신이 아닌 다른 누군가와 붙어먹으려는 건가 싶어 화가 치밀었지만, 종종 자신을 감탄하듯이 보던 희온의 시선을 누구보다 자신이 가장 잘 알고 있었다. 그의 취향이 그렇게 저급일 리가 없었다.

그러다 풀린 동공을 보고 마약을 했나 의심했지만 남자에게서 떼어 낸 희온을 안은 순간 그게 아니라고 확신했다. 지금도 선명하게 느껴지는 부푼 성기를 모를 수가 없었다.

눈앞에서 몸을 잘게 떨기 시작한 남자를 훑어보던 헤이븐이 새까만 그의 머리카락에서 손을 떼어 냈다. 분명 당장 이곳에서라도 범하고 싶어 손끝이 계속 그에게 닿았지만 지금은 그럴 때가 아니었다. 약의 양에 따라 위험할 수도 있었다. 당장 병원으로 가는 게 맞았다. 엘리베이터 버튼을 다시 눌러야 하나 고민하는 순간, 희온의 몸이 움직였다.

"그냥, 눈치챘으면 좀, 아!"

희온이 몸을 움직이자 또다시 헤이븐의 복부에 희온의 하체가 닿았다. 헝클어진 머리카락, 벌어진 셔츠, 빨갛게 달아올라 입술을 벌린 채 스스로 몸을 비벼 오는 희온.

……역시 병원보다는, 내가 낫게 해 주는 게 좋겠지.

헤이븐이 그대로 희온의 벌어진 입술을 삼켰다.

쿵!

닫히기 시작한 엘리베이터 문틈에 헤이븐이 손을 밀어 넣었다. 다시 벌어지는 틈 사이로 빠져나가는 동안에도 헤이븐은 희온을 집어삼키는 중이었다. 숨까지 남김없이 먹어 치울 생각인지 헤이븐은 희온의 목덜미를 손으로 덮어 조금 더 제게로 가까이 이끌었다.

더욱 바짝 붙어 오는 몸짓에 결국 숨이 모자란 희온이 먼저 고개를 틀었다. 그러나 물러서는 건 거기까지라서 어느새 희온은 새빨갛게 물든 얼굴로 헤이븐의 단단한 몸에 대고 앞을 문지르고 있었다.

희온의 몸을 받친 헤이븐의 손에 힘이 잔뜩 들어찼다. 정신이 나간 거지? 지금 날 시험하는 게 아니라, 이성 잃은 게 맞는 거지? 약에 취한 건 희온인데도 정작 머리부터 몸, 성기가 모조리 터질 것 같은 건 자신이었다.

"입 벌려."

쪽, 소리를 내며 입술을 떨어뜨린 헤이븐이 낮은 목소리로 명령하자 희온이 젖은 입을 벌렸다. 붉은 입술 사이에 빼꼼히 자리 잡은 더 붉은 혀가 사람의 이성을 힘껏 당기는 느낌이었다. 고개를 틀어 그 혓바닥을 욕심껏 빨아 댄 헤이븐이 희온의 티셔츠 속으로 손을 밀어 넣어 맨살을 매만졌다. 그것만으로도 그가 앓는다. 그 소리를 신호 삼아 헤이븐의 이성이 쉽게 헤집어졌다.

"흐, 읏."

"생일이 아니라, 오늘 밤을 축하해야 될 것 같은데."

헤이븐이 낮게 속삭였다. 도대체 이런 옷은 어디서 난 거야? 누가 생일인 건데. 짧은 웃음이 번졌다.

탁.

두꺼운 호텔 방문이 열리자마자 요란하게 반짝이는 희온의 티셔츠를 끌어 올리며 벽에 밀어붙인 헤이븐이 스스로의 옷도 함께 벗어 던졌다. 잠시 자신에게서 손이 떨어진 순간을 못 참겠다는 듯이 희온이 몸을 들썩이며 양쪽 다리로 헤이븐의 몸을 단단히 얽었다.

"흐으, 아. 더, 워."

공기 중에 드러난 희온의 상체가 붉을 대로 붉어져 있었다. 약에 취해서 그런 것인지 아니면.

아, 원래 그랬지. 헤이븐이 희온과의 잠자리를 떠올렸다. 희온은 원래 그랬다. 자신이 만지는 곳마다 야하게 들러붙었으며 깨무는 곳마다 쉽게 자국이 남았다. 원래 야한 몸이었다. 평소의 얼굴은 그렇게 무덤덤한 주제에. 무표정으로 뒷걸음질하는 게 특기인 주제에.

헤이븐이 희온의 마른 옆구리를 쓸었다. 몸보다 서늘한 헤이븐의 손가락이 스치자 희온이 그것만으로도 앓았다. 어떻게 해 줄까. 헤이븐은 더 이상 웃지 않았다. 다만 희온의 바지를 벗기고 자신의 버클마저 풀어 벗은 채 뽀얀 뺨과 목덜미를 물어 가며 채근했다.

어떻게 해 줬으면 좋겠어. 원하는 게 있을 거 아니야.

헤이븐의 손이 일부러 희온의 것을 피했다. 통통하게 살이 오른 엉덩이를 쥐어 주무르고 허벅지 안쪽으로 손을 넣으면서도 앞은 자신에게 스스로 비벼 오도록 그대로 두었다. 그게 마음에 들 리 없는 희온이 엉덩이를 들썩였다. 힘이 얼마나 센지 자신이 매달려 몸을 비벼 대도 흔들림 한번 없는 몸이 좋았다. 희온도, 그 몸을 뚜렷하게 기억하고 있었다.

"만져, 웃…… 줘."

희온이 반쯤 풀린 눈으로 말하며 헤이븐의 어깨를 물었다. 아프지 않은 그 입질에도 헤이븐은 마치 아픈 것처럼 얼굴을 구겼다.

"만지기만 하면 돼요?"

한껏 풀린 건 희온이었지만 점점 더 여유가 없어지는 건 헤이븐의 몫이었다. 당장 그를 벽에서 떼어 내 침대에 눕히며 그 위로 엎드렸다.

"그걸로 만족해?"

툭, 그 와중에 협탁에 있던 무언가가 바닥으로 떨어졌지만 두 사람 중 고개를 돌리는 사람은 없었다. 희온의 속옷을 벗겨 내리자 벌써부터 젖은 앞이 갑갑한 속옷 속에서 톡 튀어나왔다. 오랜만에 보는 복숭앗빛 성기에 헤이븐이 머뭇거림 없이 허리를 숙여 기둥에 대고 뺨을 비볐다. 얼굴에 아무렇게나 닿는 축축한 감촉이나 짙은 체향이 달콤했다.

"훗! 아! 좋, 아…… 그!"

하얀 손가락이 헤이븐의 머리카락을 파고들어 와 감아쥐었다. 마치 자신의 행동을 채근하는 것 같아서 헤이븐이 쉽게 넘어가 주지 않을 생각으로 몸을 올렸다. 희온의 어깨를 물고, 목덜미를 물었다.

그때마다 희온은 좋다는 듯이 헤이븐의 얼굴을 끌어안았다.

조금 더 해 줘. 간지러워, 조금만 더. 희온이 그렇게 말하듯이 발가락을 꼭 굽히자 헤이븐이 양손으로 희온의 엉덩이를 붙잡아 양쪽으로 한가득 벌렸다. 도톰한 살집의 가운데는 벌써부터 기대하는 것처럼 움찔거리며 주름을 조였다 펴기를 반복하고 있었다.

"아! 흐으, 아."

헤이븐이 벌린 입으로 희온의 허벅지 안쪽 여린 살을 깨물고, 조금 더 안쪽으로 파고들어 가 혀끝으로 통통한 입구 주름을 핥아 눌렀다.

울컥. 아직 본격적인 건 하지도 않았는데 벌써 체액을 줄줄 쏟아 내는 희온의 몸은 어지간히 야했다. 지금은 약 때문에 더 그렇다는 걸 알지만 사실, 평소와 많이 다르진 않았다. 여유가 사라진 헤이븐이 상체를 세우며 희온의 무릎을 바짝 벌려 놓고 젖은 기둥을 감아쥐었다.

"웃, 조금, 천……천히."

헤이븐이 커다란 손으로 성기를 쥐어 위아래로 크게 흔들자 희온이 어쩔 줄 모르고 상체를 들었다 놓으며 몸을 뒤챘다. 약 기운에 눈도 제대로 못 뜨는 희온에게는 지금 헤이븐의 숨결 하나, 손길 하나가 전부 큰 자극이었다. 배꼽까지 간지러운 기분에 죽을 것 같았다. 제발, 조금만 더.

머릿속을 멋대로 휘저어 대는 이성과 본능의 줄다리기에 희온이 고개를 저으며 헛숨을 삼켰다. 식은땀에 젖은 머리카락이 이마에 헝클어져 들러붙었다.

"가만히 있어요."

잘게 떨어 대는 희온의 엉덩이를 가볍게 내려친 헤이븐이 선홍빛 기둥을 타고 흐른 체액을 손으로 긁어모았다. 그 손은 금방 희온의 다리 사이 회음으로 향했다.

"흐, 앗, 건들지, 마……."

"싫은데. 힘 빼요, 많이 먹어 봤잖아."

뭘, 뭐를 먹어. 성욕에 젖어 낮아진 헤이븐의 목소리에 희온이 그렇게 대답했다. 억울했다. 물론 그의 물건을 품은 건 자신이지만, 사람을 있는 대로 집어삼키는 건 헤이븐 쪽이었다.

사실 지금 상황에서 가장 억울한 점은 아무리 약에 취했다고 한들 자신을 바라보는 눈, 매만지는 손길, 뱉는 속삭임에 당장 질질 쌀 것 같은 자신이었다. 눈을 질끈 감았다 뜨며 헤이븐의 팔목을 꽉 쥐었다. 또렷한 녹색 눈동자를 마주한 순간 아주 얇은 이성이 머릿속을 파고들었기 때문이었다.

"읏…… 잠깐, 생각할, 시간을 좀."

자꾸 침이 고이는 건, 기대되어 죽을 것 같다는 뜻이었다. 그에게 처박히는 희열을 기억하는 몸은 멋대로 달아오르고 있었다. 얼굴이 통째로 익어 욱신거리는 것 같은 기분에 희온이 어쩔 줄을 모르고 몸을 들썩이자 헤이븐의 눈썹이 꿈틀거리며 일그러졌다.

"누구 좋으라고 생각할 시간을 줘요?"

"아! 약, 때문에…… 힉!"

말이 끝나기가 무섭게 손가락이 주름을 펴고 안으로 들어왔다. 희온의 정액에 이미 축축하게 젖은 손가락이 익숙한 내벽을 파고들어 긁자 희온이 새하얗게 질린 손끝으로 헤이븐의 어깨를 긁었다. 금방이라도 펑 터질 것처럼 붉어진 얼굴이 한껏 꺾이며 정수리가 침대헤드에 비벼졌다.

사정 같지 않은 사정을 한 번 했음에도 희온의 성기 끝이 또다시 젖어 들었다. 동그랗게 커진 눈 아래가 파르르 떨리더니, 결국 희온이 먼저 다리를 벌려 헤이븐의 허벅지를 끌어당겼다.

"안, 되겠어…… 아, 좀. 헤이븐, 그냥."

헐떡이는 숨이 애원을 한가득 품었다. 빨리 박아. 너 잘하는 거 있잖아. 사람을 이렇게 만들어 놓고 왜 애를 태워? 서러움이 원망을 품는 바람에 눈에 힘이 가득 들어찼으나, 헤이븐은 헤이븐 나름대로 한계였다.

"기다려요. 풀어야 안 아플 거 아냐."

안달 나 죽겠다는 희온을 두고 헤이븐이 답답하다는 표정을 했다. 하얀 숲에서 훈련할 때부터 늘 호시탐탐 기회만 노려 왔던 순간인데, 지금 당장 그 몸에 성기를 쑤셔 넣고 흔들고 싶은 사람이 누군데.

그러나 헤이븐이 희온을 달래듯 아랫배에 입을 맞추며 손가락을 더 깊이 밀어 넣어 내벽을 긁자 희온이 풀린 눈으로 울었다. 손가락도 빼주지 않겠다는 듯 엉덩이를 쳐들고 조금 더 삼키겠다며 몸을 아래로 밀자 헤이븐이 어금니를 꽉 물었다. 정말, 숨 막히게 야했다.

손가락이라도 더 달라고, 그걸로라도 더 쑤셔 달라고 엉덩이를 아래로 쭈욱 내린 덕분에 긴 손가락 끝이 안쪽에 깊이 닿자 희온이 그것만으로도 또다시 탁액을 울컥 쏟아 내며 눈꼬리에 눈물을 매달았다. 혼자 절정에 달한 허리가 경련하느라 이리저리 뒤틀린다.

"흐아아, 아!"

헤이븐이 잠시 뻣뻣하게 굳은 표정으로 그 얼굴에 시선을 고정했다. 어떻게든 달래 주려는 사람에게 이런 모습을 보이는 건 반칙이었다. 희온의 입술이 열렸다.

"그, 냥. 그냥, 흐……. 해. 제, 발, 훗! 넣, 으라고! 좀 어, 떻게."

희온이 제정신이었더라면 절대 하지 않았을 말이었다. 누구보다 제 몸의 안녕을 기원하는 희온은 헤이븐의 성기가 얼마나 큰지 이미 알고 있었기 때문이었다. 섹스 파트너로 만났을 때의 희온은 뒤가 완전히 풀리기 전까지는 엄살이 심했다.

지금 그걸 넣으면 죽을 거야. 죽은 사람하고 섹스하고 싶어? 그런 말들을 해 가며 결국 녹녹하게 풀릴 때까지 헤이븐을 안달 나게 만들었다.

그러니까, 지금은.

"해 달라는 대로 해 주는 거예요, 나는. 내일 아프다고 울어도 몰라. 이미 책임 전가 끝났어."

곧장 손가락을 잡아 뺀 헤이븐이 희온의 양쪽 무릎을 잡아 자신의 허리에 둘러 둔 채 성기 끝을 입구에 문질렀다. 희온이 숨을 들이켜기도 전에 커다란 끝을 쑤셔 넣은 건, 순식간이었다.

"힉!"

숨을 덜컥 멈춘 희온이 고개를 뒤로 확 젖혔다. 아무리 약을 먹었어도 헤이븐의 커다란 물건이 파고드는 건 힘들었는지 버거운 티를 내며 손으로 시트를 말아 쥐었다. 단 숨을 쏟아 내던 게 꿈인 것처럼 호흡 한 번 제대로 못하며 끅끅거렸다. 맺혔던 눈물이 뚝뚝 떨어지는 것을 본 헤이븐이 고개를 숙여 짭짤한 뺨을 핥아 올렸다.

"하, 지……."

핥지 마. 희온이 헤이븐의 혀를 피할 기세로 고개를 흔들었지만 그럴 때마다 더욱 서럽게 쏟아지는 눈물에 끝도 없이 혀끝이 닿았다.

"아직, 다 안 들어갔는데."

중간까지 들어간 성기를 꽉 조여 무는 내벽은, 더없이 환상적이었다. 그러나 스스로의 크기를 알고 있는 헤이븐은 또다시 희온을 달랠 수밖에 없었다. 조금만 참아, 조금만 참으면 네가 좋아하는 곳만 쑤셔 줄게. 헤이븐의 속삭임에 풀린 눈을 한 희온이 고인 침을 삼켰다.

"좋, 아. 좋아. 흐…… 아!"

다행인지 불행인지 구멍이 한없이 벌어지는 느낌이 곧 쾌감으로 바뀐 모양이었다. 헤이븐이 희온의 골반을 틀어쥐고 완전히 안으로 몸을 붙였다. 히익! 아! 완전히 뒤로 넘어갈 듯 허리가 꺾인다.

두꺼운 것이 안으로 밀고 들어오며 내벽을 짓이기자 희온의 것에서는 울컥하고 정액이 쏟아져 내렸다. 그러나 찍어 눌린 내벽의 쾌락이 머리를 쳐 대는 와중이라 스스로 사정을 한 줄도 모르고 희온은 허벅지를 달달 떨며 헛숨을 삼켰다.

"하."

헤이븐은 헤이븐대로 죽을 지경이었다. 자신의 것을 좋다고 통째로 삼킨 채 오물대는데, 더 힘이 들어가지 않는데도 어금니를 더욱 꽉 물 수밖에 없었다. 언제 들어가도 좋은 몸이었다. 언제나, 마치 내 것을 반기듯이, 더 찔러 달라는 듯이. 헤이븐이 더 참지 않고 그대로 몰아치기 시작했다.

"아아! 잠, 깐, 좋! 흐, 아!"

헤이븐이 희온을 퍽퍽 몰아칠 때마다 희온의 몸이 정신없이 위로 떠밀리기 시작했다. 더 이상은 봐주지 않겠다는 듯 희온을 몰아 대는 통에 희온의 몸이 하염없이 밀려갔다. 훗, 거기 너무, 좋, 아.

머리가 터져 버릴 것 같았다. 자신이 무슨 고민을 했는지, 무슨 생각을 했는지 지금은 하얗게 번질 뿐이었다. 헤이븐이 깊숙이 찌를 때마다 머릿속이 점멸하며 튀었다. 그 어마어마한 쾌락에 그대로 잠식되고 싶었다. 잠겨 죽고 싶었다. 지금은, 그 생각뿐이었다.

"알아요, 좋, 은 거."

희온이 헤이븐에게 박자를 맞추듯 엉덩이를 들어 올리자 헤이븐이 고개를 내려 희온의 목덜미를 물었다. 헤이븐의 손가락이 희온의 유두를 꼬집고, 이미 체액을 쏟아 내 잔뜩 젖은 음란한 앞을 스치듯 문지르고 엉덩이를 내려칠 때마다 희온은 자지러질 듯 비명을 내질렀다.

"죽을, 흑! 것 같, 아…… 끅! 히으."

희온의 새까만 머리카락이 시트 위에 엉망으로 흩어졌다. 헤이븐을 밀어야 할지 안아야 할지 스스로도 모르겠는지 하얀 팔은 목적지 없이 허공을 배회했다. 헤이븐이 그 팔을 잡아 와 손목 안쪽을 베어 물고 자신의 목을 둘러 안게 만들었다.

아! 죽, 여 버릴 거야. 헤이븐, 진짜. 죽을 줄 알아. 엉덩이에 힘을 꼭 줘 가면서 삼키는 주제에 뭐가 그렇게 분한지 입은 아직 자신을 저주하고 있었다. 마음대로 해. 헤이븐이 희온의 머리 옆 헤드 보드를 손바닥으로 짚은 채 힘껏 쳐올리자 희온이 손톱으로 헤이븐의 목덜미를 꽉 찍어 눌렀다.

꾸욱 밀어 넣을 때마다 희온의 마른 아랫배가 살짝 부풀었다가 잡아 뺄 때에는 도로 납작해졌다. 절반만 넣어도 더 들어갈 곳이 없을 것처럼 좁은데, 몸을 물리면 살이 들러붙으며 나가지 말라고 야단이다.

"내가 진짜, 너를."

열기를 토해 내느라 바쁜 희온의 입술을 삼키고 물어뜯어 가며 헤이븐이 허리를 빠르게 움직였다. 안을 온통 헤집을 기세로 빠르게 들쑤실 때마다 아플 정도로 부푼 희온의 성기가 흔들려 마른 배를 두들긴다. 고개만 살짝 물려도 어떤 자세로 몸을 떨며 울어 대는지 다 보일 정도였음에도, 희온은 수치를 모르고 좋다고 자지러졌다.

"읏, 아아! 진, 짜…… 빨, 라. 아!"

이 안이 자신을 끝도 없이 삼킨다. 도대체 구멍이 얼마나 야한 건지 깊이 밀어 대면 밀어 댈수록 좋다고 받아먹으며 조여 댄다. 너무 빠르다고, 깊다고 헐떡이면서도 막상 깊이 쑤셔 주면 허리를 떨며 소리를 내지르기만 했다.

헤이븐은 희온이 주는 이 간극이 자신을 잡아먹는 거라고 생각했다. 약으로 인한 차이는 있을지언정 희온은 자신과 처음 잘 때부터 이렇게 굴었다. 침대에서는 당장 죽여도 좋다는 듯이 숨통까지 다 내어주면서, 막상 섹스가 끝이 나면 언제 그랬냐는 듯 밀어내는 그 간극.

헤이븐은 할 수만 있다면 평생 이 시점에 머물고 싶은 사람이었다. 자신이 아니면 안 된다는 듯이 허리를 올리고 엉덩이로 박자를 맞춰 오면서 쉼 없이 느껴 대는 바로 지금.

"……사람, 피 말려 죽이려고, 작정했네."

진심으로 내뱉어진 말이었으나 희온에게 곧게 들릴 리가 없었다. 당장의 온도에 완전히 잠긴 희온은 다리를 곧게 편 채로 버겁다고, 그러나 좋아 죽겠다고 흐느끼며 비명을 질러 댔다.

헤이븐은 만족을 모르고 조금 더 파고들고 싶었다. 침대 밖에서 자신의 자리를 내어주지 않을 생각이라면 여기를 파고들면 그만이었으니까. 그저 몸을 마주 댔을 뿐인데 취기가 옮기라도 하는 듯 이성이 흐렸다.

점점 무지막지해지는 움직임에 커다란 원목 침대가 통째로 끽끽거렸음에도 오로지 희온에게만 집중하며 발칙한 안을 마음껏 푹, 푹 쑤셔 들어갔다. 그 속도를 따라오지 못한 몸이 무너져 내릴 듯 굴기에, 아예 그 허벅지 뒤를 받쳐 들어 그의 가슴팍에 찍어 눌러 놓고 훤히 보이는 구멍의 가장 깊은 곳을 헤집었다.

"히, 윽! 갈, 것 같아. 흐으. 또……!"

헐떡이는 숨 속에 들린 그의 말이 무슨 뜻인지는 말았지만 헤이븐은 무시했다. 어딜 어떻게 찔러야 더 좋아하는지는 이미 알고 있었다. 사실 어딜 눌러 대도 다 좋아하며 질질 싸지르기는 했다. 야해 빠져서는.

툭, 툭툭.

빼, 빨리. 정말 한계에 달았는지 희온이 하얗게 질린 얼굴로 주먹을 쥐어 헤이븐의 가슴팍을 때려 댔지만, 금방 헤이븐이 그 손목을 잡아 머리 위로 눌렀다.

"이미, 싸고 있잖아."

"흐, 아아……."

헤이븐이 고개를 숙여 희온의 귓바퀴를 한입에 넣어 씹었다. 잇자국이 날 정도로 질겅거리며 씹자 머리가 쭈뼛 서는 것처럼 온몸에 소름을 돋은 희온이 한 번 더 눈물을 줄줄 흘리며 사정했다.

훗! 아아! 쌌, 어, 흐. 당장이라도 쓰러질 듯 파르르 떨어 대는 희온의 허여멀건 한 정액이 여기저기로 튀어 흘렀다. 그러나 더럽혀진 아랫배와 사타구니는 심하다 싶을 정도로 야해서, 미소 뒤에 숨겨진 헤이븐의 가학심을 부추길 뿐이었다.

그러니까, 본인만 몰랐다. 무표정한 얼굴에 힘이 들어가 보조개가 생기면 그게 사람을 미치게 만든다는 걸. 세상 달관한 사람처럼 이래도 그만 저래도 그만, 그렇게 있다가 한 번 웃으면 거기에 사람들이 자꾸만 끌린다는 걸.

헤이븐은 희온의 이 하얀 얼굴에 사정하고 싶었다. 이 남자가 지을 수 있는 모든 표정을 이미 남들이 다 알고 있다면, 정액에 뒤덮인 모습이라도 나만 봐야 했다.

헤이븐의 얼굴에 지독한 소유욕이 본색을 드러내며 짙게 깔렸다. 금방이라도 그 안에 깊이 싸지르고만 싶은 사정감을 눌러 참았다. 혀를 내밀어 희온의 입술을 길게 핥은 헤이븐이 몸을 뒤로 물렸다가 천천히 밀었다.

"아! 미쳤, 야, 그만, 흑…… 좀!"

"내가 왜, 그만해요. 싫어."

"훗, 헤이, 븐, 아, 방금 갔다니, 까!"

희온의 몸은 조절을 모르고 헤이븐이 깊이 찌를 때마다 성실하게 조여 댔다. 눈물 때문에 뿌연 시야와는 달리 희온의 머리는 이제야 조금씩 뚜렷해지고 있었다.

"아!"

그리고 때맞춰 아래에서 빠지는 성기의 존재감에 희온이 허리를 떨었다. 헐떡이는 숨을 연거푸 몰아쉬며 진정하려고 애썼다. 누군가 자신의 머릿속에 무언가를 심어 놓은 것처럼 자꾸만 온몸이 떨렸다.

"후……. 뒤에서 쑤셔 주는 것도, 좋아하잖아요."

이제 끝이 아닐까 생각했던 희온을 비웃는 것처럼 헤이븐이 희온의 목덜미를 깨물었다가 놓으며 그 몸을 뒤집었다. 단숨에 엎드리게 된 희온이 헤드 보드를 손으로 짚자, 그 위에 헤이븐의 손이 겹쳐 왔다. 깍지를 끼우듯 손가락에 겹쳐진 그 손은 뜨거웠고, 커다랬다.

"조금만 쉴, 흐으······."

헤이븐이 또다시 단번에 들이닥쳤다. 뒤에서 희온의 무릎을 세우게 만든 채 폭 찔러 들어오니 희온이 앓듯이 몸을 무너뜨렸다. 배를 완전히 꿰뚫린 것 같았다. 너무 커, 너무 깊어. 정말 몸속을 통째로 휘저어 대는 것 같은 감각에 머릿속이 또다시 전율했다.

"싫, 너무, 헤이븐, 싫, 다고. 내가, 분명히."

왜, 뭐가 싫어. 너 또 싸고 있잖아. 속삭인 헤이븐이 희온의 엉덩이를 또 한 번 철썩 내리치며 살덩이를 쥐었다. 엄지로 엉덩이 안쪽을 꾹 누르자 자신의 것이 드나드는 접합부가 더욱 잘 보였다. 두껍고 긴 것을 감싸느라 주름 하나 없이 팽팽하게 펴진 입구는 헤이븐이 몸을 물릴 때마다 성기를 따라오듯 볼록하게 부풀었다가 찌를 때면 또 움푹 패었다.

사람이 이 정도로 야하면 자신이 먼저 죽겠다 싶었다. 헤이븐이 다른 손으로 희온의 허리를 감싸 젖꼭지를 꼬집자 전해지는 자극에 까무러치듯 허리를 내렸다가 올렸다가 야단이었다. 일부러 헤집듯이 깊이 쑤셔 넣어 찔꺽거리는 소리를 내면 뒤따라서 엉엉 우는 목소리가 마음에 들었다.

누가 누구에게 함락당하고 있는지 모를 지경이었다. 제발 그만, 이제 싫어. 그렇게 우는 희온을 달래듯 허리부터 어깨까지 손으로 쓸어 올린 헤이븐이 움직임에 따라 흔들리는 검은 머리카락 사이에 손가락을 밀어 넣었다.

"히, 윽!"

희온의 허리가 떨리면서 아래로 내려갔다. 그대로 하체를 쳐올리자 꼭 곡선을 그리는 것처럼 움푹 팬 몸이나, 뼈와 근육의 우물이 환상적이었다. 고개를 내려 살 하나 끼어 있지 않은 어깨뼈를 깨물었다. 희온이 그것마저 좋다고 헐떡인다. 욕을 씹어 문 헤이븐이 검은 머리카락을 쥔 채 깊이, 더욱 깊이 쳐 밀어 대기 시작했다.

"하……. 이렇게, 깊은 데, 좋아요?"

철썩. 한 번 더 엉덩이를 맞은 희온이 눈물을 뚝뚝 떨어뜨리며 버거운 회열을 기꺼이 받아 들였다. 이제 정말 죽을 지경이었다. 숨이 막힐 것도 같았다. 움직임을 따라가기도 힘들어 헤이븐이 밀어 대면 밀리고, 멀어지면 반동으로 쫓아갈 뿐이었다. 그러나 내벽의 전립선을 찾아 누르고, 쑤셔 대고 헤집어 대는 성기에 억지로 떠밀린 쾌감은 기어이 파정 이상의 자극을 끌어내는 중이었다.

"그만 좀, 훗!"

조금만, 응? 조금만. 살이 부딪히는 소리가 점점 커지다 못해 커다란 침대가 통째로 흔들리던 순간, 희온이 고개를 홱 젖히며 엉덩이를 발발 떨기 시작했다.

크지 않은 근육들이 빼곡히 자리 잡은 하얀 살과 검은 머리카락의 대비는 헤이븐을 다른 의미로 미치게 만들곤 했다. 단 한 번도 자신이 하자는 대로 와 준 적 없는 몸은 침대 위에서만큼은 못 이기는 척 따라온다.

누가 일부러 이렇게 만들어 내려고 해도 불가능할 거라고 생각했다. 만지고 매만져도 늘 손가락 사이로 빠져나갔고, 움켜쥐려고 해 봐도 남는 건 없던. 그런 남자가 자신의 품에 안겨 운다는 건, 감탄을 뛰어넘은 전율이었다.

온아, 너는.

퍽, 퍽 거칠게 쑤시는 움직임이 빨라져도 여전히 꽉 조여 오는 내벽에 얼굴을 구긴 헤이븐이 제일 깊은 곳으로 푹 찔러 넣은 채 그대로 사정했다. 뇌리를 묵직하게 스치는 이 절정은, 희온만이 줄 수 있는 감각이었다.

"흐아…… 아……."

"후……."

허리부터 엉덩이까지 떨어 대는 희온의 뒤통수에 입맞춤이 내려 앉았다. 감탄과 함께 긴 한숨을 뱉어 낸 헤이븐이 고개를 내려 희온의 어깨를 핥아 올리며 지금의 여운을 만끽했다.

"훗, 아……. 움, 직이지…… 마."

그러나, 가만히 있을 수만은 없는 건 희온 쪽이었다. 안에 사정한 그대로 또다시 쑤셔 박는 걸 좋아하는 헤이븐의 취향을 알고 있는 희온의 근거 있는 방어였다.

"왜요?"

헤이븐이 살짝 웃었다. 매번 도대체 왜 이러냐는 얼굴을 했지만 그래도 희온은 자신을 꽤 잘 알고 있었다. 사정한 뒤 추삽질을 계속하면 그 안에서 찔꺽거리는 소리가 들리는 것도, 그 젖은 소리에 스스로 흥분한 희온이 발버둥 치는 것도 좋았다.

희온의 등에 몸을 바짝 붙인 헤이븐이 빨갛고 뜨겁게 달아오른 귓바퀴를 물었다. 그것에도 느끼는 것처럼 고개를 숙이며 피하기에 헤이븐이 벌을 주듯 흰 목덜미를 물었다.

"힉……!"

하얀 몸이 거칠게 떨렸다. 평소의 희온은 스스로 존재감을 죽이고 사는 편이었다. 물론 팀원들을 비롯한 주변 사람들이 그를 가만히 두지는 않았으나 희온은 조용하고 평온한 것을 원했다.

자기 자신을 너무 모르는 거지. 헤이븐이 열이 오른 희온의 살결을 혓바닥으로 훑았다. 이 체향에 잠겨 죽고 싶다고 하면, 너는 화를 낼까.

헤이븐의 손이 희온의 몸을 마음대로 쓸고, 문질렀다. 잠시 멎은 움직임에 희온이 숨을 몰아쉬느라 등이 통째로 들썩였다. 마른 대로 근육이 붙은 몸은 선이 예뻐서 밤새 감상해도 모자랄 만했다.

"헤, 이븐. ……얼굴, 웃, 보고 싶습니다."

문득 허리에 가 있던 헤이븐의 손이 움직임을 멈췄다. 약에 취해 끝이 허물어진 발음으로 희온이 요구한 건, 자신의 얼굴을 보고 싶다는 것이었다. 너도 참 취향 어디 안 가지. 헤이븐이 미소 지으며 천천히 몸을 물렸다.

"아……."

안을 꽉 들어 채우고 있던 물건이 빠져나가자 희온이 배를 감싸며 앓았다. 그사이 희온의 허리를 감싸 몸을 바르게 돌려 두고 얼굴을 바싹 붙여 코끝을 비빈 헤이븐이 미소를 걸었다.

"아직 약에 취한 거 맞죠."

헤이븐의 질문에 희온이 고개를 돌렸다. 그렇게 묻는 초록의 눈동자가 자신을 직시하는 것 같았다. 분명히 아직 약 기운이 남은 몸은 간지럽고 정신은 혼미하기만 한데 그 와중에도 헤이븐의 시선에 데일 것만 같았다.

희온이 눈을 피하자 헤이븐의 얼굴이 그 앞으로 따라왔다. 집요할 정도로 희온의 시야 초점에 자신의 얼굴을 밀어 넣은 헤이븐이 미소를 짓자 희온이 결국 눈을 감아 내렸다.

"보고 싶다며, 보여 주니까 또 도망쳐요?"

"아!"

마치 벌이라도 주듯, 곧장 안으로 깊이 밀고 들어오는 흉기 같은 성기의 삽입에 희온이 이를 꽉 물며 허리를 들썩였다. 침대와 등에 틈이 벌어지자 그 안으로 손을 밀어 넣어 무게를 받친 헤이븐이 희온의 몸을 쭉 끌어내렸다.

마주 붙은 몸이 또다시 흔들리기 시작하자 희온이 죽을 것 같다고 소리를 질렀다. 이건 아니라고, 조금이라도 쉬었다 하자고 고개를 젓기도 했다. 그러나 헤이븐은 그에게 틈을 주면 또다시 도망칠 생각부터 할 거라는 걸 알고 있었다.

"씻고 싶…… 흣! 아, 좀. 이따가, 어?"

"또, 도망가게요? 어디로?"

기어이 헤이븐을 욕실로 밀어 넣고 혼자 도망쳤을 때를 말하고 있었다. 그러나 그때와는 달랐다. 희온은 이제 정말로 죽을 것 같았다. 몸은 자꾸 무너질 것 같은데 그런 자신을 채근해 가며 삽입하는 남자를 한 대 치고 싶은 심정이기도 했다. 물론.

"히윽……."

그때마다 좋아 죽으려고 하는 몸이 가장 큰 문제이기는 했다. 배은망덕한 몸은 자꾸 머리와는 반대로 가고 있었다. 뇌는 이제 그만 좀 쉬고 싶다는데, 몸은 헤이븐이 찌를 때마다 발발 떨렸다. 까무룩 무너지려는 몸을 억지로 매만지고, 들쑤시는 헤이븐이 그 정확한 원인이었지만.

"한 번만, 더 해요. 네?"

빌어먹을 목소리가 달콤했다. 그 말 뒤로 부드럽게 밀고 들어오는 깊은 삽입에 희온이 가쁜 숨을 뱉으면서도 고개를 저었다. 눈앞이 금방이라도 전원을 내릴 것처럼 가물가물해서, 또 느끼는 곳을 긁는 헤이븐의 팔을 철썩 내려쳤다.

"그, 만······ 아. 진짜, 죽을 것, 같다고!"

희온이 성질을 부리며 소리를 버럭 지르자 헤이븐이 눈을 동그랗게 떴다. 그러나 알아듣는 척은 그뿐이었다.

"소리 지르는 거 보니까 아직 기운 남은 거네. 그렇죠?"

내 말 맞죠? 그렇지? 그 말과 동시에 환하게 미소 짓는 얼굴에 희온이 기권하듯 몸에 힘을 탁 풀었다. 그 백치의 미소와 함께 빠르게 들이닥치는 건 당연한 일이었다.

기운이 똑 떨어진 것 같아 보이는 희온은 분명 안쓰러웠지만 헤이븐은 지금 이 기회가 얼마 없다는 걸 알고 있었다. 내일 정신을 차리면 그는 여느 때처럼 또다시 자신을 밀어낼 것이다. 또 언제 그의 옷을 벗기게 될지 알 수 없다. 지금 당장 그가 완전히 쓰러지기 전에 조금만 더. 한 번만 더.

희온의 손을 끌어와 손가락 끝을 깨문 헤이븐이 그 손을 아랫배에 대고 누르게 만든 채 삽입 속도를 키웠다. 찌걱, 찌걱. 외설스러운 소리와 함께 아까와는 확연히 다른 미끄러운 속이 다른 감각으로 머릿속을 지배했다. 두꺼운 게 안을 벌리고 들어갈 때마다 아랫배가 묘하게 부풀어 오르는 게 손바닥을 통해 느껴지고 있었다.

"흐, 깊······어, 읏!"

희온은 이제 반쯤 기절한 사람처럼 풀어진 채, 그나마 자유로운 한쪽 팔로 헤이븐의 어깨를 밀어 대고 있었다. 헤이븐이 이내 완전히 그의 손을 놓아주는 대신 엉덩이를 양손으로 꽉 쥐어 벌리며 하체를 들어 올리자 희온의 허리가 곡선을 그린다.

"힉!"

그러면서 희온의 극점이 헤이븐의 성기에 정통으로 쑤셔지자, 희온이 숨을 삼키며 입을 벌렸다. 직격이었다. 흐트러지듯 풀린 몸이라 저항할 만한 힘이 없어서 그런지 이제는 그의 성기가 아예 뇌를 직접 긁어 대는 것 같았다. 희온이 허리를 틀며 외마디 비명을 지르더니 곧장 다리를 버둥거리기 시작했다.

"아아, 빼, 빼 줘…… 끅."

아까부터 희온의 머리를 스치고 지나가는 건 사정감과는 완전히 다른 배뇨감이었다. 희온이 흐리멍덩해진 눈동자를 하고 정말 품에서 벗어나겠다는 듯 팔을 휘저었지만, 그럴수록 헤이븐의 지배욕은 부풀어 꿈틀댈 뿐이었다.

"빼, 요? 지금? 빼 줘요?"

헤이븐의 녹아내릴 것 같은 목소리는 희망 고문이었다. 다 마른 줄 알았던 눈물이 왈칵 솟아올랐다. 희온이 당장이라도 헤이븐을 걷어찰 것처럼 다리를 들었지만 그 종아리는 금방 헤이븐의 손에 붙들리고 말았다.

철썩, 철썩. 몸이 빠른 속도로 강하게 들러붙느라 말도 안 되는 소리가 크게 울렸다. 헤이븐은 희온의 숨통을 조이지 않는 데에 온 신경을 쏟으며 그를 몰아갔다. 녹색이 뚜렷한 눈동자가 초점 없는 검은 눈을 쥐어 잡을 듯 얽는다.

"그, 흣! 싫, 싸, 잠깐 빼, 봐…… 싫!"

폭력을 닮은 삽입으로 점점 더 세게 치밀고 들어갈 때, 희온의 성기 끝에서 정액이 불쑥 튀며 경련하기 시작했다. 함께 꾸물거리며 요동치는 내벽에 헤이븐 역시 사정감을 느끼며 얼굴을 구겼을 무렵, 무언가 이상한 점을 느꼈다. 정액이라고 하기에는.

톡, 투둑.

"아아, 아!"

서러이 울면서 비명을 내지르는 희온의 성기 끝에서 묽은 체액이 가늘게 쏟아지며 몸에 튀다가 서서히 멈췄다. 한 뼘쯤 위로 솟은 등허리를 손바닥으로 받친 헤이븐이 희온의 얼굴을 살피기 위해 고개를 가까이 했다. 덕분에 또다시 푹 찔러진 성기에 희온이 경련했지만, 곧이어 몸이 축 처졌다. 그가 쏟아 낸 묽은 체액으로 두 사람의 복부와 하체가 축축이 젖어 있었다.

"……희온?"

이름을 불러도 더 이상 아무 반응이 없었다. 떨리는 눈꺼풀을 내려 감은 채 정신을 잃은 희온의 상태를 확인한 헤이븐이 곤란하다는 얼굴로 조심스럽게 그의 등허리를 받쳐 올렸다. 아직 자신의 것은 죽지 않았는데, 기절한 사람을 두고 할 수는 없었다. 천천히 성기를 잡아 빼고 안아 든 몸의 바쁜 숨소리를 확인한 헤이븐이 그대로 욕실로 걸음을 옮겼다.

당장 그를 더 탐하지 못하는 게 아쉽긴 했어도 나중을 기약하는 게 맞았다. 급하게 희온부터 챙기느라 미처 다 처리하지 못한 볼일이 남아 있기도 했고.

욕실의 넓은 욕조에 희온을 내려놓는 헤이븐의 손길이 한없이 느리고, 조용했다. 욕실 안에는 금방 하얀 김이 차오르고 있었다.

* * *

희온이 발가락이 두꺼운 호텔 이불 밖으로 조금 삐져나와 움찔 거렸다. 옆으로 몸을 웅크리고 베개 밑으로 팔을 쑥 넣은 그대로 천천히 눈을 떴다. 눈을 뜨자마자 바로 보이는 건 통유리 너머의 푸른 하늘과 녹스의 전경.

……내가 어디서 잔 거지. 잠시 머리를 굴리다가 어제의 기억이 틈 사이로 삐져나오자 희온이 몸을 벌떡 일으켰다. 그 움직임에 곧장 허벅지와 허리, 그리고 엉덩이 사이에서 통증이 일어 앓는 소리가 번졌다.

고개를 돌려 보니 바로 옆은 비어 있고, 모든 옷이 홀랑 벗겨진 상태였지만 조금도 춥지 않았다. 기억해 보자. 어제 타겟이었던 남자를 만나서 주사기에 찔렸고, 약에 취해서 헤이븐과 붙어먹었고. ……기절했나.

그 중간에서 끊긴 기억에 부스스한 머리를 좌우로 몇 번 털며 침대에서 일어섰다. 쿡쿡 쑤셔 오는 몸을 이끌고 방문을 열자 대리 석이 깔린 넓은 거실이 보였다. 여긴 자신의 호텔 방이 아니었다.

"조금 더 자도 되는데요."

고개를 돌리자 헤이븐의 얼굴이 보였다. 미니 바에 앉아 있는 헤이븐은 어제와는 다른 단정한 차림이었다. 아니, 다른 사람의 기운을 쏙쏙 빼먹어서 그런지 오히려 얼굴이 좋아 보였다.

아무래도 어제 여기서 섹스를 한 뒤 그대로 잔 모양이었다. 중간에 어떻게 잠이 든 건지, 내가 기절을 한 건 아닌지 그 끝은 흐렸지만 아무튼 지독했던 밤을 보낸 건 사실이었다.

드문드문 떠오르는 기억을 억지로 방해하듯 고개를 젓는 동안 헤이븐이 먼저 몸을 일으켜 로브를 가져와 희온의 몸에 둘렀다. 희온이 한숨을 내쉬며 로브에 팔을 끼우곤 그가 방금까지 앉아 있던 곳으로 걸음을 옮겼다.

룸서비스로 시켜 놓았는지 그의 앞 카운터에 김이 모락모락 나는 커피잔이 놓여 있었다. 두 잔이 놓여 있는 걸 보니 아마도 하나는 자신의 것인 듯했다. 희온은 술만 마시면 유독 얼굴이 붓는 체질이어서, 오늘도 통통 부은 얼굴을 한 채 고개를 끄덕였다.

"나 어제 몇 시쯤 잠들었습니까? 얼마나 잤는지 궁금해서."

헤이븐의 시선이 희온을 좇았다. 별로 타격이 없는 얼굴을 보니 어제의 일을 전부 다 기억하는 건 아닌 모양이었다. 놀려 줄까 했지만 일단 곱게 대답했다.

"네 시쯤."

지금이 열두 시니까 여덟 시간을 잔 셈이었다. 어? 내가 여덟 시간이나 잤다고? 희온이 얼떨떨한 얼굴로 커피잔을 들었다.

"출발은요."

"오전에 리암한테서 연락받았어요. 차 엔진 쪽에 이상이 좀 생겨서 추가 점검을 받아야 될 것 같다고. 아마 내일까지는 여기 있어야 될 것 같은데."

그래서 더 자도 된다고 했잖아요. 헤이븐의 목소리는 어제보다 한층 부드럽게 들렸다. 그러나 어제 자신에게 약을 먹였던 그 남자의 얼굴을 떠올려 보려던 희온은 잠 묻은 얼굴을 손바닥으로 문지를 뿐이었다.

도대체 내가 어떻게 여덟 시간이나 잔 거지. 물론 숙취와 섹스로

인한 두통이나 근육통은 있었지만 평소 수면 장애로 인해 달고 사는 통증에 비하면 정말, 너무나도 살 것 같았다.

"일단 식사시켰으니까 먹죠."

그건 그거고, 이건 이거고. 또다시 헤이븐하고 붙어먹다니. 아무리 약에 취해 어쩔 수 없는 일이었다고는 해도 어쨌든 공과 사를 제 손으로 무너뜨린 꼴이 되었다. 두 번 다시 안 자겠다고 마음먹었는데. 희온이 한숨을 쏟아 냈다.

섹스야 이미 했으니 어쩔 수 없다 치더라도, 도대체 어떻게 이렇게 많이 잔 거야. 그 원인이 뭐지. 잠을 오래 잔 덕분에 머리는 개운한데 의문은 다시 생겨난 꼴이라 희온이 관자놀이를 문질렀다.

그사이 호텔 직원이 방에 들러 테이블에 플레이트를 가득 올려 두었다. 삼 층짜리 트레이를 밀고 오기에 눈을 의심했는데, 정말로 테이블을 꽉 채우기 시작하더니 꽃병까지 테이블 위에 놓는다. 직원이 나가고서야 희온이 입술을 달싹였다.

"뭐가 이렇게 많습니까."

"먹어요, 살이 좀 빠진 것 같으니까."

가까이 다가온 헤이븐이 갑자기 희온을 안아 들었다. 두 발이 바닥에서 떨어지자마자 인상을 구겼으나 헤이븐은 아랑곳하지 않았다.

"아침부터 나랑 몸싸움하고 싶은 거 아니면 내려놓죠."

"앉히기만 할 겁니다. 몸싸움은 어제 많이 했으니까."

헤이븐이 희온을 식탁 옆 가죽 의자에 앉히자, 희온이 구겼던 얼굴을 펴며 반듯하게 앉아 리넨을 무릎 위에 펼쳤다. 일단 허기가 지다 못해 쓰린 속을 달래는 게 먼저였다.

희온이 물을 한 모금을 마신 다음 따뜻한 빵을 조금 뜯어 수프에 푹 적셨다. 먹기 좋은 크기의 빵을 입에 쏙 넣어 굴리자 폭신폭신한 식감이 식욕을 당겨서 곧바로 수프용 작은 스푼을 들었다. 그 일련의 과정을 지켜보던 헤이븐은 그제야 커피를 자신의 빈 잔에 다시 채웠다.

얼핏 보기에 희온은 엄격한 가정교육을 받고 자란 남자 같았다. 플레이트 아래의 차저부터 근처에 놓인 애피타이저, 수프 샐러드, 본식용 스푼과 포크를 정확히 다룰 줄 알았고 와인 잔이나 물잔을 잡는 방식도 그랬으며 빵 조각 하나 떨어뜨리지 않고 소리 없이 음식물을 씹어 삼키는 매너도 있었다.

헤이븐은 그의 식사 예절이 어디서 왔는지 알고 있었다. 희온의 손이 식기에서 떨어지지 않는 동안 따라붙던 헤이븐의 시선이 아래로 가라앉았다.

희온은 애피타이저로 나온 무화과 카프레제를 먹은 다음 에그 베네딕트와 키슈 로렌을 먹었다. 워낙 조용히 오래 먹어서 후식을 먹을 때쯤엔 시간이 꽤 지나 있었는데, 그때까지도 그 테이블엔 아무 말도 지나가지 않았다.

그저 희온은 편히 앉아 본인의 속도대로 식사를 했고 헤이븐은 가끔씩 희온을 보면서 토스트에 커피 한 잔을 곁들일 뿐이었다. 가끔 포크가 접시를 건드리는 소리나 물잔을 내려놓는 소리만 날 뿐 조용하고 편안한 식사가 마무리될 때였다.

"헤이븐."

톡.

반쯤 쉰 목소리에 헤이븐이 커피잔을 내려놓으며 시선을 맞췄다.

희온은 식사 내내 할까 말까 고민했던 말을 꺼내며 리넨으로 입가를 닦았다.

"우리, 거래 하나 하죠."

아무리 생각해도 헤이븐은, 평범한 사람이 아니었다. 적어도 자신에게는 그랬다. 헤이븐과 엮여 있는 순간에 희온은 잠을 잘 수 있었다. 예전부터 그랬었는지 짐작해 볼 방법은 없었다.

그와 스테디한 관계였을 때 희온은 그와 함께 잠을 잔 적이 없었다. 섹스가 끝나면 무조건 헤어져서 집으로 왔으며, 새벽에 몰래 도망친 적도 있었다. 그러니까 함께 훈련하다가 처음 하얀 숲에서 길을 잃었을 때, 그때가 처음이었다.

사실 그가 몇 번 주었던 알 수 없는 음료의 성분을 의심해 보기도 했으나 그것을 마시지 않아도 그와 함께 있으면 꽤 오래 잠을 잤다. 그건 순전히 그의 어울리지 않는 취미일 뿐, 자신의 수면과는 관계가 없었다.

그렇다고 헤이븐이 무언가를 하는 것도 아니었다. 보통은 평소처럼 시답잖은 말을 하는 게 전부였다. 그러나 그의 근처에서 자면 희온은 잠을 잘 수 있었다. 잠깐 과거를 꿈으로 꾸었던 건 부작용인지, 아니면 자신이 모르는 일이 벌어지고 있는지는 모르겠지만 어쨌든 잠을 잘 수 있다는 게 중요했다.

'정서적으로 친밀하고 의존적인 대상과 함께 있으면 부작용은 감소한다.'

어제 맥이 주었던 자료에서 읽은 내용 중 하나였다. 자신이 그에게 정서적으로 의존 중인가에 대해서는 회의적이었으나 친밀하다는 사실은 완전히 부정할 수 없었다.

쉐드나 맥처럼 자신의 삶에 녹아든 사람까지는 아니었지만 분명히 여러모로 가깝긴 했다.

일단, 섹스를 했다. 어느 누구에게도 말한 적 없는 사실이었지만 희온의 섹스 경험은 꿈속이 전부였다. 몇 번 꿈에서 만난 타겟이 덤벼들어서 연인인 척했던 경우를 제외하고 실제 경험은 전무했다.

그러니까, 헤이븐이 처음이라는 뜻이었다. 아마도 그게 작용한 것일지도 몰랐다. 친밀감이라는 건 자신도 모르게 이루어지는 경우도 있었으므로. 자신의 몸은 헤이븐에게 어느 정도 의존을 하는 모양이었다. 그러니까 어차피 이렇게 된 거, 희온은 헤이븐을 이용하기로 했다.

"무슨 거래를 할까요."

헤이븐의 물음에 희온은 이걸 어떻게 설명해야 하나 싶어 잠시 입을 다물었다. 내가 맨더인데, 라고 시작할 수는 없었다.

"저 불면증 있는 거 알죠."

"당신 주변에서 그거 모르는 사람이 어디 있다고."

희온이 단어를 고르느라 눈을 느리게 감았다 떴다.

"그런데, 당신하고 같이 있으면 잠을 조금 자는 것 같아서요."

"그래서요?"

지금 헤이븐은 꽤 즐거워 보였다. 희온은 앞으로 자신이 할 말이 그를 더 즐겁게 만들 거라는 걸 알고 있었지만 어쩔 수 없었다. 희온이 엄지로 머그잔을 문질렀다.

"저랑 같이 자죠."

그러나 그 말까지는 예상하지 못한 듯 잠시 멈칫한 헤이븐이 희온을 빤히 보다가 금방 환한 미소를 지어 보였다. 눈까지 접어 웃는 게 신나 보이기도 했다. 저거 봐, 미친놈처럼 반응할 줄 알았지.

"어제 간만에 했더니 좋았나 보네요. 약에 취해서 그런가 평소보다 더 질질 싸면서 애원 하,"

"미쳤습니까? 섹스가 아니라 그냥 잠을 말하는 겁니다. 잠. 수면. 섹스는 없어요."

얼른 헤이븐의 말을 끊었다. 희온은 거래를 빙자한 이 부탁을 헤이븐이 바로 들어줄 거라고 생각했다. 딱히 그 이유를 댈 수는 없었지만 그냥 그럴 것 같았다. 그러나 헤이븐은 여유롭게 커피를 마시며 흐음. 같은 소리만 낼 뿐이었다. 희온이 눈을 깜빡이며 말을 덧붙였다.

"일주일에 세 번만이라도 좋으니 잠을 잘 때 저랑 함께 있어 주시면 됩니다."

"하필 그 상대가 나인 이유는요?"

지금 대화를 누구보다 기쁘게 만끽하는 주제에 생각보다 까다롭게 굴었다. 잠시 눈썹을 긁적이며 희온이 말을 빙빙 돌렸다. 희온답지 않은 일이었으나 최근 잠이 주는 개운함을 알아 버린 그는 평소보다 마음이 다급하다는 걸 인정했다.

"그냥, 최근에 다른 사람의 품이 그리워진 모양입니다. 누군가 있어야 잠을 잘 자는 것 같아서."

"이유는, 그게 답니까?"

그렇게 되물어 보는 헤이븐의 표정이 무언가, 묘하게 달라진 것 같아서 희온이 의문을 가졌다가 빠르게 대답했다.

"네."

물론 다른 사람과 함께 자 본 적은 없었다. 이전에도 그렇고 락테아에서도 개인 숙소를 썼으며, 가끔 외부 훈련을 나가서 잘 때에도 번갈아 가며 보초를 섰으므로 딱히 누군가와 일정 시간 이상 함께 잠을 잔 적이 없다는 게 맞았다.

그러니까 정말로 상대가 꼭 헤이븐이어서 잠을 잘 잤던 것인지는 생각해 볼 필요가 있었다. 다만, 지금의 상황에서는 이게 가장 나은 선택인 것처럼 보였다.

"나한테 돌아오는 건 뭔데요? 거래라면서. 나 집에 돈 많다니까? 손해 보는 짓은 안 한다는 소린데."

희온이 오래 생각하게 두지 않을 작정인 것처럼 헤이븐이 다시 말을 이었다.

"섹스도 못하고 옆에서 그냥 재우라는 건데, 생사람 잡는 고문이 잖아요. 나는 그 얼굴을 볼 때마다 쑤시고, 울리고, 젖게 만들고 싶다는 생각밖에 안 드는데."

이어지는 헤이븐의 노골적인 말에 희온이 입을 다물었다. 사실 거래라고 해서 내밀 수 있는 건 아무것도 없었다. 헤이븐은 자신의 입으로 집에 돈이 많다고 했고, 자신은 얼마 전에 전 재산을 잃은 사람이었다.

"아시다시피 내 집이 다 타면서 드릴 수 있는 건 하나도 없고요. 섹스나 돈 빼고 다른 걸 말씀하시면 무엇이든 들어드리겠습니다."

"좋습니다."

헤이븐이 단숨에 대답하더니 커피잔을 내려놓았다. 꼬치꼬치 따지고 들기에 싫다고 할 줄 알았더니. 희온이 고개를 들자 헤이븐은 대수롭지 않은 얼굴을 하고 있었다.

"무엇이든이라고 했죠? 생각나는 게 있으면 그때 말하는 걸로 하죠."

희온이 고개를 끄덕였다. 그래도 다행이었다. 이 남자와 함께 있는 동안이라도 잠을 편하게 잘 수 있다면 그걸로 되었다고 생각했다. 희온이 몸을 일으키자 헤이븐이 물었다.

"지금 어디 갑니까? 계약금은요."

이런 거래에 무슨 계약금. 걸음을 옮기려다 말고 헤이븐을 돌아본 희온이 대답했다.

"돈 없다고 말씀드렸는데요."

"돈 달라고 한 적 없는데요."

"계약금이라고 하신 것 같은데."

"현물이 전부가 아닐 텐데."

"……"

희온이 말을 잃자 헤이븐이 해사하게 웃었다.

"응? 부자인 내가 지금 손해 보는 중이잖아요, 그럼 단 거라도 쥐여 줘야지. 무슨 영업을 이렇게 하지?"

한마디를 안 지는 이 미친놈이 계약금으로 요구하는 게 뭔지 알 수 없었다. 뭘 말하고 싶은 건지 가만히 얼굴을 보다가 다시 자리에 앉으려고 했더니 헤이븐이 손목을 당겨 온다. 덕분에 그대로 이끌려 가 헤이븐의 무릎에 앉게 된 희온이 얼굴을 구겼다. 그와 반대로 헤이븐은 미소 지었다.

"희온, 난 이해가 안 돼. 우리 진도가 왜 점점 퇴화하는지 도무지 이해가 안 된다고요."

"우리 어제 섹스했는데요. 진도 말고 기억력이 점점 퇴화하는 거 아닌가?"

"당신이 질질 싸던 게 아직 눈에 선명한데 설마요. 어제 했으면 뭐 해요, 앞으로 안 한다는데."

나 생각보다 훨씬 미래지향적인 사람인데. 그 뻔뻔한 말에 희온이 입을 다물었다. 계약금. 헤이븐이 한 번 더 말하자 희온의 시선이 느리게 흘렀다.

평소와는 달리 가벼운 티셔츠 한 장 차림인 헤이븐의 몸은 크고, 단단했다. 그 몸을 보는 희온의 눈길을 모를 리도 없으면서, 헤이븐은 얼마든지 구경하라는 듯 여유로운 웃음을 그렸다.

"나는 평생 앞으로 빼는 진도만 알고 살았는데, 그쪽 때문에 뒤로 가는 진도를 알았어요. 그러니까 계약금으로 키스하죠."

"예?"

"키스하자고."

섹스도 아니고 키스하자는데, 이 정도면 나도 많이 물러선 거잖아. 헤이븐의 요구가 당당했다.

"그냥 없던 일로 합시다."

됐다. 관두자. 더 이상 끌려가지 않기로 마음먹은 희온이 몸을 일으키자 다시 그 허리를 당겨 앉힌 헤이븐이 그대로 희온에게 입을 맞췄다. 입술을 벌리고 들어오는 혀에 금방 어제가 떠오른 희온이 고개를 돌려 피하려고 했으나 헤이븐의 손이 희온의 뒤통수를 감쌌다.

곤란했다. 또다시 약해진 기분이었다. 단 한 번도 누군가에게 약하게 군 적 없지만, 헤이븐에게는 이상하게 그랬다. 지금도 마찬가지였다.

어제는 불가피한 일이었으니 두 번 다시 살을 맞대는 일은 없을 거라고, 그렇게 말해야 하는데 부드러운 입맞춤에 이미 반쯤 넘어가 입술을 벌렸다. 그의 체향이 달았다. 달면서도 시원하고, 그러면서도 포근했다.

왜 하필 다른 누구도 아닌 이 남자와 이렇게 잘 맞는 거냐고, 존재하는 신이 있다면 빌고 싶은 심정이 된 희온이 자신의 아랫입술을 살짝 물어 오는 헤이븐의 목에 팔을 둘렀다.

희온이 응해 오자 다시 조금 급한 호흡으로 입안을 헤집어 놓는 혀에, 희온이 고인 타액을 삼켰다. 젖은 살덩이가 떨어지는 소리를 내며 물러나자, 헤이븐이 희온의 머리카락을 쓰다듬으며 미소 지었다.

"앞으로 열심히 재워 줄게요."

그 어디에도 없는 묘한 거래의 성사였다.

3. 을과 갑

　희온은 헤이븐의 호텔 방에서 초저녁까지 머물렀다. 해가 조금 떨어지기 시작할 때가 되어서야 슬슬 몸을 움직일 만해진 희온이 앉아 있던 소파에서 몸을 일으켰다. 반나절을 쉬었으니 이제 미뤄둔 일을 해야 했다.

　"어디 가요?"

　"누구 좀 때리러요."

　"아."

　딱히 정해진 일정이 없었던 오늘의 일과는 새뮤얼을 잡아 패는 것이었다. 군인, 특히 희온은 문제를 일으켜서는 안 되는 사람이었지만 어차피 자신을 상대로 불법을 저지른 사람이었다. 그 면상이라도 한 대 쳐야 속이 풀릴 듯했다.

헤이븐이 고개를 살짝 기울였다.

"그 사람이라면 12층에 머물고 있다던데요. 1203호. 어제 어쩌다 들었어요."

남이 묵는 방 호수를 들었다고? 그것도, 어쩌다? 아무렇지도 않게 개인 정보를 읊어 주는 헤이븐을 쳐다보던 희온이 옷을 걸치며 고개를 끄덕였다. 사실 그가 자신을 위해 작정하고 알아 온 정보라고 해도 별 상관없었다.

따라 일어난 헤이븐이 희온의 머리카락에 손끝을 댔다. 옷을 입느라 헝클어진 머리를 만질 생각이었던 것 같지만 희온이 먼저 고개를 뒤로 빼는 바람에 손은 허공에 멈췄다.

"같이 가시게요?"

"심심해서요. 할 것도 없고."

호텔 방문을 열다 말고 고개를 뒤로 돌리자 헤이븐이 당연하다는 듯이 고개를 끄덕였다. 그러든가 말든가 희온이 걸음을 옮겼다.

엘리베이터가 12층에 멈춰 섰다. 잠시 주변을 살피며 호수를 쭉 훑던 희온의 고개가 1203호 앞에서 멈춘다. 헤이븐은 고작해야 몇 걸음 뒤에서 그를 쫓을 뿐이었다.

똑똑. 뒤에 서 있던 헤이븐이 희온의 정중한 노크에 웃음을 터뜨렸다. 왜 웃어? 영문을 모르겠다는 얼굴로 뒤를 흘끔 본 희온이 안에서 들리는 기적을 기다렸다. 어제 그 짓을 했으니 지금쯤이면 호텔을 떠났을지도 모르지만 이렇게가 아니면 이 남자를 잡을 기회가 없을 거라는 걸 알고 있었다.

똑똑. 방 안에서 아무런 반응도 없자 희온이 한 번 더 노크했다.

그제야 철컥거리며 문 열리는 소리가 들린다. 신경질적인 목소리도 함께였다.

"나갈 때까지 방해하지 말라고 한 거 못 들었어?"

다짜고짜 패려고 했던 희온의 손이 멈칫했다. 퉁퉁 부은 새뮤얼의 얼굴 때문이었다. 코뼈가 부러지기라도 한 사람처럼 콧등 위에 무언가가 단단히 고정되어 있었다. 그뿐만이 아니라 눈과 뺨에도 반창고를 붙이고 있어서 선뜻 한 대 후려치기도 애매한 상태였다.

"……아, 여긴 어떻게 알고."

희온을 보자마자 넋 빠진 얼굴을 한 그가 더듬더듬 말을 꺼냈다. 자기가 잘못한 건 아나 보네. 희온이 별 대꾸 없이 그 안으로 걸음을 옮겼다.

"왜, 왔어요?"

또다시 말을 더듬는 새뮤얼을 지나쳐 호텔 방 안으로 들어온 희온이 주변을 한 번 둘러보았다. 사람은 없는 것 같고, 한쪽에 정리된 짐을 보아하니 곧 나갈 생각인 거고. 시계를 한 번 확인했다.

"사과할 기회 3분 드립니다."

희온의 권유와도 같은 통보에 잠시 어물쩍대던 새뮤얼이 코앞으로 한 걸음 다가섰다.

"도대체 내가 뭘…… 어제는 그러니까, 결국 아무 일도 없었잖아?"

새뮤얼은 헤이븐과 다른 방향으로 뻔뻔했다. 희온이 그 말에 동의한다는 듯 고개를 끄덕였다.

"맞아요, 아무 일도 없었죠."

애 사과할 마음 조금도 없네. 희온을 훑어보던 남자는 어느새 당혹감을 떨치고 오히려 화가 난 얼굴을 하고 있었다. 희온이 잠시 뒤를 돌아보자 호텔 방은 문만 조금 열려 있을 뿐, 헤이븐은 들어오지 않은 상태였다. 제법 눈치 있는 짓이었다. 제3자는 망이나 보는 게 낫지.

"그, 래! 그리고, 내가 그쪽한테 반한 건 사실이니까. 게다가 나도 얻어맞았는데 어차피 그게 그거 아니야?"

어제 헤이븐이 새뮤얼을 걷어찼던가? 그냥 발로 밟고 있었던가? 뿌연 기억을 더듬어 봐도 뚜렷하게 기억이 나지는 않았다. 다만 얼굴 꼴을 보아하니 헤이븐이 그 자리에서 아무 일 없이 돌아선 게 아니라는 건 분명했다.

"그게 그거라니요. 어이가 없네."

억울하다 못해 분해 보이는 새뮤얼의 눈이 흐리멍덩해지고 있었다. 아무래도 얼굴을 마주하고 있기 때문이겠지만 신경이 쓰이는 건 아니었다. 지난밤 잠자리 때문에 허리고 허벅지고 가랑이 사이고 쑤시지 않은 곳이 없었어도, 어제처럼 약을 맞지 않은 이상 민간인 정도는 쉽게 제압할 수 있었다.

"뭐?"

"나한테 맞은 게 아닌데, 어떻게 그게 그거가 되지?"

"무, 무슨……."

"나한테 직접 맞아야 그게 그거가 되지. 계산이 딸려요? 혹시 머리가 잘 안 굴러가는 지병이라도 있어요?"

하얀 숲에서는 팀원들이 희온에게 장난을 걸고, 대꾸를 해 올 때마다 돈을 주고받는 내기가 빈번했다. 그러나 언제나 적정선을 유지할 수 있었던 건 희온이 한 번 수틀리면 어떤 식으로 말을 뱉는지 잘 알고 있었기 때문이었다.

희온은 약자에게는 한없이 다정했지만 상대가 그를 우습게 보고 조롱하는 수위가 올라가는 순간 돌변했다. 그는 어떻게 말하면 상대가 초라하고 하찮게 느끼는지 알고 있었으며 어떤 식으로 말해야 자존심이 구겨지는지 전부 알고 있는 사람처럼 굴었다.

진작 방출되었던 누군가가 희온의 외모를 보고 빈정거리며 희롱했다가 울먹이며 돌아서는 걸 본 적 있던 팀원들은 희온이 언제까지고 자신의 아군이기를 바랐다.

그러나 희온에 대해 아무것도 알지 못하는 새뮤얼은 단순히 분위기가 묘하게 돌아간다고만 생각하며 뒷걸음질을 쳤다. 희온은 그의 얼굴을 살피고 있는 중이었다. 진짜 죽여 버릴 수는 없고, 어딜 쳐야 제일 아플까. 어깨를 반듯하게 펴고 팔짱을 꼈다.

"그리고 뭘 굉장히 착각한 것 같던데, 내가 약에 취하면 당신이랑 잘 줄 알았습니까?"

아주 같잖고, 형편없는 걸 보는 얼굴로 희온이 말을 이었다. 그 말에는 더 이상 상대를 향한 존중 같은 건 담겨 있지 않았다. 몸 어딘가에 손이라도 대면 곧바로 어깨를 털며 샤워를 할 것 같은 표정인 데다 내쉬는 숨에도 경멸이 가득 끼어 있어서 차라리 벌레와 대화하는 게 더 다정할지도 모른다고 생각될 지경이었다.

"하늘 아래 모든 사람이랑 자도 너랑은 안 잡니다. 약에 취해 끌려갔어도 네 좆을 쥐어뜯으면 뜯었지 섹스는 안 하지. 나도 좀 아쉬워요, 근처에 사람들이 없었으면 그 눈구멍으로 피를 뿜게 해줬을 텐데."

쏟아지는 목소리에 새뮤얼이 벙 찐 얼굴로 입을 벌렸다.

"뭐, 뭐라고?"

"그러니까 섹스 못한 걸로 너무 억울해하지는 마세요. 어제 날 데리고 간 그 친구가 구한 건 내가 아니라 당신이니까."

그 기세에 남자가 당황하는 동안 희온이 입고 있던 티셔츠의 소 맷단을 살짝 정리하며 이어서 말했다.

"3분 지났네요. 역시 때린 데 또 때리는 게 제일 약 오르겠죠?"

퍽.

말을 끝내자마자 휘두른 주먹이 새뮤얼의 코에 그대로 꽂혔다. 눈앞이 번쩍 터질 정도의 세기에 새뮤얼이 비명과 함께 얼굴을 감싸며 쓰러졌다.

그냥 돌아설 것 같지 않은 기운에 한 대 정도는 맞아 줘도 괜찮겠다고 생각했지만, 이렇게 아플 거라고는 예상하지 못했다. 자신보다 덩치가 작은 남자는 아무래도 보통 인물이 아닌 듯했다.

"아직 시작도 안 했는데 왜 이러세요. 어제처럼 비열한 척이라도 해. 그래야 팰 맛이 나지."

희온이 그의 멱살을 틀어쥐어 끌어올리며 한 대를 더 내려치자 새뮤얼이 금방이라도 죽을 것처럼 엄살을 피우며 나뒹굴었다. 나약한 몸뚱어리가 자신을 보호하기 위해 한껏 움츠러들고, 나불대던 주둥이에서는 끙끙대며 앓는 소리가 흘러나왔다.

남의 몸에 주삿바늘은 잘도 꽂으면서 자기가 맞는 건 아픈가 보네. 동정 하나 없는 얼굴로 웃은 희온이 또다시 말아 쥔 주먹을 휘둘렀다. 아무 반항도 못하고 얻어맞는 새뮤얼은 몸소 무기력을 체험 중이었다. 마음껏 팔 한 번 휘두르지 못하는 스스로에게 끓기 시작한 분노는 이내 자신을 패는 남자에게로 향했다.

분명히 범법이라는 걸 알고는 있지만 실제로 무슨 일이 생기지도 않은 데다가, 애초에 서로가 운명인데 자신을 거절한 사람이 나쁜 거였다.

"잠, 악! 아파! 아니, 잠깐만!"

"이 정도는 각오했어야지."

꿈에서 몇 번씩이나 만났던 사람이었다. 아무리 얻어터지는 중이었어도 상대는 자신의 하나뿐인 인연이자 연인이었다. 새뮤얼이 휘적거리며 양손을 내저었지만 그사이 턱을 한 번 더 얻어맞고 나니 눈물이 찔끔 새어 나왔다.

도대체 직업이 뭐길래 이 예쁜 얼굴로 사람을 이렇게 패? 키는 자기보다 한 뼘이나 작은데 손이 얼마나 매운지, 기어이 명치를 맞았을 때는 숨도 못 쉬고 꺽꺽대며 바닥을 굴러야 했다.

"이제 그만 하죠. 사람 죽는다."

방문이 더 열리며 들려온 목소리에 새뮤얼이 새빨개진 고개를 들었다. 주먹질이 멈춘 틈에 입안에 가득 고인 피를 뱉으며 확인하니 자신의 연인 뒤로 어제 그 금발의 남자가 보였다.

저 남자의 구둣발로 밟힌 얼굴에 코뼈가 어긋나 새벽에 응급실에 다녀온 참이었다. 지난밤 자신의 일을 방해한 것만 생각하면 당장 어떻게 해도 모자란데, 지금은 자신의 완전한 열세였다. 아니 사실은, 이 폭력을 멈춰 준 게 눈물 나게 고맙기까지 했다. 어제는 자신의 것을 채 간 하이에나였지만 오늘만큼은 구세주가 따로 없었다.

"아직 멀었는데요."

"얼굴을 이만큼 피떡 만들었으면 됐지, 어딜 더요."

새뮤얼은 진심으로 수긍하며 고개를 끄덕였다. 온몸에 안 아픈 곳이 없었다. 아까 맞은 명치 때문에 숨을 쉴 때마다 갈비뼈가 통째로 진동하는 느낌이었다. 다행히도 금발 남자의 말에 어느 정도 설득을 당했는지 자신의 연인은 그대로 등을 돌렸다.

이 와중에도 그를 붙잡고 싶었다. 꿈에 나온 저 남자는 분명히 제 것인데, 어째서 자신을 이렇게 대하는 건지 도무지 이해할 수가 없었다. 그러나 지금 당장은 몸을 일으킬 수조차 없어서 새뮤얼은 틀어 막힌 숨소리를 내며 바닥을 구르기 바빴다.

"우리 두 번 다시 만나지 맙시다. 앞으로는 고개 폭 숙이고 다니세요. 사람들 시력 보호 차원에서."

탁.

"허, 윽…… 아이, 씨발……."

호텔 방문이 닫히자 고요한 적막만 가득했다. 새뮤얼이 바닥에 벌렁 드러누웠다. 이대로 조금만 누워 있다가 숨을 쉬기 편해지면 당장 병원에 갈 생각이었다. 저 남자를 다시 불러낼 방법을 찾는 건 그 이후였다.

"내가 포, 기할 줄 알고……."

다시 만나게 된다면 그때는 그를 절대로 자신의 품에서 놓지 않을 생각이었다. 무슨 짓을 하더라도, 필요하다면 두 발목을 부러뜨리더라도 달아나지 못하게 만들어야지. 건방진 저 혀도 뽑아 줄까. 아니지, 내 걸 빨려면 혀는 있어야지. 통증으로 온몸이 아픈 와중에도 하얀 얼굴과 새까만 머리카락이 눈앞에 아른아른거렸다. 씨발. 씨발.

삐빅.

그러나, 새뮤얼이 몸을 일으키기도 전에 다시 문이 열렸다. 이상한 일이었다. 자신 말고는 그 누구도 키를 가지고 있지 않았다. 누구에게도 준 적이 없는데, 방문은 쉽게 열리고 있었다.

새뮤얼이 억지로 고개를 들어 올리자, 분명 방금까지 구세주였던 금발의 남자가 보였다. 이유를 셈해 보는 동안 남자는 태연하게 방문까지 닫고 코앞으로 다가와 있었다.

"병, 원에, 전화 좀 해 줘."

방금의 폭력을 말려 준 사람이었으니, 이번에도 자신을 도와주기 위해 돌아왔겠거니 막연히 그렇게 생각했다. 어제와 확연히 다른 온도 차는 생각해 볼 겨를이 없었던 새뮤얼은 핸드폰을 달라는 듯이 테이블 위를 가리켰으나, 금발의 남자는 그저 머리맡에 우뚝 설 뿐이었다.

"그 천사 같은 주먹으로 맞아 봤자 얼마나 아프다고, 엄살은."

뭐, 무슨 주먹? 천사 주먹에 터지면 내장이 파열된 것 같나, 보통? 억울했으나 대꾸는 하지도 못하고 비명을 지를 수밖에 없었다.

"으아악!"

순간 두피가 뜯겨 나가는 게 아닐까 싶었다. 다짜고짜 틀어 잡힌 머리카락에 새뮤얼이 눈을 질끈 감으며 그 손목을 감싸 쥐었다. 그러나 그는 아무 말도 없이 새뮤얼을 질질 끌고 그 방에서 나가고 있었다. 그 남자는 구세주가 아니었다.

"조용히 해, 누가 들어."

이번엔, 정말로 죽는다. 아까 제 연인에게 얻어맞았을 때에는 그냥 맞는 것 자체가 아팠을 뿐이었는데 지금 느껴지는 건 살기였다. 이 남자는 정말 자신을 죽일 것 같았다. 사람이 아니라 짐승을 대하듯 감정 없이 끌고 가는 그 건조한 힘에 소름이 돋아 오른다.

견딜 수 없는 공포에 휘말린 새뮤얼이 소리를 내지르며 사지를 버둥거렸으나 금발의 남자는 개의치 않은 얼굴로 그를 끌고 방을 나설 뿐이었다.

탁.

호텔 방문을 닫고 거실로 들어온 희온이 소파에 앉았다. 돌아오는 길에 잠시 얼음을 가지고 오겠다던 헤이븐은 아직 오지 않아서, 테이블 위에서 신문을 가져와 넓게 펼쳤다.

그가 말린 덕분에 마음껏 펼 수는 없었지만 그 정도면 충분하긴 했다. 이런 걸 생각해 보면 헤이븐이 자신보다 조금 더 이성적인가 싶었다. 이성이라면 어디 가서 밀리지 않는 줄 알았는데.

신문에는 눈길을 끄는 기사가 없었다. 마지막 장까지 꼼꼼하게 살펴봤지만 딱히 얻을 만한 정보나 소득은 없어서 희온이 다시 신문을 반듯하게 접었다.

"다녀왔습니다."

달칵.

그사이 얼음을 잔뜩 담아 온 헤이븐이 희온의 앞에 섰다. 왜 굳이 얼음을 가지러 가나 싶었는데, 아마 그 이유가 자신에게 있는 모양이었다.

"옷 좀 걷어 보세요."

"왜요."

"감염 있나 보게."

"괜찮습니다. 이상 있었으면 내가 그거 가만 안 뒀어요. 똑같이 쇠꼬챙이로 찔렀지."

무심한 얼굴로 하는 말에 헤이븐이 유쾌하게 웃었다.

"나는 살려 줘요."

"봐서요."

무뚝뚝하게 반응하자 결국 헤이븐이 희온의 상의를 잡아 들어 올렸다. 어제 그 상태로 어떻게 바늘 자국까지 봤나 싶어서 헤이븐이 하는 대로 가만히 두고 있었더니, 얼음을 감싼 수건이 금방 허리에 와 닿았다. 차가워. 희온의 미간이 좁아 들었다가 반듯하게 펴진다.

그제야 다시 현실로 돌아온 기분이었다. 내 이름도 모르니 어디 신고할 순 없겠지. 약물 강간하려던 놈이 무슨 낯짝으로. 가만히 생각해 보던 희온이 헤이븐의 손목을 붙들었다.

"신고하진 않겠죠."

그럼 곤란한데. 마음먹고 때리긴 했으나 막상 새뮤얼이 신고를 하면 불리해지는 건 군인 신분인 자신이었다. 몸 좀 사릴 걸 그랬다. 얼굴이라도 가리고 팰걸.

"그게 걱정되는 사람이 주먹부터 휘둘러요? 다치면 어쩌려고."

"그럼 그걸 그냥 둬요?"

여전히 분한 희온과 달리 헤이븐은 더 이상 그 대화에 별로 흥미가 없는 얼굴이었다. 뭐, 자기는 매일 노래 부르던 섹스를 하게 됐으니 그걸로 됐다는 거야? 희온의 표정에도 미소로 일관하며 어깨를 으쓱인 헤이븐이 희온의 마른 허벅지 위에 손을 올렸다. 희온이 질색했다.

"나 방금 쇠꼬챙이로 사람 찌른다는 얘기하고 있었는데요."

"난 봐서 결정한다면서요. 잘 봐 달라고."

가까운 거리에서 싱글벙글 웃는 헤이븐의 얼굴에 희온이 헛웃음을 터뜨렸다.

"양심이 있으면 손대지 말죠."

"양심이 뭔데요?"

"모르는 척하지 마세요."

"내가 언제요?"

해맑기까지 한 헤이븐의 얼굴에 희온이 불만스럽게 마주했다.

"사람의 기본 조건이 양심인 거 모릅니까?"

"그럼 난 사람 말고 다른 거 할게요. 뭐 할까요? 개? 늑대? 뱀?"

"지금 하는 건 개소리긴 하네요."

꼬박꼬박 말도 안 되는 소리만 하는 헤이븐을 억지로 무시했다. 계속 목이 말라 물을 들이켜긴 했지만 이건 갈증이 아니라 속이 타는 것과 같은 증상이라고 생각했다. 다 말도 안 되게 뻔뻔한 이 남자 때문이었다.

더 이상 아무 생각도 하고 싶지 않아서 죄 없는 수건이나 허리에 대고 누르며 마사지했다. 어차피 어젯밤 일은 제대로 떠오르지도 않는데 되도 않는 말장난은 그만 받아 주자.

그러나 불행하게도, 해가 질 때가 되자 희온은 어제의 일을 대부분 기억해 냈다. 약 기운에 자신이 먼저 그에게 매달렸다는 것부터, 쉼 없이 느꼈다는 것과 그리고 기절하기 전 정신없이 흘려 댔다는 것까지. 기억하고 싶지 않아도 그럴 수밖에 없었다.

"왜, 소변까지 봐서 부끄러워요? 뭘 새삼."

"소변 아니라고 천 번 말했습니다."

이 미친놈이 계속 그 이야기를 하고 있기 때문이었다. 새뮤얼을 패고 돌아온 희온이 기운을 조금 차린 것 같자 종일 그 얘기였다. 식사 시간만 제외하고 모든 이야기의 방향이 어젯밤으로 향했다.

"좀 쉬고 싶네요."

"왜요, 어제 너무 울어서 그런가."

부터 시작해서,

"목마른데 물 더 없습니까?"

"하긴, 어제를 보면 탈수 아닌 게 이상하죠."

까지 활용 방법도 다양했다.

희온이 참다못해 옷을 챙겨 입고 그 방에서 나가려고 하자 그제야 멈춘 헤이븐은 이제 막 조용해진 상태였다. 원래 제정신이 아니라는 건 알았지만 사람의 수치스러운 기억을 가지고 노는 놈이란 건 몰랐다. 그러나 딱히 놀랍지도 않았다. 기대가 없어서 그런가.

"내일 또 이동하기 시작하면 언제 같이 잘 수 있을지 모르니까 오늘은 여기서 자요."

그러지 않아도 그럴 생각이던 희온이 고개를 끄덕이며 시간을 확인했다. 아무래도 어젯밤에 헤이븐이 씻겨 둔 모양인지 찝찝하진 않았지만 그래도 한 번 더 개운하게 씻고 싶어서 몸을 일으켰다.

"왜, 간밤에 너무 많이 싸서 계속 씻고 싶습니까?"

헤이븐은 여전히 웃는 얼굴이었다. 진지하게 한 대 쳐야 그만두려나 고민하다가 결국 행동으로 옮기지 못한 희온이 홱 몸을 돌려 욕실 안으로 들어섰다.

아직 해결된 건 아무것도 없었다. 꼬인 실타래의 끝이 어디에 있는지 가늠조차 하지 못하겠으나 적어도 헤이븐과 헤어지기 전까지는 잠은 잘 잘 수 있을 것 같았다. 정말 남자의 존재가 자신의 수면에 도움이 될지는 오늘 명확히 알게 될 일이었다.

몸에 김이 날 때까지 뜨거운 물 아래 서 있던 희온은 그래도 풀리지 않는 묵직한 근육통에 허리를 톡톡 치며 욕실을 나왔다. 이미 거실의 조명은 전부 내려간 상태였다. 헤이븐은 다른 욕실에서 씻는 중인지 물소리가 작게 나고 있어서 희온은 머리카락의 물기를 수건으로 닦아 내며 침실로 들어섰다.

침대의 시트는 정갈하게 잘 정돈되어 있었다. 자신이 시트를 적신 바람에 결국 하우스키퍼가 다녀갔다는 쓸데없는 정보를 억지로 들어야만 했던 희온이 얼굴을 구겼다. 도대체 왜 그런 말을 자신에게 하는 건지 모를 일이었다.

아마도 자신을 놀리는 게 좋은 거겠지. 평소 하얀 숲 팀원들이 장난을 쳐 와도 받아 주긴커녕 무시로 일관하기 일쑤였는데, 이상하게 헤이븐의 앞에서는 어려웠다.

이게 다 헤이븐 때문이라고, 그가 하얀 숲에 나타난 그 순간부터 모든 게 다 틀어졌다고 중얼거리며 침대에 누웠다. 연신 툴툴대기는 했지만 확실히 오늘 밤은 다른 날들과 달랐다.

평소라면 침대에 눕는다는 건 행위 그 자체일 뿐이었지만, 지금은 잠을 잘 수 있는 밤을 기대하고 있었다. 이것도, 헤이븐 때문이었다.

"근데, 오늘도 잠 안 오면 어떻게 하려고요."

샤워를 마친 헤이븐이 침실 문을 열고 들어오며 물었다.

"거래는 없던 게 되겠죠."

"원래 그렇게 냉정합니까?"

"네. 상처받았어요?"

"아니요. 구미가 당기네요."

"배고프면 식사를 하세요."

헤이븐은 침대 옆 협탁에 놓인 작은 조명 하나를 끄지 않았다. 작은 불 하나를 꼭 켜고 잠드는 희온에겐 다행인 일이었다. 헤이븐이 희온의 가까이에 누웠다. 문득 살면서 이런 적은 한 번도 없었다는 게 떠올랐다. 누군가와 함께 잠들기 위해 눕다니. 이게 있을 수나 있는 일인가.

여태까지의 잠이 오지 않는 밤은 고역일 뿐이었는데. 이상할 정도로 낯선 감정이 몸을 떠다니기 시작했다. 그 감정 덩어리는 얼굴을 맴돌다가 식도로 넘어가더니 이내 손끝까지 간지럽혔다.

어두운 창밖이 눈에 들어온다. 희온에게는 밖이 새까맣게 물드는 이때가 유난히 긴 시간이었다. 도시라서 그런지 별이 많이 뜨지 않는 하늘을 보던 희온이 고개를 돌리자 헤이븐이 이쪽을 보고 있었다. 그의 눈동자 색이 그림자에 묻혀 제대로 구분되지 않았다. 이건 조금 아쉽긴 하네. 적막을 깨고 희온이 먼저 물었다.

"안 주무십니까?"

"자야죠."

듣기 좋게 울리는 헤이븐의 대답에 다시 천장으로 고개를 돌리자 옆에서 부스럭거리는 기척이 가까이 닿는다.

"이렇게 해야 나도 잠을 잘 수 있을 것 같아서요."

헤이븐이 희온을 당겨 안았다. 완전히 그 품으로 들어간 희온의 코끝에 헤이븐의 체향이 스쳤다. 좋은 향이었다. 예전부터 그렇게 느껴 왔다.

마주 닿은 몸을 밀어낼까 하다가 이왕 거래까지 마친 거, 이렇게 해서 잠을 잘 잘 수 있다면 된 거 아닐까 싶어 관뒀다. 대신 숨을 크게 마신 희온이 고개를 들었다.

눈을 감고 있는 남자의 속눈썹이 길었다. 눈썹뼈와 코뼈가 얼굴의 굴곡을 더 또렷하게 만들고 있는 것 같았다. 희온의 시선이 조금 더 아래로 흘렀다. 대칭이 완벽하게 이루어진 턱과 보기 좋은 혈색을 띤 입술까지 사실 이렇게 살필 것도 없이 완벽했다. 그러니까 취향이었지.

이러다 잠을 잘 수 있는 거 맞나. 아무 소용도 없겠는데. 희온이 헤이븐의 얼굴에서 시선을 떼지 않았다. 어제가 기절이었다는 걸 감안하면 제정신인 채로 누워 자는 오늘이 정식으로 헤이븐과 함께 잠드는 첫날이었다.

생각해 보면 불통인 것 같아도 대화는 좀 통했다. 종종 선을 넘긴 했어도 진심으로 덤빈 적은 없었고, 아닌 척 자신의 말을 잘 듣기도 했고.

헤이븐이 숨을 쉴 때마다 온기를 품은 숨결이 얼굴에 닿아 간지러웠다. 몸을 빼려고 했지만 허리에 감긴 팔에 힘이 들어가더니 오히려 더욱 바짝 붙어 온다.

"눈을 감아야 자죠."

어떻게 알았지. 몇 번 눈을 깜빡인 희온이 결국 그의 말대로 눈을 감았다. 틈 없이 끌어안긴 덕분에 헤이븐의 입술이 희온의 이마에 닿았다. 좀 떨어져 보려고 몸을 뒤챘지만 헤이븐의 팔이 워낙 단단해 빠져나올 순 없었다.

"……뭐 합니까?"

"서비스."

그래, 어차피 같이 자기로 한 거. 거듭된 체념 후에야 몸에 힘을 뺐다. 헤이븐의 숨소리 말곤 아무것도 들리지 않는 지금이,

꽤 평온하다고 생각했다. 숨을 크게 들이마신 희온이 기분 좋게 뛰는 심장 소리를 무시하며 잠을 청했다.

기대와 우려가 멋대로 엉킨 시간은 느리게 흘렀다. 기분 탓인지 아니면 정말 효과가 있는 건지 천천히 쏟아지는 졸음에 희온은 기꺼이, 그리고 감사히 잠에 빠져들었다. 의식이 수면의 아슬아슬한 경계에 닿아 갈 무렵, 이마에 닿은 헤이븐의 입술이 묘하게 웃는 것 같다는 생각을 했다.

잠이 든 희온의 얼굴을 보던 헤이븐이 침대에서 조심스럽게 몸을 일으켰다. 여전히 숨소리가 고르게 들리는 걸 보니 꽤 깊이 잠든 듯했다. 고요한 적막을 헤집다 보면 희온의 숨소리가 작게 들려왔다. 움직임조차 없는 그 모습을 한참 보고 나서야 몸을 돌렸다.

일부러 계획된 루트에서 벗어나 녹스에 들린 이유가 있었으니 희온의 옆에서 잠이 드는 일은 잠시 뒤로 미뤄야 했다. 그래도 재우긴 했으니 딱히 거래 위반은 아니었다. 즐거운 거래에 대해 상상하며 호텔 방을 나선 헤이븐이 몇 걸음 가지 않고 다른 키를 꺼내 바로 앞의 방문을 열고 들어섰다.

"오셨어요."

옆방에는 머리가 하얗게 센 중년의 남자가 서 있었다. 까만 정장을 갖춰 입은 남자가 헤이븐을 향해 깍듯하게 인사했지만 헤이븐은 별 대답 없이 담배를 꺼내 물며 건물 밖 풍경이 통째로 내려다보이는 창문 앞에 섰다.

중년의 남자가 그제야 걸음을 옮겨 거실에 딸린 방문을 열었다.

그곳에서 헤이븐을 기다리고 있던 남자가 리암과 함께 거실로 나왔다. 긴 연기를 뱉던 헤이븐은 그 걸음이 가까이 오고 나서야 고개를 돌렸다.

"말해."

"아직 빠져나간 정보는 없는 것으로 보입니다. 그러나 정부에서 블로커에 대한 단서를 수집하고 있는 것 같긴 합니다."

남자의 말이 끝나고도 헤이븐은 마저 손에 들린 담배를 피울 뿐이었다. 여전히 한 걸음 느리네. 단조로운 생각을 하는 동안 머뭇거리던 남자가 조심스럽게 한마디를 덧붙였다.

"그리고, 현재 동행중인 그분은 아무래도 정부와 꾸준히 접촉을 하는 모양입니다. 이대로 더 가까워지는 건 위험하지 않을까 싶은데……."

움직임을 만류하는 의견에도 흐트러짐 없이 앉아 앞머리를 쓸어넘긴 헤이븐이 가볍게 재를 털었다. 아무런 말도 하지 않는 헤이븐 때문에 괜히 안절부절못하고 있는 건 그 공간에 있는 나머지 사람들이었다. 오로지 리암만 아무것도 보이지도 들리지도 않는다는 듯 몇 걸음 떨어진 곳에 서 있을 뿐이었다.

"일거리 좀 줄까."

"……예?"

"12층 끝 방에 가봐."

느리게 뱉어진 헤이븐의 말에 남자는 곧장 입을 다물었다. 그 뒤로도 잠시간 아무 말소리도 나지 않는 공간에서는 지지직, 하고 연초가 타는 소리만 작게 들려왔다. 아무것도 담기지 않은 헤이븐의 시선은 허망할 정도로 가벼운 무게를 한 채 창밖의 하늘을 맴돌았다.

* * *

바람이 한 번 불 때마다 팔랑거리는 나뭇잎이 쏟아져 내렸다. 마침 이마에 떨어진 나뭇잎에 살짝 눈살을 찌푸렸더니 옆에 있던 소년이 팔을 뻗어 끝이 노랗게 변한 잎을 떼어 주었다.

'미안해.'

'뭐가?'

'아프게 해서.'

아니라고 해야 하는데, 괜찮다고 해야 하는데 그 말이 나오질 않는다. 침묵으로 하는 대꾸를 알아차렸는지 맞은편의 소년도 아무 말이 없었다. 해가 지려는지 하늘이 불그스름한 빛이었다. 하늘을 몇 번이고 처다보다가 고개를 돌리자 소년이 그 시선을 낚아채려는 듯 말을 걸어왔다.

'온아.'

"캡틴, 안녕히 주무셨습니까?"

"어떤 것 같아."

"컨디션은 굉장히 좋아 보이십니다."

"정답."

차에 짐을 실으며 희온이 대답했다. 반신반의했던 어젯밤은 생각 이상으로 잠을 잘 잔 편이었다. 아니, 굉장히 잘 잔 밤이었다. 밤에 잠들어 아침에 일어난 건 희온에게 손에 꼽을 만큼 드문 일이라 하얀 얼굴에 예민함은 제법 가셔 있는 상태였다.

[출발 시 보고 요망]

밤사이 쉐드에게서 도착한 메시지가 짧았다. 잘 가고 있냐는 물음이나 안부 하나 적혀 있지 않은 메시지였으나 희온은 어쩐지 섭섭함이 가득한 쉐드의 얼굴이 보이는 것 같아서 마찬가지로 형식적인 답장을 보냈다.

어제 푹 쉬어서 그런지 숙취도, 약으로 인한 후유증도 없었으며 불면으로 인한 두통까지 사라진 상태였다. 물론, 묘하게 거슬리는 게 있기는 했다.

희온은 매일 다른 사람의 꿈을 훔쳐 왔다. 일반 사람이 테이커로 발현하는 첫 번째 순간이기도 했으나 맨더의 만성 부작용이기도 했다. 의도하지 않았음에도 누군가의 꿈을 훔쳐보는 것. 맥은 그 꿈의 주인을 정의할 수 없다고 했다. 멀리 또는 가까이 사는 세상 사람들의 수많은 꿈을 그저 보게 되는 것뿐이라고 설명했다.

그런데, 어제의 꿈에서 누군가 자신의 이름을 불렀다. 그것도 애타고 슬픈 목소리로. 그러나 자신의 과거엔 없는 일이었다. 그러니까, 자신과 이름 끝 자가 똑같은 누군가의 꿈을 볼 확률은 얼마나 될까. 타인의 꿈을 꾸기 시작하고 처음 있는 일이라 희온은 당황하고 있었다.

운전대를 잡은 희온은 조수석에 앉아 지도를 보고 있는 헤이븐에게 잠시 눈을 돌렸다. 정말 자신도 모르는 사이에 이 남자에게 기대게 된 걸까. 그게 아니라면 내가 왜 이 남자랑 있을 때 잠을 잘 자게 되는 거지. 이해를 할 수 없는 것투성이였다.

"시드엘은 처음입니까?"

지도에서 눈을 떼지 않은 헤이븐의 질문이었다. 시드엘이라고는 항상 문서로, 자료로 봐 왔던 희온이 고개를 저었다. 당신은 가 본 적 있습니까? 희온의 질문에 헤이븐은 가 봤다, 혹은 가 보지 않았다로 대답하지 않았다. 다만.

"시취로 가득해요. 맑은 공기는 찾아볼 수 없고 숨을 쉬면 코안이 답답할 정도로 모래 먼지만 불죠."

헤이븐도 군인이니 파견으로 가 봤을 터였다. 이겼겠지, 이겼으니까 아직 살아 있는 거겠지.

국경 도시인 시드엘에서 바시트록스와 소규모 전투가 일어날 때마다 생기는 사상자들은 당연하게도 대부분 군인이었다. 시드엘이 고향이던 사람들은 대부분 피난을 떠나 다른 도시에 정착했고, 그곳은 전쟁 지역으로 분류되어 군인이 아니면 도시로 진입할 수도 없었다.

"아직 그 도시에 남은 사람들도 있습니까?"

"떠날 곳이 없는 사람들이죠. 갈 곳이 없거나, 가족이 그곳에서 폭격을 맞아 죽었거나."

모든 국가의 정부는 야비하고, 실속을 차리기 바빴다. 하프록스라고 다를 건 없었다. 두 나라 사이를 가르는 국경 근처에서는 오랜 시간 동안 잦은 전쟁이 생기고 사라졌지만 단 한 번도 서로의 수도를 공격한 적은 없었다. 짙은 선을 사이에 두고, 서로의 군인들만 적당히 죽이다 빠지는 의미 없는 움직임을 계속해 왔다.

하프록스에서 새로운 정부가 출범할 때 작은 전쟁 한 번, 정부에 대한 불신이 쌓여 갈 때 또 한 번. 그러나 희온에게 그런 건 중요한 게 아니었다. 그곳에 자신의 일이 있었다. 자신이 받을 임무가 있었다.

팬히 복잡한 머릿속을 무시한 희온이 액셀을 밟았다. 옆에서 헤이븐의 목소리가 들려왔다.

"대답은 왔어요? 보고는 했을 거고."

"네. 독이 든 음식은 시드엘에 가서 본부 사람들한테 직접 전달해야 할 것 같습니다. 정확히 검사하기 전까진 알기 힘들다고 해서."

"폭격에 관한 말은 없나 보네요."

하얀 숲에서 일어났던 폭격을 말하는 듯했다. 글쎄, 그것도 아직 밝혀진 건 없는 것 같은데. 한 손을 핸들 위에 올린 희온이 아무 말도 하지 않자 헤이븐은 그게 대답이라고 생각했는지 다시 창밖으로 고개를 돌릴 뿐이었다.

"허리는요."

"괜찮습니다."

"캡틴, 허리 아프세요?"

헤이븐이 묻자마자 빠르게 대답했지만 뒷좌석의 오웬이 벌써 다 들은 모양이었다. 속으로 한숨을 내쉰 희온이 고개를 저었다.

"안 자냐."

"어제 술을 너무 많이 마신 모양입니다."

"몸 좀 사려. 나은 지 얼마나 됐다고."

"어차피 차에 타면 또 한참 동안 잘 거 아닙니까."

막내라고 너무 봐줬지. 고개를 저은 희온이 핸들을 꺾었다. 녹스의 도시를 벗어나자마자 긴 도로가 펼쳐졌다. 길은 딱 하나뿐이었으며 이대로 또다시 며칠을 이동해야 했다. 하프록스의 땅은 너무 컸고, 시드엘까지는 갈 길이 멀었다.

창틀에 팔꿈치를 걸친 희온이 지겨운 숨을 내뱉었다. 그래도,

몸 컨디션이 좋은 게 다행이었다. 최근에는 이동 때문에 기억 공유를 아예 하지 않은 것도 있고, 누구 덕분에 잠을 잘 잔 것도 있고. 이 상태면 이틀 정도는 잠을 자지 않아도 괜찮을 것 같았다.

"커피 말고 차 마시죠."

아니. 옆에 앉은 이 남자 때문에 풀 컨디션이라고 하기엔 무리가 있었다. 해가 떨어져 밤이 될 때까지 계속 조수석에 앉은 헤이븐이 희온의 모든 것에 참견하기 시작했다. 방금은 작은 마을을 지나치다가 화장실을 핑계로 차를 세워 커피 한 잔을 샀더니, 불면증이 있는 사람이 무슨 커피냐는 소리를 끊임없이 해 대는 중이었다.

"난 커피가 마시고 싶은데요."

"카페인 때문에 내 품에서도 잠이 안 오면요?"

"누가 듣습니다. 조용히 하세요. 그리고, 애초에 지금 차를 어떻게 구합니까?"

"여기."

헤이븐이 내미는 물병 속에는 연한 노란 빛의 차가 담겨 있었다. 저게 도대체 어디서 튀어나왔지? 어이없다는 얼굴에도 헤이븐은 당연하게 희온이 홀더에 꽂아 놓은 커피와 물병을 바꿔 두었다.

"실례지만 내 보호자세요?"

"이왕이면 섹스해도 문제없는 사이로 부탁하고 싶은데."

"집어치웁시다."

상대하기를 관둔 희온이 물병을 들어 미지근한 온도의 차를 한 모금 삼켰다. 이것도 처음 마셔 보는 종류의 향이었다. 그러고 보니까.

"왜 전에, 우리 하얀 숲에서 야외 훈련했을 때 저한테 준 거 있지 않습니까."

"내 마음이요?"

"미쳤습니까? 술병처럼 생긴 거요."

의심스러워서 따로 챙겨 둔 것 같은데 그걸 어디에다 뒀더라. 집에서 같이 불탔나? 의심하며 희온이 헤이븐에게 물었다. 뭘 보고 있는 건지 그는 조수석에서 사이드미러를 유심히 살피는 중이었다.

"그것도 차였습니까?"

"네."

헤이븐이 계속 보고 있는 뒤가 신경 쓰여서 희온도 백미러를 흘끔 보았으나 길이 지나치게 어두워 보이는 게 없었다. 라이트도 안 보이는 걸 보니 차는 없는 것 같은데. 희온이 다시 앞 유리로 시선을 옮겼다.

"차를 어지간히 좋아하시나 보네요."

"내가 먹는 건 별롭니다."

대답하는 헤이븐의 시선은 여전히 사이드미러에 고정되어 있었다. 아무래도 찻잎 종류를 수집하는 그 자체를 좋아하는 모양이었다. 그때도 그렇고, 지금도 그렇고 또 지난번 하얀 숲을 벗어나던 날 자신의 집에 들어와서도 차를 내밀었다. 마셨던 것들의 향이 전부 다른 걸 보면 꽤 많이 모으는 듯했다.

"근데 저한테는 왜 강요합니까?"

희온이 따지려던 그때였다. 이번에는 백미러를 살피던 헤이븐이 돌연 핸들로 손을 뻗었다.

"잠깐, 아무래도."

끼이익!

이미 속도가 붙은 차체는 갑작스레 틀어진 핸들에 예민하게 반응하며 오른쪽으로 팩 쏠렸다. 차에 실려 있던 짐이나 물건들이 관성을 이기지 못해 우르르 밀려 내려갔고, 차체에 부딪힌 것들은 쿠당탕거리며 소음을 만들었다. 기울어지는 내부와 소란스러운 소리에 오웬이 자다가 깨서 벌떡 일어났다. 리암은 이미 동태를 살피며 후방을 주시하고 있었다.

차는 도로를 벗어나 주행하고 있었다. 노면이 다듬어지지 않아 울퉁불퉁한 길은 차로라고 볼 수 없는 곳이었다. 돌발적인 행동에 눈이 동그랗게 커진 희온이 헤이븐을 쳐다봤다.

"무슨!"

"뒤에 누가 따라붙은 것 같습니다."

뭐라고? 겨우 중심을 잡은 희온이 옆 창문을 내리고 사이드미러를 유심히 살폈다. 그때였다. 공기를 길게 가로지르는 날카로운 고음. 희온은 본능적으로 위협적인 낌새를 알아챘다. 그리고.

쿠—웅!

동시에 엄청난 폭발 소리가 들리고 차 내부까지 열기가 훅 끼치며 창가에 노출되어 있던 뺨이 후끈거렸다. 커다란 차가 폭발의 충격에 의한 반동으로 거세게 덜컹댔다. 희온이 차가 비틀거리지 않도록 양손으로 핸들을 단단히 붙들었다.

사이드미러를 확인하자 방금 막 지나쳐 온 표지판이 폭격으로 완전히 어그러진 채 불타고 있었다. 덕분에 주변이 조금 밝아지자 그제야 라이트를 켜지도 않은, 검은 차 한 대가 바짝 따라붙고 있는 게 보였다.

뭐야? 이거, 무슨 일인데?

"캡틴! 방금 뭐, 였습니까?"

"나도 몰라."

오웬의 질문에 희온이 고개를 저으며 다시 사이드미러를 확인했다. 공습 시 대처 방법을 떠올려 보며 조수석을 확인하자 헤이븐이 매서운 눈으로 창문을 열어 뒤를 보고 있었다.

"일단 밟으세요."

헤이븐의 말처럼 당장 빠르게 달리는 것 말고는 할 수 있는 게 없었다. 액셀을 꽉 눌러 밟자 엔진에서 나는 굉음과 함께 순식간에 차체가 앞으로 튀었다. 심장이 쿵쿵 뛰기 시작했다.

"리암, 세미 오토로 줘."

"여기 있습니다."

리암이 건네준 총을 쥔 헤이븐이 창밖으로 몸을 반쯤 내밀며 스코프에 눈을 가져다 댔으나 금방 혀를 차며 총을 내렸다.

"잘 안 보입니까?"

"연기 때문에."

아까의 화염을 벗어나자 이번에는 구름이 가득 끼어 달빛 한 점 없는 어두운 밤하늘이 새까만 차를 숨겨 주는 것 같았다. 희온 역시 차의 라이트를 끄고 전방을 주시하며 달렸다. 상대의 정체조차 확인할 수 없는 상황이라면 자신 역시 어둠 속에 숨어들어 상대가 알아보기 힘들게 만들어야 했다.

리암과 오웬은 시트 뒤로 한껏 몸을 낮춘 채 총을 장전하며 뒤쪽 상황을 살피는 중이었고, 헤이븐은 방아쇠를 당기고 있었다. 쿵, 쿵. 커다란 타격음이 자동차 엔진음과 함께 뒤엉켰다.

갑자기 우리를 왜, 누가 공격하는 거지?

생각에 잠긴 희온이 얼굴을 구겼다. 마을을 장악하고 있는 무장 세력이나 갱 집단일 수도 있었다. 시드엘까지 가는 길이 무법 지대와 마찬가지라는 것은 이미 알고 있었다. 대부분의 마을은 전부 가난하다 못해 황폐했고 약탈, 강도, 살인은 흔한 일이었다. 그러니까, 그들 중 한 무리일 가능성이 컸다. 우리에게 뜯어낼 만한 게 있다고 생각했는지는 모르겠지만.

탕!

픽!

"아, 젠장!"

순식간에서 뒷유리를 깨고 들어온 총알이 앞 유리에 틀어박혔다. 간발의 차이로 리암의 귓가를 지나치는 것을 본 오웬이 짓씹듯이 욕을 내뱉었다. 상황이 점점 심각해지는 것을 느낀 희온이 다시 핸들을 틀어 갓길을 따라 달렸지만 큰 소용은 없었다.

앞에 무엇이 있는지 보이지 않는 상황 속에서도 추격자들은 끈질기게 따라붙었다. 한 손으로 목덜미에 흐르는 차가운 식은땀을 닦아 낸 희온이 창밖으로 방아쇠를 당기고 있는 헤이븐의 무릎 위에서 지도를 가져와 빠르게 길을 확인했다. 수십 킬로까지는 직진밖에 없었다.

중간에 한 번 방향을 틀었으니 다시 중앙 도로를 찾아야 했다. 간혹 커브 길이 있기는 했지만, 어쩔 수 없다. 차라리 가드레일을 들이박고 아래로 떨어지는 게 뒤에서 쏟아지는 공격을 받는 것보다 살 확률이 높을지도 모른다. 희온이 조금 더 발끝에 힘을 주며 핸들을 꺾었다.

"캡틴!"

차체의 방향을 보고 희온의 의도를 알아챈 오웬이 다급하게 부르는 소리가 들렸지만 다른 선택지가 없었다.

"이래야 안 맞을 거 아냐. 죽고 싶어?"

탕, 탕!

끼이이익, 쿵!

그 와중에 헤이븐이 쏜 것이 명중했는지 뒤따라오던 차가 미끄러지며 입간판을 처박고 고꾸라진다. 희온은 백미러를 통해 어두운 밤하늘 아래 피어오르는 회색 연기를 확인했다. 그제야 안도의 한숨을 내쉬고는 깨진 앞 유리 너머의 시야를 확보하기 위해 라이트를 켰다. 이 정도 속도로 달렸다면 이 지점 즈음 가파른 비탈길이 있을 것이었다. 이러다 정말 사고라도 날 것만 같았다.

"하나 더 있어요."

하나 더? 헤이븐의 말에 희온이 얼굴을 구겼다. 아까 분명히 하나였잖아. 갑자기 또 어디서 튀어나왔는데? 여전히 상황 파악은 힘들었다. 백미러를 통해 리암이 총을 겨누는 것까지 봤을 때였다.

탕! 탕!

쇠에 총알이 틀어박히는 소리가 나며 카 시트가 울컥 튄다. 엔진이나 타이어를 향한 조준을 피하기 위해 곧장 핸들을 꺾었지만 마음대로 차가 움직이지 않았다. 희온이 몸에 힘을 가득 주며 브레이크를 밟았다.

"캡틴!"

"희온!"

콰아—앙!

몸이 부웅 뜬다는 착각이 들 정도로 차체가 크게 기울더니 균형을 잃은 그대로 가드레일을 처박았다. 빠르게 질주하던 속도에 비례해 차가 완전히 전복된 것은, 순식간이었다.

끼익!

털커덕! 텅!

안전벨트를 하고 있던 몸이 위로 급격히 쏠렸다가 아래로 떨어지기를 반복했다. 운전석 창에 처박힌 머리가 앞으로 고꾸라지는 순간, 옆에서 뻗어 나온 단단한 팔이 자신의 머리를 고정시키듯 끌어안아 온다. 그곳에 몸을 기대기도 전에, 또다시 차가 뒤집히는 것과 동시에 온몸에 피가 식는 느낌이 들었다.

쿠웅!

"윽!"

무언가 터지는 소리를 끝으로 몸이 빠르게 튀었다 가라앉았다. 그러나 시야의 초점을 맞추기도 전에 차가 뒤틀리며 몸 전체에 큰 충격이 전해졌다. 마구 뒤흔드는 충격과 함께 구르던 차체가 어딘가에 거세게 충돌하고서야 멈춘 모양이었다.

툭, 투툭. 액체가 방울져 떨어지는 소리 외에 주변은 기묘할 정도로 고요했다. 서서히 감각이 돌아오자 자신을 끌어안은 사람의 체향이 느리게 맡아졌다. 한껏 팽팽해진 안전벨트보다 더 강한 힘으로 자신을 붙잡고 있는 헤이븐의 얼굴이 가까웠으니 그럴 수밖에 없었다. 손끝 하나 움직일 여력이 없었다. 희온이 온몸에 가득 들어찼던 긴장이 빠져나가는 것을 느끼며 눈을 감았다.

쏴아아.

비가 내린다. 퍼붓고 있다는 말이 더 어울릴 만한 날씨였다. 앞을 제대로 보기도 힘들 정도의 비에 눈을 찌푸렸다. 근처에 처마는 있었지만 그 안으로 들어가고 싶은 마음은 없었다. 그냥, 걸음 하나 앞으로 내딛는 것도 힘들었다. 머리가 멍했다. 내가 여기 왜, 서 있더라.

"⋯⋯온, 희온. 눈 떠."

날카로운 목소리에 간신히 눈을 떴다. 비는 내리지 않았다. 비는 커녕, 열기가 온몸을 덮쳐 오고 있었다. 충격에서 깨어난 희온이 처음으로 마주한 건 헤이븐이었다. 의식을 잃기 전에도 비슷한 시야였던 것 같은데. 그러나 이번에는 바닥에 누워 있는 상태였고 그런 자신을 끌어안은 헤이븐의 등 뒤로 방금까지 다 같이 타고 있던 차가 불타고 있었다.

희온이 정신을 차리는 것을 본 헤이븐의 얼굴에 빠르게 안도가 스쳤다. 그 와중에도 희온은 멍한 얼굴을 했다. 왜 그런 얼굴로 나를 보는 거지. 우리가 무슨 관계라도 되는 것처럼, 정말 무슨 사이라도 되는 것처럼.

차 안에서 정신을 잃기 전, 머리가 어딘가에 처박히지 않도록 자신을 감싸 안았던 헤이븐이 떠올랐다. 천천히 시선이 아래로 떨구자 헤이븐의 소매가 붉게 물들어 있었다. 희온이 아직 제대로 초점이 맞춰지지 않은 눈에 힘을 주었다.

"⋯⋯도대체."

콰아앙!

삐익—

희온이 말을 하기 위해 입을 벌린 순간, 헤이븐의 품이 한 번 더 가까워졌고 그 뒤로 커다란 폭발음이 들렸다. 귀가 터질 것 같은 소음과 함께 찾아온 이명. 첨예한 두통에 희온이 얼굴을 일그러뜨렸다.

"……아, ……봐."

삐이익.

헤이븐이 뭐라고 하는지 알 수 없었다. 귀가 터질 것만 같았다. 숨결마저 답답할 정도로 덮쳐 온 열기도 괴로워서 희온이 겨우 바닥에 손을 짚으며 머리를 감쌌다. 마치 누군가 자신의 귀를 틀어막은 것처럼 모든 소리가 멀어졌다. 덜덜 떠는 손끝으로 머리카락을 움켜쥐고 숨을 한참 내쉰 다음에야 천천히 이명이 사그라들었다.

"희온, 나 좀 봐요."

"……오웬하고, 리암은."

"다 괜찮습니다."

헤이븐이 희온의 뺨을 감싸 얼굴을 들어 올리자 희온이 가쁜 숨을 내쉬며 그의 손목을 잡아 내렸다. 고통스러워할 시간도 없었다. 계속 주저앉아 있을 수도 없었다. 간신히 어깨를 펴고 주변을 살폈다.

차가 전복되긴 했지만 다행히 모두 차 안에서 빠져나온 모양이었다. 리암과 오웬은 멀지 않은 곳에서 총을 들고 경계 중이었다. 그렇다고 해서 다들 상태가 멀쩡해 보이는 건 아니었다. 희온이 몸을 일으키자 헤이븐이 곧바로 부축하며 커다란 나무 뒤쪽으로 걸음을 옮겼다.

"총 주세요."

"상황 정리될 때까지 조금만 기다리죠."

"헤이븐."

정말 괜찮습니다. 그렇게 대답하며 헤이븐의 시선을 똑바로 마주하자, 마음에 들지 않는 듯 얼굴을 한 번 구기더니 희온에게 총을 쥐여 주었다.

목덜미와 뒤통수가 저릿했다. 작아지긴 했지만 여전히 이명을 제외한 모든 소리가 멀었으며 시야도 흔들리는 듯했으나 한시가 긴박한 이 상황에서 태평하게 누워서 부상이 낫기를 기다릴 수는 없었다. 두 발로 걸을 수 있고 손가락으로 방아쇠를 당길 수 있으면, 그러면 다 괜찮았다.

"상대는요."

"아직 파악 전."

희온이 목소리를 낮췄다. 저 멀리 남자들이 전복되어 터진 차량을 둘러싸고 있었다. 생존자가 있는지 파악하고 있는 듯했다. 차가 불타오르고 있음에도 굳이 시체를 확인하려 한다는 건 고작해야 강도 짓을 하려고 덤비는 길거리 갱단이 아니라는 뜻이었다. 희온이 얼굴을 찌푸렸다. 도대체 뭐 하는 새끼들이야.

"캡틴, 괜찮으십니까?"

"예. 리암은요."

"저도 괜찮습니다. 오웬이 머리를 좀 다친 것 같은데, 일단 움직일 만은 한 모양입니다."

근처까지 온 리암의 보고에 희온이 고개를 끄덕이며 걸음을 뒤로 물렸다. 오웬은 너무 멀지 않은 곳에서 마찬가지로 몸을 숨기며 뒤로 물러나는 중이었다. 갑자기 차를 공격할 정도로 수단이 좋았다. 게다가, 단번에 뒷창문을 노려 운전석인 자신의 방향으로 총을 쏘았다는 건, 실력도 상당하다는 뜻이었다.

"캡틴."

조금 더 멀어지자 가까이 다가온 오웬이 희온의 품에 폭 안겼다. 저희 다 정신을 차렸는데 캡틴이 의식을 못 차려서 많이 놀랐어요. 진짜, 죽지 마세요. 영원히 제 캡틴 해 주세요.

많이 놀랐는지 떨리는 목소리로 열렬히 고백하는 오웬의 어깨를 달래듯 가볍게 도닥였다. 리암의 말대로 어디에 부딪혔는지 이마에서 피를 흘리는 중이었다. 희온이 몸을 떨어뜨리며 손바닥으로 피로 길이 난 얼굴을 쓸자 오웬이 씩씩하게 웃었다.

"그냥 유리창에 긁혔습니다. 캡틴도 얼굴에 상처 났는데요? 우리 캡틴 얼굴 아깝다."

"까분다."

시답잖은 농담에 희온도 따라 웃었다.

"캡틴, 이것 좀 보시겠습니까?"

리암이 다가와 쌍안경을 건넸다. 그 와중에도 가방 하나를 가지고 내린 모양이었다. 상처 하나 없는 저것도 헤이븐처럼 괴물인가 싶었다. 희온이 쌍안경을 받아 들어 사내들의 움직임을 살폈다.

열 명 정도 되는 남자들은 소화기로 차 안의 불을 끄는 둘만 두고 나머지는 흩어지는 중이었다. 그 수신호를 보던 희온이 얼굴을 구기며 쌍안경을 얼굴에서 떼어 냈다.

"보통 놈들은 아닌 것 같네요. 가진 무기도 그렇고. 일단 자리를 피하는 게 먼저인 것 같은데, 근처에 몸 숨길 만한 곳으로 가죠."

"근처에 마을이 있긴 한데, 이곳이랑 너무 가깝다는 게 문제네요. 방금 그게 우리를 타겟 삼은 거라면 그곳까지 수색해 올 테니."

여태 지도를 확인해 보던 리암이 대답하며 걸음을 옮겼다. 지도 역시 그 가방에 있었던 모양이었다.

"몸을 숨기더라도 일단 부상 상태를 확인하고 움직이는 게 중요할 것 같은데, 어때요."

시선으로 오웬의 상태를 확인하던 희온이 의견을 묻자 헤이븐이 손으로 아래 방향을 가리켰다.

"저 아래네."

그가 가리킨 방향에는 반짝이는 불 하나도 보이지 않았다. 아마 하프록스의 다른 시골과 마찬가지로 버려진 곳인 듯했다. 가만히 숲길을 쳐다보던 세 사람이 나무 사이로 걸어 나가기 시작했다.

하늘의 끝은 어느새 밝아지는 중이었다. 해가 완전히 뜨기 전에 몸을 숨길 곳을 찾기 위해 네 사람은 한참 말없이 숲길을 내려가고 있었다. 가끔 서로의 상태를 묻고 답하는 대화를 하는 게 전부였다. 어떻게 될지 모르는 상황에서 체력을 비축하는 게 가장 중요한 일이라는 걸 모두가 알고 있었다.

희온은 여전히 이명에 시달리고 있었다. 아까 차가 폭발했을 때 가장 근처에 있던 사람이 자신과 헤이븐이었으니 당연한 일일 텐데, 헤이븐은 꽤 멀쩡해 보였다. 조금 긁힌 것 같은 상처가 전부였다. 일단 외관으로 훑기에는 그랬다.

"여기가 첫 번째 건물입니다."

리암의 말에 희온이 얼굴을 구겼다. 예상했던 대로 한참 전에 버려진 마을인 모양이었다. 사람의 기척이라곤 어디에도 없어 보였다. 불이 켜진 건물은 찾을 수 없었고 세워진 차들은 전부 찌그러진 상태로 위에 뽀얀 먼지를 얹고 있었다. 언제부터 사람들이 살지 않았는지 가늠도 못할 정도였다.

"여긴 너무 초입이니까 조금만 더 들어가죠."

희온의 제안에 다들 기척을 죽여 가며 걸음을 옮겼다. 그나마 다행인 건 그렇게 소규모 마을은 아니었다는 데 있었다. 꽤 높은 건물도 있었고, 망가진 차로 꽉 찬 도로도 있었다. 도대체 무슨 일로 사람이 살지 않는 도시가 된 건지는 모르겠지만 세워진 차에는 이끼가 가득 차 있었고 건물들은 벽을 타고 오른 덩굴 때문에 원래색을 찾아보기도 힘들었다.

"분명 여기까지 수색해 올 겁니다."

"차로 왔으면 우리보다 먼저 도착했을 수도 있으니 나눠서 들어가죠. 나랑 희온은 정문, 오웬하고 리암은 반대쪽으로."

헤이븐의 제안에 오웬이 손등으로 굳은 피를 닦아 내며 고개를 끄덕였다. 내내 지혈을 한 덕분에 피는 멎어 있었다. 총을 고쳐 쥔 리암이 오웬과 함께 건물을 돌아 들어가자 희온도 걸음을 옮겼다.

"하, 진짜."

지원을 받든 이 새끼들을 싹 걷어 내든 일단 본부에 보고를 해야 했으므로 희온이 주머니를 뒤적여 트랜스퍼를 꺼냈으나 손바닥만 한 기계는 틈이 벌어진 채 명을 다한 상태였다. 아무래도 차가 전복되었을 때 잘못된 모양이었다.

미치겠네. 희온이 식은땀에 젖은 머리카락을 뒤로 넘기자 금방 헤이븐의 손이 따라온다. 밝아지는 하늘을 등지고 있던 헤이븐이 희온의 눈썹 위를 잠깐 문질렀다. 따끔한 걸 보니 아마도 피딱지가 맺혀 있던 모양이었다. 눈을 깜빡인 희온이 손을 펼쳐 보였다.

"헤이븐, 메시지 하나만 보냅시다."

"내 건 차에 뒀어요."

되는 게 하나도 없네. 한숨을 내쉰 희온이 건물 안으로 걸음을 옮겼다. 가진 거라곤 다른 주머니에 넣어 둔 홀로그램용 디바이스뿐이었다. 급한 상황이긴 했지만 존재 자체가 극비인 물건이다 보니 아무도 보지 않을 때 혼자 연결해야 했다. 그것도, 그 기계가 멀쩡할 거라는 전제 하의 이야기였다. 건물의 입구 벽에 등을 기댄 희온이 기민하게 기척을 살핀 뒤 안으로 들어섰다.

"위층으로 올라가요."

밖에서 보던 것과는 다르게 건물의 1층은 사방이 트여 있었다. 바닥에 쌓인 이름 모를 쓰레기들을 최대한 소리 없이 밟은 희온이 2층과 연결된 계단으로 향했다. 아직 리암과 오웬은 도착하지 않았다.

굳이 멀어질 필요는 없어서, 2층 복도에 도착하자마자 보이는 방으로 들어갔다. 문은 떨어져 나간 지 오래였지만 어차피 급히 들어온 곳이었다. 창밖에서 보이지 않도록 몸을 숙여 앉은 희온이 고개를 젖혀 벽에 머리를 기댔다. 이제야 좀 숨을 돌릴 수 있을 것 같았다.

"잠깐 발목 좀 볼게요."

말릴 새도 없이 헤이븐이 희온의 맞은편에 앉아 몸을 숙이며 발목을 손에 쥐었다.

아. 시큰거리는 느낌에 얼굴을 구기자 그럴 줄 알았다는 듯 희온의 바지 밑단을 걷어 올린 헤이븐이 신발을 신고 있는 발을 그대로 쥐어 이리저리 돌려 보기 시작했다.

"괜찮습니다."

"나은 지 얼마 안 된 쪽이잖아요."

사실 시드엘로 떠나겠다고 길을 나서면서부터 계속 긴장의 연속이라 살필 일은 없었지만 헤이븐의 말이 맞았다. 하얀 숲 낭떠러지에서 떨어졌을 때 삐끗했던 발목은 나은 지 얼마 안 돼 계속 조심해야만 했다. 그러나 그것도 상황이 따라 줄 때 할 수 있는 일이었다. 발목 조심하다 목이 날아갈지도 모를 판에 이런 자잘한 부상은 중요하지 않았다.

그럼에도 불구하고 무슨 귀중품이라도 다루듯 유심히 상처를 살피는 헤이븐의 소매에는 여전히 핏자국이 있었다. 조금씩 보이는 소맷자락 틈 아래 손목에는 무언가에 긁힌 듯 피딱지가 굳어 있었다. 자신을 감싸 안았던 그때 얻은 상처임이 분명했다. 희온이 가만히 눈을 깜빡거리다 물었다.

"고향이 어딥니까?"

많은 곳을 돌아다니지 못했던 희온은 종종 다른 곳에 대한 이야기를 듣거나, 사진을 구경하는 걸 좋아했다. 그건 확실히 흥미로운 일이었다. 희온의 발목을 감싸고 있던 헤이븐이 고개를 들었다.

"지역이 궁금합니까, 아니면 내가 궁금합니까? 내가 궁금하다고 하면 나는 내가 태어나던 순간부터 다 말해 줄 수 있는데."

당연히 지역이라고 말해야겠지만 그의 과거도 궁금하긴 했다. 어떻게 대답할까 잠시 고민하는 사이 헤이븐이 잔뜩 기대하는 얼굴을 했기 때문에 괜히 시선을 오래 맞추지 못했다.

"그냥…… 비율을 잘 섞어서 말해 보세요."

끝까지 자신이 궁금하다는 대답은 하지 않는 희온에게 미소를 지어 보인 헤이븐이 고개를 끄덕였다. 깨진 창문에서 새벽바람이 불어와 지친 얼굴과 목덜미를 쓸고 지나갔다.

"제가 있었던 곳은 조금 습했습니다."

정반대였다. 늘 건조한 곳에 주로 있었던 희온에게 습한 곳은 늘 흥미로운 장소였다. 발목을 감싸던 손길을 거두고 일어난 헤이븐이 벽에 등을 기댔다. 어슴푸레 밝아지는 창밖 하늘에 헤이븐의 금발이 녹아들었다.

"좋았겠네요."

무미건조한 대답이었지만 진심이기도 했다. 헤이븐은 그런 희온의 마음을 읽기라도 한 것처럼 고개를 돌려 희온에게서 시선을 떼지 않았다.

"좋았죠."

희온이 고개를 끄덕이며 물었다.

"그쪽 동네에서의 암구호는 뭐였습니까?"

분명 좋지 않은 상황인데 이상하게 평온했다. 당장 신원을 알 수 없는 남자들에게 쫓기고 있는 중이었음에도 눈앞에 펼쳐진 새벽의 하늘과, 바람과, 눈앞의 남자가 주는 분위기가 희온을 편안하게 만들어 주고 있었다.

아무래도 헤이븐이 찰나를 놓치지 않고 자신에게 들러붙어 있기 때문인 것 같았다. 꼭 무슨 일이 벌어지기라도 하면 당장이라도 감싸 안을 것처럼. 전복된 차 안에서 그랬듯이.

희온의 질문에 헤이븐이 잠시 생각해 보는 듯하다가 입을 열었다.

"장마라는 단어는 거짓말을 하고 있다는 걸 뜻합니다. 요즘 눈을 깜빡여 모스 부호를 보내는 건 더 이상 소용이 없잖아요."

습한 동네와 잘 어울리는 단어라고 생각하면서 희온은 고개를 끄덕였다.

"하얀 숲에서는 손끝으로 작게 십자가를 그리는 게 도망치라는 수신호였습니다."

그러나 그런 것들이 정작 실제 상황에서 쓰이기가 어렵다는 걸 알고 있었다. 손이 뒤로 묶여 있다면 수신호를 긋는 건 아무 소용이 없었고, 마찬가지로 혀가 잘리면 암구호는 아무 쓸모없었다. 그럼에도 군인들은 다양한 수신호와 암구호를 만들어 냈다. 어떤 식으로든 살고 싶다는 바람의 투영이었다.

"하나 더 물어봐도 됩니까?"

헤이븐은 적막을 가르고 들린 희온의 목소리가 군인과 어울리지 않는다고 생각했다. 그의 목소리는 지나치게 낮지도 높지도 않고 억양 없이 조용해서, 바람 소리나 파도 소리 같은 느낌이었다.

"지난번 칼리고에서 오웬이 먹었던 독 말입니다."

계속 이어지는 말은 헤이븐도 예상치 못한 주제였다.

"분명히 잠시 쉬기 위해 구한 집이라고 했는데, 외부인이 그곳을 미리 알고 독살을 계획할 가능성은 얼마나 된다고 봅니까?"

이제는 바람 소리도 들리지 않았다. 희온은 분명히 헤이븐과 함께 있으면 잠이 들었다. 그리고 맨더는 자신이 특별히 의지하는 사람과 있을 때에는 부작용이 옅어지는 특성이 있었다. 언제부터인지는 모르겠지만 자신이 헤이븐에게 어느 정도 마음을 두고 있다는 소리였다.

물론 자신이 밤에 잠을 잘 수 있다는 건 환영이었지만, 그 상대는 도무지 속을 알 수 없는 사람이었다. 희온이 지금 굳이 이 말을 갑자기 꺼낸 건 남자의 동요를 읽겠다는 뜻이었다.

"……지금, 날 의심하는 겁니까?"

헤이븐이 억울한 듯 눈을 크게 떠올렸다. 눈꺼풀 아래로 뚜렷하게 존재하는 녹색 눈동자는 조금도 흔들리지 않고 희온을 응시했다.

"내가 왜 그런 짓을 합니까? 뭘 얻는다고."

"그거야 나는 모르죠."

헤이븐이 벽에서 등을 떼어 내며 지금의 대화가 아주 마음에 들지 않는다는 얼굴을 했다. 희온은 그가 뻔뻔하게 대답하며 증거 있냐고 물어볼 줄 알았는데 이건 진심으로 어이가 없다는 반응이었다. 차라리 다행인 일이었다. 이게 만약 연기라고 해도, 이 정도 레벨에는 속아 줄 마음이 있었으니까. 헤이븐이 재차 부정했다.

"물론 내가 속을 겉으로 다 드러내는 사람은 아니지만, 그건 아닙니다."

"자기가 어떤 사람인지는 알고 있는 모양이네요."

알겠다는 듯 고개를 끄덕였지만 헤이븐으로서는 그 반응이 더 답답한 모양이었다. 희온에게 조금 더 가까이 붙은 그가 눈썹을 구겼다.

"나 아니라니까?"

"굳이 당신이 아니라 리암의 이야기이기도 한데요."

이번에는 헤이븐이 입을 다물었다. 어떻게 보면 리암을 의심하고 있다는 말이었음에도 어딘가 찔리는 게 있는 사람처럼 먼저 학을 뗀 게 수상쩍었다. 아무리 봐도 단순한 관계는 아닌 것 같은데, 이걸 믿어야 돼 말아야 돼. 희온이 무슨 말을 하기 위해 입을 열었다가, 금방 다물었다. 기척 때문이었다.

잘그락.

1층에서 들리는 작은 소리 하나에 귀를 쫑긋 세우는 희온이 꼭 토끼 같다고 생각한 헤이븐은 더 이상 변명하기를 포기하고 총을 바로 쥔 채 몸을 일으켰다. 이 인기척은 리암과 오웬일 확률이 높았지만 그래도 경계해야 했다.

희온이 몸을 문틈 쪽으로 붙이는 동안 창밖을 잠시 살핀 헤이븐이 빠르게 몸을 숙이며 시선을 맞췄다. 그 눈빛이 순간 흔들리더니 이내 예리하게 번뜩였다. 기척의 주인이, 이미 알고 있는 사람들이 아니라는 뜻이었다.

'누군데요?'

희온의 입 모양에 헤이븐이 '두 명 이상입니다.'라고 답해 왔다. 희온이 하늘을 원망했다. 한두 명이 아니라면 우리를 찾으러 이 마을까지 들어와 수색 중인 그 남자들일 확률이 높았다.

리암과 오웬이 어디쯤 있더라? 마주쳤나? 희온의 머리가 빠르게 돌아갔다. 당장 헬멧도, 수신되는 무전도 없으니 답답했다. 그렇다고 무작정 1층으로 내려갈 수는 없는 일이고 리암과 오웬이 먼저 적을 발견하고 몸을 숨기길 바랄 수밖에 없었다.

희온이 몸을 벽에 붙이자 헤이븐도 기척을 숨겼다. 누군가 2층으로 올라오는 발소리가 들리면 즉시 사살해야 했다. 지금 주변에서 들려오는 걸음 소리가 리암과 오웬이 아니라는 것을 안 이상 더 이상 피할 곳은 없었다. 비록 부상이 생기더라도, 직면해야 했다. 방금 전까지 투닥이며 나누던 대화는 경계만 남기고 순식간에 증발했다.

바스락. 이번에는 바로 지척에서 들려오는 소음에 희온이 숨을 죽인 채 손가락을 들었다. 타이밍을 맞춰 먼저 공격하자는 뜻이었다. 그런 희온을 보며 미소 지은 헤이븐이 고개를 살짝 기울였다. 저건 왜 혼자 여유로워.

셋.

수를 세며 희온이 예민하게 청각을 곤두세웠다. 직전까지 희온을 괴롭히던 이명도 지금만큼은 방해 요소가 되지 않았다. 무섭게 집중하며 크게 숨을 들이켠 채 호흡을 멈췄다.

둘.

손가락 하나가 더 접혔다. 주변의 모든 공간이 정적뿐이었다. 더 이상 아무 소리도 들리지 않는다. 지금 당장은 머릿속도 텅 빈 기분이었다. 살아남아야지. 오로지 그 목적뿐이었다.

하나.

희온이 벽에서 몸을 떼어 냈다.

탕!

역시나 2층까지 올라온 걸음은 아까 그 사내들의 것이었다. 낯선 남자의 이마에 탄알을 처박아 머리를 관통시킨 희온이 몸을 숙이며 앞으로 걸어 나가기 시작했다.

탕! 타─앙!

희온의 뒤를 따른 헤이븐이 연달아 방아쇠를 당기자 계단을 올라오고 있던 적 세 명이 뒤로 넘어갔다. 곧장 계단 중간까지 내려온 희온이 팔을 들어 올렸다. 대기 신호를 받은 헤이븐이 방아쇠에서 손을 떼며 희온을 빠르게 훑는다. 목덜미에 들러붙는 시선을 알면서도 희온은 계단 아래 1층에서 눈을 떼지 않았다.

이런 식으로 건물 내부에서 전투가 벌어지는 경우, 아래층에서 먼저 돌격해 오지 않는 이상 위에서 내려가는 건 승률이 낮았다. 헤이븐 역시 다른 길을 찾아보려는 듯 복도의 창문으로 몸을 기울여 밖의 동태를 살피더니 고개를 저었다. 창문 밖으로 나가기엔 무리가 있다는 뜻이었다. 희온이 일단 몇 걸음 물러서기 위해 조심스럽게 발을 뗐을 때였다.

풀썩.

"캡, 틴."

하마터면 그대로 총을 쏠 뻔했던 희온의 얼굴이 굳었다. 1층으로 내려가는 계단 끝, 피투성이가 된 채 희온의 시야로 굴러온 남자는 오웬이었다.

아. 희온이 들고 있던 총을 아래로 내렸다. 오웬의 이마에서는 피가 다시 터져 흐르는 중이었다. 오는 길에 간신히 지혈했던 상처를 제외하고도 어딘가를 더 다친 모양이었다. 총은 빼앗긴 듯했고 뺨과 입가에도 새로운 상처를 달고 있었다. 보란 듯이 자신의 부하를 이쪽으로 밀었다는 건, 알아서 기어 나오라는 뜻이었다. 희온이 헤이븐에게로 눈길을 돌렸다.

"무슨 생각인지 알겠는데."

그거 아니야. 헤이븐이 고개를 저었다. 그러나 희온의 고개는 다시 오웬에게로 향했다. 간신히 쓰러진 몸을 일으켜 무릎을 꿇고 있는 오웬은 더 이상 아무 말 없이 고개를 푹 숙일 뿐이었다. 희온은 오웬이 무슨 생각을 하는지 알 것 같았다. 죄책감이었다.

"총 버리고 나오십쇼."

1층에서 무장해제를 요구하는 다른 목소리가 들려왔다. 반 층 위에 있는 희온의 시야에서는 오웬을 겨누고 있는 사람들이 하나도 보이지 않았지만, 수틀리면 탄환을 쏘아 낼 수많은 총구를 알고 있었다. 희온이 한 번 더 헤이븐을 보다가 결국 계단 아래로 천천히 걸음을 옮겼다.

캡틴으로, 국가의 기억 공유자로 살아가면서도 정작 희온은 국가의 끊임없는 의심을 받아 왔다. 의심을 받는다는 건, 조금이라도 뜻을 거스르면 금방이라도 해를 가할 수 있는 패라는 뜻이었다.

상황은 조금 다를지언정 희온은 오웬이 그런 생각을 가지지 않기를 바랐다. 자신의 상관에게 쉽게 버려질 수도 있는 패. 그렇게 생각하지 않기를 바랐다. 그건 꽤, 슬프고 허망한 일이었다.

"희온."

커다란 보폭으로 다가온 헤이븐이 희온을 붙들었다.

"괜찮습니다. 안 죽어요."

"또."

희온이 고개를 들었다. 헤이븐이 짙은 푸름이 가득한 눈으로 희온을 바라보고 있었다.

"여전히 괜찮다는 말밖에 안 하네."

"제가 언제……."

희온이 동요하려던 마음을 지웠다. 지금 이렇게 말씨름할 시간 없는 거 알죠. 게다가 지금 당장은 손목을 붙잡고 있는 헤이븐의 악력이 가장 아팠다. 아픈데요. 그렇게 말하는 희온의 눈을 뚫어지게 보던 헤이븐이 결국 손에 힘을 풀며 귓가에 속삭였다. 속삭임 끝에는 흐린 미소도 걸려 있었다.

그 말에 짧게 웃은 희온이 고개를 끄덕였고, 헤이븐은 그 길로 다시 계단 위층으로 몸을 돌렸다. 그사이에 희온은 생각을 정리 중이었다. 아까 1층 구조가 어땠더라. 계단 바로 아래 못 쓰는 테이블 하나가 놓여 있었다. 그 아래가 막혀 있던가. 몸을 숨길 만한 공간을 떠올리며 희온이 천천히 계단을 밟아 내려갔다.

"총 버리십쇼."

또다시 무장해제를 외치는 목소리가 들려왔다. 총을 한 손에 쥔 채 양팔을 적당히 들어 올린 희온이 천천히 걸음을 옮겼다. 아래로 내려갈수록 서서히 1층의 풍경이 눈에 들어온다. 점점 가까워지던 오웬은 낯선 남자들에 의해 다시 끌려가는 중이었다.

계단 하나를 더 내려가자 무리 지어 선 남자들 맨 앞에 있는 누군가의 그림자가 보였다. 한 걸음을 더 내딛자 남자의 발목이 보이고, 두 걸음에는 무릎이 보였다. 덩치가 꽤 큰 모양이었다.

계단은 이제 고작 다섯 개 정도를 남기고 있었다. 하나 더 내려가자 방탄조끼를 입은 허리가 보였고, 이어서 어깨와 아래턱이 보였다. 이상했다. 이상할 정도로 낯이 익었다.

이윽고 맨 아래 계단을 밟은 희온의 움직임이 우뚝 멎었다. 애석하게도 정말 익숙한 얼굴이 희온을 향해 총을 겨누고 있었다. 아니, 익숙하다 못해 반갑기까지 한 얼굴이었다. 희온의 눈 끝에 알 수 없는 의아함이 매달렸다가 사라졌다.

"……페트로프."

* * *

희온은 또 한 번 이해하기 버거운 상황의 중심에서 배회했다. 왜 페트로프가 여기로 와서 오웬을 폭행하고 자신을 향해 총을 겨누고 있을까. 혼란스럽다 못해 정신이 나갈 지경이었다.

뒤에 서 있는 몇 명의 옷차림을 보니 분명 자신의 차를 전복시킨 남자들이 맞았다. 그런데 왜, 왜 그들의 수장이 페트로프인 건데. 오웬을 향해 고개를 돌리자 그도 영문을 모르겠다는 얼굴을 하고 있었다.

희온이 아는 페트로프는 절대 군과 정부를 배신할 남자가 아니었다. 그러니까 자신을 죽이려고 했던 사람들은, 그리고 페트로프는, 정부에서 보낸 거라는 가설에 무게가 실렸다.

"캡틴, 오랜만입니다."

다행인지 아니면 불행인지 페트로프의 얼굴도 딱딱하게 굳어 있었다. 아니, 정작 포위당한 자신보다 더 복잡해 보였다. 일단 총을 버리라는 듯 페트로프의 총구가 까딱이자 희온이 천천히 허리를 굽혔다. 들고 있던 소총은 금방 희온의 발치에 놓였다.

"페트로프. 오랜만이긴 한데 이게 무슨 일인지 설명이 좀, 필요할 것 같은데."

희온이 말을 더듬었다. 이렇게 당황스러운 적이 없었다. 도대체 무슨. 흔들리는 희온의 눈을 본 페트로프가 슬픈 눈을 했다.

"저도요, 캡틴."

"너도라니. 죽게 생긴 건 난데 네가 왜 설명이 필요해."

"그러니까, 저랑 같이 가요."

뭘, 어디를 같이 가. 지금 정부의 명령으로 시드엘로 가는 중이었는데, 도대체 어디를 가라는 소리야. 도무지 알 수 없는 소리를 하고 있는 페트로프를 보던 희온이 여전히 양손을 든 채 고갯짓으로 오웬을 가리켰다.

"알겠으니까, 오웬은 좀 일으켜. 뭐 하는 짓이야, 애 다쳤잖아. 너희 군의관 어디 있어?"

리암은 또 어디 있는 거지. 도무지 보이지 않는 얼굴에 희온이 눈을 굴려 1층에 서 있는 남자들을 차례로 훑었다. 처음 보는 얼굴이었다. 하얀 숲에서 보지 못했던 얼굴. 아는 사람은 페트로프 하나였다.

"캡틴. 저 정말 캡틴은 사살하고 싶지 않습니다."

"누가 뭐래? 여기서 제일 장수하고 싶은 사람이 나야. 그러니까 오웬부터 치료하라고."

겨우 지혈해 놨는데 뭐 하는 짓이야. 희온의 시선이 오웬에게 불안하게 꽂혔다. 오웬이 피를 너무 많이 흘렸다. 아까 차가 전복되었을 때 정신을 잃었던 자신보다도 오웬이 더 많이 다친 상태였다. 희온의 말에 페트로프가 잠시 고민하듯 굴었다.

애초에 페트로프는 희온에게 약했다. 하얀 숲에 있을 때도 무슨 상황이든 조건 없는 복종을 했던 게 페트로프였다. 그래서 희온은 이번에도 확신했다. 도대체 무슨 일이 벌어지고 있는지는 모르겠지만, 적어도 그는 자신의 말을 들을 것이라고.

"……데려가서 치료해."

결국 페트로프가 고개를 반쯤 돌리며 명령했다.

"하지만."

"피 많이 흘렸어, 치료가 먼저야."

페트로프의 말에 근처에 서 있던 남자들이 잠시 머뭇거리는가 싶더니 오웬을 부축하듯 이끌었다. 무리의 뒤쪽으로 가 눕히는 것까지 본 희온이 그제야 큰 숨을 뱉었다. 이제 페트로프와 이야기를 해 볼 차례였다.

쿵!

그러나 그럴 만한 시간을 주지 않겠다는 듯 단번에 커다란 소리를 내며 1층 문이 열리더니 이번에는 옷까지 정복으로 맞춰 입은 요원들이 또다시 우르르 들어오고 있었다. 이게 뭐 하는 짓이야, 도대체 몇 명이 온 거야? 희온이 빠르게 몸을 숙였다.

탕!

"내가 대기하라고 했잖아!"

문을 열고 들이닥친 사내들은 페트로프의 외침에도 불구하고 곧장 희온에게 총을 겨눴다. 반사적으로 총을 집어 든 희온이 옆으로 몸을 숙여 아까 봐 두었던 테이블 아래로 숨어들었다.

탕! 탕!

진작 전역할걸. 두꺼운 테이블의 서랍을 등지고 앉자 철제 테이블로 총알이 박히는 게 느껴졌다. 이대로 오래 버틸 순 없다. 진짜 나 이러다 죽는 거 아니야? 죽을 땐 죽더라도 좀 곱게 죽고 싶은데. 온몸에 총알이 박힌 상태로 죽는 건 싫은데. 그렇게 생각한 순간.

쨍그랑!

톡.

두꺼운 창문을 깨며 들어온 동그란 건 연막탄이었다. 슈욱. 작은 소음을 내며 순식간에 시야가 뿌옇게 물들자 희온이 총을 고쳐 쥐었다. 도대체 누가 이 기막힌 순간에 연막탄을 뿌렸는지.

"이리 와요."

그래, 당신이지. 당황한 남자들이 무차별적으로 방아쇠를 당기면서 울리기 시작한 총소리에 몸을 웅크린 희온은 어느새 계단으로 내려와 가까이에서 내밀어진 헤이븐의 손을 마주 잡았다. 그의 입술은 이번에도 호선을 그리고 있었다.

"5분 안에 온다면서요? 얼마나 지났습니까?"

희온이 타박했지만 그 목소리에 안심이 섞여 있다는 걸 헤이븐이 모를 리 없었다.

'내가 정확히 5분 뒤에 돌아오면, 그땐 나 좀 믿는 겁니다.'

위층에서 헤어지기 전 헤이븐이 속삭였던 마지막 말을 곱씹으며 억울하다는 듯 소리를 지르자 그가 희온을 향해 환하게 웃었다.

"이렇게 열렬히 날 기다릴 줄 알았으면 조금 더 애태우다가 올걸."

"그랬으면 시체가 반겼을 겁니다."

희온은 헤이븐이 이끄는 대로 걸음을 옮겼다. 이 상태에서 당장 오웬을 챙길 수는 없었다. 알고 있는데도 희온의 시선이 자꾸만 뒤로 향했다. 그들이 누군지 확신하기는 힘들지만 오웬이 버텨 주기를 바랄 뿐이었다. 적어도 무슨 일인지 알아낼 때까지만.

"사격 중지! 다들 건물 밖으로 나가! 캡틴! 일단 절, 믿으셔야 돼요! 저랑 같이 가셔야 된다고요!"

창틀을 뛰어넘기 전 들려온 페트로프의 목소리에 희온이 걸음을 멈추고 고개를 돌렸다. 빠져나가는 길을 앞장서던 헤이븐이 그런 희온을 돌아보더니 팔목을 부드럽게 잡아끌었다.

"나중에요."

나중이라는 말에 헛된 희망을 품을 만큼 희온은 어리지 않았다. 그러나 지금이 지나치게 혼란스러워서 그런지 희온은 헤이븐이 말한 그 나중이라는 말을 믿고 싶었다. 결국 다시 뒤를 돌아보지 않고 건물 밖으로 걸음을 뗐다.

"리암은."

"다른 데 있습니다."

다행히 리암은 몸을 피한 모양이었다. 그 사실에 안도하면서도 끝내 오웬을 꺼내 오지 못했다는 죄책감이 또다시 밀려오고 있었다. 당장 여기서 더 빠져나가지 못하면 자신도 마찬가지 신세가 될 거면서 누가 누굴. 다른 생각은 하지 않기 위해 희온이 부지런하게 몸을 움직였다.

한참 주변을 살피며 뛰어가던 헤이븐과 희온이 걸음을 늦춘 곳은 그 마을에서 적당히 벗어난 숲의 초입이었다. 불쑥불쑥 솟는 불안감에 쉼 없이 주변을 둘러보던 희온이 숨을 조금 가쁘게 내쉬자 헤이븐이 보폭을 더 줄였다.

"리암부터 찾아야 되는 거 아닙니까?"

"저 여기 있습니다."

희온이 물어보기가 무섭게 나무 기둥에 기대어 있던 리암의 고개가 불쑥 튀어나온다. 아마도 여기서 만나기로 한 모양이었다.

"괜찮습니까? 안 다쳤어요?"

"네, 캡틴은요?"

저도 괜찮습니다. 희온이 고개를 끄덕이며 리암의 근처에 풀썩 앉았다. 너무 지쳤다. 도대체 정부에서 자신을 왜 공격하려고 하는지 알 수가 없었다. 언제나처럼 자신을 의심해서 벌이는 일인가 싶어도 이번에는 스케일이 너무 컸다. 이번에는 적당히 상대할 만한 홀로그램이 아니었다. 게다가, 페트로프가 그들의 수장이었다. 희온이 손으로 식은땀이 배어난 이마를 짚었다.

"쉐드한테 연락을 해 봐야 할 것 같은데, 제 기계가 고장이 나서요."

"제 것도 차에 있는데, 다른 건 없습니까?"

리암의 말에 희온이 고개를 저었다. 직속 상관에게 보고하는 시스템인 군대에서 누가 본부에 직접 연결하는, 그것도 홀로그램으로 연결하는 기계를 가지고 있겠냐고. 누가 봐도 보통의 군인으로 보이지 않을 게 분명했다. 혹시 급한 상황이 와서 그들 앞에서 당장 사용할 일이 생기더라도 지금은 아니었다. 조금 더 기회를 봐야 했다.

"리암, 혹시 차에서 가지고 나온 가방은."

"아까 거기서 빠져나오느라 못 챙겼습니다."

그리고 잠시 정적이 이어졌다. 당장 가진 게 아무것도 없었다.

차는 물론이고 물도, 지도_

먼저 입을 열었다. 잠시 생각에 잠겼던 희온이

"일단 오늘까지는 몸을 피한 뒤에 해 보기로 하죠."

희온이 주머니 속에 든 페트로프의 줄을 꽉 감아쥐었다. 이런 일을 예상하고 이걸 받아 온 건 아니. 이렇게 된 이상 페트로프의 기억으로 들어갈 생각이었다. 무슨 일 일어나고 있는 건지 알아야만 했다.

리암이 질문을 하려는 듯 입을 열었지만 헤이븐이 손짓으로 막았으므로 그들은 희온이 말하는 대로 일단 그곳에서 벗어나기 위해 한참을 걷기 시작했다. 이제는 정말 발길이 닿는 대로, 한 방향으로 걸어갈 뿐이었다.

일반 사람들이라면 진작 지쳐 나가떨어지고도 남았을 테지만 그들은 꾸준히 걷는 훈련도, 번갈아 가면서 방향을 파악하는 훈련도 지겹도록 한 군인이었다. 한쪽으로 기울어 있던 해가 머리 위로 뜨고 또다시 기울기 시작했을 때, 희온이 먼저 잔디밭에 드러누웠다. 자신보다 몇 걸음 뒤에서 쫓아오던 헤이븐이 그림자를 만들며 희온에게 팔을 뻗었다.

"업어 줄까요?"

"그냥 날 버리고 가세요."

"업고 가면 되는데 왜 굳이."

이 인간은 어떻게 된 게 하나도 힘들어 보이지가 않냐. 희온이 내밀어진 손을 잡기 위해 팔을 들었을 때였다.

멍! 멀리서 강아지 소리가 들렸다. 누워 있던 희온이 곧장 상체를 한 마리가 이쪽으로 뛰어오고 있었다. 그래 봤자 정강... 들어 올리자 꽤 멀리서 하지 않을 정도의 작은 크기에 희온이 두 팔을 벌렸다. 생전 ...오는 강아지는 꼬리를 세차게 흔들며 희온 의 품으로 달려들...

"사람으로도 ...라서 개까지 이렇게 꼬입니까?"

머리 위에... 헤이븐의 툴툴거리는 목소리가 들려왔지만 희온 은 신경 쓰지 않고 복슬복슬한 강아지를 쓰다듬었다. 야, 진짜 반갑다. 희온이 강아지를 냅다 끌어안을 수 있었던 건 일단 털이 깨끗했고, 눈도 맑았으며 무엇보다 목에 새빨간 목줄을 차고 있 었기 때문이었다.

근처에 마을이 있다는 뜻이었다. 눈빛을 반짝이며 고개를 들어 올린 희온의 시야에 저 멀리 뛰어오는 소녀가 보였다. 됐다. 희온 이 또다시 풀썩 드러누웠다.

* * *

"예, 보통 손님들이 묵고 가시는 빈집이 있기는 한데……."

잠시 뒤 부모와 함께 나타난 소녀는 부끄러운지 강아지를 품에 안은 채 부모의 다리 뒤로 쏙 숨었다. 아이의 어머니는 불신이 가 득한 얼굴로 눈앞의 세 사람을 훑어보고 있었다. 그럴 만도 했다. 아무것도 가진 것 없이 길을 헤매는 세 남자로 보였을 테니까. 게 다가, 총까지 가지고 있었다. 리암이 친절한 표정으로 설명했다.

"저희가 길을 잃었어요. 방은 두 개만 있으면 되고, 사례도 충분히 하겠습니다."

희온은 사람이 셋인데 왜 방은 두 개면 되냐고 물어보려고 했지만, 입을 떼기도 전에 리암이 먼저 사람 좋아 보이는 얼굴을 하며 부모에게 바짝 붙었다.

"그런데 총은 왜……."

"아, 군인입니다. 지금 발령받아서 작전지로 가고 있어요."

리암이 대답과 함께 군번줄을 꺼내 보여 주자 그제야 부부의 경계가 사그라들었다. 아직 전시 중인 하프록스에서는 군인에 대한 대우가 조심스럽기는 했다. 그럼에도 여전히 꺼림칙한 반응에 리암이 미소를 지어 보였다.

"그럼, 뭐…… 어차피 빈집이니까."

부부는 서로의 옆구리를 콕콕 찌르며 헛기침을 하더니 금방 마을의 뒤쪽에 있는 집으로 안내했다. 가는 동안 주변을 잠시 살폈으나 딱히 사람들이 많은 마을은 아니었고 뻔한 시골 동네 중 한 군데인 듯했다. 역시나 시내는 차로 조금 떨어진 곳에 있으며 이곳은 조용히 살기를 원하는 사람들이 모인 마을이라고 했다.

"우리도 도시에서 아이를 키우고 싶지 않아서 이사 온 지 얼마 안 됐어요."

소녀의 부모는 리암에게 완전히 낯이 풀린 모양이었다. 아마도 리암이 계속해서 그들의 말에 흥미를 보이며 호의적으로 대꾸하고 있었기 때문인지도 몰랐다. 그 옆의 헤이븐은 주변의 지리를 알아 두려는 듯 길목을 살피고 있었으므로 셋 중 가장 기운이 빠져 있던 희온은 자연스럽게 살짝 뒤로 빠져 걸을 수 있었다.

"저기."

맨 뒤에서 졸졸 걸어오던 소녀가 작은 목소리로 희온을 불렀다.

고개를 돌린 희온이 그 작은 걸음과 보폭을 맞췄다.

"네."

"아저씨는 어디 가고 있었어요?"

소녀는 힘껏 용기를 끌어모아 질문했다. 그 말의 끝은 제대로 들리지 않을 정도로 작았지만 희온은 소녀에게 맞춰 주듯 목소리를 한껏 낮췄다. 거의 속삭이는 수준이었다.

"친구들이 있는 곳으로 가고 있었어요."

희온의 대답에 오히려 더 궁금한 게 생겼는지 소녀가 고개를 갸웃거렸다. 그 품에 안겨 있는 강아지도 충분히 작았지만, 이제 갓 열 살이 넘은 것 같은 소녀가 들기에는 꽤 버거워 보였다.

"이름 물어봐도 돼요?"

다시 질문하는 소녀의 목소리는 완전히 작아져 있었다. 잠시 앞을 쳐다본 희온이 앞서 걷고 있는 사람들의 뒷모습을 보다가 몸을 숙여 앉았다. 소녀의 품속 강아지가 금방이라도 희온에게 안기겠다는 듯 발을 버둥거리며 세차게 꼬리를 흔들기 시작했다.

"아저씨 이름은 두 갠데요."

희온이 강아지를 쓰다듬자 기어이 소녀의 품 안에서 뛰쳐나온 강아지가 희온에게 덤벼들어 턱을 핥기 시작했다. 강아지를 놓친 소녀의 눈은 금방이라도 떨어질 듯 동그랗게 커져 있었다.

"두 개요?"

"네. 노아라는 이름은 모든 사람이 부르는 이름이고, 희온이라는 이름은 비밀 이름이에요."

소녀는 이제 입까지 크게 벌린 채 희온을 신기하다는 듯 바라보고 있었다. 그런 소녀가 귀여워 미소 지은 희온이 쓰다듬던 강아지를 내려놓고 땅에 끌리는 목줄을 쥔 채 몸을 일으켰다.

"그러니까, 혹시라도 마을 사람들이 아저씨 이름을 물어보면 노아라고 알려 주면 돼요."

굳이 희온이라는 이름을 알려 주지 않아도 상관없었겠지만, 애초에 희온은 저 나이 또래의 아이들에게 약했다. 그사이 벌써 골목 끝 집에 도착한 리암의 뒷모습을 본 희온이 몸을 일으켜 다시 천천히 그쪽을 향해 걸었다.

"애랑 무슨 이야기를 그렇게 합니까?"

"비밀입니다."

헤이븐의 질문에 싱겁게 대답한 희온이 들고 있던 목줄을 아이에게 넘겼다. 소녀가 쑥스러워하더니 목줄을 받으며 입술을 달싹였다. 할 말이 있는 건가 싶어서 다시 눈높이를 맞추자, 아이가 비밀 이야기를 하듯 희온의 귓가에 속삭였다.

"제 이름은 로즈예요. 제 이름은 하나밖에 없는데, 아저씨 비밀 이름은 아무한테도 말 안 할게요."

마치 정말 희온의 비밀을 지켜 주겠다는 듯 소녀가 뿌듯하게 웃었다. 희온은 소녀를 가만히 바라보았다. 이 나이 때 아이들은 다 이런가. 다 이렇게 자라는 건가. 아무런 저의도 느껴지지 않는 해맑은 목소리가 하루의 피로를 씻겨 주는 것 같아서, 희온이 꼼짝도 하지 않고 멈춰선 채 희미하게 미소 지었다.

"무슨 얘기 했는데요."

집을 대충 소개시켜 준 부부가 소녀를 데리고 집을 떠나고 나서도 헤이븐은 희온의 옆에 서서 끈질기게 물어보는 중이었다. 도대체 뭐가 궁금한지는 모르겠지만 이쯤 되니 별말 하지 않았음에도 괜히 알려 주기 싫은 게 사람의 심리였다.

"리암은 어디 갔습니까?"

"갈아입을 옷 좀 구하러 갔습니다."

일단 샤워부터 할 생각에 겉옷을 벗던 희온이 귀를 의심했다. 옷을 구해? 옷 가게 하나 없어 보이는 이 마을에서 어떻게?

"밤새 걷느라 고생했는데 그냥 조금 쉬게 두지 그랬습니까. 아니면 뭐 다른 할 일이라도 있나 봅니다."

누가 봐도 떠보는 듯한 말이었다. 한쪽 눈썹을 폭 찌푸린 헤이븐이 희온에게 성큼 다가왔다. 순간 멱살이라도 잡히는 건가 싶었지만 헤이븐은 딱 한 걸음을 두고 멈추어 서서 시선을 맞출 뿐이었다.

"나 진짜 5분 내로 왔는데요."

5분이라니. 아무래도 페트로프를 마주했을 때의 이야기인 모양이었다.

'내가 정확히 5분 뒤에 돌아오면, 그땐 나 좀 믿는 겁니다.'

근데 왜 이제 와서 또 자신을 의심하냐는 말이었다. 답답함이 금방이라도 쏟아져 나올 것 같은 얼굴을 보던 희온이 결국 작은 웃음을 터뜨렸다.

"샤워할 겁니다. 비키세요."

세상 모든 일에 여유로워 보이던 남자가 겨우 이 정도 도발에 진지하게 의심하지 말라고 나서는 게 조금 우스웠다. 앞을 막아선 헤이븐을 피해 걸음을 옮긴 희온이 욕실 문을 닫았다.

사실 페트로프가 눈앞에 나타나고 나서는 리암과 헤이븐에 대한 의심이 한풀 꺾인 상태였다. 당장 주적으로 보이는 사람들이 나타났는데 함께 죽을 뻔한 동행인을 의심한다는 것 자체가 비효

율적인 일이었다. 도대체 무슨 일이 벌어지고 있는 걸까. 세면대 거울을 가만히 바라보던 희온이 한숨을 내쉬며 온수를 틀었다.

생각 반, 고민 반으로 이루어진 샤워가 끝났을 때, 문밖에는 새 옷이 잘 개어져 있었다. 자신이 부탁한 일은 아니었지만 어쩌다 보니 리암의 도움을 많이 받는 것 같아서 조만간 한 번 고맙다는 말을 해야겠다 싶었다. 두꺼운 티셔츠에 머리를 쏙 집어넣은 희온이 욕실 밖으로 걸음을 옮겼다.

"캡틴, 안쪽 방 쓰시면 될 것 같아요. 마침 방이 딱 세 개네요."

"잘됐네요. 근데, 집주인 분들께는 돈을 드리기로 한 겁니까?"

수건으로 젖은 귀를 문지르며 묻는 희온의 말에 리암이 어색하게 웃으며 부엌에서 차를 끓이고 있는 헤이븐을 가리켰다. 손가락은 그를 향하고 있긴 한데, 목소리는 한껏 낮아져 있었다.

"저분이 주시겠죠. 저는 그냥 빼고 본 겁니다."

콕콕. 리암의 검지가 허공을 몇 번 까딱거린다. 진지한 그 얼굴에 희온이 헛웃음을 터뜨린 바람에 헤이븐이 뒤를 돌아서, 두 사람은 딴청을 피울 수밖에 없었다.

"마셔요."

분명 타고 왔던 차가 통째로 불에 탔는데, 저 남자는 어디서 구한 찻잎을 우리는 걸까. 희온이 의심스러운 눈을 하자 헤이븐이 컵을 아예 손에 쥐여 주며 말을 덧붙였다.

"아까 집주인에게 부탁해서 받은 겁니다."

아. 그래서 전에 먹던 거랑 향이 달랐구나. 희온이 컵 가까이에 코를 가져다 대며 향을 맡았다가 금방 한 모금을 삼켰다. 마시기 좋게 따뜻한 온도의 차는 금방 샤워를 마친 몸에 온기를

넣어 주는 것 같았다.

세 사람 다 이 마을까지 오기 위해 오래 걸었던 후유증으로 지쳐 있었다. 아니, 사실 헤이븐이 지쳤는지까지는 잘 모르겠지만 확실한 건 희온은 거의 나가떨어지기 직전이었다.

여전히 눈을 감으면 피투성이의 오웬과 총을 겨누던 페트로프가 그려졌다. 그러나 오래 생각하고 싶지는 않았다. 오늘 밤에 페트로프의 꿈에 들어가 보면 무언가를 알 수 있을지도 모른다. 그러고 나면 맥에게 연락을 해 봐야겠지.

희온이 차를 반쯤 마실 때까지 부엌에는 아무 말도 오가지 않았다. 그래서 우린 지금 어디로 가야 하느냐고, 그때 우리를 공격했던 사람들은 누구냐고. 그런 말들은 지금 아무 소용이 없다는 걸 모두가 알고 있었다.

그냥 가끔씩 부는 바람이 창문을 흔드는 소리나, 희온이 컵을 내려놓는 소리 같은 것만 들릴 뿐이었다. 마치, 정신없이 바빴던 며칠을 침묵으로 위로하는 것도 같았다.

"저 먼저 쉬러 가겠습니다. 수고하셨습니다. 두 분 다 푹 쉬세요."

리암이 먼저 방으로 들어가자 희온도 의자를 뒤로 빼고 몸을 일으켰다. 그런 희온을 붙잡은 건 맞은편에 앉아 있던 헤이븐의 목소리였다.

"같이 잘까요."

"……."

저 남자가 자신을 재워 주기로 했으니 이런 대화가 밤마다 오가야 하는 게 맞았지만, 어쩐지 남자의 말투가 묘했다. 그게 아니면, 자신이 음란하거나. 희온이 부정하듯 고개를 저었다.

"오늘은 혼자 쉬는 게 낫겠습니다."

오늘 밤에는 헤이븐 없이 해야 할 일이 있었다. 희온이 바닥을 보인 컵을 들고 싱크대로 가서 물을 틀었다. 등 뒤에서 헤이븐이 의자를 빼는 소리가 들려왔다.

"계약금까지 받았는데, 그래도 되나 싶네요."

그의 목소리가 지나치게 가까웠다. 희온의 등을 끌어안듯 덮은 체온의 주인은 희온의 손에서 컵을 빼내 갔고, 덕분에 희온은 허공에 떠 있게 된 의미 없는 손으로 싱크대를 짚었다.

"⋯⋯뭐 합니까?"

"컵 씻는데요."

누가 이딴 자세로 설거지를 하는데? 희온의 몸이 뻣뻣하게 굳자 살짝 웃음 짓는 헤이븐의 목소리가 귓가를 타고 흘러 들어왔다. 완전히 들러붙은 자세에서 헤이븐이 고개를 조금만 더 숙이면 자신의 귀를 물고 빨 수 있을 것도 같았지만, 그는 그대로 가져간 컵을 마저 씻을 뿐이었다. 그의 숨결 때문에 괜히 한쪽 뺨과 어깨가 간지러웠다.

내 머릿속이 음란한 건가?

희온은 당황했다. 컵을 씻겠다는데 굳이, 뒤에서 끌어안은 채로 이게 뭐 하는 짓인가 싶었다. 물론, 가장 크게 당황한 이유는 그것만으로도 반응한 자신의 몸 때문이었다. 희온의 목소리가 평소보다 더 날카롭게 뱉어졌다.

"개수작도 적당히 부려야 예쁘죠."

"난 원래 예쁜데요."

⋯⋯미친놈. 헤이븐의 한쪽 팔을 걷어 내듯 치우고 그 아래로 빠져나온 희온이 곧장 방 안으로 들어와 문을 쾅 닫았다. 꽉 다문

입술 안쪽이 괜히 뜨거운 기분이었다. 내가 너무 피곤한 거지. 그게 아니면 같이 있으면서 정신이 나갔거나. 괜히 어깨를 부르르 떤 희온이 침대 위로 풀썩 쓰러졌다.

손가락 발가락 하나하나 전부 피로가 가득 쌓인 기분이었다. 이런 날일수록 헤이븐과 함께 잠들어 피로를 풀어야 한다는 건 알고 있었지만 페트로프의 꿈에 들어가기 위해서는 누구와 함께 잘 수 없었다. 긴 잠을 자는 것도 포기해야 했다. 의문 가득한 현실에서 꿈으로나마 해답을 찾을 수 있다면 앞으로의 며칠이 수월할지도 모른다.

담요를 목 끝까지 끌어올려 덮은 희온이 주머니에서 페트로프의 군번줄을 꺼내 손에 쥔 채 눈을 감았다. 지금 시간에 페트로프가 잠을 자고 있어야 할 텐데.긴 숨을 몇 번이고 내쉬며 잠을 청하기 위해 노력하는 동안, 오웬의 얼굴과 페트로프의 얼굴이 몇 번씩 스쳐 지나갔다. 천천히, 그러나 한참 가라앉은 무의식의 끝엔, 헤이븐의 미소가 있었다.

"캡틴?"

희온이 눈을 깜빡이며 반대편에 앉은 페트로프에게 초점을 맞췄다. 굳이 주변을 둘러보지 않아도 지금 둘이 있는 장소가 어디인지 알 수 있었다. 하얀 숲이었다. 그런데, 아무리 봐도 페트로프의 집이 아닌 자신의 집이었다.

꿈에서 맨더를 마주하는 곳은 보통 누군가를 마주하기 가장 편안한 장소이기 마련인데, 얘는 왜 내 집을 떠올린 걸까. 그래 봤자 거의 매일 현관에서 내쳐지기만 했으면서.

희온이 오랜만에 자신의 집 소파에 앉아 등을 기댔다. 가상의 곳이라는 걸 알면서도 시선은 잠시 페트로프의 등 뒤, 침실로 향했다. 불에 타 버린 돈이 가득 차 있었던 옷장이 있는 곳이기도 했다.

"페트로프, 최근에 네가."

가타부타 없이 바로 페트로프의 기억으로 들어갈 셈이었다. 딱히 그와는 친밀도를 더 올릴 필요가 없었기 때문이었다. 그러나 희온이 말을 더 잇기도 전에, 페트로프가 선수를 쳤다.

"보고 싶었습니다."

쿵. 말허리를 자른 페트로프가 테이블을 넘어왔다. 커다란 손이 희온의 허리를 감아 온다. 그 힘이 지나치게 세서, 반사적으로 그의 어깨를 밀어낼 수밖에 없었다.

맨더의 타겟들은 자각몽을 꿀 수 없었다. 페트로프는 자신이 맨더라는 것을 알고 있으니 나중에 꿈에서 깬 다음에야 희온이 자신의 기억을 훔쳐봤다는 것을 알 수 있겠지만, 꿈에서 아는 건 불가능했다. 그러니까, 이건 페트로프의 완벽한 무의식이었다.

"페트로프, 잠깐."

"캡틴, 캡틴."

자신을 끌어안아 오는 그를 거칠게 뿌리쳐야 하는데, 문득 본 그의 얼굴에 슬픔이 가득 차 있어서 그러기가 힘들었다.

"일단, 놓고 말해."

몇 번의 경험으로 보자면 이런 상태에서는 상대의 기억을 불러오는 게 불가능했다. 그렇다면 꿈에서라도 나가야 하는데, 틈 없이 끌어안은 이 팔 때문에 어떻게 몸을 움직일 수조차 없었다.

"캡틴."

페트로프는 무슨 말을 더 할 듯하면서도 하지 않았다. 그저 희온을 끌어안고 목덜미에 얼굴을 비빌 뿐이었다. 곰 같은 덩치로 안겨 오는 그를 어떻게 달래야 할지도 모르겠고 그냥 등이나 몇 번 토닥여 주고 있자니, 페트로프의 손이 조금 아래로 흘러 내려오기 시작했다.

"……야, 안 비켜?"

페트로프를 필두로 한 정부가 도대체 왜 우리 네 사람을 쫓았는지, 오웬은 어떻게 됐는지 알아내야 하는데 꿈에서 희온을 마주한 페트로프는 그럴 만한 상황이 아니었다. 마치, 몸이 단 짐승처럼 희온을 끌어안고 매만지기를 원할 뿐이었다.

희온은 하얀 숲에 있던 자신의 팀원 중 페트로프를 가장 잘 안다고 생각했다. 그는 어느 상황이든 희온의 말이 가장 먼저였다. 심지어 자신을 쫓던 와중에도 오웬을 치료하라는 자신의 말을 먼저 듣기까지 했다.

그래서 더욱 페트로프의 기억에 들어오고자 했다. 그가 알고 있는, 그가 처한 상황이 따로 있을 거라고 생각했다. 그게 아니라면, 정말 우리 모두를 적으로만 생각했다면 그가 자신의 명령을 들을 필요가 없었다.

희온이 말도 안 되는 상황에서 오웬을 그에게 부탁한 이유이기도 했다. 오웬이 걱정되기도 했지만, 페트로프가 쥔 총구가 진심인지 알아보겠다는 의도도 있었다.

"캡틴, 조금만요."

페트로프가 입을 벌려 희온의 목덜미를 물었다. 꿈속이었지만 희온이 이미 알고 있는 감각이라 그런지 닿아 오는 숨결과 함께 소름이 끼쳐 왔다.

"여기서 더하면 진짜 맞을 줄 알아."

물론 꿈에서 이런다고 해서 실제가 될 일도 없었고 차라리 이렇게 그의 연인인 척 적당히 달래는 게 나을 수도 있었다. 그러나 차마 그러지 못한 건, 어쩐지 지금 그렇게 나가다 보면 여태 페트로프에게 그었던 공적인 관계가 끝을 보일 것 같아서였다.

희온의 으름장에 페트로프가 고개를 들어 올렸다. 그의 무게 때문에 희온은 거의 뒤로 눕혀지기 일보 직전이었다. 희온이 한마디 더 하려는 와중, 페트로프가 세상에서 가장 서러운 얼굴을 했다. 거의 울기 일보 직전이어서, 당황한 희온이 눈을 끔뻑거렸다.

"아직 때리지도 않았는데."

"저는…… 저는 캡틴을 잡아야 되는데."

그 말을 끝으로 페트로프가 서럽게 울기 시작했다. 지난번 그의 꿈에 들어갔을 때에도 울더니 지금도 울고 있었다. 왜 자신만 보면 우는지는 모르겠지만 지금 이 자세로는 지난번처럼 담배를 물려 주기도 힘들었다.

"알았으니까 그만 울어."

덩칫값도 못하고. 희온이 그렇게 타박했지만 사실 그를 원망하는 마음은 조금도 없었다. 페트로프가 왜 자신에게 이렇게 덤비는지 누구보다 자신이 제일 잘 알고 있었다. 타겟이 되기 전 이미 맨더에게 마음을 줬을 때.

희온은 이것이 자신의 잘못이라고 생각하고 있었다. 뚜렷하게 굴지 못한 탓이 아닌가 싶었다. 자신이 그에게 조금 더 완벽한 캡틴이었다면, 정을 주지 않았더라면 그의 마음이 이만큼 넘어오지 않았을 수도 있었다. 그래서 마냥 정보를 보여 주지 않는 페트로프를 원망할 수가 없었다. 타겟이 되면서 희온에게 저절로 끌리게 된 지난번 새뮤얼의 케이스와는 완전히 달랐다.

서럽게 쏟아지는 눈물을 보며 희온은 더 이상 무슨 일이 있어도 그의 꿈에는 들어올 수 없겠구나, 생각했다. 이건 그를 괴롭히는 일이었다. 결국 그가 누구에게 무슨 명령을 듣고 자신을 쫓았는지는 알 수 없었지만, 페트로프는 이미 충분히 괴로워하고 있었다. 희온이 입을 떼려고 했으나 페트로프가 얼굴을 희온의 어깨에 비비며 다시 울음을 터뜨렸다.

"저는, 아무것도 할 수가 없어요. 캡틴을 잡으라는데 저는 못합니다. 나는 캡틴이 놓으라고 하면 놔요. 캡틴이 하지 말라면 안 해요. 캡틴이, 캡틴이 하라는 것만 하는 병신이 된 기분인데."

희온은 더 이상 그의 등을 토닥이지 않았다. 그럴 수가 없었다.

"근데, 그게 싫지가 않아요."

눈물을 뚝뚝 떨어뜨리던 페트로프의 손이 희온의 옷 속으로 파고들어 왔다. 머리가 아팠다. 희온이 그의 어깨를 밀어냈지만 그가 완강하게 버티며 오히려 무게를 실어 희온을 눕혔다.

맨더의 가장 불리한 점은 맨더의 자아가 이상한 데서 강하게 작용한다는 것이었다. 모르는 사람에게 연인인 척 접근하는 게 차라리 이것보다 쉬웠다.

손바닥으로 스스로의 눈물을 거칠게 닦아 낸 페트로프의 눈빛이 순간 매서워졌다. 아마 계속 그를 벗어나려 하는 자신의 움직임이 마음에 들지 않은 모양이었다. 희온이 한숨을 내쉬며 고개를 돌리자 그가 고개를 내려 희온의 목덜미를 또다시 물었다.

"후회할 거야."

마지막 경고였다. 페트로프가 안쓰러웠지만 그렇다고 해서 그가 하는 모든 행동을 받아 주며 용인할 생각은 없었다. 잠시 멈칫했던 페트로프가 다시 옆구리를 쓸었을 때, 희온이 결국 그를 밀어내려던 팔을 아래로 내려 홀스터에 꽂혀 있던 권총을 꺼냈다.

철컥.

총구가 목표를 향해 틀어지고 장전이 되자, 페트로프가 고개를 들어 올렸다. 가까이에서 마주한 그의 눈동자가 빠르게 흔들렸다.

"페트로프."

희온의 짧은 부름에 페트로프가 천천히 몸을 일으켰다. 그제야 숨을 마음껏 들이켜며 몸을 뒤로 물릴 수 있었다. 희온은 부디 잠에서 깬 그가 죄의식을 가지지 않기를 바랐다.

그는 자신이 그의 꿈에 들어갔다는 것을 눈치채고, 무의식의 세계에서 무슨 짓을 했는지 깨달을 게 분명했다. 그리고 자신이 아는 페트로프는 모든 것을 떠올리자마자 욕망을 내보인 스스로를 원망할 게 분명했다. 모든 것은 자신의 책임이었다. 희온이 총을 쥔 팔을 뻗자 페트로프가 빠르게 떨리는 눈꺼풀을 내리감았다.

"캡틴…… 시드엘로 가세요."

꿈속에서 들은 페트로프의 목소리는 그게 끝이었다.

"아……."

열이 순식간에 숫구치는 기분이었다. 꿈에서 깨자마자 온몸을 깨부술 것처럼 들어차는 극심한 고통에 희온이 눈을 뜨지도 못한 채 몸을 웅크렸다. 여태까지 할 만큼 해 왔다고 생각했는데도 타인의 꿈에서 나올 때마다 덮쳐 오는 이 부작용은 사람을 미치게 만들었다.

툭.

그러나 허리를 다 굽히기도 전에, 이마에 따뜻한 온기가 닿아 찌 푸렸던 눈을 뜰 수밖에 없었다.

"언제……."

도대체 왜, 언제 이 방에 들어왔는지는 모르겠지만 헤이븐이 바로 옆에서 희온을 향해 돌아누워 있었다. 희온의 이마가 닿은 곳은 헤이 븐의 가슴팍이었다. 순간 자신이 꽉 붙들고 있던 페트로프의 군번줄 을 의식했지만 그건 미처 보지 못한 듯, 헤이븐이 팔을 뻗어 왔다.

"지나가다가, 악몽을 꾸는 것 같아서요."

희온의 뒤통수 아래로 손을 밀어 넣어 팔베개를 해 주는가 싶더 니 금방 품으로 끌어안는다. 그 손길에 희온이 한숨 같은 호흡을 연신 내뱉었다. 자신보다 조금 낮은 체온이 통증을 가져가는 것처 럼, 머리를 터뜨릴 것 같던 두통이 빠르게 줄어들었다. 식은땀이 맺혔던 이마를 차가우면서도 따뜻한 품에 기댔다.

후유증에 몸부림칠 때 누군가가 자신의 몸에 손을 댔던 적은 한 번도 없어서, 지금 이게 순전히 기분 탓일 수도 있었다. 그러나 지금 당장은 이런저런 생각을 할 만큼의 여유가 없었다.

톡. 희온이 손에서 놓은 군번줄이 담요 위로 떨어지고, 힘이 빠졌던 그 손은 금방 헤이븐의 허리에 둘러졌다. 늘 타겟의 소지 품을 쥐느라 꽉 모이기만 하던 손이 천천히 펴지면서 헤이븐의 넓은 등을 끌어안는다.

자신이 정말 그를 어떻게 생각하고 있는지에 대해서 재고 계산 할 수 없었다. 그냥, 잠이 필요할 때 재워 줄 수 있고 괴로워할 때 차가운 손을 빌려줄 수 있는 그의 곁이 편했다.

공과 사를 구분해야 하는데, 이 정도는 괜찮지 않을까. 거래였잖아.
희온이 커다란 품에 다시 머리와 몸을 기대며 눈을 감았다. 등에 와닿
는 토닥임에 맞춰 통증이 완전히 잦아들었을 때, 휴식 같은 잠이 희온
을 찾아왔다.

"잘 자요."

기분 좋은 수면을 기꺼이 헤집고 들어갈 때에도 등에는 꾸준한
손길이 이어지고 있었다.

* * *

"시드엘로 계속 가야겠습니다."

희온은 날이 밝자마자 짐을 싸둔 상태였다. 거실로 나와 물 한
잔을 벌컥거리며 마시던 와중 마주친 리암에게 지난밤 생각의 결
과를 간결히 애기했다.

"캡틴, 지금 당장은 너무 위험한데 괜찮겠습니까?"

"아니면, 뭘 어떻게 해야 합니까?"

리암의 만류 섞인 대답에도 희온은 이미 결정을 내린 상태였다.
정말 그들이 정부 사람이라고 한들, 시드엘까지 넘어가 본부 부대
에서 연락을 취하는 게 더 나을 거라는 생각이었다.

명령 수행 중인 자신이 공격을 받는 이유에 대해서는 여전히 납
득을 못하고 있었지만 이게 맞을 거라고 믿었고, 꿈에서 만났던 페
트로프의 마지막 말도 영향을 끼쳤다. 희온은 그가 무의식적으로
자신에게 했던 말을 따르기로 했다.

총을 든 채 마주친 페트로프는 '자신과 함께 가야 한다.'고 했고

꿈속의 그는 '시드엘로 가라.'고 했다. 둘 중 무엇이 자신에게 더 맞는 길인지 희온은 이미 알고 있었다.

칼리고에서 음식에 독을 바르라고 사주한 것도, 하얀 숲에 폭발을 일으킨 것도 전부 정부와 페트로프의 짓인지는 아직 확신할 수 없었다. 그러니 더욱 시드엘로 가서 윗사람을 만나 무슨 일이 일어나고 있는지 알아야 했다. 희온이 말을 이었다.

"지금 당장 수도로 갈 수 있는 것도 아니고, 갈 수 있다고 해도 지금 이 상태로 그곳까지 가는 건 자살 행위입니다. 일단 시드엘로 가서 직접 알아봐야죠."

잠은 짧았지만 그만큼 개운해서, 머릿속이 유난히 명확했다. 시드엘로 가야만 했다. 페트로프가 자신의 말을 들어줄 거라고 확신했던 것처럼 희온은 지금도 확신하고 있었다.

정부는 자신을 쉽게 해칠 수 있으면서도, 그러지 않았다. 맨더는 하프록스만을 위해 일했다. 주적들에게 쓰이기 위해 키워진 기억 공유자는 쉽게 버릴 수 있는 패일지는 모르겠으나, 그렇다고 한 번에 털어 내기에는 아까운 패일 것이었다. 그러니 더욱 시드엘로 직접 가서 본부와 접촉을 해 볼 생각이었다. 뭔가 자신이 모르는 착오가 있는 것이 분명했다.

"헤이븐, 담배 있습니까?"

결정을 내리고 제법 가벼워 보이는 희온의 얼굴에 헤이븐이 웃음 지었다. 없습니다. 담배도 없으면서 왜 웃어요? 그를 이상하게 쳐다본 희온이 현관문을 열었다.

"아저씨."

그리고 문 앞에는 강아지 목줄을 꼭 쥐고 있는 소녀가 서 있었다.

언제부터 와 있었는지 찬바람에 소녀의 뺨이 빨갛게 얼어 있었다. 희온이 몸을 숙여 앉아 눈높이를 맞췄다.

"로즈. 왜 추운데 여기서 이러고 있어요?"

"엄마가, 아저씨들이 오늘 갈 거라고 그래 가지고."

어제 잠깐 이야기를 나눈 게 전부인데도 소녀는 갑자기 들이닥친 손님들이 반가웠던 모양이었다. 살짝 미소를 지은 희온이 정신없이 꼬리를 흔들며 발치를 돌아다니는 강아지를 쓰다듬었다.

"그래서 작별 인사 하려고 왔어요?"

"……네."

희온은 로즈와 대화를 나누느라 뒤에 서 있던 리암이 무슨 얼굴을 하는지도 모르고 있었다.

"안 갑니까?"

리암은 희온의 표정에 한 번, 옆에서 아이에게 질투라도 할 것처럼 구는 헤이븐에게 두 번 놀라고 있었다. 단체로 뭐가 어떻게 된 거 아닌가 싶었다.

"헤이븐, 저 지금 대화 중이지 않습니까."

희온은 헤이븐을 쳐다도 보지 않고 대답했지만, 아이에게 하던 말투와는 차원이 다르게 무미건조했다. 처음에 비하면 많이 부드러워진 것 같긴 한데 워낙 로즈에게 다정하게 굴고 있다 보니 마치 헤이븐에게는 퉁명스럽게 굴고 있는 것만 같았다. 평소와 같은 희온이었음에도 묘하게 냉대받는 기분에 헤이븐의 눈썹에 힘이 가득 들어찼다.

물론 리암은 희온이 은근히 다정다감한 성격이라는 걸 분명히 알고 있었다. 그런데 아이에게 지어 보이는 한없이 다정한 저 얼굴은,

진심으로 믿기 힘들 지경이었다. 정작 팀원들에게는 무심하기 짝이 없었으면서. 만약 그가 하얀 숲 팀원들에게 저 상냥함의 절반만 내보였다면 모두가 희온을 짝사랑했을 거라고 장담할 수 있었다.

배웅을 나왔다는 소녀의 차가운 뺨에 손바닥을 조심스럽게 올려녹여 주는 희온의 얼굴에는 계속 보조개가 떠올라 있었다. 어떻게 저런 얼굴을 하지? 누가 봐도 미인인 희온이 저런 표정을 하고 있으니 분위기가 완전히 바뀐 것 같았다.

"둘 중 하나라도 제정신이면 좋겠는데."

그제야 리암은 옆에서 헤이븐이 어떤 표정으로 자신을 보고 있는지 깨달았다. 괜히 헛기침을 한 리암이 희온과 로즈를 지나쳤다. 그러고 나서야 헤이븐의 시선도 함께 떨어졌다.

"강아지 이름이 뭐예요?"

"그냥 이름은 쿠키인데, 비밀 이름은 없어요."

소녀의 작은 목소리에 희온이 웃었다. 자신의 이름을 비밀이라고 알려 주었더니, 강아지까지 비밀 이름이 있어야 된다고 생각하는 모양이었다. 희온이 슬쩍 뒤를 한 번 돌아보고는 소녀에게 속삭였다.

"그럼 아저씨가 쿠키한테 비밀 이름 하나 지어 줄까요?"

희온의 제안이 마음에 들었는지 소녀가 얼른 고개를 끄덕인다.

"쿠키 성격이 어때요?"

"음…… 매일 매일 나만 쳐다보고 나랑만 같이 있으려고 하고, 놀아 달라고 보채요."

그래요? 그럼 이런 이름은 어때요. 소녀와 한참을 더 속닥거리며 웃는 희온을 마음에 들지 않는단 얼굴로 보던 헤이븐이 기어이 한 번 더 보채고 나서야 희온이 몸을 일으켰다.

"아저씨, 안녕히 가세요."

"로즈도 잘 있어요."

희온이 따라 손을 흔들며 고개를 돌렸다. 헤이븐은 이번에도 대화 내용을 물어보고 싶었지만 그래 봤자 또다시 비밀이라고 할 것 같아 굳이 묻지 않고 입을 닫았다. 대신 방금 전까지 예쁘게 들어가 있던 희온의 보조개를 쳐다보며 걸음을 옮겼다.

"우리도 이제 집에 가자, 헤이븐."

로즈가 빨간 목줄을 한 강아지를 향해 속삭이며 걸음을 옮겼다. 쿠키에게 비밀 이름을 지어 주었으니 기념으로 간식을 챙겨 줄 생각이었다.

"아, 너무 힘들다."

소녀와 인사를 마치고 그 마을을 떠난 건 이른 오전이었는데, 걷다 보니 해는 어느새 머리 꼭대기에 높이 떠올라 있었다. 세 사람은 다른 교통수단이 있을 만한 큰 마을을 향해 오전 내내 걸었다. 지도는 없었지만 어느 정도의 주변 지리를 전부 외워 두었다던 헤이븐 덕분에 방향을 찾을 수 있었다. 어떻게 그게 되는지는 모르겠지만, 확실히 머리는 좋은 모양이었다.

반나절을 말없이 걷던 희온은 이번에도 나뭇잎이 잔뜩 깔린 숲 바닥에 완전히 대자로 드러누웠다. 높은 하늘이 빙빙 도는 것만 같았다. 그래, 차라리 날이 밝을 때 걷는 게 더 낫지. 적인지 나무인지 구분하기 쉽기도 하고.

마을에서 떠나기 전에 떠왔던 물은 걸어오면서 전부 마셨고, 이제는 발목이 버틸 수 있을지가 문제였다. 그냥 나뭇잎이나 덮고 하룻밤

쉬자고 할까 싶은 순간, 넓은 마을 초입이 나타났다. 혹시라도 그곳까지 페트로프가 찾으러 오진 않았는지 먼저 정찰하기 위해 헤이븐과 리암이 떠났고, 희온은 휴식을 가장한 멘탈 수습 중이었다.

혼자가 되자마자 디바이스를 켜 봤으나 맥과는 연결이 되지 않았다. 도대체 무슨 일인지 조금이라도 알고 싶었지만 단서는커녕 가늠도 되지 않는다. 여러 차례 연결 시도를 해 두었으니 맥이 본다면 자신에게 다시 연결을 해 올 것이었다. 믿을 거라곤 그것뿐이었다.

아, 빨리 은퇴하고 싶다. 전역하고 싶다. 시드엘에 가자마자 다 총으로 쏴 죽이고 전역서를 날릴까. 그러고 나서 배운 기술로 돈을 훔치면서 사는 거지. 그렇게 해서라도 부자가 되고 싶다. 돈 걱정 없이 살고 싶다.

바스락.

차락.

희온이 옆을 더듬어 낙엽을 손에 가득 쥐더니 돈 뿌리는 연습을 하듯 허공에 세차게 날렸다. 깔고 누운 게 낙엽이 아니라 돈이었으면 좋겠네. 행복 회로를 아무리 억지로 돌려 봐도 미소는 쉽게 걸리질 않는다.

오웬은 무사한가. 살려 두긴 했나. 자신이 그 건물에서 나올 때 오웬을 데리고 나오지 않은 게, 사실은 그를 버린 것 아닐까. 오웬도 그렇게 생각하고 있는 거 아닐까. 담배가 피우고 싶었지만, 물도 없는데 담배를 가지고 있을 리가 없었다.

"무슨 생각을 그렇게 합니까."

헤이븐이 다가와도 희온은 눈짓으로 아는 척한 게 전부였다.

말을 걸어온 헤이븐은 희온의 근처에 앉았다. 마른 잎이 내는 소리가 듣기 좋았다.

"전역 지원서 낼 생각이요."

"목숨 걸고 시드엘까지 가서 한다는 게 고작 그거예요?"

헤이븐이 희온의 몸에 올라앉은 잎을 떼어 냈다. 그러거나 말거나 여전히 누워 있던 희온이 작은 한숨을 뱉었다.

"확신할 순 없지만 정부가 날 공격했습니다. 무슨 일인지는 몰라도 날 믿지 못한다는데 내가 뭘 더 해요. 전쟁도 끔찍하고."

"그냥 이쯤 하고 도망가는 것도 괜찮죠."

그 농담에 희온이 짧게 웃었지만 헤이븐은 이렇다 할 반응 없이 여전히 미소만 짓고 있었다. 농담이 아니라고?

"지금 저한테 탈영을 권유하시는 겁니까?"

"원한다면 같이 가고요."

이번에야말로 확실히 진담 같았다.

"전역이 꿈이지 탈영은 꿈이 아닌데요."

아래에서 올려다보는 그의 녹안이 빛에 반사되어 평소보다 조금 더 밝아 보인다고 생각했을 때, 헤이븐이 고개를 숙여 얼굴을 가까이 했다.

"왜. 무서워요? 내가 지켜 줄게요."

도망가자. 하고 속삭이는데, 이번에는 웃고 있지 않았다. 사뭇 진지해 보이는 얼굴에 희온도 대답하지 않고 눈을 맞추기만 했다.

문득, 전복되는 차 안에서 자신을 끌어안던 팔이 떠올랐다. 여기저기서 튀는 파편으로 조금 생채기가 나긴 했지만 그게 전부였다. 정신을 차렸을 때 오웬과 리암은 조금 더 멀리 떨어져 있었으니 아마도 자신을 끄집어낸 건 이 남자일 것이었다.

누가 누굴 지켜 줍니까? 내 한 몸 내가 충분히 지킬 수 있는데.

그렇게 말하며 면박을 줘야 했으나 그러지 않은 건 지금 뱉은 그의 말도 진심처럼 느껴졌기 때문이었다. 여기서 내가 도망가자고 말한다면, 남자는 그러자고 할 것만 같았다. 함께 탈영하자고 몸을 일으켜 줄 것 같았다.

그리고 지금, 정신적으로 그리고 체력적으로 지친 상태인 희온은 태어나서 처음으로 누군가에게 흔들리고 있었다.

"캡틴."

타이밍 좋게 희온을 부른 건 리암이었다. 이쪽으로 걸어오는 리암을 본 희온이 몸을 일으켰다. 그가 오거나 말거나 자신을 뚫어져라 보고 있는 헤이븐을 무시하며 옷을 탁탁 털어 냈다.

"심야에 시드엘로 가는 기차를 알아냈어요."

"기차요?"

지금 전쟁 중인 도시에 기차가 다닌다고? 그 의문에 대답하듯 리암이 마을 기차역에서 가져온 듯한 지도를 꺼내 펼쳤다.

"시드엘이 목적지는 아니고 남쪽으로 향하는 기찬데, 최근에는 시드엘에 잠시 경유해서 물자를 내린다고 합니다. 일반 승객은 못 내리지만 우리 세 사람 내릴 정도는 될 거예요."

희온이 지도를 같이 보느라 리암에게 바짝 붙었다. 완전히 보기 좋은 지도도 아니고 기차 라인을 따라 기호로 그려진 것이었지만 그래도 참고하기에는 수월했다.

"화물칸에 실려 가나."

펼친 지도를 같이 들여다보고 있는 희온과 리암의 사이에 헤이븐의 얼굴이 쑥 들어왔다. 덕분에 어깨가 닿아 있던 리암과 한 뼘의 거리가 생겼다.

"……뭡니까?"

"뭐가요."

뭐 하는 건가 싶어서 황당하다는 표정을 해도 정작 아무렇지도 않은 듯 호기심 넘치는 얼굴로 지도를 보는 모습에 희온이 몸을 바로 세웠다. 어색하게 한 발 떨어진 리암이 마저 설명했다.

"그 기차는 여행용이라 화물칸은 따로 없습니다. 역 직원에게 물어봤는데, 그 라인으로 가는 기차에는 여행객이 많이 없어서 침대칸 몇 개를 통째로 물자 싣는 데 사용한답니다."

"티켓은."

"티켓을 구하는 건 문제가 안 되는데, 기차 안에서 신분증 확인을 한다고 해서요. 일단 신분증도 같이 구해 보겠습니다. 권총만 가지고 가죠."

희온은 도대체 상황이 어떻게 이렇게 됐나 싶었다. 차가 터지고 살해 위협을 몇 번이나 받게 되었음에도 믿을 거라곤 정부밖에 없고, 일단 명령대로 하기 위해선 불법을 저질러야 하고. 희온이 레그 홀스터를 조금 더 조이며 피곤한 얼굴로 머리를 쓸어 넘겼다.

"예산은."

"차에 놓고 내린 게 많아서 현재는 가진 현금으로 써야 하는데, 조금 빠듯합니다. 그리고, 아까 그 남자들이 이 마을까지 와서 우리를 찾고 있는 모양이니 조심할 필요도 있어 보입니다."

헤이븐이 생각에 잠긴 동안 희온은 기차 시간표를 확인하는 중이었다. 어쨌든 몰래 가야 한다는 건데, 지금처럼 해가 떠 있는 시간은 무모했다. 오늘 밤에 출발하면 시드엘에 언제쯤 도착하지? 날짜는 당연히 넘어갈 테고. 생각 끝에 희온이 입을 열었다.

"기차는 어떻게든 저녁에 타는 걸로 하고, 해 질 때까지 헤이븐하고 저는 흩어져서 식량이랑 식수 좀 구할게요. 리암은 티켓 찾는 걸로도 충분히 바쁠 테니까."

"구한다고요?"

자신을 향해 돌아서며 묻는 헤이븐을 향해 희온이 어깨를 으쓱였다.

"네. 예산도 모자라면서 뭘 삽니까, 훔치면 되지."

애초에 당신이 그 호텔에 돈 퍼부을 때부터 알아봤지. 따라오세요. 듬직한 표정으로 고개를 까딱 움직인 희온을 향해 웃고는 헤이븐이 그 뒤를 쫓았다. 예산이 모자란다는 기준은 희온이 생각하는 것과는 아주 많이 다를 것이었지만 헤이븐으로선 희온과 붙어 있을 수 있는 기회인데 놓칠 리가 없었다. 이쪽이 마을인데. 헤이븐이 방향을 잘못 잡은 희온을 잡아끌었다.

작은 마을은 조용했다. 사람들이 없는 건 아니었지만 사람 소리는 거의 들을 수 없을 만큼 드물었다. 최근 하프록스 내륙에서 자급자족하는 작은 마을들은 다 사라지고 있다던데, 지금 이 마을도 그런 곳 중 한 곳인가 싶었다.

"가게가 꽤 많은데 어디서 훔치게요?"

"일단 좀 둘러보고 정하죠."

헤이븐으로서는 어차피 도둑질인데 그 기준이 어디 있나 싶었지만 희온에게는 꽤 중요한 일인 듯 한참 좁은 골목 벽에 붙어 상가를 이리저리 훔쳐보고 있었다. 헤이븐은 그런 희온의 뒤에서 하얀 목덜미를 내려다보는 중이었다. 늘 손을 대고 싶은 피부였다.

이미 그의 몸 중에선 자신의 손이 안 닿은 곳이 없었다. 궁금한 만큼 만졌고 만져 볼 만큼 손을 댔다. 그러나, 그럼에도. 헤이븐의 손끝이 살에 닿을 때쯤 희온이 고개를 팩 돌렸다.

"저깁니다."

희온이 상가 중 한 군데를 가리켰다. 헤이븐은 종종 희온의 손가락을 꺾어 보고 싶었다. 가끔씩 이런 하얀 피부가 눈에 띌 때마다 그랬다. 저 몸에 정당한 폭력을 쏟아 보고 싶었다. 머리카락을 쥐어 잡고, 흑백의 대비가 뚜렷한 눈에서 뚝뚝 떨어지는 눈물을 잔뜩 빨아먹고 싶었다.

이중적인 마음이라는 건 알고 있었고 자신이 그렇게 하지 못할 것이라는 것도 알고 있었다. 그러나 원래 욕구와 실천 사이에는 깊은 골이 있는 법이었다. 집중 안 하고 뭐 하냐는 희온의 말에 헤이븐이 무해하게 웃었다. 저 가게는 왜 되는데요? 묻는 헤이븐에게 희온이 별것 아니라는 듯 눈썹을 들어 올렸다.

"마음에 안 들어서요."

희온이 가리킨 가게는 주유소와 함께 운영하는 슈퍼마켓이었다. 가게 안에는 중년의 남자가 카운터를 보는 중이었는데, 손님과 대화하고 있는지 간혹 움직이는 입 모양이 보였다. 그러나 딱히 유쾌한 대화는 아닌 듯, 그 손님은 불쾌한 얼굴로 물건을 사지도 않고 가게를 나섰다. 사장은 그 등 뒤로 말을 뱉으며 기분 나쁜 웃음을 지을 뿐이었다.

"그러니까, 성격 나빠 보이는 주인의 가게를 골라서 털겠다 이겁니까? 뭐 도둑질은 해도 양심은 덜 찔리겠다 이거예요?"

"네, 바로 그건데요."

뭐 문제 있습니까? 하기 싫으면 비켜요. 일부러 쿡 찌른 말에도 희온은 덤덤한 얼굴로 맞다고 인정하며 걸음을 옮기고 있었다. 헤이븐이 희온을 붙잡았다. 예쁜 게 성질도 급하지.

"어떻게 훔칠 건데요. 난 그냥 따라가면 되나?"

"생각 안 해 봤습니다. 도둑질은 해 본 적이 없어서."

당당한 희온을 보던 헤이븐이 웃으며 시계를 보여 주었다.

"강도 짓을 하든 도둑질을 하든 나는 상관없긴 한데 여기 아직 우리를 죽이고 싶어 하는 남자들이 돌아다닌다는 것만 기억하세요. 소란을 피우면 곤란해질 겁니다."

"겁쟁이입니까?"

건수를 잡았다는 듯 희온이 살짝 미소를 지었지만 헤이븐은 당연하다고 고개를 끄덕였다.

"네. 뭘 많이 잃어 봐서요."

"그래도 나처럼 전 재산을 잃진 않았잖아요."

"비슷한데요."

그냥 저기서 돈도 다 털어 올까. 진지하게 생각하느라 희온의 눈길이 옆으로 빠지자 헤이븐의 얼굴에서 미소가 사라졌다. 말을 더 얹기 위해 입을 열었지만 희온이 말을 끊어 내듯 대충 대꾸했다.

"어쨌든 알겠습니다."

사실 희온은 들킬 생각이 없었다. 물 몇 병 빼돌리다가 걸리면 그냥 가게 주인을 기절시키면 되지 않나 싶었다. 그러나 헤이븐의 말도 틀린 건 아니었다. 언제 페트로프가 그 부하들을 이끌고 이 거리를 지나칠지 모르는 일이었다.

"곧 문 닫으니까 그때까지만 기다려 보는 건 어때요. 물건 가지고 바로 기차역으로 가면 되겠네요."

혜이븐이 고갯짓을 하는 쪽으로 시선을 돌렸다. 가게의 유리창에는 요일별 운영 시간이 적힌 팻말이 걸려 있었는데, 조금만 더 기다리면 가게 문을 닫을 시간이었다. 희온이 고개를 끄덕이며 좁은 골목에 털썩 주저앉았다.

눈을 감고 벽에 머리를 기댄 채 의미 없는 시간을 보내던 희온이 손목을 들었다. 차고 있던 손목시계의 유리에 금이 가 있었다. 정부에서 나누어 준 시계에는 하프록스의 국기 모양이 작게 새겨져 있었다.

"잠깐 주변 좀 둘러보고 올게요."

"네."

잠시 자리를 비운 혜이븐의 뒷모습을 보던 희온이 다시 생각에 잠겼다. 나라에 충성하는 게 자신의 생존 목적이었다. 그 어떤 일이 있어도 자신은 나라를 위해 움직여야 했고 필요하다면 희생도 해야 했다. 그러나 아무리 그래도 자신을 죽이려고 했던 페트로프의 무리에게 무작정 끌려갈 수는 없었다.

물론 페트로프가 정말 정부의 명령 하에 움직였다는 조건에서의 이야기겠지만, 희온은 그 궁극적인 목적이 궁금했다. 정말 정부가 한 짓이라면 도대체 왜 그런 건지, 음식에 독을 바른 건, 내 전 재산을 날린 건 왜인지 궁금해서 참을 수가 없었다. 한쪽 주머니에는 하얀 숲을 출발했을 때 받은 페트로프의 군번줄, 쉐드가 준 수류탄 모양의 키링, 혜이븐의 손수건이 함께 들어 있었다.

생각에 잠긴 사이 가게는 이제 문을 닫는 모양이었다. 사장이 가게와 간판의 불을 끄고 문을 잠그는 것까지 본 희온이 몸을 일으켰다.

헤이븐이 아직 돌아오지는 않았지만 어차피 두 명이나 필요한 일은 아니었다. 혼자 얼른 다녀올 생각으로 여태 기대어 있던 옷을 툭툭 터는데, 문득 머리에 무언가가 푹 씌워져 온다. 그 기척에 소스라치게 놀란 희온이 금방이라도 턱을 가격할 듯 팔을 들었다.

"주먹 좀 휘두르지 말죠."

그제야 희온의 시야에 헤이븐이 들어왔다.

"총 안 꺼낸 걸 감사하게 생각하세요. 제발 그렇게 좀 나타나지 마시고."

"주인공 병이 있다니까요."

"때와 장소를 가려야 주인공 대접이라도 받지."

"지금 키스해 주면 때와 장소 가려 볼게요."

"지금이라도 총 꺼낼까요?"

희온이 불만스럽게 투덜거리며 몸에 걸쳐진 옷에 팔을 끼워 제대로 입었다. 이건 또 어디서 가져왔나 싶었지만 곧 해가 질 것 같아서 일단 주는 대로 받아 입기는 했다. 그러나 헤이븐의 목적은 그게 다가 아닌 듯, 후드를 희온의 머리 위에 덮어씌우더니 끈까지 단단히 당겨 묶는다.

"뭡니까?"

"사람도 별로 없는 마을인데 눈에 띄는 것보다 낫잖아요."

일단 따뜻하기도 했고 일리도 있어서 희온은 그대로 커다란 옷을 입은 채 걸음을 옮기기 시작했다. 사이즈가 큰 후드티를 뒤집어쓴 희온은 평소보다 더 어려 보였고 작은 머리가 후드에 다 묻혀 고작해야 얼굴의 절반만 드러나 있었다. 저 꼴로 무슨 도둑질을 한다고. 헤이븐이 희온 몰래 미소를 지으며 뒤를 쫓았다.

"마을 다니면서 그놈들은 못 봤어요?"

본인이 어떻게 보이는지도 모르고 신중하게 그늘만 밟으며 걷는 희온에게서 눈을 떼지 않던 헤이븐이 기억을 더듬듯 고개를 기울였다.

"한 다섯 명 정도."

"일단 조용히 가죠."

주변을 살펴보던 희온이 길을 건너 주유소 건물의 뒤편으로 향했다. 뒷문으로 보이는 철문 손잡이를 잡아당기니 역시나 단단히 잠겨 있었다.

"머리핀 있습니까?"

"있어 보여요?"

지금 그걸 질문이라고 하냐는 목소리였지만 여전히 얼굴에는 미소가 걸려 있었다. 하긴. 희온이 빠르게 체념하는가 싶더니 주머니에서 손수건을 꺼내 바닥에 고인 구정물에 담갔다. 고급스러운 천이 순식간에 구정물에 젖어 들어갔다.

"그거 내 거 아닙니까?"

"맞는데요."

헤이븐이 불쾌한 티를 내든 말든 뒷문 옆에 난 유리창에 젖은 손수건을 잘 펼쳐 붙인 희온이 그곳을 팔꿈치로 강하게 내려쳤다.

쩍 소리를 내며 갈라진 유리창을 몇 번 더 내려쳐 창문을 깬 희온이 파편을 뜯어내며 몸을 밀어 넣었다. 조심스러우면서도 빠르게 그 안으로 들어가는 희온을 바라보며 헤이븐이 헛웃음을 지었다. 경고음이 들리지 않는 걸로 봐선 작은 마을이라 침입에 무딘 모양이었다.

철컥.

언제나 험한 일에 앞장서는 희온은 이번에도 먼저 안으로 들어가 뒷문을 열었다. 문틈 사이로 작은 머리가 빼꼼 나온다.

"거기 있을 거면 망이라도 보시죠."

"어둡고 좁은 곳에 오붓하게 있을 기회인데 내가 왜요."

그 안으로 따라 들어간 헤이븐이 주변을 둘러보았다. 이곳은 가게 뒤쪽의 창고인 듯, 두 사람이 서 있기에도 버거울 정도로 좁았다. 희온은 이미 가게 쪽으로 나가 진열장에서 물을 꺼내고 있었다.

"기차에 조금 오래 있을 것 같으니까 물은 좀 넉넉하게 챙기죠."

물병을 후드티 주머니에 잔뜩 밀어 넣는 희온을 보던 헤이븐이 망을 보듯 창밖으로 시선을 돌렸다. 세상에서 가장 군인같이 굴던 남자가 아무렇지도 않게 도둑질을 하는 걸 보니 더더욱 그의 속내를 이해할 수 없었다.

희온은 스스로가 정한 기준에서 벗어난 사람에겐 누구보다 가차 없이 구는 편이었다. 자기가 마음을 연 사람에게는 또 뭐든 허용하는 것 같은데. 뭐, 그것도 희온다워서 슬쩍 웃은 헤이븐이 마저 가게 안을 살폈다. 불을 켤 수는 없었지만 아직 해가 다 넘어가지는 않아 물건을 식별할 정도는 되었다.

"누가 오는데요."

헤이븐의 태연한 목소리에 물을 몇 병 더 꺼내던 희온이 고개를 돌렸다. 둘이 들어온 뒷문이 아닌 가게 출입문 쪽 골목 끝에서 긴 그림자가 보이고 있었다. 이쪽으로 와요. 다시 좁은 창고로 걸음을 옮긴 희온이 헤이븐을 잡아당기고 문을 닫았다.

창고는 서늘했다. 음료수 냉장고의 뒤편과 연결되어 있어서 그런 듯했다. 줄을 선 음료수 캔의 틈으로 가게를 살피는 희온의 주머니엔 물병이 삐죽 튀어나와 있었다.

"분명히 이쪽 골목으로 못 보던 사람들이 간 것 같았는데…… 문 닫고 집에 가는 길에 봤다고요."

가게 쇼윈도 밖에는 남자 세 명이 서 있었다. 총을 든 남자 둘이 천천히 가게를 훑어보는 중이었다. 뒤따르는 남자는 아까 봤던 이 가게의 사장이었다. 여유롭지 않은 시간 탓에 서둘렀더니 귀갓길에 두 사람을 본 모양이었다.

"아무도 없는 것 같은데요."

아직 쇼윈도 밖에서 가게 안을 들여다보는 중이었지만 그래도 언제 안으로 들어올지 몰랐다. 차라리 지금 뒷문으로 나가 버리는 게 나을 수도 있다는 생각에 희온이 몸을 물리려고 했다.

"쉿."

그러나 한 걸음 더 바짝 몸을 붙여 오는 헤이븐 때문에 그럴 수 없었다. 의도한 행동이 아니라고 생각할 정도로 공간이 지나치게 좁기는 했다. 그러나 헤이븐은 희온처럼 그들의 동태를 살피고 있지 않았다. 그저 가만히, 희온의 얼굴을 내려다볼 뿐이었다.

"혹시 모르니까 안을 한 번 돌아볼까요?"

"충분히 아무도 없어 보이는데 굳이요? 이 골목에 이 가게 하나만 있는 것도 아니고."

"우리가 여기 반나절을 있었는데 수상해 보이는 사람은 본 적이 없기도 하고."

조금 거리가 있긴 했지만 주변이 워낙 조용해 세 사람의 목소리가 희온에게도 들려왔다. 그러나 희온도 이젠 그쪽을 보고 있지 않았다. 헤이븐을 마주했다. 또, 이 눈이었다. 언제나 걸려 있을 것 같던 미소가 사라진 얼굴. 금방이라도 속을 다 끄집어낼 것 같은 표정. 그는 종종 이렇게 굴었다. 섹스하기 전에, 혹은 이렇게 가까이 붙어 있을 때.

그와 함께했던 섹스는 과거였고 지난번의 섹스는 불가피했다. 그 외에 희온은 헤이븐에게 공과 사를 뚜렷하게 구분하려고 했으나 헤이븐은 금방이라도 이쪽으로 성큼 넘어올 것처럼 굴고는 했다. 이렇게, 이런 표정을 하고 쉽게 보폭을 넓혀서.

도대체 자신에게 바라는 게 무엇인지 알 수 없었다. 자신은 그에게 마음을 주고 싶지 않았다. 엄밀히 따지자면 희온은 국가의 것이었다. 맨더여서 그랬고, 특전사의 캡틴이어서 그랬다. 그러니까 헤이븐에게 더 여지를 주어서는 안 된다. 그가 이런 식으로 알 수 없는 표정을 지어 보일 때에도 먼저 등을 보여야 했다. 이번에도, 희온이 물러설 차례였다.

"생각났습니다."

그러나 헤이븐이 먼저 입을 떼어 속삭였다. 두 사람 사이의 공간은 협소했다. 희온이 고개를 들면 이마에 헤이븐의 입술이 닿을 것 같았다. 당장이라도 숨결이 얽힐 것만 같았다. 이럴 때면 희온은 저절로 숨을 멈췄다. 실력 좋은 마법사가 으레 하는 손가락질이라도 당한 것처럼, 꼼짝도 못한 채.

가게 밖에서는 아직 세 남자가 대화 중이었다. 어느 쪽으로 갔는지 한번 보자는 내용인 것 같았지만 자세한 건 들을 수 없었다. 작아진 그들의 목소리 때문만은 아니었다.

"아직, 밖에 사람 있습니다."

간신히 숨을 뱉은 희온이 검지를 들어 입술에 붙이려고 했지만 그 손은 헤이븐의 손에 의해 붙잡혔다. 시기는 좋지 않았지만 어쨌든 희온은 헤이븐의 녹안을 보는 게 좋았다. 아마도, 언젠가 집 근처에 두고 싶은 녹음과 닮아서.

"내가 널 재우는 거래 말입니다. 그 거래 조건이 생각났다고."

자신의 손목을 붙든 헤이븐의 손은 희온의 것보다 체온이 낮았다. 헤이븐의 엄지 끝이 희온의 손목 안쪽을 꾹 눌렀다. 분명히 온도가 낮은데, 왜 뜨겁게 느껴지는지 알 수 없었다. 추위를 많이 타는 체질이다 보니 지금도 자신의 체온이 내려간 게 분명했다.

"뭡니까."

목소리를 한껏 낮춰 가며 물었지만 헤이븐의 대답은 쉽게 나오지 않았다. 헤이븐에게서 번지는 좋은 향은 한때 익숙했던 체향이었다. 딱히 정의할 수는 없었지만 그래도 이 냄새가 마음에 들었다. 결국 희온이 먼저 헤이븐의 눈을 피한 건, 지나치게 가까이 있는 그가 입을 맞춰 올 것 같아서였다. 심장 박동이 묘하게 크게 들려왔다.

희온이 마른침을 삼켰다. 헤이븐의 입술은 여전히 호선을 그리지 않는다. 이제 그 의미를 알 것도 같았다. 이런 얼굴을 할 때마다 헤이븐은 흐리기만 하던 속마음을 내보였고, 지금도 그랬다.

"죽지 마세요, 어디서든."

그의 조건은 싱거웠다. 그 누구보다 죽고 싶지 않은 건 나라고. 그렇게 대답하려고 했으나 후드를 잡아 내린 헤이븐이 자신의 목덜미에 입을 맞추는 바람에 대답을 할 수 없었다.

"웃."

벌어진 그의 입이 희온의 목을 물었다. 아니, 아직 힘을 주지는 않았지만 단단한 치아가 금방이라도 세게 물 것만 같았다. 헤이븐의 손바닥이 희온의 등에 올라와 허리까지 타고 내려간다. 이제 더 이상 남자들의 목소리는 들리지 않았다. 눈을 느리게 감았다 뜬 희온이 그의 팔을 잡았으나 헤이븐은 입술을 조금 더 세게 문지를 뿐이었다.

"……좀."

헤이븐을 밀어내고 싶었으나 몸을 멋대로 움직였다가 팔꿈치가 진열장을 건드려 소리라도 날까 봐 그러지 못했다. 무장을 한 남자들이 어디로 얼마큼 갔는지도 알 수 없어 섣불리 움직일 수 없었다. 희온이 팔을 붙든 손에 힘을 준 순간, 헤이븐이 이를 내어 살결을 세게 물었다.

아. 그 소리를 시작으로 헤이븐이 희온의 목을 힘주어 빨았다. 조금만. 젖은 입술이 피부를 빨아 올리는 그 틈 속에서 속삭이는 목소리가 울렸다. 헤이븐. 그의 어깨를 짚자 헤이븐이 희온의 가는 허리를 더욱 바짝 당겨 안았다. 입술은 목선에서 타고 올라와 턱 끝에 잠시 머물렀다가 목적지에 닿았다. 희온의 통통한 입술 위였다.

짜릿한 감각이 맥박을 타고 정수리까지 쭈뼛 올랐다. 그의 커다란 손은 그저 허리를 안고 있을 뿐이었는데 그것만으로도 녹아내릴 것 같았다. 확실히 자신은 헤이븐에게 물렀다. 마음보다 몸을 먼저 허락해서 그럴 수도 있었고, 그의 모든 것이 자신의 취향이라 그런 것일 수도 있었다.

마음을 주고 싶지 않은데. 줄 것도 없을 텐데. 수만 가지 생각을 하던 희온이 눈을 감았을 때, 그의 주머니에서 물병 하나가 바닥으로 툭 떨어지며 시끄러운 소리를 냈다. 그러나 다시 그들 근처로 오는 사람은 아무도 없었다.

4. 거래의 이면

"물은 이 정도면 될 것 같네요. 근데, 두 분 다 안색이 왜 그러세요?"

기차역에서 먼저 둘을 기다리고 있던 리암이 고개를 갸웃거렸다. 앞장섰던 희온의 얼굴은 묘하게 딱딱해져 있었고 그보다 다섯 발자국 뒤에서 온 헤이븐의 입가에는 상처가 나 있었다. 아무리 봐도 어디서 맞은 상처 같아서 리암이 진지하게 눈썹을 찌푸렸다. 도대체 어떤 정신 나간 놈이 헤이븐의 얼굴에 상처를 냈나 싶어서였다.

"오다가 혹시 누구라도 만났습니까?"

리암의 질문에 희온은 무표정한 얼굴로 주머니에서 몇 개의 물병을 더 꺼내는 중이었다. 대답은 헤이븐이 했다.

"아니. 토끼가 물었어."

"토끼가, 입술을 말입니까?"

의심하듯 얼굴을 구겼다. 둘의 반응을 봐선 저 상처를 낸 인물이 누군지 알 만했다. 하긴 그게 아니고서야 설명이 안 되는 일이긴 했다. 리암이 바닥에 떨어진 물병을 주섬주섬 주워 챙기더니 들고 있던 봉투에서 티켓과 작은 카드를 건넸다.

"티켓 구했습니다. 가짜 신분증도 구했어요."

희온이 뒤집어썼던 후드를 내리며 리암에게서 티켓을 받았다. 티켓에 적힌 정착지는 다른 곳이었지만 어쨌든 이 기차는 시드엘을 경유한다. 티켓 뒤에 겹쳐진 신분증을 확인하던 희온이 고개를 들며 리암에게 물었다.

"이게 뭡니까?"

마치 희온의 질문을 예상한 듯 리암이 난감한 얼굴로 웃으며 눈썹을 긁적였다.

"캡틴 신분증 속 이름입니다, 셰론 파웰."

희온이 다시 한번 신분증을 확인했다. 신분증 속의 인물은 여자였다. 희온이 무표정한 얼굴로 신분증 카드 한 번, 리암을 한 번 확인하는 동안 헤이븐이 가까이 와서 희온에게 자신의 가짜 신분증을 내밀었다.

"나랑 부부네요. 내가 제이든 파웰이니까."

실제로 헤이븐의 신분증에는 그렇게 쓰여 있었다. 기분 좋은 듯 활짝 웃는 헤이븐을 두고 희온이 리암에게 한 걸음 더 가까이 다가갔다.

"저랑 바꾸시죠."

"예, 뭐. 그냥 두 분의 이름 어감과 비슷한 걸 드린 거라 전 뭘 해도 상관없습니다."

리암이 들고 있던 신분증 속 이름은 커너였다. 차라리 이게 났겠다 싶었는데, 리암이 들고 있던 봉투 속에서 가발을 꺼내 뒤집어쓰는 순간 의문에 잠겼다.

"……그건 뭡니까?"

"남자 셋은 그 사람들이 찾는 조건과 일치해서 티가 날 테니까요. 일부러 성별이 다른 신분증을 섞어서 빌린 겁니다. 대조해 볼 수도 있을 텐데, 적어도 사진하고 비슷해야죠."

리암은 분명 잘생긴 얼굴이었지만 그에 비해 덩치가 너무 커서 가발이 훨씬 눈에 띄었다. 희온이 허리까지 오는 금발을 뒤집어쓴 리암과 자신의 옆에 선 헤이븐을 번갈아 가며 보기 시작했다.

둘 다 자신에 비해 머리 하나씩 더 얹은 것처럼 훨씬 큰 데다가 근육 붙은 어깨가 떡 벌어진 게, 그래서는 신분을 위장한 게 아무 소용없이 눈에 띌 게 분명했다. 희온이 한숨을 내쉬며 손을 내밀었다. 예산도 부족하다며 도대체 이건 어떻게 구한 거야.

"주십쇼."

"왜요?"

"더 눈에 띌 겁니다. 수상해서 얼굴이라도 자세히 보면 어쩌게요."

희온이 금발의 가발을 가져와 머리 위에 뒤집어쓰고 그 위로 후드를 덮어썼다. 희온도 작은 키는 아니었지만 그래도 저 둘보다는 덜 눈에 띌 듯해서, 삐져나온 긴 금발을 겉옷 속에 꾹꾹 밀어 넣으며 지퍼를 목 끝까지 올렸다.

"됐습니까?"

"어디 봅시다, 부인."

헤이븐이 뻔뻔하게 대꾸하며 희온의 턱 아래에 손가락을 대어 고개를 들어 올렸다. 금발이었다면 이런 느낌일까 싶었지만 워낙 빼어난 미모라서 이래도 그만 저래도 그만이긴 했다. 희온이 얼굴을 구길 때까지 한참을 들여다보던 헤이븐이 팔을 뻗어 희온의 머리카락을 잘 정리한 뒤 다시 후드 끈을 쭉 당겨서 얼굴을 반쯤 가리게 만들었다.

"남자 여자는 물론이고 지나가는 개도 홀릴 것 같으니까 가리기라도 해야죠."

헤이븐이 웃음 지으며 하는 말에 리암은 시선을 돌렸고 희온은 미친놈과 상대하기 힘들다는 의미의 진한 한숨을 뱉었다. 마침 기차가 플랫폼으로 들어오는 중이었다. 워낙 작은 마을이라 이곳에서 기차를 기다리는 사람은 세 사람뿐이었다.

"일등석 티켓이라 2인 1실입니다. 사람들이 없어서 빈 곳이 많긴 한데 전 일부러 멀리 떨어진 곳으로 잡았습니다. 도착할 때쯤 제가 갈게요. 좀 주무세요."

"리암도 좀 쉬어요."

"네."

플랫폼을 울리는 기계음과 함께 기차가 멈추어 서자 리암이 먼저 거리를 두고 멀어졌다. 기차의 문이 열리자 뒤에 서 있던 헤이븐이 희온의 어깨에 손을 올려 품으로 당긴다.

"뭐 합니까?"

"부부인 척이요."

아 그래요? 부부인 척? 희온이 헤이븐을 올려다보며 진지하게 대꾸했다.

"우리 부부는 결혼 30년 차라서 이런 짓 안 하는데요."

"그 컨셉 언제 정했는데요."

"지금요."

태연하기 짝이 없는 희온의 대구에 헤이븐이 입꼬리를 올렸다.

"30년 차 부부면 나랑 한평생 결혼 중인 거네요. 운명이네."

"왜 한평생인데요? 실례지만 제 나이 아세요?"

"몇 살이라고 하려고요."

"예순한 살이요."

"……솔직히 말해 봐요. 나랑 이렇게 노는 거 재밌지?"

헤이븐이 기차에 오르는 희온을 뒤따르며 물었으나 희온은 이미 일등석 칸으로 들어가 좌석을 훑어보는 중이었다. 섹스하는 것도 아닌데 왜 자꾸 예고 없이 사람 몸에 손을 대지? 신경 쓰이게. 희온이 쥔 티켓 끝이 살짝 구겨져 있었다.

좁은 복도를 따라가는 내내 한쪽에는 일등석의 침대칸이 쭉 자리해 있었다. 닫힌 방문 위에 적혀 있는 숫자로 좌석을 확인하며 안으로 들어가던 희온이 방을 찾아 문을 열었다.

일등석이라고 해 봤자 기차라서, 양쪽에 성인 한 명이 겨우 누울 만한 침대가 자리해 있을 뿐이었다. 그나마 일등석이라 이 정도지 이등석만 되어도 이 층 침대가 머리 위에 하나씩 더 붙어 있을 것이었다.

"출발하나 보네요."

헤이븐이 그 뒤를 따르며 문을 닫자 희온이 서서히 움직이기 시작한 풍경에 시선을 고정했다. 어차피 남은 게 다 빈방이니 다른 곳에 가서 있으라고 말하고 싶었지만 신분증상으로 부부인 둘이 떨어져 있는 게 더 이상해 보일지도 몰랐다.

"답답한데요, 이거."

희온이 리본까지 묶여 있던 후드의 끈을 조금 풀었다. 가발이 영 답답했다. 침대에 풀썩 앉으며 하는 말에 헤이븐이 마찬가지로 맞은편에 앉으며 말했다.

"셰론, 금발이 잘 어울리네."

가짜 이름을 부르며 건넨 헤이븐의 농담에 희온이 흘러내린 긴 금발을 귀 뒤로 넘겼다. 희온의 눈길이 헤이븐에게 닿았다가 다시 창밖으로 향했다.

"당신의 금발도요, 제이든."

그렇게 받아친 희온의 말에 미소를 짓다 만 헤이븐이 말없이 그를 응시했다. 뭘 봐. 대꾸하기 전에 마침 기차가 철로를 달리는 소음 사이로 사람들의 목소리가 들려왔다.

몸을 벌떡 일으킨 희온이 문에 난 창문으로 얼굴을 가까이 붙여 주변을 살폈다. 근처에서 티켓과 신분증 검사를 시작한 모양이었다. 희온이 문을 한 뼘쯤 열어 주변을 살폈다.

티켓을 검사하는 차장은 2인 1조로 움직이고 있었다. 그들은 방문을 두드려 티켓과 신분증을 직접 확인하는 듯했다. 아예 방으로 들어와 확인하면 가짜 신분증인 걸 눈치챌 텐데. 희온이 불안함에 아랫입술을 물었다.

"부인, 일단 좀 앉아 계시죠."

지금 상황을 이해하고 있긴 한지 헤이븐은 태평하게 농담이나 건넸다. 지금 티켓 검사한다니까요. 목소리를 낮추며 진지하게 대꾸하는 긴장 가득한 얼굴을 본 헤이븐이 결국 몸을 일으켰다.

"티켓하고 신분증 어디 있어요?"

"여기."

헤이븐이 티켓 두 장을 같이 겹치더니 주머니에서 현금을 꺼낸다. 사람들이 일반적으로 사용하는 지폐보다 훨씬 큰 단위의 지폐에 희온의 시선이 따라붙었다.

예산 부족하다며, 왜 저 큰돈이 너한테서 나오는데? 우리 아까 돈 아끼겠다고 물도 훔쳤잖아.

그 돈을 자신의 주머니에 넣고 싶어진 희온이 고인 침을 삼켰다. 그런 희온의 시선을 눈치챈 헤이븐이 희온의 눈앞에 가만히 지폐를 흔들자 그 움직임을 따라 희온의 눈동자가 구른다. 지금 이렇게 가까이에 내가 있는데 돈이 더 좋다고? 헛웃음을 지은 헤이븐이 돈과 티켓 두 장을 문 유리창에 꽂으며 말했다.

"침 흘리겠어요. 당신 돈 아니잖아요."

"그럼 내 거는 어디 있는데요."

"여기, 나."

"머리에 총 맞았습니까?"

자기 자신을 가리키는 헤이븐의 손가락을 부러뜨릴까 진지하게 고민하던 희온의 표정을 읽었는지 헤이븐이 유쾌하게 웃었다.

"돈을 집에 됐다면 재가 되었겠네요."

"알고 있습니다. 그 말을 왜 꺼냅니까? 배 아프게."

"물어보길래."

헤이븐이 희온의 허리를 당겨 안은 채 침대에 걸터앉았다. 자연스럽게 그 허벅지 위에 앉게 된 희온이 질색하며 일어날 듯 그 어깨를 짚자 그가 얼른 속삭였다.

"이제 곧 사람들이 올 겁니다."

들키면 시드엘에 못 가잖아요. 가까이에서 웃음 지은 헤이븐이 희온의 후드를 반쯤 넘기고 드러난 금발 속으로 손을 밀어 넣었다. 큰 손이 목덜미를 감싸 오는 건 꽤 묘한 기분이라서 피하듯 고개를 틀었지만 헤이븐의 고개가 금방 따라왔으므로 소용없었다. 사람들의 걸음 소리가 가까워지고 있었다.

"이건 전적으로 내 사심이라는 것만 알아줘요."

보통 그 반대로 말하지 않나? 의문을 말하기도 전에 헤이븐이 숨결이 바짝 다가왔다. 입술이 닿자마자 벌어진 입술 사이로 젖은 혀가 파고들어 오며 후드가 완전히 툭 넘어갔다. 헤이븐의 어깨를 붙든 희온의 손에 힘이 들어갔다.

단단한 것 같기도, 말랑한 것 같기도 한 혀가 입안을 부드럽게 훑자 쭈뼛 소름이 돋았다. 그와 동시에 빠르게 뛰기 시작한 심장이 문밖의 남자들 때문인지, 아니면 이 입맞춤 때문인지 도무지 알 수 없었다. 사실, 알고 싶지 않기도 했다.

"티켓하고 신분증 좀 확인하겠습니다."

그리고 바로, 문밖에서 차장의 목소리가 들렸다. 두 번의 노크 뒤로 들린 목소리에 희온이 몸을 물리려고 했으나 헤이븐은 희온의 긴 금발 틈으로 손을 밀어 넣어 고개를 조금 더 틀었다. 그런 뒤에야 아주 느긋하게 입술을 떼어 내더니 희온의 머리를 자신의 가슴팍에 푹 당겨 묻고는 신분증 두 개를 한꺼번에 내밀었다.

"티켓은 거기 문에 있습니다."

차장 제복을 입은 남자가 창문 틈에서 티켓과 현금을 한꺼번에 꺼내며 헤이븐을 향해 고개를 돌리자 그가 목소리를 낮췄다.

"실례지만, 우리 셰론이 지금 아이를 가져서요. 편히 쉴 수 있게 커튼 좀 쳐도 되겠습니까?"

……내가 아이를 가졌어? 마음 같아선 당장 고개를 들어 올리고 싶었으나 아무리 가발을 썼다 한들 눈을 제대로 마주치면 남자인 걸 들킬 게 분명했다. 혹시라도 얼굴을 확인한다고 할까 봐 희온이 괜히 비비적거리듯 헤이븐의 어깨에 얼굴을 문질렀다. 그러자 헤이븐의 손이 희온의 등을 타고 올라와 어깨를 도닥인다.

헤이븐의 신분증과 그 얼굴이 다르다는 걸 차장이 모를 리가 없었다. 당장 내리라고 한다거나, 신고를 하면 어떻게 해야 하나 싶어서 애꿎은 마른침만 삼켰다. 시간이 왜 이렇게 느리게 가나 싶어서 괜히 손끝을 문질렀다. 남자의 목소리가 다시 들렸다.

"임신 축하드립니다. 파웰 부인. 어차피 이 근처의 객실은 전부 비어 있으니 이 칸 양옆에 있는 커튼도 함께 쳐 드릴게요. 사람들이 드나들지 않을 겁니다."

두 남자는 헤이븐의 태연한 말과 행동에 그대로 넘어간 듯했다. 아니면, 티켓과 함께 꽂혀 있던 돈에 넘어갔던가. 일등석 티켓을 수십 장 사고도 남을 만한 금액이니 당연한 거긴 했다. 신분증을 돌려받으며 헤이븐이 웃음 지었다.

"제이든이라고 부르세요. 흡연은 어디서 할 수 있죠?"

"만나서 반가웠어요, 제이든. 사실 기차에서 흡연은 금지되어 있지만, 옆방은 한쪽 침대가 고장 나 사용하지 않는 방이니 거기에서 창문을 열고 이용하세요. 그럼 언제든 또 필요한 게 있으시다면 차장 칸을 찾아 주세요."

"그러죠."

희온이 걱정했던 것에 비해 검문은 쉽게 끝이 났다. 톡톡히 맛본 자금의 위력에 희온이 한 소리 하려고 했지만 문이 닫히자마자 헤이븐이 다시 덤벼들었기 때문에 그럴 수 없었다.

"헤이, 븐."

곧장 입을 맞추며 희온을 안은 채 몸을 일으킨 헤이븐이 걸음을 옮겨 넓은 창문에 희온을 밀어붙였다. 그 틈으로 헛숨을 겨우 삼키며 고개를 틀었지만 헤이븐의 손이 쫓아와 턱을 감아쥐었기 때문에 피할 수도 없었다. 결국 그 이마를 손으로 짚어 꾹 밀어야 했다.

"잠깐만, 잠깐, 지나갔, 잖아요."

"말했잖아요, 이건 전적으로 내 사심인 거라고."

입을 맞출 때마다 온통 헤이븐의 체향이 맴돌았다. 희온은 이것 때문에 그를 완전히 밀어낼 수 없는 거라고 생각했다. 그의 체향이 너무, 지나치게, 좋아서.

이건 다 당신 때문이야. 한숨을 푹 뱉은 희온이 결국 그를 밀치던 손에 힘을 빼자 그는 이제 완전히 희온을 잡아먹을 듯이 굴었다. 달아. 낮은 그 목소리에 희온이 잘게 떨었다.

섹스를 잘하는 것과 연관된 문제겠지만, 헤이븐은 고작 키스만으로 아니 사실은 손짓 하나만으로도 자신을 달아오르게 만들 수 있었다. 커다란 손이 닿을 때마다 떨리는 것도 전부 이 남자 탓이었다.

"조금만 더 해요."

헤이븐의 속삭임은 꼭 애원 같았다. 자신에게 이만큼 다가오는 사람은 헤이븐이 처음이었다. 그리고, 틈만 나면 벗겨 먹으려 드는 사람도 그가 처음이었다. 헤이븐의 손이 희온의 허리를 쓸어 올리자 희온이 전율했다.

아. 작게 앓는 소리에도 헤이븐은 짐승처럼 돌변했다. 손이 허벅지

안을 쓰다듬자 놀란 희온이 그제야 눈썹을 구기며 그를 밀어냈다. 가발이 머리 뒤로 툭 넘어가며 벗겨지자 드러난 동그란 이마와 약간 상기된 얼굴에 헤이븐의 시선이 꽂혔다.

"내가 당신을 얼마나 먹고 싶었는데요."

마치 안타까워 죽겠다는 얼굴을 한 헤이븐이 엄지로 희온의 뺨을 매만졌다. 혼란스러움은 희온의 몫이었다. 도대체 뭐가 먹고 싶어, 얼마 전에도 했으면서. 희온의 볼을 타고 내려오던 헤이븐의 엄지는 도톰한 입술에 멈췄다. 손끝으로 아랫입술 가운데를 살짝 누르자 금방 반응하는 생기있는 입술이 예뻤다.

홀린 듯한 미소와 함께 바라보는 시선의 마지막, 다시 들러붙은 입술에 희온이 결국 그의 목을 감아 안았다. 이 남자의 미소가 문제였다. 그러니까 내가 넘어간 거라고, 희온이 처음으로 인정했다.

"우리 이혼합시다, 제이든."

"위자료는 얼마가 좋아요?"

"집 다섯 채 살 만큼이요."

위자료만 주고 이혼은 안 하면 안 돼요? 농담에 장단을 맞추는 동안 희온의 바지까지 풀어 내린 헤이븐이 그를 안아 든 채 침대에 앉았다. 헤이븐의 커다란 손에 두 개의 성기가 겹쳐졌다. 헤이븐의 것이 지나치게 길고 두꺼워서 그 큰 손에도 간신히 걸쳐졌지만 희온은 엉덩이를 그에게로 바짝 밀며 조금 더 희열을 갈구할 뿐이었다.

"흐으, 아!"

헤이븐이 희온의 것과 자신의 것을 함께 쥐어흔들기 시작했다. 조금만, 응? 키가 커다랗고 어깨가 넓은 데다 숨 쉴 때마다 도드라진 근육을 가진 남자가 자신의 앞에서 애원하듯 허락을 구하는 모습에 희온은 반쯤 에라 모르겠다의 생각에 잠기고 있었다.

닿고 싶었다. 조금 더 하고 싶었다. 희온이 고개를 아주 작게 끄덕이자, 헤이븐이 곧장 하체를 움직였다. 헤이븐의 두꺼운 귀두가 스쳐 지나가며 기둥을 긁어 댈 때마다 희온이 앓는 소리를 내며 고개를 젖혔다.

"흐아아, 아. 웃, 좋, 아."

나한테서 눈 떼지 마요. 희온의 시선이 헤이븐에게서 떨어질 때마다 채근하는 목소리가 따라왔다. 그러나 그를 오랫동안 보고 있기에는 시각적 자극이 지나치게 컸다. 헤이븐은 희온에게 취해 있는 사람 같이 굴었다. 야한 것을 보며 스스로 할 때처럼 헤이븐은 희온의 얼굴을 훑어보며 손을 흔들었다.

흐아, 아! 갈, 것 같, 아. 희온은 쾌락에 약했다. 헤이븐이 만질 때마다 착하게도 전부 느껴 가며 몸을 떨었다. 뽀얀 이마, 솟아오른 코끝, 붉어진 채 벌어진 입술. 어느 것 하나 야하지 않은 게 없었다. 헤이븐이 마치 삽입할 때처럼 몸을 밀어 가며 동시에 손을 움직이자 희온이 고개를 젖힌 채 헐떡였다.

"잠, 깐만, 여기서, 아!"

아! 아아, 흐. 사정은 희온이 먼저였다. 제 손등을 덮은 뜨거운 온도에 헤이븐이 웃었다. 사정하며 감은 눈꺼풀이 야했다. 헤이븐이 혓바닥으로 희온의 입가를 핥아 올리며 속도를 조금 더 올렸다. 히억! 방금 막 사정한 희온이 자신의 것을 놔 달라며 헤이븐의 어깨를 때렸지만 헤이븐에게서 벗어날 수 없었다. 오히려 헤이븐은 조금 더 짙어진 눈으로 얼굴을 바라보며 몸을 움직이는 중이었다.

더 만지고 싶어. 더 하고 싶어. 희온의 정액으로 젖은 손이 크게 움직일 때마다 찔꺽거리는 소리가 외설스럽게 번졌다. 놔, 줘. 아, 흐읏. 절정에 달하고도 계속해서 자극을 받는 희온의 눈 아래가 붉어졌다. 일그러진 얼굴로 헤이븐의 옷을 꽉 쥔 손가락 끝도 야했다. 빠르게 움직이는 손에 희온이 눈을 꾹 감으며 헐떡이던 순간, 헤이븐이 정액을 쏟아 냈다.

"헤이, 븐, 아! 힉!"

"……온아."

그러면서 왈칵 토해진 정액이 그대로 희온의 성기를 덮어 흐르자 그 역시 전율하며 긴 절정을 맞이했다. 헤이븐이 긴 숨을 내쉬며 허리를 숙여 희온의 어깨에 이마를 붙였지만 희온은 뻣뻣하게 굳어 버리고 말았다. 온몸에 소름이 돋아 올랐다. 방금 자신을 부른 헤이븐의 어감을, 이 말투를 알고 있었기 때문이었다.

'온아.'

지난번, 꿈에서였다.

뭐, 지?

희온이 경악한 상태로 꼼짝하지 않고 헤이븐을 쳐다보고 있는 동안 헤이븐 역시 움직임이 없었다. 그저, 희온의 어깨에 얼굴을 붙인 채 마음껏 체향을 마실 뿐이었다.

코끝을 희온의 목선에 대고 한참 문지르던 헤이븐이 고개를 들며 주머니에서 손수건을 꺼내 들었다. 전에 희온에게 줬던 것과는 다른 색이었다. 희온의 것부터 깨끗하게 닦아 낸 헤이븐이 희온의 귀에 가까이 속삭였다.

"욕실은 이 앞에……."

헤이븐이 말을 잇다 만 건, 희온의 표정이 심상치 않음을 알았기 때문이었다. 화가 났다. 좋다고 해 놓고. 어떻게 달래는 게 좋을까 생각하는 동안 꽁꽁 얼었던 몸을 일으킨 희온이 말없이 옷을 추스르고 욕실 안으로 들어섰다. 그 등을 바라보던 헤이븐 역시 말을 아꼈다.

달칵.

욕실 문을 닫은 희온이 이마를 짚으며 문에 기댔다. 온아. 문득 떠오른 지난 꿈에서 들렸던 목소리. 완전히 똑같은 목소리라고 말하긴 힘들었으나 머리가 쭈뼛 설 정도로 그 느낌이 똑같았다. 희온의 시선이 허공을 방황했다.

지금 헷갈리고 있는 것인지도 몰랐다. 그 꿈의 주인이 헤이븐이라 한들 그가 부른 온이라는 사람은 내가 아니었다. 나는 기필코, 단 한 번도 그런 풍경 속에서 있었던 적이 없으니까. 그럼 도대체 그건 무엇인가 싶었다.

확실한 건, 꿈속의 남자는 헤이븐임이 확실했다. 아니, 확실한가? 그가 '온아'라고 불렀을 때는 확실하다고 생각했으나 지금은 알 수 없었다. 머릿속이 뱅뱅 도는 것 같았다. 마른침을 삼킨 희온이 천천히 팔을 뻗어 수도꼭지를 올렸다.

자본주의의 미끼에 넘어간 차장이 흡연을 허락한 빈 객실. 창밖에서 빠르게 스쳐 지나가는 풍경은 온통 새까맸다. 아무것도 보이지 않는 새벽. 욕실에서 나온 희온은 헤이븐에게 아무 말도 하지 않기로 했다. 하긴, 일반인에게 티를 낼 수 없는 건 당연한 일이긴 했다.

"담배 어디서 났습니까?"

"물 훔칠 때요. 여기."

헤이븐이 불을 붙여 건네준 담배를 피우며 희온은 두 개로 나뉜 창문 중 위쪽 창문의 손잡이를 당겨 열었다. 기껏해야 반 뼘 정도 열릴 뿐이었지만 그곳을 통해 밀려 들어온 바람이 머리카락을 흐트러뜨렸다.

"화났습니까?"

"아니요. 이혼한 전 남편에게 가지는 평범한 감정 정도죠."

어딜 봐도 아까와는 기분이 달라 보였지만 헤이븐은 희온이 그렇게 넘어가고 싶다면 얼마든지 넘어가 줄 생각이었다. 헤이븐은 창밖을 보고 있었고 희온은 한 걸음 뒤에서 그런 헤이븐을 바라보며 담배를 피웠다. 머리가 어지러웠다. 희온은 담배 하나를 다 태울 때까지 그에게서 눈을 떼지 않아서, 헤이븐이 창문에 비친 자신을 보고 있다는 걸 알지 못했다.

"맥한테서는 왜 연락이 안 오는 거지."

묵는 객실로 돌아온 희온은 잘 준비를 마치고 작은 디바이스를 매만지는 중이었다. 시드엘에 내리는 순간부터 피곤한 날이 이어질 예정이었다. 적어도 기차에서 내리기 전까지는 맥하고 연락이 닿아야 할 텐데. 이렇게 연락이 오래 안 된 적이 없으니 불안하긴 했지만, 지금 당장은 자신이 할 수 있는 일을 할 수밖에 없었다.

희온이 침대 위의 수건으로 젖은 머리카락을 털었다. 헤이븐은 지금 막 씻으러 들어간 찰나였다. 잠시 객실 문을 쳐다본 희온이 문득 몸을 일으켰다. 헤이븐의 꿈이 궁금하다면, 자신이 들여다보면 될 일이었다. 정말 자신이 지난번에 꾸었던 꿈의 주인공이 헤이븐이라면 그의 꿈에서, 지난 기억에서 발견할 수 있을 것이었다.

"내가 왜 이 생각을 못 했지?"

그의 물건 중에서 가져갈 게 없는지 한참을 두리번거렸다. 그러나 소지품은 전부 재가 된 차 안에 있을 텐데 뒤질 만한 가방이 있을 리 만무했다. 희온이 불안하게 서성이는 사이, 헤이븐이 욕실에서 나왔다.

"뭐 필요해요?"

수건을 내려놓으며 하는 말에 희온이 아무것도 아니라는 듯이 고개를 저었다. 잠시 희온을 바라보던 헤이븐은 침대에 걸터앉아 베개를 정리하기 시작했다. 뭐가 있을까. 희온의 시선이 헤이븐을 쭉 훑어 내려갔다.

"라이터 있죠?"

"또 피우게요?"

하얀 숲에서 자신에게 불을 붙여 줄까 물었던 헤이븐이 떠올랐다. 그리고 아까 전 옆방에서 담배를 피울 때에도 헤이븐은 일회용 라이터를 이용하지 않았다. 자기가 가져온 라이터라는 뜻이었다. 젖은 머리카락을 정리하던 헤이븐이 건네준 건 역시, 금색으로 빛나는 라이터였다. 근데, 혹시 진짜 금인가?

"그래도 이건 계속 가지고 있었네요?"

희온이 떠보듯 묻자 헤이븐이 여느 때처럼 미소 지었다.

"필요한 게 없는 걸 별로 안 좋아해서요."

타겟의 소지품이라고 할 수 있는 데에는 몇 가지 조건이 필요했다. 그 물건을 오랜 시간 지니고 다녔거나, 주인의 애착이 있거나. 그 외에도 더 있긴 했지만 타겟의 물건을 가져오는 건 희온의 역할이 아니라 자세히 알 수는 없었다. 그래도 이 라이터가 헤이븐의 소지품이라고 칭할 수 있는 수준이라는 건 짐작할 만했다.

담배를 피우러 간다는 명목으로 다시 옆 객실로 들어왔지만 담배를 태우지는 않았다. 그냥 창문을 통해 들어오는 찬바람을 맞으면서 손에 쥔 라이터를 굴렸다. 가발은 진작에 벗었지만 혹시라도 차장이라는 사람들이 돌아올지 모르니 후드는 푹 뒤집어쓴 상태였다.

어떤 것 하나 자신이 알 수 있는 게 없었다. 원래도 그렇긴 했다. 자신은 늘 국가에서 지시한 일을 했다. 정부에게 일의 원인을 물어볼 만한 위치도 자격도 없었다. 그러나 이번에도 그렇게 평범하게 넘기기에는 벌어진 일들이 너무 많았다.

철컹거리며 빠르게 지나가는 기차는 모든 풍경을 자세히 볼 수 없도록 했다. 자신의 신세와 다를 바가 없었다. 희온은 편리한 모든 것들이 주변에 있는 도시에 살고 싶었다. 그러면서도 집 근처에는 숲이 있었으면 했다.

따지고 보면 살아온 것들이 전부 의문투성이라서, 이 모든 일을 끝내면 완벽히 틀이 잡힌 곳에서 살기를 바랐던 것일 수도 있었다. 사람들이 어떻게 살아가는지, 내가 무언가를 원하면 어디로 가야 하는지 뚜렷한 도시. 그리고 고개를 돌리면 아무 생각도 없이 쉴 수 있는 숲까지.

가끔은 비가 내리고 또 가끔은 시원한 바람이 부는 계절의 지역. 아마 이룰 수 없는 조건일 것이었다. 전역을 하고 싶어도 정부에서 허락하지 않을 것이며 혹시라도 자신의 의견이 받아들여진다 한들 자신은 다른 곳에서 다른 직업으로 계속해서 맨더를 해야만 했다. 게다가 전 재산을 잃은 지금은 더욱 희망이 없었다.

자유라는 이름의 국경은, 희온이 절대로 넘을 수 없는 것일지도 모른다. 그러나 그것이 완전히 닫힌 결말을 뜻하는 건 아니었다.

절망만 가득한 것 또한 아니었다. 작은 확률이지만 자신의 바람이 국가에 받아들여질 수도 있었다.

지역대장인 쉐드는 비록 자신이 맨더라는 건 모르지만 어쨌든 오랜 친구였고, 본부에는 자신을 걱정하는 맥도 있었다. 열심히 살다 보면, 그리고 이렇게 나이를 더 먹다 보면 언젠가 원하는 삶이 눈앞에 펼쳐질 날이 올지도 모른다.

"안 잡니까?"

객실로 돌아오자 헤이븐은 침대에 앉아 있었다. 잘 준비라도 하고 있을 줄 알았는데 아직 누워 있지도 않았다. 희온이 태연하게 맞은편 침대에 걸터앉자 헤이븐이 자신에게 오라는 듯 손짓했다.

"잠이나 주무세요."

"나 없인 못 자잖아요. 그래서 같이 자겠다는데, 왜."

"너무 좁지 않습니까."

침대는 분명 일인용인데 뭘 어디로 오라는 건지 알 수 없어서 머뭇거리는 사이 헤이븐이 희온의 손목을 잡아당겼다. 덕분에 희온이 반쯤 쓰러지듯 자리 잡은 곳은 헤이븐의 몸 위였다.

"이러면 둘 다 불편하잖아요."

"둘 다 편할지도 모르죠."

헤이븐이 희온의 허리를 감싸 안은 채 그 등을 토닥이기 시작했다. 사실 영 불편하기만 한 건 아니었다. 자신보다 크고 단단한 몸은 생각보다 안정감이 있었다. 어디서 뭐 이렇게 사람 계속 재워 주고 다닌 거 아니야? 희온이 미심쩍은 듯 고개를 들었지만 헤이븐은 눈을 감은 채였다.

헤이븐의 꿈으로 들어가기 위해서는 일단 그가 먼저 잠들어야 했기 때문에 희온은 미동도 없이 숨을 죽였다. 자신이 자는 척을 해야 헤이븐도 잠이 들 것이었다. 어차피 최근 계속 붙어 다녔으니 헤이븐의 꿈에 자신이 좀 나온다고 해서, 그가 자신을 의심할 확률은 낮았다.

"……."

희온은 높은 단계의 특전사였다. 그들이 받는 훈련 모두를 함께 받고 견뎌 온 그는 야외 잠입 훈련을 하면서 며칠씩 잠을 자지 않은 적도 있었다. 사지를 모두 움직이지 않은 채 꼬박 이틀을 견딘 적도 있었다. 사실 그런 건 희온에게 쉬운 편이었다.

그러니까, 지금도. 한참을 미동 없이 있던 희온은 자신의 아래에 있던 헤이븐에게서 고른 숨소리가 나오기 시작하자 아주 조심스럽게 고개를 들어 올렸다. 헤이븐은 한 손은 희온의 등에, 한 손은 자신의 머리 아래 둔 채로 눈을 감고 있었다.

정말 잠을 자는 건가 싶어 얼굴을 가까이 붙였지만 깨어 있다고 할 만한 기척이 없었다. 또라이 같은 성격에 비해 잠을 자는 모습은 아주 평화로워서 사실 아무 생각이 없었더라면 오늘의 마무리가 꽤 만족스러웠을지도 몰랐다. 그러나 희온에게는 할 일이 있었다.

아까 담배를 핑계로 가져가서 돌려주지 않았던 라이터가 희온의 주머니에 있었다. 헤이븐이 깨지 않도록 숨죽여 팔을 아래로 내린 희온이 주머니에 손을 밀어 넣었다. 손에 착 감기는 라이터가 자신을 반기고 있었다.

여전히 미동 없이 잠이 든 헤이븐을 한 번 더 확인한 희온이 눈을 감았다. 이제, 그의 기억을 엿볼 차례였다. 네가, 꿈에서 어떤 '온'을 불렀는지. 그게 혹시라도, 나와 상관이 있는 건 아닌지.

잠에 도움이 되는 남자를 직접 깔고 있으니, 잠이 드는 건 비교적 쉬운 일이었다. 금방 무게를 가지고 내려오는 눈꺼풀에 희온이 고개를 몇 번 움직여 편하게 자리를 잡았다.

덜컹.

기차가 살짝 크게 움직이자 희온이 순간 눈을 떴다. 눈을 뜨자마자 자신이 지금 어디에 있는지, 꿈은 아닌지 확인하기 위해 눈을 깜빡였다. 자신은 여전히 헤이븐의 몸 위에 엎드려 있었다. 주변은 지나치게 현실감 있었다. 아니, 현실이었다.

"······."

꿈에, 못 들어갔어?

혹시 헤이븐이 깨어 있나 싶어 혼란스러운 얼굴을 들어 올렸다. 그는 여전히 아까 잠들기 전과 같은 자세로 고르고 느린 숨을 내뱉는 중이었다. 자는 게 맞았다. 자신이 그의 꿈에 들어가지 못했을 뿐.

······블로커?

희온의 머릿속을 떠다니던 질문들이 단숨에 사라졌다.

맨더에 관한 기록

맨더가 유일하게 꿈에 들어갈 수 없는 능력자를 '블로커'라고 부른다.

* * *

탁.

빈 객실로 들어온 희온이 문을 단단히 잠갔다. 창밖은 어느새 밝아 있었고 하늘은 푸름을 담고 있었다. 처음 그의 꿈에 들어가지 못한 이후로 아예 라이터를 꺼내 양손으로 감싸 쥐어 여러 번 다시 시도했으나 번번이 실패였다.

그의 꿈에 들어갈 수 없다. 그것을 안 순간부터 잠을 잘 수 있을 리가 없었다. 희온이 그의 몸 위에서 일어나자 그가 잠에서 깬 듯 얼굴을 찌푸리는 걸 본 뒤에는 더욱 그랬다. 그는 정말로, 무방비하게 잠들어 있었다. 그의 소지품이 잘못된 건가 싶었지만 사실 더 높은 확률은 그가 블로커라고 말하고 있었다.

비록 부작용이 심할지언정 맨더는 같은 맨더의 기억에도 들어갈 수 있었다. 그런 맨더가 유일하게 침입 못하는 사람은 '블로커'의 유형이었다. 아니, 그렇다고 들었다.

하프록스가 블로커에 대한 자료를 얼마 가지지 못한 건 당연한 일이었다. 블로커가 있을 수도 있다는 이야기만 떠돌 뿐 실제로 발견된 사람들은 없었다. 실제로 존재한다고 해도 적절한 사용량을 초과한 뇌가 견디지 못해서, 혹은 자살했을 거라는 말을 맥이 흘리듯 했던 기억만 있었다.

그런데 알고 지낸 지 꽤 된 이 남자가 블로커일 수도 있다고? 말이 되지 않는 현실에 패닉에 빠진 희온이 멍하게 객실 문 옆의 정차 시간표를 응시했다.

순간 희온의 디바이스가 깜빡였다. 맥에게서 연락이 왔다는 뜻이었다. 희온이 담배 끝에 불을 붙이다 말고 다급하게 디바이스를 켰다.

"맥."

ㅡ어, 희온. 미안해, 연결이 좀 안 됐지.

홀로그램으로 상체가 떠오른 맥이 주변을 가볍게 둘러보며 목소리를 낮췄다.

-기차? 아, 시드엘로 가고 있구나.

희온은 맥에게 무엇부터 물어야 할지 몰라 쉽게 입을 떼지 못하고 있었다. 페트로프의 일부터 물어야 할지, 아니면 블로커의 가능성이 있는 동료에 대해 물어야 할지 고민하는 동안 맥이 한숨을 내뱉었다.

-무슨 일이 있었는지 알아. 정부에서 지금 너를 잡으려고 하고 있다는 것도.

"너를, 이요?"

너희가 아니라, 너. 희온이 머리카락을 쓸어 넘겼다. 그들의 타겟은 지금 자신과 함께 있는 동행인 전부가 아니었다. 사실 맥의 말이 아니었어도 희온은 그들이 잡으려는 게 '우리'가 아니라 '나'라는 걸 직감하고 있었다. 페트로프만 해도 오웬을 인질 삼으면서까지 자신에게 집착했으며 리암과 헤이븐을 그다지 찾지 않았다.

"정부가 보낸 사람들이 맞나 보네요. 반신반의했거든요."

안쓰러운 얼굴로 희온을 바라보던 맥이 애꿎은 입술을 매만졌다. 희온은 맥이 자신을 안타깝게 여긴다는 걸 알고 있었다. 걱정을 시키고 싶지는 않았지만 지금의 상황에서 괜찮은 척을 하는 건 꽤 힘든 일이었다.

"오웬이 잡혀갔어요. 무슨 일이 있는 건지 설명이 좀 필요합니다."

-사실은.

맥은 말문을 떼고도 한참 뜸을 들였다. 그만큼 어려운 일이라는 뜻이었지만 희온은 담배를 태우며 그가 말을 할 수 있을 때까지 기다렸다.

-희온, 얼마 전 너희가 하얀 숲을 떠나고 나머지는 전부 본부로 발령 난 거 기억하지?

"네."

그렇게 오래된 일도 아니었다. 희온과 헤이븐, 오웬과 리암 이렇게 넷만 시드엘로 차출 명령을 받고 페트로프와 쉐드를 포함한 인원은 전부 본부가 있는 수도로 향했다.

-그때 본부로 오던 팀원들이 공격을 받았어.

희온이 담배 끝에서 입을 떼어 냈다.

"……예?"

맥은 마치 주변을 경계하듯 주변을 둘러보곤 목소리를 낮췄다.

-나도 자세히 알지는 못하지만, 페트로프와 쉐드를 포함한 선발대 몇 명을 제외하고 대부분이 사망했어.

락테아도, 엡실론 포스도. 희온은 아무 말도 할 수 없었다. 지금 맥이 무슨 말을 하는지 도무지 이해할 수 없었기 때문이었다. 죽었다고? 왜?

그들은 자신의 팀원이었다. 모두 희온을 잘 따랐고, 희온을 향해 웃으며 함께 술잔을 들었던 사람들이었다. 그들이 갑자기 죽었다는 건, 말이 되지 않는다. 아무 움직임도 없이 굳은 희온을 보며 맥이 한숨을 내쉬었다.

-정부에서 숨기고 싶어 하는 사실인데, 그때 포탄에서 바시트록스의 문양이 발견됐나 봐. 그러면서 맨더인 네가 유력한 용의자로 꼽힌 것 같아. 나도 그 결과까지 도달한 이유가 궁금한데 그것까지는 못 알아냈어.

맥이 머뭇거리며 말을 이었다.

─근데 알잖아, 지금 네 결백을 밝히겠다고 다른 맨더를 네 꿈에 보냈다간 그 부작용으로 넌 시드엘에 도착도 하기 전에 죽을 거야.

할 말을 잃은 듯한 희온을 보면서 맥은 또 한 번 그를 신뢰했다. 자신이 아는 희온은 그럴 수 있을 만한 아이가 아니었다. 명예보다 돈을 좋아하기는 했어도, 그래도 희온은 자신만의 기준이 있었다. 누군가를 쉽게 배신하고 등을 질 만한 남자가 아니었다. 맥이 아는 희온은 그랬다. 그래서, 줄기차게 상관을 찾아갈 수밖에 없었다. 희온은 용의자가 아니었다.

"……."

─네가 죽으면 정부에서도 소중한 자원 하나를 잃는 거니까, 네 기억에 들어가는 건…… 나중이어도 늦지 않다고 판단한 거지. 그리고 최근에는 맨더를 아낄 수밖에 없는 상황이기도 하고.

길어진 재가 툭 떨어지고 나서야 정신을 차린 희온이 담배를 버렸다. 그러니까, 내 팀원들이 죽었다고.

"사망자 명단을 좀, 알아야겠습니다."

희온의 질문에 맥이 말없이 그를 보다가 천천히 이름을 불러 주었다. 희온이 하얀 숲에서 수없이 불렀던 이름들이 맥의 입에서 하나씩 뱉어졌다. 마음이 툭툭 잘려 나갔다. 지금 희온은 자신이 누명을 썼다는 것보다 자신의 팀원들이 죽었다는 것에 더 큰 상처를 받고 있었다. 부탁대로 이름을 전부 불러 준 맥은 희온이 다시 말을 할 때까지 입을 다물었다.

그러나 희온은 말없이 고개를 떨궜다. 자신과 함께하던 팀원 대부분이 죽었다. 목숨을 맞바꾸는 일을 하면서도 결국엔 평온한 은퇴와 전역을 원했던 이들이었다. 누군가는 자신을 꼭 닮은 아들 사진을 품고 다녔고, 또 누군가는 은행에 잔뜩 빚을 진 주제에 아내와 함께 살 집을 마련했다고 행복해했다. 돌아갈 곳이 있는 사람들이었다. 그곳에서 돌아갈 곳이 없는 건, 자신 하나뿐이었다.

비참했다. 왜 그들이 그렇게 되었어야만 했는지. 왜, 그들이 죽어야 했는지. 도대체 왜. 두 나라 간의 끝도 없는 싸움에 그들이 희생되어야만 했는지.

손끝이 저릿하더니 금방 팔까지 떨리기 시작했다. 우는 건 아니었다. 희생당한 이들과 그들의 유가족도 아닌데 감히 자신이 그 위치를 엿보며 슬퍼할 수는 없었다. 그럼에도, 너무 화가 나고 슬프고 또 답답해서 참을 수가 없었다. 이 감정은 자신의 팀원을 죽인 바시트록스만을 향한 건 아니었다.

하프록스의 공격에 죽어 나간 바시트록스의 시민들도 수백 수천 명은 되었다. 애초에, 전쟁이란 것이 그랬다. 머리 위에 앉은 이들은 발을 뻗고 잠들어도 국가의 시민들은 수도 없이 죽어 나가는 지옥의 굴레. 한 번 더 주변을 둘러본 맥이 희온을 불렀다.

─희온, 바시트록스가 이렇게까지 내부에 파고든 건 처음이라 나도 지금 명령받고 시드엘로 가고 있어. 아마 쉐드는 벌써 시드엘에 있을 거야. 나도 곧 도착하니까 일단 만나서 얘기하자.

"……"

희온아. 희온아. 맥이 달래는 것처럼 그 이름을 연거푸 불렀다.

─굳이 네 기억에 맨더를 보내지 않더라도 네가 용의자가 아니라는 것쯤은 증명할 수 있을 거야. 중간에 그 사람들에게 잡히지만 마. 네가 맨더인 걸 모르니 반역자로만 알고 있을 텐데, 널 어떻게 대할지 장담할 수가 없어.

희온은 여전히 말없이 고개를 숙이고 있을 뿐이었다.

"맥."

왜 그들이 죽어야만 했을까. 정부는 왜 나를 용의자로 몰아가고 있을까.

―응.

"시드엘의 지금 상황이 어떤지 알 수 있습니까? 정부 사람들은 얼마나 있어요?"

길어지는 대답을 들으며 잠시 생각에 잠겼던 희온이 맥과 몇 마디를 더 나눈 끝에 고개를 끄덕였다. 거기서 봐요. 연결은 곧 끊겼고 희온은 디바이스를 가져와 손에 꼭 쥐었다.

총을 겨눈 페트로프가 자신을 믿어야 한다고, 자신과 함께 가야 한다고 애원하던 목소리가 떠올랐다. 페트로프도 팀원들을 죽인 게 나라고 생각하고 있을까. 자신이 바시트록스의 명령을 받아 저지른 일이라고 믿고 있을까. 왜 하필, 내가 용의자가 되었을까. 그날 차라리 페트로프에게 끌려갔다면. 아니면 하얀 숲에서 자신도 본부로 발령이 나서 그들과 함께,

드르륵.

"희온."

고개를 들자 객실 안으로 들어온 헤이븐이 보였다. 적어도 지금 당장은 그가 블로커라는데 관심을 둘 수 없었다. 그리고 그의 실없는 농담을 받아 줄 정신도 없었다. 먼저 몸을 일으켜 자리를 피하려는데, 헤이븐의 손이 희온에게 와 닿았다.

"……."

그는 희온의 후드를 뒤로 내리고 헝클어진 머리카락을 매만졌다.

희온이 고개를 들어 올리자 그 손은 금방 뺨으로 흘렀다. 희온은 울지 않았지만 헤이븐의 엄지는 꼭 뺨을 닦아 내듯 굴었다. 무슨 일인지도 모르면서, 당신의 팀원들도 전부 죽었다는 것도 모르면서 헤이븐은 말없이 위로하고 있었다.

헤이븐은 그 어떤 것도 묻지 않았고 희온도 검은 평원에서 온 이들의 죽음에 대해 말하지 않았다. 지금 이 깊은 절망을, 슬픔이라는 감정을 그에게 똑같이 옮겨 줄 순 없었다. 자신의 참담함만 감당하기에도 벅찼다. 게다가, 어떻게 운을 띄워야 하는지도 알지 못했다. 희온이 고개를 떨구자 머리끝에 헤이븐의 어깨가 와 닿았다.

그러나 희온은 지금 느끼고 있는 감정 중에 배신감도 함께 들어차 있다는 것 하나는 알고 있었다. 그리고 이것이, 기어이 헤이븐에게 곁을 내주고 만 결과라는 것 또한 깨닫고 있었다.

"헤이븐."

그에게서 고개를 떼어 낸 희온의 부름에 헤이븐의 시선이 달라붙는다.

"고맙습니다."

"뭐가요."

"그냥."

말끝을 흐리는 희온을 향해 헤이븐이 미소를 지었다. 헤이븐에게서는 오늘도 사람을 편하게 만들어 주는 좋은 체향이 나는 것 같았다.

희온이 고개를 돌리자 입술이 거의 마주 닿을 듯 가까웠다. 어깨에 닿아 있던 머리카락이 조금 흐트러진 것 같아 매만져 주려던 헤이븐의 손을 붙잡은 건 희온이었다. 그 뒤로 속삭임이 따라왔다.

"키스해도 됩니까?"

평소 별로 놀랄 일이 없던 헤이븐도 지금 희온의 질문은 뜻밖인 듯 눈을 크게 떴다. 그러나 그건 잠시였고, 헤이븐의 손은 벌써 희온의 허리를 감싸 자신의 허벅지 위에 올려 앉히고 있었다.

"뭘 물어요. 난 늘 기다리는 신센데."

그 말에 희온이 기운 없이 입꼬리를 올리자 얇은 볼우물이 패어 들어간다. 헤이븐이 곧바로 그 입술을 베어 물듯 파고들었다. 희온이 팔로 헤이븐의 목을 감싸 둘렀고, 입술이 마주 붙자마자 헤이븐은 부드러운 미소를 지어 올렸다.

쪽.

젖은 살이 마주 붙었다 떨어지는 소리가 작게 울렸다. 헤이븐은 희온이 가끔 혜사하는 이런 키스를 받을 때마다 온몸에 열이 차올랐다. 그의 앞에서라면 언제든 다급하게 구는 자신과는 완전히 다른 입맞춤이었다.

달래는 것도 같았고, 보살피는 것도 같았다. 혀끝으로 여린 입안을 파고들수록 희온은 도망가듯 고개를 뒤로 물렀다가 조심스럽게 혀를 감싸 온다. 헤이븐의 손이 희온의 티셔츠 속으로 파고들자 이번에도 얄미운 남자의 품이 슬쩍 멀어진다.

"배고픕니다. 뭐 좀 먹으러 가죠."

또 발을 뺀다는 걸 알고 있었지만 헤이븐은 희온이 먼저 다가왔다는 것에 무장해제 당해 고개를 끄덕일 수밖에 없었다. 뭐가 먹고 싶은지 말만 하세요. 뭐가 되었든 여기부터 저기까지 다 달라고 할 수 있으니까. 어딘가 진득하게 녹은 것 같은 목소리에 시선을 떨어뜨린 희온이 말없이 몸을 일으켰다.

창밖의 아침 햇살이 전부 희온의 얼굴로 쏟아지는 것 같았다.

먼저 키스하자고 했으면서 잘도 도망가는 남자의 등은 유독 기운이 없어 보였다. 그러나 헤이븐은 아까 전에 보였던 희온의 표정이 거둬진 것만으로도 충분하다고 생각했다. 음식 말고 자신의 것을 먹으라는 농담은 나중으로 미뤄 둘까. 그에게는 미안한 말이지만 헤이븐은 꽤 기분이 좋은 상태였다.

"리암. 잠깐 정차할 것 같은데, 내려서 같이 뭐라도 먹으러 가죠."

희온이 긴 기차 복도를 걸어 나오며 리암을 찾았다. 그는 창가에 머리를 기대고 팔짱을 낀 채 잠이 들어 있다가 희온의 목소리에 막 깬 듯했다.

"……그렇습니까? 정차 시간은 못 봐서."

"사십 분 정도 정차합니다. 제가 확인했어요."

희온이 손목시계가 채워져 있는 손을 잠시 흔들어 보이고는 먼저 출구 쪽으로 걸음을 옮겼다. 희온의 뒤에는 꽤 기분 좋아 보이는 헤이븐이 따라가는 중이었다. 특별히 더 상쾌해 보이는 건 기분 탓인가? 리암이 수상한 얼굴을 했다. 둘이 무슨 일이 있었던 게 분명했다.

"바깥바람이 쐬고 싶긴 하네요."

리암까지 그 둘을 따라서 출구로 향하는 동안 기차는 점점 속도를 늦추고 플랫폼 안으로 들어서고 있었다. 이번에 정차하는 역에서 사람들이 많이 내리는지, 기차 안에 올라타 있던 사람들 중의 대부분이 부지런히 짐을 챙기고 문 앞으로 모여들었다. 이제 기차 안에 남은 사람들은 손에 꼽을 정도로 적었다.

완전히 멈춘 기차에서 내리자, 아침 공기가 기분 좋게 맞이했다. 꽤 남쪽으로 내려왔다는 것을 알리듯 습한 바람이 불어오고 있었다. 느껴지는 따뜻한 기온에 희온은 다행이라고 생각하고 있었다.

희온만큼 헤이븐도 추위에 약한 것 같았는데 이 정도라면 충분히 따뜻한 것 같으니까. 희온이 기지개를 쭉 켰다가 사람들이 떼를 지어 가는 곳으로 발길을 옮겼다.

"뭐가 먹고 싶습니까?"

헤이븐이 희온에게 다가오며 말을 걸었다. 플랫폼에는 장기간 기차에 머물렀던 사람들을 위해 각종 음식들을 파는 가판대가 줄지어 있었다. 희온이 꽤 먼 가판대에 놓인 새빨간 토마토를 가리켰다.

"사 먹을 돈은 있습니까?"

"먹고 싶어요?"

"네."

헤이븐이 가판대와 희온을 번갈아 가면서 보자 리암이 사 오겠다고 걸음을 옮겼다. 역시, 여윳돈은 좀 있는 것 같네. 등을 돌린 리암을 본 희온이 근처 벤치에 앉았고 헤이븐이 그 옆에 따라 앉았다.

"기분 좋아 보이네요. 나랑 키스해서 그런가."

확실히 희온은 아까 객실 문을 열고 들어가자마자 봤던 표정에 비해 훨씬 나아 보였다. 나은 정도가 아니라 오히려 좋아 보이기까지 했다.

마음의 짐을 많이 덜어 놓은 사람 같았는데, 헤이븐은 그의 생각의 변화가 자신과 관련이 있을 거라고 확신했다. 먼저 건넨 입맞춤도 그렇고, 자신에게 완전히 돌아서기로 마음을 먹은 건가. 그런 거라면 좋겠는데. 일도 수월할 테고.

헤이븐의 눈길을 알면서도 희온은 묵묵히 벤치에 등을 기댔다. 고개를 들자 푸른 하늘이 눈에 들어온다.

"바다가 파란 이유는 하늘을 비추고 있어서라는 말, 들어 본 적 있어요?"

뜬금없는 헤이븐의 질문에 희온이 머뭇거림 없이 대답했다.

"바다가 파란 이유는 빛의 파장 때문인데요. 빛의 파장이 짧아 물에 흡수되지 않은 파란색이······."

"살면서 낭만이라는 단어 들어 본 적 없죠?"

황당하다는 표정을 한 헤이븐이 말허리를 자르며 묻자 희온이 살짝 웃으며 다시 하늘에 시선을 옮겼다. 하얀 숲의 건조하고 날카로운 바람에 비해 습한 온기를 품은 이곳의 바람이 기분 좋게 낯설었다.

"우리, 기차역 밖으로도 잠깐 나갈 수 있습니까?"

기차 안에서 가장 좋은 객실에 머물고 있었지만 그럼에도 좁은 공간이 답답했던 모양이었다. 헤이븐이 살짝 고개를 기울였다.

"나가고 싶어요?"

"잠깐 둘러보고 싶기는 한데."

살짝 입술을 끌어올린 희온이 몸을 일으키며 옆에 있던 헤이븐의 손을 잡아끌었다. 리암은 아직도 인파 속에 있었지만 헤이븐은 희온이 먼저 잡은 손에 온 신경이 가 있었다. 막 기차역 밖으로 나가는 사람들의 무리 속에 파고드는 일은 쉬웠다.

"솔직히 말할 때가 됐는데, 리암은 두고 나랑 데이트가 하고 싶었다고."

"그냥 모른 척하면 안 됩니까?"

굳이 그렇게 말로 해야 아냐는 희온의 목소리는 덤덤했지만 꼭 투정을 부리는 것 같아서 헤이븐이 부드러운 웃음을 띠었다.

이른 아침의 역 앞 광장에는 각자의 일상으로 분주한 사람들이 가득했다. 도로 위의 차들은 저마다의 목적지를 향해 움직이고 있었고, 횡단보도에는 신호등만 바라보는 사람들이 가득이었다. 세상 구경이라도 하듯 주변을 두리번거린 희온이 헤이븐의 손을 쥔 채 부지런히 걸었다.

"너무 많이 벗어나는 건 안 좋을 것 같은데, 이 와중에도 손을 잡은 건 좋네."

"저기 앉죠."

희온이 가리킨 건 역 앞 광장 가운데에 있는 카페의 야외 테이블이었다. 카페의 간판에는 '섬'이라고 적혀 있었는데, 그럴듯한 이름이었다. 초록색의 간이 테이블과 의자가 빨간색 광장 벽돌과 잘 어울렸다. 그제야 잡은 손을 놓은 희온이 자리에 앉자 헤이븐이 맞은편에 따라 앉는다.

"나 지금 도무지 이해가 안 되는데."

"뭐가요."

"아침부터 꼭 나랑 연애할 사람처럼 굴고 있잖아요, 사람 설레게."

"그냥 다시 기차로 돌아가는 수가 있습니다."

평소의 희온으로 돌아온 것 같은 대답에 헤이븐이 헛웃음을 지었다.

"여기 커피가 맛있는 모양이네요."

희온이 말을 돌렸다. 아마도 카페의 컨셉인 듯, 카페의 외관에는 사람들이 붙여둔 메모지가 가득했고 테이블 위에도 메모지와 볼펜이 놓여 있었다. 희온이 볼펜을 집자 금방 그 손 위에 헤이븐의 커다란 손바닥이 덮었다.

"시드엘로 가기 전에 하고 싶은 말이 있는데 들어줄 수 있습니까?"

"섹스하자는 말은 사양합니다."

"그건 늘 하는 생각이고."

희온이 고개를 들었다. 주문하는 곳은 이 테이블에서 정 반대에 위치에 있었는데, 사람들이 꽤 많았다. 희온이 검지를 들어 카페 직원을 가리켰다.

"뭐라도 마시면서 얘기하죠. 커피랑 샌드위치면 좋겠는데."

"커피 말고 차 마시겠다고 하면 사 주고."

"그렇게 말할 줄 알았습니다."

사십 분 정차한댔으니 출발까지 삼십 분 정도 남았다. 잠시 역을 바라본 헤이븐이 희온을 두고 몸을 일으켜 주문 대기 줄의 끝에 서면서 손목시계를 확인했다. 마지막 식사를 하고 시간이 꽤 흘렀으니 배가 고플 때긴 했다. 비록 자신이 직접 준비한 차는 아닐지라도 카페인보다는 나을 것이었다.

출근 시간이어서 그런지 사람들은 쉽게 줄지 않고 있었다. 이곳에서는 희온의 모습이 보이지 않는다는 것을 확인한 헤이븐이 주머니에서 작은 디바이스를 꺼냈다. 희온에게는 차 안에 놓고 왔다고 말했지만 사실 헤이븐이 계속 들고 다닌 물건이었다.

"주문하시겠어요?"

어느새 헤이븐의 앞에는 두 사람 정도만 서 있었다. 잠시 시간을 가늠해 보다가 다시 확인한 디바이스에는 그사이 꽤 많은 메시지가 도착해 있었다. 굳이 답하지 않아도 되는 보고 형식의 메시지들을 한참 확인하던 헤이븐이 고개를 들었다.

누군가 역 앞 광장을 가로질러 뛰어온다 싶었는데, 리암이었다.

역 안에 있어야 할 리암이 이쪽으로 달려오고 있었다. 멀리서 봐도 당황한 얼굴을 한 채로.

헤이븐은 늘 직감이 좋은 편이었다. 일을 할 때도 그랬고 평소에도 헤이븐은 자신의 직감을 믿었다. 그러나 이 여섯 번째 감각은 가끔씩 자신을 한 발자국 늦게 찔렀다. 지금이 그랬다.

순간 정수리부터 몸을 관통해 오는 불쾌함을 맞이한 헤이븐이 단번에 빠른 보폭으로 걸음을 옮겨 테이블로 향했다. 희온이 자리 잡고 있던 곳에는 아무도 없었다. 애초에 누구도 앉아 있지 않았던 것처럼 의자는 반듯하게 안으로 들어가 있었다. 긴장으로 굳어 있던 헤이븐의 어깨에서 단숨에 힘이 풀렸다.

따뜻한 온도의 아침. 기분 좋은 바람이 불어오는 광장. 오가는 사람들의 손길로 페인트칠이 다 벗겨진 녹색 테이블 위에 메모지 한 장이 붙어 팔랑거렸다.

「당신 덕분에 기쁜 마음으로 밤을 맞이할 수 있었습니다.」

메모지를 차마 구기지도 못한 헤이븐이 고개를 돌렸을 때, 기차가 출발하는 규칙적인 소음이 역 안에서부터 들려왔다. 어느새 근처까지 달려온 리암이 무슨 말을 할지 알 것 같았다.

아무래도, 아까의 그 입맞춤에 혼자 설레서는 안 되는 모양이었다.

* * *

철컹거리는 소음이 적막뿐인 객실 안에 퍼졌다. 출발한 기차의 속도가 완전히 오르고 나서야 자리에 앉은 희온이 한숨을 내쉬며 눈을 감았다.

몇 년 전인지 정확히 기억도 나지 않는 예전, 심하게 앓았던 적이 있었다. 미열로 그 전조가 보이긴 했는데 참고 참던 증상은 이틀 사이에 급격히 커져 몸을 고통으로 몰아갔다. 결국엔 당장 병원을 가기 위해 집을 나서는 것조차 힘들 지경이었다.

벌벌 떨리는 팔로 침대 밑의 디바이스를 잡으려고 해도 몸은 떨리기만 할 뿐 마음대로 움직여 주지 않았고, 이러다 죽는 게 아닌가 싶을 정도로 눈앞이 하얗게 질렸다. 살이 다 빨갛게 부르틀 정도로 열이 올랐고 숨을 쉴 때마다 목과 코가 아팠다.

혼자 사는 집에 올 만한 사람은 아무도 없었다. 맥은 멀리 있었고, 부른다고 와 줄 지인도 없었다. 결국 마침 그 집 앞을 지나가다 앓는 소리를 듣고 문을 두드린 사람에 의해 거의 구조되다시피 병원으로 옮겨졌다. 병원에서는 조금만 늦었어도 몸이 망가졌을 거라고 했다.

굳이 그때가 아니더라도 혼자 아팠던 날들을 떠올리는 건 어려운 일도 아니었다. 맨더 일을 하는 밤마다 앓았다. 후유증은 쉽게 가시지 않아서 희온은 스스로의 머리를 때리거나, 머리카락을 쥐어뜯어 가며 견뎠다.

그때마다 곁에 사람이 없다는 것을 상기하면서 혼자 살아남아야겠다고 다짐했다. 그 누구에게도 기대고 싶지 않았다. 혼자 살아남고 싶었다. 그게 내 삶의 운명이라고, 온 세상이 소리치는 것 같았다. 그래서 더욱 버틸 수밖에 없었다. 버텨 내는 것 말고는 할 수 있는 게 없었으니까.

그러나 오늘 아침. 아무 말 없이 자신의 곁에 앉는 헤이븐을 보면서 희온은 자신도 모르는 사이에 마음이 그에게 기울었다는 걸 인정했다. 그의 체온과 체향이 위로했다. 이름을 부르는 그 목소리에 자신은 위로받았다.

그럴 수밖에 없었다. 그는 자신에게 너무 달았다. 그의 곁에 있으면 잠도 잘 수 있었으며 통증도 희미해졌고 정확한 타이밍에 곁을 지켜 주기도 했다. 하마터면. 하마터면 정말 그대로 그의 곁에 주저앉을 뻔했다. 모든 마음을 다 허락할 뻔했다.

하지만 삶은 이번에도 희온을 자각시켰다.

"……블로커."

헤이븐이 블로커일지도 모른다는 그 사실이 얼음물처럼 자신을 차갑게 훑고 지나갔다. 지난밤 깨달은 사실 하나가 모든 상황을 객관적으로 다시 바라보게 만들었다.

이 남자는 내가 맨더라는 걸 알고 있을까. 정말 우리가 만난 게 우연인가. 정확한 타이밍에 눈앞에 나타나 나를 구하고 위로하고 잠을 재우는 그 모든 것들이 우연이었나. 나는 왜, 다른 모든 건 의심하면서 이 남자가 무슨 의도로 다가왔는지에 대해서는 아무런 의심도 하지 않았을까.

그런 생각을 하고 나니 우습기 짝이 없었다. 이 남자가 내 몸만을 바라고 다가왔을 리가 없었다. 이 세상에는 그가 손만 내밀면 얼마든지 밤을 보낼 사람들이 많을 텐데. 거기까지 생각했을 때, 불현듯 깨달았다. 내가 그렇게 생각하고 싶었던 것이었음을.

사적인 목적만을 위해서 다가온 남자이니까 이 정도는 괜찮지 않을까. 이 정도 선은 넘게 해도 되지 않을까.이 정도 거래는 하자고 해도 되지 않을까. 이 정도는 기대도 되지 않을까. 이 정도는, 이 정도는.

그러다 보니 어느새 이 남자는 손 뻗으면 닿을 거리에 성큼 다가와 있었다. 따지고 보면 혼자 배신감을 느끼고 있는 것도 우스운 일이었다.

그가 무슨 속셈으로 기억 능력자라는 것을 속이고 다가왔는지는 모르겠지만 애초에 자신도 그에게 맨더라는 것을 말하지 않았다. 무언가 한 가지씩 숨겨 둔 패를 쥔 건 마찬가지인데, 상대의 패를 엿보고 나니 나만 피해자인 척을 하고 있었다.

'맥, 시드엘에는 저 혼자 들어갈게요.'

'그래. 조금 시간 차를 두고 들어오는 게 그 사람들한테도, 너한테도 더 나을 수도 있겠다.'

맥과의 연결을 끊기 전, 이미 혼자 들어가겠다고 생각 정리를 마친 상태였다. 마음과는 별개로 자신과의 동행 때문에 리암과 헤이븐까지 위험을 무릅쓰게 할 수는 없는 일이었다. 어차피 그들도 같은 명령을 받았으니 다음 기차를 타고서라도 알아서 시드엘로 갈 테지만 일단 자신과 떨어져 간다는 게 중요했다.

"······다시 만날 일은 없겠지만."

빠르게 지나가는 창밖 풍경을 응시하던 희온이 중얼거리며 자꾸고이는 맑은 침을 삼켰다. 아끼던 팀원들을 잃었다는 상실감. 또다시 곁을 허락하고 그 대가를 배신감으로 돌려받았다는 허망함.

사람을 믿을 수 없었던 희온은 그 대신 확률을 믿었다. 맨더인 자신의 인생에 블로커가 갑자기 끼어 들어오는 건 운명이 아니었다. 누군가의 사적인 마음도 아니었다. 아마도 그의 임무이거나, 전략이거나, 아니면 정부의 생각이거나.

심장이 뛸 때마다 몸의 내장이 발끝으로 떨어졌다가 돌아온다. 산소가 모자란 것처럼, 숨이 부족한 것처럼 답답했다. 숨을 쉬고는 있었나.

희온이 수많은 단어를 억지로 삼켰다. 기대라는 감정을 만들었더니 실망과 배신이 되어 자신에게 돌아왔다. 이번에도 인생은 쉽게 건방 떨지 말라고 소리를 지르고 있었다.

희온은 한 번도 자신의 운명을 거스르기 위해 발버둥 쳐 본 적이 없었다. 정부가 앞에서 길을 가리키면 그곳을 향해 걸었다. 그것마저 하지 않으면 살아 있을 가치가 없는 것 같았다. 집이라는 안식처가 없는 정부의 개는 원래 그렇게 살아야 했다. 그래서, 이번에도 그 뜻을 기꺼이 맞이하기로 했다.

창밖의 날씨는 맑았고 여전히 기차가 철로를 지나는 소음 말고는 아무 소리도 들리지 않았다. 섹스하자고 덤벼드는 남자의 목소리도, 그에게서 나는 좋은 향도 없었다. 희온은 또다시 혼자였다. 늘 그랬듯이.

똑똑.

"필요하신 게 있으신가요?"

"아니요, 괜찮습니다."

몇 시간 뒤 객실 문을 두드리는 사람은 차장이었다. 최대한 목소리를 낮춰 거절한 희온은 문 바로 옆에 붙어 있는 정차 시간표를 다시 한번 확인했다. 아까 맥과 연락이 되기 전 미리 확인했던 시간표였다. 기차는 이제 시드엘로 향하고 있었다. 희온 말고 내릴 사람은 없겠지만 물자 때문에 10분가량 멈추는 모양이었다.

희온은 바닥에 뒹구는 물병과 테이블 위의 담배를 쥐어 주머니에 밀어 넣었다. 주머니 속에는 미처 돌려주지 못한 헤이븐의 라이터가 들어 있었다. 희온이 엄지로 라이터의 모서리를 천천히 문질렀다.

더 이상 아무 생각도 하고 싶지 않았다. 그냥, 쉐드를 만나 돌아가는 상황을 듣고 자신의 결백을 증명하고 나면 다시 국가의 명령대로 움직일 생각이었다. 그 단순한 계획에 모든 신경을 쏟고 싶었다.

"그만두고 싶다."

버릇처럼 하는 말이었지만, 날이 갈수록 진심이 묻었다. 지치고 피곤했다. 자신에게 벌어진 모든 일은 무겁게 어깨를 짓누르고 있었고 앞날은 뿌옇고 흐리기만 했다.

지난번 헤이븐이 자신에게 도망치자고 했던 건 진심이었을까. 그때 만약 그러자고 했으면 상황은 어떻게 바뀌었을까. 그게 그의 목적이었을까. 내게 접근해 얻어 내려고 했던 건 뭐였을까. 희온이 건조한 눈을 감았다. 내리기 전까지만이라도 잠시 쉬고 싶었다.

끼이익.

제대로 비워지지 않는 머릿속에 혼자 씨름한 지 한 시간 정도가 더 지난 다음에야 기차는 다시 속도를 낮추고 있었다. 플랫폼에 들어가고 있다는 뜻이었다.

희온이 숙이고 있던 고개를 들며 몸을 일으켰다. 희온은 자신의 행동에 언제나 확신을 가지는 편이었다. 확신 없이는 살 수 없는 인생이었다. 누군가의 기억을 도둑질하는 삶이란 원래 그랬다. 신념의 무게는 늘 희온의 몸을 파고들어 와 있었다. 이번에도, 그래야 했다. 희온이 주먹을 꽉 쥐자 그 속에 들린 라이터가 체온을 옮아 따뜻해져 있었다.

드르륵.

"먼지바람이 너무 심하네요."

"그러게, 예전에는 이러지 않았는데."

기차에서 물자를 내리는 사람들의 대화가 들려왔다. 고작해야 두 사람뿐인 그들의 시선을 피해 기차에서 내리는 건 어려운 일도 아니었다.

그러나 몸을 숨기고 역전 안으로 들어오면서는 얼굴을 찌푸릴 수밖에 없었다. 공기 중에 먼지가 얼마나 많은지 먼 곳은 노랗게 보일 정도였고 당장 숨을 마실 때마다 콧속이 간지러웠다.

……여기가, 시드엘?

시드엘은 폐허가 되어 있었다. 찾아본 자료 속의 시드엘은 분명 숲과 나무가 많은 평화로운 도시였다. 물론 그건 십 년이 넘은 예전이니 지금은 어느 정도 무너졌을 거라고 예상은 했지만, 직접 본 도시는 예상했던 것보다 심각했다. 노란 모래 먼지가 한 블럭을 채 지나지 못하고 소용돌이처럼 휘몰아치고 있었으며 도로 옆으로 난 건물 중 멀쩡한 건 한 곳도 없었다.

아무래도 예전에는 역 앞이 전부 시장이었던 듯 길거리에는 부러진 가판대와 나무판자들로 가득했고 썩은 음식에서 퍼져 나온 악취들이 코를 찔렀다. 한 발자국을 옮기기가 무섭게 생쥐들이 좁은 틈으로 기어 들어갔다.

무너져 내린 벽돌들과 망가진 채 버려진 차들이 가득한 곳은 방향마저 헷갈리게 만들고 있었다. 쉽사리 갈 길을 정하지 못한 희온이 우선 폐건물이나 다를 바 없는 역사의 그림자 안으로 숨어들었다.

아무리 다양한 수를 계산해 봐도 이제 다른 방법이 없었다. 직접 쉐드를 만나서 결백을 밝힌 뒤 팀원들의 유가족에게 직접 연락할 생각이었다. 그들을 그렇게 보낸 것에는 자신의 책임도 있었다. 실질적인 잘못보다는, 자신이 그들의 상관이라는 데 큰 무게가 붙었다. 잠시 벌어진 생각의 틈으로 헤이븐이 흘러 들어왔다.

지금쯤이면 그 마을에서 떠나는 기차를 탔으려나. 굳이 따지자면 헤이븐이 블로커라고 해서 자신에게 해가 가해지는 건 아니었다. 오히려 그와 같이 있을 때 잠을 잘 잘 수 있었던 건 그가 맨더의 기억 출입을 막을 수 있는 능력을 가졌기 때문이었을지도 모른다.

그러니까, 득을 봤다면 봤지 실이 된 적은 없었다. 오히려 그가 자신과 같은 기억 공유자라는 것에서 희온은 안도감을 느껴야 하는 게 맞았다. 여태 맨더로 활동하면서 단 한 번도 같은 능력자를 만난 적 없었던 희온에게는 자신 말고 또 누군가가 실재한다는 것을 처음 경험하고 있었다.

그러나 변수가 생겼다. 자신이 그에게 기대기 시작했다. 눈으로 그를 찾기 시작했고, 편안하게 만들어 주는 체향을 기다리기 시작했으며 좋아하는 마음이 차오르고 있었다. 그러니까 평온하게 안도감이나 느끼고 있을 수는 없었다.

자신은 맨더였고 그는 블로커였다. 서로의 사상이 달랐으며 해야 하는 일이 다를 것이었다. 게다가 그와 자신이 우연히 만났을 확률은 거의 없다고 봐야 했다. 또다시 배신감이 스멀스멀 기어 오자 희온이 고개를 저었다. 나중에. 조금만 나중에.

그때 희온의 시야에 하얀빛이 반짝, 들어왔다. 건물 그림자 아래 서 있으니 태양은 아니었다. 누군가가 가진 유리체로 인해 반사된 빛이었다. 인기척이 분명했다.

탕!

타닥.

희온이 반사적으로 허리를 숙였다. 직전까지 희온이 기대어 있던 벽에 총알이 박히며 돌이 튀었다. 방금 그 총알은 분명히 자신의 머리가 있는 곳에 가서 박혔다. 총을 겨눈 사람이 누구인지는 모르겠지만 살려 둘 생각이 없다는 뜻이었다. 더 이상 숨기지 않고 이쪽으로 몰려드는 기척을 피해 반대쪽으로 달렸다.

쉐드와 맥이라면 내 얘기를 들어줄 거야. 그들을 만나야 돼. 더 이상 아무에게도 기댈 수 없는 희온이 붙잡을 끈은 그것뿐이었다. 희온이 몸을 숨기기 위해 근처의 건물을 향해 기민하게 내달렸다. 정문으로 보이는 허름한 문짝에 도달하기까지 얼마 남지 않은 순간,

콰—앙!

"윽!"

투두둑.

낡은 건물의 입구가 기다렸다는 듯이 굉음을 내며 폭발했다. 쨍그랑거리는 소리와 함께 산산이 깨져 파편이 된 유리창이 사방으로 흩어졌다. 금속으로 된 문짝은 순식간에 종잇장처럼 찌그러지고 뒤틀린 채 경첩과 함께 어딘가로 날아갔다. 만약 조금 더 속도를 내어 문의 손잡이라도 붙잡았다면 문짝과 함께 터져 나가는 것은 최소한 희온의 팔 혹은 몸뚱어리였을 것이었다.

탁.

거센 압력에 의해 크게 떠밀린 희온이 한쪽 벽의 파편과 함께 바닥에 나동그라졌다. 폭발로 인한 불길이 옮겨붙고 무언가가 둔탁하게 떨어지는 소음들은 모두 물속에서 듣는 것처럼 웅웅거리기만 했다.

삐이익. 또다시 기회를 포착한 날카로운 이명이 바늘로 찌르는 듯한 고통이 되어 고막을 관통했다. 움직일 수 없는 몸 대신 반사적으로 고개를 비틀어 어깨에 한쪽 귀를 묻었지만 아무 소용이 없었다. 점점 더 예리하게 파고드는 통증에 희온이 얼굴을 고통스럽게 일그러뜨렸다.

"아……."

몸 위로 떨어지는 파편을 막기 위해 반사적으로 올린 팔을 내리며 기침을 쏟아 냈다. 뿌옇게 인 연기와 먼지에 더 이상 앞이 보이지 않는다. 몸을 제대로 일으키지도 못한 희온이 바닥을 손으로 짚었다. 잘게 부서진 돌멩이가 손바닥에 뭉근 고통을 만들며 파고들었다.

"하, 으……."

숨을 쉴 때마다 먼지가 함께 입안으로 들어와 목구멍을 간지럽혔다. 폭발은 곧장 화염으로 번져 희온의 등을 뜨겁게 데우고 있었다.

한 번 작은 폭발이 일고 충격을 이기지 못한 건물의 문짝이 통째로 으스러진 다음, 그곳은 화염의 소음을 제외하고는 고요했다. 단순히 폐허가 된 전쟁터의 고요함이 아니라 모두가 숨을 죽인 채 사냥감을 노리는 듯한, 폭풍전야와도 같은 불길한 적막이었다. 생각보다 많은 인원이 이곳을 포위하고 있는 모양이었다. 당연한 일이었다.

여전히 귓속을 괴롭히는 이명을 견디지 못하고 희온이 이를 악물었다. 이미 불편했던 발목은 언제 날아들었는지 모를 돌덩이에 잘못 눌려 시큰거리고 있었다. 희온이 간신히 고개를 들었을 때, 시야에 군화가 들어왔다.

천천히 고개를 들자, 해를 등져 얼굴이 그림자에 뒤덮인 남자가 희온을 향해 고개를 숙이고 있었다. 어렴풋이 실루엣만 분간할 수 있었지만 분명히 아는 얼굴이었다.

나를 먼저 찾아왔구나.

"……쉐드."

한숨과도 같은 목소리는 금방이라도 꺼질 듯 희미했지만 분명하게 오랜 친구의 이름을 불렀다. 이제 살았다는 안도감에 전신을 장악했던 고통과 긴장이 사르르 사라지는 것 같았다.

희온은 진심으로 안도했다. 물론 희온은 국가에서 자신을 생각보다 쉽게 죽이지 못할 것이라는 걸 알고 있었다. 그러나 맨더라는 걸 모른 채 자신을 공격해 오는 남자들과 충돌한다면 최악의 경우 몸 어딘가에 총알이 박혔을지도 모를 일이었다.

"희온. 한참 찾았잖아."

구세주를 만난 것처럼 반가운 미소를 띤 희온과 달리 쉐드의 표정은 어딘가 기묘하게 느껴졌다. 언제나처럼 장난을 치듯 웃는 얼굴도, 가벼운 목소리도 아니었다. 파편에 깔려 몸을 제대로 움직이지 못하는 희온을 일으키기는커녕 가만히 관찰하듯 내려다볼 뿐인 쉐드의 얼굴에는,

"다시 만나서 반가워."

서릿발같이 차가운 경멸이 깔려 있었다.

퍽!

상황을 판단할 겨를도 없이 희온의 머리를 개머리판으로 힘껏 내려친 쉐드는, 자신의 발아래 쓰러진 남자를 향해 미소를 지어 보였다.

"쉐, 드……."

둔탁한 충격에 입을 벌린 채 덜컥 숨을 삼킨 희온의 머리 위로,

한 번 더 새까만 쇳덩이가 휘둘러졌다.

쿵.

살이 찢어지거나 뼈가 부러지는 통증과도 달랐다. 마치 뇌를 직접 찍어 내리는 것 같은 감각과 함께 관자놀이가 뜨거워지며 피가 후두둑 쏟아져 내렸다.

쉐드. 그 생각은 끝을 맺지 못하고 까맣게 점멸했다.

"진심이야, 정말 반가워."

희온이 바랐던 안도의 미소는 그제야 쉐드의 얼굴 위로 환히 떠올랐다.

* * *

'온아.'

누군가 자신을 부르고 있었다. 그 목소리를 따라 고개를 돌리고 싶었지만 몸은 움직일수록 고통스러워서 그럴 수 없었다. 그사이에, 낯익은 목소리가 또다시 들려왔다.

'온아.'

왜 자꾸 불러. 나 좀 가만히 놔둬. 부르지 마. 제발 부르지 마. 나한테 아무것도 바라지 마. 절규하며 고개를 저었다.

눈을 깜빡일 때마다 무언가가 턱 아래로 뚝뚝 떨어져 내렸다. 체온과 비슷한 미지근한 액체. 그리고 비릿한 냄새. 피라는 걸 깨닫고 닦아 내기 위해 손을 들려고 했지만 손은 완전히 묶여 있었다. 머리가 깨질 것 같았다.

마지막 기억은 이곳에 끌려오기 전, 쉐드에게 무기로 머리를 맞은 게 전부였다. 그러나 그 외에도 몸 상태가 정상이 아닌 걸 보니 폭발에 큰 영향을 받은 모양이었다. 짙은 어둠 속에서 축축한 냄새가 풍겨 왔다. 어딘가의 지하였다.

끼익.

문이 열리자 희온이 고개를 들어 올렸다. 틈 하나 없는 문이라 몰랐지만 복도는 꽤 밝아서 희온은 그제야 주변을 돌아볼 수 있었다.

"끌고 가."

발걸음 소리가 더 들리더니 사내 몇 명이 희온의 양쪽 팔을 잡아 들어 올렸다. 쉐드 좀 보게 해줘. 걔가 뭘 오해하고 있어. 희온이 낮은 목소리로 부탁했으나 남자들은 아무 말도 없었다.

그들이 희온을 데리고 들어간 곳은 작은 방이었다. 여전히 습기 가득한 지하의 냄새가 나는 그 방에는 테이블과 의자가 놓여 있었다. 희온을 의자에 앉힌 남자들은 다시 그를 의자와 함께 결박했다. 내가 뭐 그렇게 큰 위협이라고. 희온이 가쁜 숨을 삼키는 사이, 문이 열렸다.

"쉐드."

뻑!

덜컹.

희온이 입을 떼자마자 쉐드의 주먹이 얼굴에 꽂혔다. 간신히 말을 하기 위해 벌렸던 희온의 입술이 그대로 터져 입안에 비린 쇠 맛이 번졌다. 희온을 치면서 치아에 손이 긁힌 듯 얼굴을 찌푸린 쉐드가 팔을 뻗자, 옆에 서 있던 남자들이 그에게 무언가를 건넸다. 한쪽 끝이 위협적으로 꺾인 쇠 지렛대였다.

"왜 혼자 왔어?"

쉐드가 말을 하다 말고 한숨을 내뱉는 동안 희온이 기침을 토했다. 입가에 맺혔던 피가 튀었는지 턱 끝에서 피가 길을 내며 투둑 떨어져 내렸다. 머리가 어지러웠지만 쉐드가 하는 말을 들어야 했다. 자신을 의심하고 있는 쉐드에게 부정을 해야 했다. 어떻게 정부에서 자신을 의심하고 있는지는 모르겠지만, 아니라고 말해야 했다.

그러나 이번에도 쉐드는 희온이 말할 틈을 주지 않을 모양이었다. 쇳덩이를 높이 들어 올린 쉐드가 곧장 희온의 몸을 내려치기 시작했다.

퍽!

"내가 진짜."

퍼억,

쿵!

"흐, 읏……."

의자에 묶여 있던 희온이 그대로 옆으로 쓰러졌지만 쉐드의 폭력은 멈출 줄을 몰랐다. 어깨를 한 대 맞을 땐 손끝이 저렸고 옆구리를 맞을 땐 내장을 모두 토해 낼 것 같았으며 욱신거리던 다리를 맞을 때는 눈물이 핑 돌았다. 그러나 소리 한 번 내지르지 않은 희온은 떨리는 눈꺼풀을 내리감을 뿐이었다.

아팠다. 당연히 아팠다. 이미 삐걱거렸던 몸이 쉐드의 손길에 그대로 망가지는 것 같았다. 사지가 아파서, 참을 수가 없었다. 아픈 소리를 내고 싶었고 자신이 한 일이 아니라고 외치고 싶었다. 그러나 희온은 소리를 지를 수가 없었다. 입을 벌려도 않는 소리 대신 묽은 피만 턱으로 흐를 뿐이었다.

"후……."

두어 번을 더 내려친 쉐드는 그제야 머리를 쓸어 올리며 맞은편 의자에 앉았다. 그의 눈짓 한 번에 쓰러졌던 희온을 일으켜 앉힌 남자들은 방을 나섰다.

온전히 둘이었다. 어금니를 세게 문 채 고통을 삼키느라 아무 말도 할 수 없었던 희온이 식은땀을 흘리는 동안 쉐드가 먼저 입을 열었다.

"미안. 그동안 너무 참아서, 내가."

뼈가 부러진 것 같지는 않았지만 팔을 잘못 맞았는지 손가락 끝이 경련했다. 희온이 헐떡이는 숨을 내쉬었으며 쉐드는 온화한 미소를 지었다.

"예쁜 얼굴 다 망가져서 어떡하지."

그래도 조금 더 망가뜨리고 싶은데. 희온이 알고 있는 얼굴로 돌아온 쉐드가 손끝으로 테이블을 톡 톡 두드렸다.

"자, 이제 말이나 한번 들어 볼까."

치미는 분노를 억누르느라 거친 숨을 쏟아 낸 희온이 고개를 들었다. 하고 싶은 말이 많았다. 억울했다. 평생 국가를 위해 살아왔는데, 왜.

"내가, 그런 게 아니야."

내가 팀원들을 죽인 게 아니야. 나는 바시트록스의 사람이 아니야. 희온이 오랜 시간을 들여 그 문장을 뱉자 쉐드가 별안간 웃음을 터뜨렸다.

"넌 네가 그 이유 하나로 끌려왔다고 생각해?"

똑똑한 줄 알았더니. 한참 동안 희온을 비웃던 쉐드가 몸을 일으켰다.

그게 아니면 뭐? 희온의 행동이 제한적이었던 건, 언제나 정부에서 희온의 충성도를 시험하려고 들었기 때문이었다. 그게 아니더라도 희온은 국가를 배신할 생각이 없었다. 자신이 왜 바시트록스 측 스파이라고 몰리는지는 모르겠지만, 속을 다 끄집어내서 보여 주지 못하는 게 답답할 지경이었다.

삑.

쉐드가 주머니에 손을 꽂은 채 방의 한쪽 벽면을 향해 무선 리모컨의 버튼을 눌렀다. 희온이 그의 손을 따라 힘도 제대로 들어가지 않는 고개를 들어 올렸다.

벽에 흰빛이 쏘아지더니 무언가가 떠올랐다. 사진이었다. 한 남자가 서 있는 사진. 머리 위에서부터 흘러내리는 핏물이 시야를 가리는 탓에 희온은 몇 번이나 눈을 깜빡거려야 했다.

장신의 남자는 해가 들어오는 창가에 서서 무언가에 집중한 듯 진지하게 통화를 하고 있었다. 표정이 없는 얼굴은 조금 낯설긴 했지만 희온이 알고 있는 남자인 것은 분명했다. 그의 머리카락은 햇빛을 받아 유난히 금빛으로 빛났다. 희온은 그 아름다운 머리 색뿐 아니라 머릿결의 촉감마저 잘 알고 있었다.

지금 이 사진을 왜 보여 주는지, 자신이 용의자에 오른 것과 무슨 상관인지 혼란스러웠지만 몰아치는 불안감에 쉽게 입을 열 수는 없었다.

"아는 얼굴 보니 반갑지."

쉐드의 말에 이번에는 두려움이 뇌리를 스쳤다. 당혹감에 물든 동공이 흔들렸다. 벽면에 들러붙었던 시선을 겨우 쉐드 쪽으로 돌리자 희온을 물끄러미 바라보고 있던 쉐드가 입꼬리를 끌어 올렸다.

"이제 좀 말할 생각이 들어?"

"……헤, 이븐이, 왜."

"모른 척하지 마. 다 알고 있었잖아."

알 수 없다는 얼굴의 희온을 바라보는 쉐드의 목소리가 짜증으로 물들었다.

"그러니까 대체 뭘,"

절박하게 쥐어짜 내는 희온의 목소리마저 연기라고 생각했는지 쉐드는 그나마 얼굴에 남아 있던 냉소마저 싹 지운 채 단어 하나하나를 씹듯이 내뱉었다.

"헤이븐이 바시트록스 총리 아들인 거."

"……뭐?"

누가, 누구의 아들이라고?

흔들리던 희온의 눈동자가 곧게 멈췄다. 이내 새파랗게 질린 얼굴을 신경질적으로 바라본 쉐드가 또 다른 사진을 띄웠다. 그 사진에는 바시트록스의 국기가 펄럭이고 있는 건물 안으로 들어가는 두 남자의 모습이 담겨 있었다.

이번에는 사진이 아니라 동영상이었는데, 멀리서 찍었는지 화질은 좋지 않아도 희온은 그들을 정확하게 알아볼 수 있었다. 아니, 알아보지 않을 수가 없었다. 그간의 길고 험한 여정을 함께했던 이들.

정말로, 헤이븐이었다. 그 옆에는 그에게 무언가를 속삭이고 있는 리암도 함께였다.

말도 안 돼. 말이 안 되잖아, 헤이븐을 하얀 숲으로 보낸 건 정부잖아. 너희가 보낸 거잖아. 완전히 굳은 희온의 얼굴을 본 쉐드가 못마땅하다는 듯 쏘아보며 입을 열었다.

"그래, 나도 늦었어. 네가 하얀 숲을 떠나고 나서야 알았거든, 명단이 바뀌었다는 거."

희온은 지금 쉐드가 무슨 말을 하고 있는지 알 수가 없었다. 말이 되지 않았다. 그러나 그런 희온에게 확인이라도 시켜 주듯이 쉐드가 정부의 도장이 찍힌 서류 두 장을 함께 띄웠다.

하얀 숲으로 들어가 함께 훈련을 받게 될 이들의 명단인 듯했다. 왼쪽 서류의 엡실론 포스 명단에는 헤이븐이 없었으나 오른쪽 서류에는 헤이븐과 리암의 이름이 실려 있었다. 그 아래의 서류도 마찬가지였다. 시드엘로 차출하라는 명령이 적힌 서류에는 희온과 쉐드, 페트로프, 오웬의 이름이 실려 있었다. 리암과 헤이븐의 이름은 그 어디에도 없었다.

이게 무슨 뜻이야? 도대체 왜. 혼란스러웠다. 머리가 온통 뒤죽박죽이어서 정리는커녕 백지가 된 것 같았다.

"이안 총리에게 숨겨진 아들이 있다는 건 우리 정부도 최근에 알아낸 사실이야. 낳았다는 사실도 꽁꽁 숨겨 놨는데 우리가 어떻게 알았겠어."

희온은 여전히 아무 말도 하지 못했다. 입헌군주제에 따른 의원내각제로 이루어진 바시트록스에서 총리는 직접적인 행정 수반이었다. 이안 총리는 필요할 때만 미디어에 노출되는 편이었지만, 희온은 적국의 중요 인사인 이안 총리와 아내의 얼굴을 알고 있었다. 그런데, 그 아들이 헤이븐이라고?

감당하지 못할 무게에 숨을 삼키는 동안 쉐드가 말을 이었다.

"왜 굳이 이안 총리의 아들이 리스크를 감수하면서 하얀 숲까지 왔을까. 왜, 바시트록스와 이어져 있는 국경인 여기까지 너랑 함께 오려고 했을까. 그리고 너는 왜, 걔들을 따돌리고 혼자 왔을까. 답이 나오지 않아?"

헤이븐이 스파이인 자신을 데리고 바시트록스로 망명하려고 했고, 자신은 모든 게 들통날 것 같자 그를 보호하려고 자발적으로 시드엘로 향했다.

쉐드는 그렇게 말하는 중이었다.

"……왜, 헤이븐이 나를."

"글쎄, 맨더는 여러모로 쓰임새가 많으니까?"

찬물을 뒤집어쓴 것 같았다. 뜨거운 피가 뚝뚝 흐르고 있는 것과는 반대로, 그 속은 차갑게 식어 가는 중이었다. 무언가 잘못되었다. 자신은 바시트록스의 스파이가 아니었다. 그러니까, 헤이븐이 자신을 데리고 국경까지 올 이유가 없었다. 말이 되지 않는다.

그런데 쉐드는, 내가 맨더라는 사실을 언제부터 알고 있었을까.

달그락.

희온의 혼란스러운 얼굴을 봤는지 쉐드가 테이블 위로 무언가를 던졌다. 그건 하얀 숲을 떠날 때 쉐드가 페트로프를 통해 자신에게 주었던 수류탄 모양의 키링이었다. 이곳에 오기 전까지 주머니 속에 있었던 물건이니 아마도 쓰러진 다음 총과 함께 소지품을 전부 빼 둔 것 같았다.

"남의 기억에 기생하는 새끼를 내가 어떻게 믿겠어."

아무래도 그건 일반적인 열쇠고리가 아닌 모양이었다. 전부 감시하고 있었다는 듯한 그 어투에서 최근의 일들이 빠르게 스쳤다.

자신이 도착하기 직전 누군가가 연락해 독을 바르라고 사주했던 노인. 녹스에서 갑자기 따라붙어 전복된 차량. 시드엘에 도착하자마자 기다렸다는 듯이 잠복해 있던 남자들.

"중간에 고장이 나긴 했어도, 어느 정도 도움은 됐지."

탁.

쉐드가 아무렇게나 집어던진 수류탄 모형이 구석에 형편없이 나뒹굴었다. 위치 추적기구나. 희온이 반쯤 초점 잃은 눈을 깜빡였다.

"그래도 어떻게 보면 잘된 일이야. 영양가 없는 널 감시한다고 그 시골에서 몇 년을 썩었는데 이젠 나도 편해지겠지."

솔직히 이 정도 고생했으면 나도 좀 편한 업무를 맡을 때도 됐잖아. 쉐드는 정말로 즐거운 듯이 웃고 있었다. 그런 쉐드를 앞에 두고 할 말을 찾아보았지만 딱히 떠오르는 게 없었다.

자신의 감시직. 그것을 위해 여태 쉐드는 자신과 함께 있었던 걸까. 헛웃음이 터져 나올 것 같았다. 허무하고 허망했다. 지금, 헤이븐과 리암은 어디에 있는 걸까. 희온이 고개를 들었다.

"……쉐드."

철썩.

"내가 묻는 말에만 대답해."

희온의 말이 끝나기가 무섭게 그 뺨을 내려친 쉐드가 머리채를 가득 쥐어 올린 채 손찌검을 여러 번 이었다. 손바닥이 뺨을 때릴 때마다 날 선 소리가 방 안을 울렸다.

"헤이븐은 지금 어디 있지?"

눈앞이 하얗게 번질 정도로 뺨이 따끔거렸지만 너무 어이가 없는 상황의 연속이라 그런지 타격감은 전혀 없는 느낌이었다.

피가 고여 쓰라린 입안을 혀끝으로 문질렀다. 머리채를 쥐어 잡힌 희온이 받은 숨을 뱉었다.

"혹, 시 머리가 어떻게 된 거 아니야? 난 여기 너랑 있잖아, 내가 어떻게 알아. 직접 찾든가."

희온이 텅 빈 얼굴로 대답했다. 유일한 친구라고 생각했던 쉐드는 자신의 동료가 아니었다. 오로지, 맨더의 감시자 역할을 하는 사람이었을 뿐. 그 이상도 그 이하도 아니었다.

자신에게 존재를 속인 헤이븐과 쉐드가 무엇이 다른가 싶었다. 적국 지도자의 아들인 것을 숨긴 헤이븐과, 감시자의 위치로 있으며 모든 것을 보고한 주제에 친구인 척한 쉐드. 희온이 치를 떨면서도 입술 끝을 올려 웃어 보였다.

"직접 찾을 능력이 없으면 또 페트로프를 보내면 되겠네."

하긴, 하얀 숲에서도 훈련 한 번을 같이 안 한 새끼가 누굴 잡아. 잔뜩 비웃은 그 말을 끝으로 침이라도 뱉을까 했지만 쉐드가 또다시 손찌검을 하기 시작했기 때문에 희온은 입을 다물 수밖에 없었다.

철썩!

"건방진 새끼. 언제까지 버티나 보자."

달칵.

아예 소매까지 걷어붙인 쉐드의 일방적인 폭력은 쉽게 끝나지 않았다. 당장 머릿속을 어지럽히는 혼란이 커서 말을 할 수 없었던 것도 있지만 애초에 희온은 쉐드에게 말할 만한 게 없었다. 그가 말해 주기 전까지는 자신도 헤이븐과 리암의 정체를 알지 못했던 데다가, 그들이 지금 어디 있는지도 몰랐다. 자신이 버리고 왔으니까.

어이가 없었다. 기가 차고 우습기까지 했다. 그들을 놓고 혼자 여기까지 온 게 잘한 일인지 아닌 건지 판단이 서지 않았다. 희온은 자신에게 향해지는 폭력을 전부 받아 내면서도 허리를 굽히지 않았다.

결국엔 숨조차 쉽게 쉬지 못할 정도로 얻어맞은 다음에야 희온은 혼자 남겨졌다. 혼자 씩씩거린 쉐드가 방을 나선 뒤였다.

"흐…… 쿨럭! 아."

쉐드가 나가자마자 희온이 얼굴을 잔뜩 구겼다. 폐가 눌린 듯 연신 기침을 쏟을 때마다 머리도 같이 아파 오는 바람에 희온은 묶인 손을 몇 번 비틀어가며 괴로워해야 했다.

이대로 기절이라도 하면 좋겠다고 생각했지만 그럴 수 없었다. 언제 맨더가 자신의 기억으로 파고들어 올지 모를 일이었다. 그 순간 결백은 밝혀지겠지만 동시에 자신은 부작용에 괴로워하며 이곳에서 죽어 갈 것이었다. 그럴 수는 없었다. 절대, 이곳에서 죽고 싶지는 않았다. 허무한 죽음을 맞이하기 위해 치열하게 살아온 삶이 아니었다.

"하으……."

한숨 섞인 웃음을 터뜨리자 입꼬리가 따끔거렸다. 찢어진 눈썹과 이마가 같이 울렸다. 도대체 내가 왜 이래야 되나 싶었다. 이건 전부 그 남자 때문이었다.

바시트록스 총리의 아들. 희온이 힘없이 웃었다. 쉐드의 말대로 헤이븐은 이 나라에 들어와 자신과 함께 시드엘에 오려고 했다. 왜? 맨더인 내가 탐이 나서? 그래서, 블로커인 그가 직접 자신을 데리러 온 건가?

희미하게 꺼져 가던 배신감에 분노가 불을 붙였다. 헤이븐이 정말로 내 집을 터뜨려 전 재산을 없애고, 자신의 팀원들을 전부 죽인 걸까. 그런 줄도 모르고 나는, 그의 손길에 위로를 받은 건가. 스스로가 패씸해서 참을 수가 없으면서도 너무 비현실적인 상황에 자꾸만 웃음이 새어 나왔다.

"하……."

이미 죽은 팀원들에게 이걸 어떻게 속죄해야 하는지 알지 못해 눈앞이 암담했다. 그들을 죽인 살인자와 끌어안고 몸을 나눴다. 눈빛에 이끌려 그 품 안에서 잠들었으며 안정을 찾고 좋아하는 마음을 만들어 냈다. 너무 한심해서, 머리를 어떻게 굴려야 할지도 모르고 있었다.

겨우 몸을 일으켜 앉았지만 희온은 시간이 얼마나 지났는지조차 알 수 없었다. 입고 있는 옷을 빼고 가진 건 아무것도 없었다. 문틈으로 새어 들어오는 빛도 없었으며 잠을 잘 수도 없었다. 피는 멎었어도 꽁꽁 묶여 있는 손과 발은 이제 피가 통하지 않아 그 끝이 검붉게 물드는 중이었다.

"쿨럭."

마른기침에 튄 붉은 핏물을 닦을 수조차 없었다. 죽은 팀원들을 위한 빈소는 어디에 마련되어 있을까. 이곳에서 나가게 된다면 그곳부터 찾아가야겠다고 생각했다. 전 재산을 잃었을 때까지만 해도 지긋지긋하다고 생각했던 하얀 숲이 사무치게 그리웠다.

눈도 비도 오지 않지만 온통 눈이 부시게 하얀 도시. 식물 하나 동물 하나 쉽게 피어나지 않는 곳에서 팀원들은 열심히도 살아갔다. 희온은 가슴을 찌르는 것 같은 통증이 사라지기를 바라며 눈을 감았다.

그 좁은 방에서 희온이 할 수 있는 거라고는 아무것도 없었다.

유독 싫어하는 캄캄한 어둠 속에서 하루 정도의 시간이 지난 것 같기는 한데, 자신을 한참 때리고 나간 쉐드가 나타나지 않는 걸 봐서는 바깥 상황도 어지간히 어지러운 모양이었다.

살면서 온전히 내 사람이라는 게 있었나 생각해 봤으나 딱히 떠오르는 사람이 없었다. 그가 유일하게 의존하던 맥도 지금은 신뢰할 수 있을지 확신하지 못했다. 그는 정부의 사람이었다. 쉐드와 맥의 다른 점이라면 쉐드는 비밀스럽게 자신을 감시했지만 맥은 그의 주 업무가 자신을 돌보면서 감시하는 것이었다.

그래서 내가 헤이븐을 좋아하게 된 거지. 아무것도 없는 인생에서 정말 사적인 마음 하나만으로 다가오는 사람이라고 생각했으니까. 그런 관계는 싫다고 아무리 벽을 세워도 정신을 차리고 나면 자신의 근처에 서 있는 사람이었다.

싫지 않았다. 싫지 않아서 더욱 그에게 딱딱하게 굴었다. 햇살이 한꺼번에 쏟아지면 눈이 부셔서 얼굴을 찌푸리게 되는 것처럼, 헤이븐은 자신에게 너무 따스했다. 내가 눈이 멀었지.

피는 이제 멈춘 상태였지만 그 대신 몸에 열이 오르고 있었다. 헤이븐이 블로커일 수도 있다는 것을 안 그날 새벽부터 잠을 자지 못했고 시드엘에 도착하자마자 건물의 잔해에 거의 깔릴 뻔했으며, 무자비하게 쏟아지는 쉐드의 폭력을 버텼다.

자신을 이렇게 방치하는 의도를 알고 있기 때문에 희온은 지지 않을 생각이었다. 이기는 법을 알고 있었다. 쉐드가 자신을 보아 온 만큼 자신 역시 쉐드를 봐 왔다.

친구라는 범위 안에 있을 때에는 알아도 모르는 척했지만 쉐드는 쓸데없는 자존심이 굉장히 높은 편이었다. 딱히 하는 것도,

훈련에 몰두하는 것도 머리가 좋은 것도 아니었지만 자존심만 높아서 희온이 마음만 먹으면 할퀴는 건 일도 아니었다.

어차피 이렇게 하나 저렇게 하나 얻어터질 건데 자존심이라도 짓뭉개야지. 벼랑 끝에 몰리고 있었지만 이럴 때 일수록 정신을 차려야 했다. 소령이라 한들 상부의 명령이 전부인 군대에서 그가 일방적으로 자신을 어떻게 할 수 있을 리는 없다. 끽해봤자 고문이나 하겠지. 희온이 차게 식은 속을 감췄다.

국가는 자신에게 변명할 기회를 줄 수밖에 없다. 나를 어떻게 키웠는데. 맨더로 만들기 위해 어떤 시간과 노력을 퍼부었는데 이제 와서 정황증거로 사람을 죽일 수는 없다.

기다리자. 기회가 올 때까지. 희온이 뜨겁게 온도가 오른 숨을 뱉으며 침착하기 위해 애썼다. 당장이라도 쉐드의 목을 잡아 비틀고 싶었지만 몸이 묶여 있었거니와, 그렇게 하는 순간 자신은 정말 바시트록스의 사람으로 보일 게 분명했다. 버티자. 버티는 건 늘 해 오던 일이었으니까.

희온이 어둠에 적응하기 위해 힘이 들어가지 않는 손을 억지로 말아 쥐었다. 그 손안에는 바닥을 나뒹굴었던 수류탄 모양 열쇠고리가 쥐어 있었다. 벽 너머 어딘가에서 라디오 소리가 들리는 것 같은 착각이 일었다.

철컥.

그 뒤로 한참의 시간이 더 지난 다음에야 문의 잠금쇠가 풀리는 소리가 들렸다. 희온은 이미 걸음 소리가 들려올 때부터 누군가 들어올 거라는 걸 알고 있었지만 최대한 반응하지 않기 위해 애썼다.

적막과 어둠 속에서 꼼짝없이 긴 시간을 보냈지만 그사이에 제대로 된 휴식은 없었다. 갑자기 쉐드가 들어와 자신에게 수면제라도 먹이는 날에는 곧바로 잠이 들 수밖에 없었다. 그것만은 아니기를, 차라리 고문하러 들어오는 것이기를 바라며 고개를 돌렸다.

"희온, 잘 있었어?"

"넌 그냥 말을 하지 마. 입도 열지 말고."

쉐드는 기분이 좋아 보였다. 문을 닫지도 않고 들어온 그를 감흥 없는 얼굴로 쳐다본 희온이 그의 양손을 확인했다. 손에 약이 들려 있지는 않았지만 경계를 늦출 순 없었다.

그러나 가벼운 콧노래까지 부르던 쉐드가 잠시 문 앞에서 비켜 공간을 만들었다. 바짝 긴장한 희온의 시선이 그 빈틈을 예리하게 주시했다. 뭐지? 나오라는 뜻은 아닐 테고. 순간 쉐드가 아닌 누군가의 기척이 느껴졌다. 다른 사람인가.

"소개시켜 줄 사람이 있어서. 서로 인사해."

페트로프? 아니면 고문관이라도 데려왔나? 쉐드처럼 뒤틀린 인간이라면 아마 자신의 기억에 들어올 맨더를 직접 소개시켜 주고 겁먹는 자신의 모습을 보며 즐거워할 것 같기도 했다. 정신 나간 새끼. 별의별 생각을 다 하는 동안 열린 문 안으로 들어온 건, 전혀 예상치 못한 인물이었다.

문 안으로 들어선 남자는 관찰이라도 하는 것 같은 시선으로 희온의 머리끝부터 발끝, 아니 손가락 끝까지 훑어보았다. 치밀하다 싶을 정도로 꼼꼼히 살피던 시선이 멈춘 건 쉐드가 작은 조명 하나를 켰을 때였다.

"헤이븐……."

생각지도 못한 등장에 희온이 넋을 놓고 바라보는 동안 헤이븐은 맞은편 의자에 앉아 무감한 얼굴로 물끄러미 바라보다가 이내 아무렇지 않게 쉐드 쪽으로 시선을 돌렸다. 그의 얼굴에서는 반가움이나 걱정 같은 감정은 찾아볼 수 없었다.

희온은 이 표정을 본 적 있었다. 쉐드에게 잡혀 온 날, 그가 내통의 증거로 들이밀었던 사진 속에서 보았던 철저히 사무적이고 배타적인 얼굴. 어차피 오랫동안 한 자세로 있었던 덕분에 몸이 거의 굳어 움직일 수도 없었지만, 막상 이렇게 낯선 헤이븐을 직접 대면하자 몸뿐 아니라 사고마저 정지하는 것 같았다.

"주인공들이 다 모였으니 우리 다 같이 얘기를 한 번 해 볼까?"

쉐드는 즐거운 사람처럼 굴었다. 사실 그에게는 즐거운 일일지도 몰랐다. 바시트록스 총리의 아들, 그리고 그와 내통한 국가의 스파이. 두 명을 동시에 잡게 된 그는 꼭 이 일이 그의 명예를 높이 올려 줄 것이라고 믿고 있는 듯했다.

쟤는 왜 여기 왔을까. 잡혀 온 거라고 하기엔 그의 몰골은 너무 멀쩡했다. 성한 곳 없이 전부 상처투성이인 자신과는 달리 헤이븐은 어디 하나 피 나는 곳도 없었다.

설마 제 발로 들어오진 않았을 거고. 딜이라도 했나. 하긴 한 나라의, 그것도 정치 관계가 복잡한 나라의 총리 아들인데 쉐드가 쉽게 흠집 낼 수 있을 리가 없었다.

희온이 헤이븐을 쳐다보자 헤이븐도 그 눈을 마주해 왔다. 그러나 그뿐이었다. 종종 내보였던 깊은 감정 같은 건 조금도 찾아볼 수 없었다. 그저 무생물을 보듯, 그는 삐뚤게 고개를 기운 채 희온을 볼 뿐이었다.

이제 더 이상 가짜 감정을 지어내지 않아도 된다 이건가. 그의 표정만으로도 쉽게 상처받았다는 걸 숨긴 희온이 고개를 살짝 들어 올렸다.

"둘이 어디서 처음 알게 됐어?"

쉐드의 질문에 희온이 먼저 대답했다.

"너도 알잖아. 하얀 숲에서."

그러나 헤이븐의 대답이 달랐다.

"한 2년 전쯤인가, 희온이 먼저 나를 찾아왔지. 바시트록스로 망명하고 싶다고."

……뭐라고? 희온이 귀를 의심했다. 내가 너를 찾아갔다고? 내가, 너를? 2년 전쯤이면 희온은 하얀 숲에서 개처럼 구르고 있던 시절이었다. 내가 미쳤다고 너를 찾아가?

"너 제정신이야?"

희온이 핏대를 세웠지만 원하는 대답을 들은 듯 쉐드의 얼굴이 흥미롭게 젖어 들었다.

"그럼 그때부터 희온은 바시트록스의 스파이가 된 건가?"

"그런 셈이지."

쉐드와는 반대로 완전히 흥미를 잃은 얼굴을 한 헤이븐은 거의 하품이라도 할 기세였다.

반면 희온은 미치고 팔짝 뛸 지경이었다. 저 새끼가 지금 뭐라고 하는 거야? 여기 오다가 뇌라도 다쳤나? 쉐드에게 그렇게 맞을 동안에도 단 한 번도 소리 지른 적 없던 희온이 귀까지 빨갛게 물들이며 외쳤다.

"미친 새끼야, 너 진짜 돌았어? 머리가 어떻게 된 거 아니야?

내가 언제부터 스파이였어?"

희온은 거의 묶여 있던 의자에서 일어날 듯 몸을 들썩였지만 헤이븐은 무덤덤한 얼굴로 쉐드를 쳐다볼 뿐이었다. 아니, 심지어 손가락으로 희온을 가리키며 말했다.

"혹시 저 친구가 내 라이터 갖고 있지 않았나? 그거 우리 아버지가 직접 주신 걸 텐데."

저 친구? 저 친구라고? 입을 쩍 벌린 희온은 그대로 말문이 막혔다. 뇌가 터져 버릴 것 같았다. 내가 라이터를 가져간 걸 알고 있었어? 이 새끼 진짜 또라이 아니야? 내가 너희 아버지를 어떻게 알아? 진짜 여기까지 오다가 정신 놓고 미쳐 버린 거 아니야? 없는 말을 지어내는 헤이븐에게 희온이 질겁하자 쉐드가 씨익 웃었다.

"있었지, 라이터."

이대로 있다간 정말 스파이로 몰릴 터였다. 희온이 분노로 빙글빙글 돌다 못해 구역질까지 나오는 속을 억지로 진정시키며 입술을 씹었다.

"……쉐드, 같이 여기까지 온 시간이 얼만데 내가 저 개새끼 물건 하나를 못 훔쳤을까. 그거 말고, 다른 증거가 필요하다는 거 너도 알잖아."

분노를 꾹꾹 씹어 문 희온의 대답에 쉐드가 어깨를 으쓱이며 헤이븐에게 고개를 돌렸다.

"희온이 바시트록스에게 넘긴 우리 쪽 정보 중에는 뭐가 있었지?"

그래, 네가 적어도 뇌를 가지고 있다면 처음부터 그런 걸 물어야지. 희온이 씩씩거렸다. 그러자 잠시 입을 다무는 듯했던 헤이븐이 금방 어깨를 으쓱였다.

"저 친구가 맨더라는 거 말고, 또 다른 정보?"

"……."

몸속에서 혼이 빠지는 게 이런 기분인가 싶었다. 정말 맹세컨대, 내가 반역자로 몰려 사살당하면 그 전에 저 새끼 먼저 죽인다. 희온은 이제 악에 받칠 지경이었다. 너도 알고 있었어? 내가 맨더라는 걸? 언제, 아니 어떻게.

이 정도면 내 주변 사람들이 다 아는 거 아닌가? 블로커인 그가 자신에게 의도적으로 접근했을 거라는 것까지 짐작하긴 했지만, 실제로 들으니 그 배신감이 온몸으로 뻗어져 혈액순환이 풀로 돌아가는 기분이었다.

헤이븐은 정말로 자신이 맨더라는 걸 알고 있었다. 충격에 넋을 잃은 희온이 금방 매서운 눈으로 헤이븐을 노려보기 시작했다.

"네가 어떻, 게……. 이 좆만 큰 짐승 같은 게."

이거 풀어. 희온이 서늘하게 가라앉은 목소리로 말했다. 저거 한 대 패야겠으니까 당장 풀라고. 묶였던 손목을 마구잡이로 비틀자 그 마찰에 살이 아플 정도로 쓸렸지만 그건 속을 거칠게 베인 배신감에 비하면 아무것도 아니었다.

결국, 두 사람을 돌아보던 쉐드가 팔을 뻗어 희온의 머리채를 잡아 움켜쥐었다. 그 손길로 헤이븐의 눈길이 붙었다가 건조하게 떨어졌다.

"희온은 많이 억울한가 본데. 그럼 내가 아주 공정한 방법을 하나 제안할게."

부드러운 웃음을 띤 쉐드가 홀스터에서 권총을 꺼내 들었다. 단번에 자신의 총이라는 것을 알아본 희온이 숨을 죽였으나 쉐드는 그것을 테이블 중앙에 내려 둘 뿐이었다.

"한 발밖에 안 남았어."

시계를 확인하는 쉐드는 즐거워 보였다.

"10분 줄게. 둘 중 한 명이 죽으면 내가 남은 사람의 말을 전적으로 믿어 주지."

싱긋 웃은 쉐드가 희온의 등 뒤로 와 결박된 끈을 풀어 주며 고개를 숙였다.

"죽여. 그럼 네 결백은 믿어 줄 테니까."

스치듯이 속삭인 그 말에 희온이 마른침을 삼키며 눈을 감았다. 손목과 발목, 의자에 묶여 있던 끈까지 전부 제거한 쉐드는 그 말을 끝으로 방의 한쪽 편을 흘끗 쳐다본 후 문을 열고 나갔다.

끼이익.

두꺼운 철문이 닫히는 소리가 들리자 그 방 안에는 침묵만 남았다. 쉐드 앞에서는 잘만 나불대던 헤이븐조차 말이 없었다. 희온은 억울함과 분노, 그리고 형용할 수 없는 감정으로 인해 울컥 차오르는 울음을 겨우 삼키며 가라앉은 목소리로 중얼거렸다.

"……잠깐이라도 너를 좋아한다고 생각했던 내가 미친놈이지."

어쩌면 희온은 헤이븐이 이 말을 듣고 동요를 보일 수도 있다고 생각했으나 그건 언제까지나 희온 혼자만의 바람인 모양이었다. 헤이븐은 여전히 아무 반응도 보이지 않았다. 이런 새끼한테 마음이나 팔고. 희온은 두 눈을 꾹 감고 스스로에게 욕을 뱉었다.

희온은 쉐드가 자신에게 왜 이런 짓을 하는지 어렴풋이 짐작할 수 있었다. 헤이븐은 바시트록스 총리의 아들이었다. 실질적인 정치 권력의 꼭짓점을 찍고 앉아 있는 그의 아들을 죽인다는 건 아무리 전쟁 중인 나라라도 쉽지 않았다. 그 아들이 이 나라의 손에 들어왔다고 마냥 기뻐하며 인질로 삼기에는 두 나라의 관계가 지나치게 복잡했다.

아무리 시드엘에서 주기적인 전쟁과 폭격이 일어나고 있다곤 해도, 정권이 바뀔 때마다 그들은 화해하는 모션을 취하기도 했고 시드엘이나 작은 섬을 제외하고는 큰 전쟁이 벌어진 적도 없었다. 그리고 그사이에, 바시트록스와 하프록스는 각각 큰 나라로 성장했다.

여기서 하프록스의 정부가 바시트록스 총리의 아들을 죽였다는 말이 돈다면 그건 곧 전쟁을 선포하는 것이나 다름없었다. 그래서, 자신을 선택했다.

자신이 그를 죽인다면, 어떻게든 발뺌을 할 만한 구멍이 있었다. 총리 아들이 직접 포섭한 스파이와 함께 다니다가 그의 손에 죽었다. 우리 정부의 뜻이 아니다. 그렇게 빠져나가는 그림을 그렸다는 뜻이었다.

그렇다고 헤이븐을 죽이지 않는다면, 헤이븐과 함께 움직이는 첩자로 확신되어 언제 다른 맨더를 꿈에서 만나 부작용에 죽어 갈지 모른다. 그 전에 헤이븐이 자신에게 총을 겨눌 수도 있고.

영악하게 독을 품고 톱날을 세운 덫은 희온의 살갗을 파고들어 와 숨통을 조이고 있었다. 무엇을 선택하든 컴컴하고 어두운 미래가 눈앞에 그려지는 이유는, 희온은 애초에 죽은 사람이었기 때문이었다. 아무에게도 말할 수 없었지만 희온의 신분은 말소된 지 오래였다.

남들 다 가지고 있는 은행 계좌 하나 만들 수 없었다. 가진 돈은 전부 현금으로 방구석에 처박아 둬야 했으며 비행기를 탈 수도 없어서 주둔지를 옮길 때에도 늘 작전을 핑계로 팀원들과 따로 떨어져 차로 긴 시간을 움직여야 했다.

희온이 고개를 들었다. 헝클어진 새까만 머리카락과 대조되는 하얀 얼굴은, 여기저기 피딱지가 올라앉아 있었다. 희온이 지친 목소리로 물었다.

"……당신이 진짜, 이안 총리의 아들입니까?"

희온은 헤이븐이 아니라고 말하기를 바라며 물었다. 이제 와서 그가 아니라고 한들 정말 아닌 게 되는 일도 아닌데 그래도 물어보고 싶었다. 아니라는 대답을 듣고 싶었다. 그러나 헤이븐은 또다시 귀찮다는 얼굴을 했다.

"들어 놓고 왜 다시 물어봐요."

성의 없는 그 대답에 희온은 입술 안쪽을 세게 깨물어 씹었다. 자꾸만 쿡쿡거리며 심장을 찔러 오는 말을 금방이라도 울컥 뱉어 낼 것 같아서였다. 그러나 자신을 배신한 사람 앞에서 약한 모습을 보일 생각은 없었다. 방금 그에게 희망을 걸고 내뱉었던 말조차 다시 주워 담고 싶은 심정이었다.

"내가 맨더인 건 어떻게 알았습니까."

"난 그쪽의 모든 걸 압니다. 그래야 정보를 캐내지."

이제야 진짜 모습을 다 보이는구나 싶었다. 이게 진짜지. 그동안 봐 왔던 모습이 아니라 이게 정말 헤이븐이었다. 실없는 장난을 치면서도 늘 다정했던 남자는 원래 없었다. 자고 싶다는 농담을 매번 하면서도 얼굴을 마주할 때마다 미소를 짓고, 거리낌 없이 겉옷을 벗어 주고 차를 우려내던 남자는 없는 사람이었다.

전부, 가짜였다.

"……나한테 왜 접근했습니까?"

"그냥, 필요하니까."

무엇이 헤이븐의 진짜 목적인지 알 수 없었다. 아니, 애초에 가장 강한 특전 팀을 흩어지게 만들고 그중 대부분을 죽음으로 내몰았으니 이것이 그의 목표였는지도 모른다.

그가 자신의 평온함을 망가뜨렸다. 동료들을 죽였고, 자신의 희망을 불에 태웠으며, 정부가 자신의 머리에 총구를 겨누도록 부추겼다. 무엇보다, 그런 남자에게 마음을 주었다는 게 참을 수 없이 비참했다.

여태까지 맨더로 살아오면서, 다른 사람들에게 벽을 치고 지내 오면서 처음으로 곁을 주고 싶었던 남자였다. 그런데 그 역시 가식과 연극으로 만들어진 껍데기에 불과했다. 역시 그랬다.

"……역시, 내 인생에 누가 있을 리가 없지."

허탈하게 뱉어지는 희온의 목소리가 씁쓸했다. 끽끽거리며 이상한 소리를 내는 노란 조명을 올려다보는 시선에는 초점이 흐렸다. 희온이 허망한 웃음을 지으며 다시 말을 이었다. 지금 이 상황에서야 할 수 있는 말이었다.

"이미 알고 있겠지만 저는 누가 제 곁에 오는 게 싫습니다."

희온이 고개를 숙여 줄에 묶인 대로 새빨갛게 부은 자신의 손목을 쳐다보았다. 손가락 끝은 피가 굳어 검붉게 얼룩져 있었다. 눈을 두는 곳마다 정상인 곳이 없으니 굳이 거울을 보지 않아도 얼굴이 어떤 상태인지 알 만했다.

희온은 더 이상 헤이븐이 자신의 말을 듣고 있지 않아도 상관

없다고 생각했다. 이렇게 된 마당에 그에게 분노를 쏟아 내는 것
도 우스웠다. 알고 있는데, 자꾸만 화가 났다.

"슬플 때, 힘들 때, 괴로울 때 전부 혼자 버텼습니다. 어두운 하
늘이 밝아지기를 기다리면서, 잠이 오지 않는 수많은 새벽을 혼자
버텼어요."

희온은 한 번도 밤을 기대한 적이 없었다. 그에게 밤은 언제나
어둠뿐이었다. 누구도 자신의 고통을 돌아보지 않았고 자신의 방
문을 열고 들어온 적이 없었다. 늘 혼자 감내해야 했고 늘 혼자 아
침이 오기까지 버텨 내야만 했다.

"하루 이십사 시간 중 열 시간이 어두운데 나한테 허락된 수면
은 고작해야 두세 시간이 전부잖아."

나머지의 밤은 혼자 견디는 오롯한 외로움이었다.

"지금까지 오천 번이 넘는 밤들을 괴로워하며 보냈고, 오천 번이
넘는 아침을 혼자 맞이했는데."

허무했다. 허망했다. 이렇게 살기 위해 그 많은 시간을 버텼던
게 아닌데. 이렇게 죽기 위해, 혼자 참아왔던 게 아닌데. 그러나
희온은 이미 죽은 사람이었다. 국가가 자신을 이런 패로 사용하려
고 한다면 그렇게 쓰여야만 했다. 정부가 아니라면 그 어떤 것도,
희온이 살아 있음을 증명해 줄 수 없다.

고개를 숙이고 자신의 손끝만 바라보고 있는 스스로가 비참했다.
이 와중에도, 숲에서 헤이븐이 도망치자고 했던 말이 또다시 맴돌
았다. 도망갈걸.

우스운 생각이었다. 어차피 남자는 자신을 필요에 의해 이용한
것뿐인데. 희온이 자조하며 웃었다.

"이제 앞으로도 그러겠죠."

여기서 내가 살아남는다면. 가슴이 싸하게 아려 왔다. 희온이 천천히 몸을 일으켜 총을 잡았다. 그제야 피로 얼룩진 손끝에서 시선을 들었지만 헤이븐은 애초에 총을 줄 생각이 없어 보였다. 희온이 말하는 동안 단 한마디도 않고, 움직이지도 않았던 그에게 총을 겨누는 건 쉬운 일이었다. 쉬운 일이여야만 했다.

"당신과 함께한 건 그중에서 몇 안 되는 밤이었지만, 잠들 수 있어서 좋았습니다."

이제 그의 얼굴을 마주했지만, 헤이븐이 무슨 생각을 하는지 알 수 없었다. 짐작하는 것도 지쳤다. 이렇게 한다고 해서 자신이 누명을 벗을 거라고는 생각하지 않는다. 그냥, 국가가 자신의 발아래 펼쳐 둔 덫을 밟을 생각이었다.

달칵.

장전된 총구가 헤이븐의 이마에 닿았다.

"나를 여기까지 데려온 이유가 뭡니까?"

헤이븐도 희온의 텅 빈 눈을 피하지 않았다. 헤이븐은 그 어떤 감정도 담기지 않은 얼굴을 했다. 평소에는 헷갈릴 정도로 문득문득 감정을 내보였으면서 지금은 그 모든 게 다른 사람인 것처럼 굴었다. 자조적이거나, 불쾌해 보이지도 않았다. 심지어 죄책감 하나 없는 눈동자에 희온이 결국 주먹을 휘둘렀다.

퍽!

헤이븐의 고개가 반대쪽으로 돌아갔다.

"굳이 내 팀원들을, 다 죽인 이유가 뭡니까? 단순히 나한테 누명을 씌우고 싶어서는 아닐 거 아니야."

왜 죽였어? 도대체 왜 죽였어. 개들이 뭘 잘못했다고.

심한 구타로 인해 힘도 제대로 들어가지 않은 자신의 주먹질을 그는 일부러 피하지 않았다. 그러나 그가 맞기로 결심했다면 더 패 줄 생각이었다. 희온이 총을 쥐지 않은 손으로 헤이븐의 멱살을 틀어잡아 그를 벽으로 밀쳤다. 치미는 분노에 희온의 눈꼬리가 가늘게 떨렸다.

쿵.

"왜 죽였냐고 물었어."

벽에 떠밀린 헤이븐은 희온에게 한 대를 더 맞고서야 입을 열었다.

"글쎄."

그 말을 끝으로 헤이븐이 미소 짓자 희온이 총구를 그의 이마에 대고 누르며 이를 악물었다.

"재미있었습니까?"

희온이 물었고,

"재미있었죠."

헤이븐이 대답했다. 당장이라도 방아쇠를 당기고 싶은데, 희온은 그에게 총을 쏠 수가 없었다. 처음 겪어 보는 감정의 화염 가운데 서 있는 와중에도 희온은 알고 있었다. 헤이븐이 쉐드에게 말한 건 전부 거짓이었다. 그가 이안 총리의 아들이라는 건 사실일지언정, 그 외의 말은 전부 가짜였다. 자신은 바시트록스의 스파이가 아니었다. 우리는 단 한 번도 정치적인 이야기를 했던 적이 없었다. 자신은 그에게 그 어떤 정보를 흘린 적도 없었다.

그러니까, 지금 헤이븐이 이러는 이유가 따로 있다는 뜻이었다. 그것을 알면서도 희온은 배신감에 사무쳐 치가 떨렸다. 그가 자신의 팀원을 죽이고, 집을 터뜨리고, 정체를 숨겼다는 게 참을 수가 없었다. 그가 자신에게 한 행동들이, 말들이 전부 가짜라는 게 속이 쓰렸고, 또 아팠다.

헤이븐은 희온을 밀어내지 않았다. 다만, 팔을 뻗어 엄지로 희온의 얼굴에 난 상처 근처를 쓰다듬듯 매만졌다.

"때릴 데가 어디 있다고."

"……."

그 말에 희온의 시선이 흔들렸다. 이 남자는 나한테 도대체 왜 이러는 걸까. 몰아치는 혼란은 스스로에게서 오는 것이었다. 국가에서 수년간 공들여 만든 특전사를 직접 공격할 리 없으니 그것 역시 바시트록스의 스파이인 헤이븐의 짓일 테고, 맨더인 자신을 데리고 국경까지 오기 위해 하얀 숲의 폭발도 지시했을 확률이 높았다.

그럼에도 이 남자가 보이는 진심 한 번에 몸이 굳는다. 왜 그런 눈을 해? 나한테 계속 거짓말만 했으면서. 또 이런 얼굴로 나를 속이려고. 왜 만지기만 해도 데일 것 같은 얼굴을 해.

"……대답이나 해. 죄 없는 애들을 왜 죽였는지, 그거라도 설명해."

희온이 얼굴로 뻗어지는 그의 손길을 피하며 총구를 그 이마에서 떨어뜨렸다. 그의 변명이라도 들어 보고 싶었다. 왜 이런 짓을 했는지 듣기라도 해야 속이 시원할 것 같았다. 그때 방아쇠를 당겨도 늦지 않을 것 같았다. 총을 쏘지 않기 위한 변명이래도 어쩔 수 없었다.

탁. 그러나 팔이 완전히 내려가기 전, 헤이븐이 총을 쥔 희온의 손을 부드럽게 감싸 끌어당겼다.

"뭐 하, 는."

찰나에는 그가 총을 빼앗는 줄 알았지만, 그게 아니었다. 방아쇠에 끼워진 희온의 검지 위에 헤이븐의 손가락이 겹쳐졌다. 순간 헤이븐이 무슨 짓을 하려는지 눈치챈 희온이 손을 떼려고 했지만 헤이븐의 손에는 힘이 가득 들어 있었다.

"헤이븐!"

탕!

헤이븐이 숨을 크게 들이마시는 소리가 희온의 머리를 울렸다.

툭, 투둑.

애초에 힘이 들어가 있지 않았던 희온의 손에서 총이 굴러떨어졌다. 곧장 벽으로 기대어 무너져 내리는 남자의 몸을 본 희온의 얼굴이 하얗게 질렸다. 헤이븐의 배에서는 붉은 핏자국이 점점 번지고 있었다.

왜? 도대체 왜? 희온이 넋을 잃은 얼굴로 헤이븐을 바라보자 그가 희온을 향해 팔을 뻗었다. 아니, 손에 무언가를 쥐여 주려 했다. 반사적으로 주저앉아 그것을 받아 든 희온이 고개를 숙이고 제 손을 펼쳐 보자 검은색 가죽으로 만들어진 팔찌가 눈에 들어왔다. 단순한 팔찌일 뿐인데, 꼭 유품을 받은 느낌이라 희온은 본능적으로 주먹을 말아 쥐었다.

그것 말고는 아무것도 할 수 없었다. 여기서 이 남자를 일으킬 수도, 살려 달라고 소리를 지를 수도, 환부를 눌러 지혈할 수도 없었다. 그저, 창백한 얼굴로 헤이븐을 바라볼 뿐이었다.

"……온, 아."

그 목소리. 여전히 온몸이 굳어 버린 듯 꼼짝도 못하는 희온을 향해 헤이븐이 희미하게 미소 지으며 입술을 달싹였다.

"……가 올…… 같,"

작은 목소리에 그제야 희온이 떨리는 몸을 숙여 헤이븐의 입술로 귓가를 갖다 댔다.

"곧, 장마가 올 것 같아."

금방이라도 사라질 것 같은 목소리로 속삭이는 헤이븐의 말에 희온은 그대로 얼어붙었다. 숨 쉬는 것도 잊은 희온의 머릿속이 금세 뿌옇게 흐려졌다. 헤이븐에게 '장마'는 거짓이었다. 쉐드 앞에서 자신에게 덮어씌운 말들이 거짓말이라는 건 알고 있었으나 그가 직접 암구호를 말했다는 건 그 의미가 달랐다.

도대체 무슨 생각을 하고 있는지는 아직 모르겠으나, 이대로 둘 순 없다는 확신이 희온을 뒤덮었다. 그의 입에서는 거짓이 뱉어진 순간 희온은 그를 다시 신뢰하고 싶어졌다. 견딜 수 없는 역설이었다.

"……헤이븐, 일단."

"……나, 가서 봐요."

"헤이븐!"

전역 지원서도 좀 내고. 헤이븐은 이 와중에도 가벼운 이야기를 했다. 언젠가 그에게 했던 말을 담은 농담이었다. 손끝이 바르르 떨리기 시작했다. 희온은 정부가 원하는 대로 움직이는 체스의 말이 될 생각이었다. 그러나, 막상 눈앞에서 피에 물들어 가는 그를 보고 있으니 아무 말도 할 수가 없었다. 어떤 생각도 할 수가 없었다. 숨이 턱턱 막혀 왔다.

"캡틴."

그때, 두껍게 닫혀 있던 문 너머로 익숙한 목소리가 들렸다. 그것을 신호탄 삼아 주춤주춤 뒷걸음질을 친 희온이 몸을 완전히 돌려 주먹으로 철문을 두들겼다.

"페, 트로프. 문 열어."

사람이 총에 맞았어. 내가 쐈어. 헤이븐이, 다쳤다고. 열어 봐. 얼른. 쏟아지는 말은 차마 다 뱉을 수도 없었다. 사지가 어떻게 당기고 어떻게 아픈지 지금은 분간할 수 없었다. 그러나 다른 의미로 받아들였는지, 페트로프는 뜻 모를 말을 했다.

"전 캡틴이 결백하다는 걸 믿고 있었습니다. 잘하셨어요. 곧 소령님께,"

"페트로프, 일단 문을."

살려야 돼. 살릴 수 있어. 희온이 주먹을 말아 쥐어 힘껏 문을 두들겼다. 희온이 페트로프를 향해 소리를 지르려던 때였다.

콰앙!

투두둑.

쿵!

"폭격이다!"

순간 땅이 흔들리는가 싶더니 천장에서 금이 가며 돌덩이가 후두둑 떨어지기 시작했다. 순식간에 복도가 시끄러워졌다. 누구야! 무슨 일이야! 우왕좌왕하던 남자들은 빠르게 복도를 비웠고, 더 이상 말없이 가늘게 떠는 헤이븐을 확인한 희온이 다시 문을 두드렸다.

"페트로프, 문 열어."

"……소령님의 허락이 필요합니다."

쾅!

희온이 문을 걷어찼다. 날카로운 시선으로 문을 노려본 희온이 화를 억눌렀다. 방법이 없었다.

"내가 지금 저 새끼를 죽였어. 이래도 모르겠어? 문 열으라고, 난 살아야겠으니까."

"……캡틴."

쿠웅!

이번에는 폭발의 위력이 꽤 컸다. 강한 진동에 반사적으로 벽을 짚은 희온이 속으로 빌었다. 제발. 제발. 제발. 문이 열려야 헤이븐을 옮기든 살리든 할 수 있었다. 당장 무언가를 해야 한다는 생각에 다급한 마음은 금방 이성을 가장했다.

"……열어, 여기서 놀고 있을 거야?"

달칵. 그제야 잠금쇠를 풀고 문을 연 페트로프가 희온의 몰골을 보며 놀란 얼굴을 했다. 아연실색한 채 입을 벌리던 페트로프가 희온을 부축해 왔지만 금방 그의 팔을 뿌리쳤다.

"헤이븐부터 일으켜. 쉐드는 어디 있어."

희온은 쉐드를 만날 생각이었다. 지금 여기에서 자신이 할 수 있는 건 아무것도 없었다. 헤이븐을 치료하라는 명령을 다른 남자들이 들을 리가 없었다. 그를 설득하든 죽이든 해야 했다. 바시트록스 총리의 아들을, 헤이븐을 저대로 죽게 만들 순 없었다.

페트로프가 엉망으로 붓고 찢어져 피로 물든 희온의 얼굴을 살폈다. 혹시라도 다른 의도가 있나 싶었지만 하얀 숲에서 보던 냉정한 모습 그대로인 걸 보니, 헤이븐이 적국 사람이라는 걸 알고 그를 정말 쳐 내기로 한 모양이었다.

고개를 올려 방 한쪽에 달린 감시 카메라를 확인했다. 캡틴이 그에게 총을 쏜 것을 봤을 테니 열어 줘도 괜찮지 않을까.

"밖에 계십니다."

희온이 또다시 자신을 부축하는 페트로프의 팔을 뿌리치다 말고 그의 시선을 따라 고개를 들었다.

방 모서리에는 작은 카메라가 달려 있었다. 불현듯 무언가가 목 끝까지 치밀어 오른 건, 헤이븐은 저 카메라의 존재를 알고 있던 것 같았기 때문이었다.

혹시.

정말로 혹시.

내가 직접 총을 들어 겨누는 모습을 쉐드에게 보이고 싶었나. 그것 때문에 너는 처음 들어올 때부터 내 속을 긁었나.

누군가 불구덩이 속에 자신을 통째로 집어넣은 기분이었다. 자신이 방아쇠에 손가락을 집어넣는 것까지 헤이븐의 의도였다면, 그는 그 이후의 자신이 무엇을 하기를 바랐을까. 지금 정신을 똑바로 차려야 이곳에서 자신도, 헤이븐도 빠져나갈 수 있다. 희온이 빠르게 이성을 곱씹으며 눈을 감았다 떴다.

"헤이븐 꺼내 오라고. 시체라도 가져가야 기껏 얻어 낸 결백이 밝혀질 거 아냐."

발을 내디딜 때마다 어디가 잘못됐는지 한쪽 다리가 통째로 시큰거렸지만 그런 건 방해가 될 수 없었다. 지금 당장 쉐드에게로 가야 했다. 잠시 갈등하던 페트로프는 결국 희온의 명령대로 뒤를 돌았고, 헤이븐을 한 번 확인한 희온은 쉐드를 찾아 빠르게 건물을 나섰다.

"피해!"

"그쪽으로 가지 말라고!"

건물 밖은 소란스러웠고, 그만큼 상태가 심각했다. 희온이 여태 갇혀 있었던 건물은 높은 언덕 위에 위치해 있어, 걸음을 조금만 옮겨도 뿌연 연기가 일고 있는 시드엘을 내려다볼 수 있었다.

그사이 총리 아들에 대한 소식이 흘러갔는지 바시트록스에서 대대적인 선공을 한 모양이었다. 그게 아니고서야 납득할 수 없는 규모의 공습이었다. 사태를 파악하기 위해 고개를 들었으나 머리 위로 날아다니는 미사일이나 항공기는 찾아볼 수 없었다. 어떻게 이럴 수가 있지? 공습이 맞기는 한가? 주춤하는 동안 등 뒤에서 귀를 찢을 듯한 폭음이 들렸다.

쿠우웅!

"윽!"

뒤이어 땅이 갈라지기라도 할 듯 세차게 진동하는 바람에 희온이 본능적으로 머리를 감싸며 몸을 숙였다.

콰드득.

커다란 건물의 잔해가 근처로 쏟아져 내렸다. 쿵, 쿵. 심장은 금방이라도 입 밖으로 튀어나올 것처럼 세차게 뛰기 시작했다. 몸의 중심을 아래로 낮춰 겨우 넘어지지 않은 희온이 고개를 돌렸다. 방금 자신이 나온 건물이, 반쯤 무너져 내리고 있었다.

쾅!

"반역자가 빠져나갔다!"

아직 안에 헤이븐이 있는데. 텅 빈 눈으로 건물을 바라보고 있을 때, 근처에서 우왕좌왕하던 군인 한 명이 희온을 발견하고 총을 들었다. 그제야 정신을 찾은 희온이 성큼 다가가 그 팔목을 틀어쥐었다. 여기까지 왔는데 이대로 다시 붙잡힐 순 없었다.

"윽!"

"좀 빌릴게."

희온을 제압하려던 남자의 소총은 어느새 희온의 손에 들려 있었다. 남자는 희온이 곧장 자신을 쏠 줄 알았는지 항복하듯 양손을 들었지만, 장전을 마친 희온이 총을 겨눈 곳은 그곳이 아니었다.

"누가 반역자를 꺼내 줬지?"

총구의 몇 미터 앞에는, 무전기를 집어 던진 쉐드가 있었다. 하얀 먼지는 이제 새까만 연기와 뒤섞여 매캐한 냄새를 풍기고 있었다. 하얗고 또 까만 재들이 거친 바람에 따라 희온의 머리카락을 흐트러뜨렸고, 무너진 건물에서 겨우 탈출한 하프록스의 군인들은 쓰러지거나 부축을 받으며 저마다 뿔뿔이 흩어졌다.

희온의 곁에서 두 손을 들어 올렸던 남자도 도망쳐, 주변에 있는 사람이라고는 쉐드뿐이었다. 아비규환 속에 온전히 정신을 차리고 있는 건 고통스러운 일이었다.

이 폭발 더미에서 총상을 당한 헤이븐이 살아남을 확률은, 없었다. 자신의 명령으로 헤이븐을 데리러 들어간 페트로프를 찾기 위해 고개를 돌리니 먼 건물 입구 근처에서 페트로프의 커다란 덩치가 보였다. 헤이븐은 결국 데리고 나오지 못한 모양이었다. 희망이 사라진 희온의 머릿속이 엉망진창으로 물들었다.

"쉐드."

"헤이븐을 죽였으니 혐의를 벗을 타이밍인데, 왜 또 이렇게 반역자처럼 굴어?"

쉐드는 희온이 자신을 쏘지 않을 거라는 걸 알고 있었다. 그리고 희온 역시 쉐드를 쏠 생각이 없었다.

탕!

"윽, 씨발! 너 미쳤어?"

아니, 심장을 쏠 생각은 없었다. 희온이 팔의 방향을 살짝 틀어 방아쇠를 당기자 총알이 아슬아슬하게 쉐드의 손을 스쳤다. 덕분에 들고 있던 총을 놓친 그가 얼굴을 구겼다.

"얌전히 대답이나 해, 쉐드. 내가 널 불렀잖아."

찢어져 피가 나는 손을 감싼 쉐드가 고개를 들었다. 욕이라도 퍼붓고 싶었으나 희온의 분위기가 사뭇 달랐다. 아까 지하에서 자신은 스파이가 아니라고 절규하던 모습은 온데간데없었다. 정신이 나간 건지 아니면 제정신으로 돌아온 건지 알 수 없는 얼굴이었다.

평소에도 무덤덤한 성격이었어도 지금 이 정도는 아니었다. 지금은 아무 감정도 읽을 수가 없었다. 이러다 갑자기 냉소적인 말을 쏟아 내는 희온을 알고 있는 쉐드가 우선 표정을 부드럽게 바꿨다. 그를 달랠 생각이었다.

"희온아."

탕!

"야!"

너그러운 표정을 해 보인 쉐드의 발치에 총알이 한 번 더 처박혔다.

콰아앙!

뒤편의 콘크리트 건물 한쪽이 완전히 무너져 내렸다. 그 압력에 피투성이 상태인 희온이 금방이라도 쓰러질 듯 비틀거렸지만 간신히 무릎에 힘을 주어 바로 섰다. 자꾸 무의식을 밀고 들어오는 슬픔과 허망함을 몰아내기 위해서는 최대한 꿋꿋하게 서 있는 것 말고는 방법이 없었다.

"너한테 나는 단 한 번도 친구였던 적, 없었지?"

맹폭의 굉음과 진동에도 뒤를 돌아보지 않은 희온이 눈앞의 쉐드에게 물었다. 그 얼굴에 기대는 없었다. 다만, 확신을 기다릴 뿐이었다.

"이제 와서 그게 중요한가?"

쉐드는 자신을 향한 총구 앞에서도 두 손을 들지 않았다. 이곳은 하프록스였고 희온은 군인으로 키워진 맨더였으며 쉐드는 그의 상관이었다. 그 방아쇠를 당기는 순간 희온이 어떻게 될지는 두 사람 다 잘 알고 있었다.

"혓바닥 날리기 전에 대답이나 해."

그러나 답을 종용하는 희온의 얼굴에는 동요가 없었다. 이런 희온이 낯설긴 했지만 그래 봤자 나라에서 키우는 개일 뿐이었다. 쉐드는 희온을 오래 봐 온 사람이었다. 정부에서 주기적으로 그에게 홀로그램으로 만든 적을 보내며 시험할 때도 그는 투덜대면서도 꼬박꼬박 성실하게 임했다. 희온은 그저 국가에 충성한 대가로 평온한 삶을 얻고 싶어 했다.

쿠웅.

툭, 두둑.

희온이 등을 진 건물에서는 계속해서 폭발의 잔해물이 구조물들과 함께 쏟아지고 있었다. 쉐드와 희온은 고작해야 열 걸음 정도의 거리였지만, 자욱한 연기와 먼지 때문에 서로가 잘 보이지도 않을 지경이었다. 땅이 한 번 더 흔들렸다.

"넌 그냥 내가 감시하는 개새끼였을 뿐이야."

쉐드는 어쩌면 자신의 그 대답이 끝나자마자 희온이 총을 쏠지도 모른다고 생각했다. 그러나 희온의 입가에는 미소가 번졌다. 얼굴 여기저기에 피딱지를 올리고도 상쾌하다는 듯 개운한 웃음이었다.

"와, 다행이다."

굳이 희온이 그렇게 말하지 않았어도 표정이 그렇게 말하고 있었다. 무엇이 다행이라는 건지는 알 수 없었다. 그러나 쉐드의 말에 희온은 진심으로 안도했다.

"그 대답이 아니었으면 난 끝까지 너를 이해하려고 들었을지도 몰라."

얼마나 감사한 일이야. 쉐드는 얼굴을 구겼고 희온은 웃음 지었다. 총을 내리지 않은 희온이 천천히 뒷걸음질을 치기 시작했다. 그의 걸음 끝에는 당장 무너져 내려도 이상하지 않은 건물이 위태롭게 버티고 서 있었다.

"뭐 해! 저 새끼 잡아!"

쉐드가 명령했지만 폭격에 대응하기 위해 각자의 자리로 가야 하는 군인들이 움직이는 건 쉬운 일이 아니었다. 쉐드를 바라보며 어깨를 으쓱인 희온이 마저 걸음을 옮겼다. 숨을 쉴 때마다 매운 연기가 파고들어 와 목이 맵고 눈은 뜨지도 못할 지경이었지만 멈춰 설 순 없었다.

탕!

분한 얼굴로 이를 바득 간 쉐드가 결국 직접 발을 뗐지만, 곧장 희온이 쏜 총알이 그의 발끝에 처박혔다. 희온이 또다시 웃었다.

"내가 못 쏠 것 같아서 그래?"

아까의 희온은 분명 그랬는데, 지금은 아니었다. 무너지고 있는 건물 안으로 들어가기를 선택했다는 건 누구든 쏠 수 있다는 뜻이었다. 쉐드가 허공에 쌍욕을 쏟아 뱉으며 길길이 날뛰자 희온의 미소가 짙어졌다. 핏대를 올리는 얼굴을 보니 속이 더욱 개운해진 탓이었다.

"캡틴!"

마침 건물 근처에서 커다란 콘크리트 조각을 치우던 페트로프가 희온을 발견한 건, 새까만 연기에 그의 몸이 반쯤 가려졌을 때였다.

아슬아슬했다. 이대로 희온이 무너진 건물 틈으로 들어갈 것만 같아서 덜컥 겁을 집어먹은 페트로프가 머뭇거림 없이 그쪽으로 빠르게 내달렸다. 희온이 이쪽을 보는 것도 같았지만 확신할 수는 없었다. 연기 때문에 눈앞이 어두웠다. 너무 어둡고 뿌예서 꼭 비현실적이었다.

콰앙!

"씨발! 미치겠네."

또다시 작은 폭발이 일었다. 머뭇거림 없이 무너져 내리는 건물 안으로 들어간 걸 보면 희온은 아마도 다음 폭격이 일어날 틈을 재고 있었는지도 모른다. 눈앞의 콘크리트 기둥을 넘은 페트로프가 다시 희온 쪽으로 달렸지만, 앞에는 발길을 더디게 하는 장애물이 한가득이었다. 당장 또 어딘가가 터져 나갔는지 굉음이 솟구쳤다. 반사적으로 몸을 웅크리고도 멀리 튕겨 나갈 만큼 거센 힘이었다.

투두둑.

귀를 먹먹하게 만들 정도의 소음이 지나가자 이제 건물은 가운데 부분만 앙상하게 남아 있었다. 새하얀 먼지를 뒤집어쓴 페트로프가 몸을 일으켰다. 희온은 더 이상 시야에 없었다. 자욱한 연기와 먼지, 회색빛 재가 공기를 가득 채워 숨을 쉬기도 힘들었다.

"뭐 해, 페트로프! 당장 들어가서 찾아내!"

등 뒤에서 쉐드의 외침이 들렸지만 이미 페트로프는 앞으로 걸어가고 있었다. 잡아야 한다. 끄집어내야 한다. 미친 사람처럼 허우적거리며 바닥에 가득 쌓인 돌 더미를 밟고 안으로 들어갔다.

한쪽에서 서서히 일기 시작한 불길에 땀이 솟았으나 페트로프는 멈출 수 없었다.

"캡틴!"

제발 어딘가에 깔려 있지 않기만을 바라며 연기 속을 헤매고 나서야 희미한 실루엣이 보였다. 그것만으로도 주저앉을 뻔한 페트로프가 간신히 팔을 뻗어 희온을 붙잡았다.

"왜 따라와?"

매운 연기에 얼굴을 구기던 희온이 페트로프를 마주했다. 이렇다 할 계획이 있는 건 아니었다. 그러나, 그냥 걸음이 이곳으로 향했다. 누가 계속 지뢰라도 밟는지 줄곧 폭발하는 건물 안으로 들어간다는 게 자살 행위라는 건 알고 있었다. 그러나 일단 헤이븐을 찾아내야 했다. 그리고 물어봐야 했다. 왜 그렇게까지 했냐고. 거짓말을 하고 총을 맞아 가면서까지 나한테 이러는 이유가 뭐냐고.

"캡틴, 제발 밖으로!"

어떻게 따라온 건지 페트로프가 자신을 붙들고 있었지만 얼굴도 제대로 보이지 않을 정도로 연기가 자욱했다. 그 손을 뿌리치려는데, 페트로프의 등 뒤에서 흔들리던 두꺼운 기둥이 무너지려는 게 보였다.

혼자라면 겨우 피할 수는 있겠지만 눈앞에는 반쯤 정신을 놓은 것 같은 덩치 큰 남자가 있었다. 희온이 페트로프의 손을 마주 잡아 힘껏 당기며 몸을 틀었다. 생각까지 이어지지 않은 반사적인 행동이었다.

쿵!

"……!"

이제는 기둥이 자신에게로 쏟아지는 걸 본 순간, 숨이 멎었다. 복부를 둔탁하게 내려찍는 끔찍한 통증과 함께 시야가 하얗게 점멸했다가 돌아온다.

"……아……. 그러니, 까 그만…… 쫓아다니라고 했잖아."

희온이 상황 파악을 위해 눈을 깜빡였다. 강한 타격이 지나자 몸의 어디도 아프지 않았다. 아니, 아무런 감각도 없었다. 그게 아니라면 몸의 신경이 어떻게 된 게 분명했다.

천천히 힘을 주었으나, 팔도 다리도 멋대로 움직여지지 않았다. 어디에 머리를 얻어맞았거나, 몸이 무거운 무언가에 깔렸거나. 그러나 그 어떤 것이든 판단할 수 있을 만한 정신이 아니었다. 넓은 시야 끝이 물에 잠긴 것처럼 뿌옇게 번지기 시작했다.

"……틴! 캡틴. 제발."

"아……."

페트로프의 목소리가 메아리처럼 울리면서 사라지고, 남는 소리는 이명뿐이었다. 모든 공간이 느리게 뒤틀어지다가 결국 의식이 까맣게 짓뭉개졌다. 언젠가의 꿈처럼, 이번에도 마지막에 흐릿하게 그려진 건 헤이븐이었다.

정체를 속이면서까지 자신에게 온 그의 목적이 뭔지 여전히 알지 못했지만, 머릿속에 그의 밝은 금발이 틀어박힌 것만은 분명했다.

<2권에 계속>